PERSONAL DEMONS

Pecado Original

PERSONAL DEMONS

Pecado Original

LISA DESROCHERS

tradução de Ana Paula Maia

iD editora

Título original: *Original Sin*

Coordenação editorial – Lenice Bueno da Silva
Assistente editorial – Amanda Osti da Silva
Tradução – Ana Paula Maia
Preparação – Renata Truyts
Revisão – Fernanda Marcelino, Luís M. Boa Nova,
Maiza P. Bernardello, Maristela Carrasco
Coordenação de edição de arte – Camila Fiorenza
Diagramação – Cristina Uetake
Pré-impressão – Helio P. de Souza Filho, Marcio H. Kamoto
Impressão e acabamento – Corprint Gráfica e Editora Ltda.

Dados Internacionais de Catalogação na Publicação (CIP)
(Câmara Brasileira do Livro, SP, Brasil)

Desrochers, Lisa
Personal demons : pecado original / Lisa Desrochers ; tradução de Ana Paula Maia. — — São Paulo : Moderna, 2011.

Título original : *Original Sin.*

1. Ficção norte-americana. I. Título.

11-04462 CDD-813

Índices para catálogo sistemático:
1. Ficção : Literatura norte-americana 813

DE ACORDO COM AS NOVAS NORMAS ORTOGRÁFICAS

Editora Moderna Ltda.
Rua Padre Adelino, 758, Belenzinho — 03303-904 – São Paulo, SP
Vendas e atendimento: Tel.: (11) 2790-1500
Fax: (11) 2790-1501
www.moderna.com.br
Impresso no Brasil, 2011

Teu espírito — replica —na rudeza
Das cousas terreais estando imergido,
Vê trevas onde a luz tem mais clareza.

Dante Alighieri, *Purgatório,* canto XV
(Tradução de José Pedro Xavier Pinheiro)

SUMÁRIO

CAPÍTULO 1

VOCÊ PODE TIRAR O DEMÔNIO DO INFERNO

Luc

Não que eu esteja reclamando, mas uma séria desvantagem em ser um demônio transformado em ser humano é que eu já não sou mais indestrutível. Olho no espelho o meu rosto sangrando e enxáguo o barbeador na pia. Enquanto examino a quantidade de ferimentos vazando, me pergunto quanto sangue um mortal pode se dar ao luxo de perder.

O que me traz outra desvantagem de ser um humano: higiene pessoal. Porque o Todo-Poderoso criou os humanos com necessidades de manutenção que vão muito além de mim. E em todos esses milênios eu achava que nós, os demônios, éramos os únicos a serem torturados.

Ainda tenho problemas em me acostumar com tudo isso – minha vida nova. Frannie. Acordei no meu carro esta manhã e o meu coração doía, porque, por um instante, tive a certeza de que havia sonhado. Mas foi o meu coração dolorido – e, em primeiro lugar, o fato de que eu estava dormindo – que me convenceu do contrário. Enxofre não dói.

O que ainda me traz outra desvantagem: o sono. Agora que preciso dormir, não posso proteger a Frannie do jeito que eu quero. Com alguma ajuda da Starbucks, até ontem à noite, eu era capaz de aguentar. Mas às quatro horas desta manhã eu me peguei dormindo dentro do meu carro em frente a casa dela, debruçado sobre o volante e babando na manga da minha camisa. Vou ter que discutir sobre algumas mudanças com o Matt.

Frannie insiste que não precisa de um anjo da guarda, mas estou feliz pela ajuda. É claro que não tenho sido muito honesto com ela. Ela não sabe que eu ainda a vigio todas as noites. Provavelmente vai me botar para correr se souber. É meio embaraçoso pensar que a minha namorada, de um metro e meio de altura e cinquenta quilos, pode me bater, mas, infelizmente, é verdade.

– Frannie está a caminho de novo.

Mesmo que a voz soe macia e musical, ainda assim me deixa apavorado. É bom saber que a navalha está na pia, porque se estivesse no meu rosto, teria provocado outra ferida.

Eu me viro e olho para a fonte da informação. Matt se inclina contra a parede ao lado da borda inacabada do meu mural, com os polegares enganchados nos bolsos da frente da calça jeans rasgada.

– Sua mãe nunca disse que é falta de educação entrar sem bater? – Eu digo. Mas ver um anjo ali parado, ao lado de uma pintura do inferno que vai do chão ao teto, é mais do que posso suportar, e então comecei a rir.

Os cachos louro-areia de Matt quase atingem os ombros e o seu rosto bronzeado é positivamente angelical, exceto pelo fato de ele estar me encarando mortalmente. Se eu não o conhecesse bem, juraria que ele era um anjo vingador e não um anjo da guarda. Mas enquanto eu me recompunha, um leve sorriso apareceu no seu rosto de bebê.

– Ela podia ter mencionado alguma coisa sobre isso.

Odeio o fato da Frannie precisar de um guardião. Odeio não poder mais protegê-la. Mas meu poder secou completamente. Não há faíscas na ignição. Realmente sinto falta de poder atirar o fogo do inferno pelos pulsos e destruir todas as coisas, deixando-as no esquecimento.

Eu poderia voltar a ser o que era?

Nunca.

Levanto uma sobrancelha para ele e tento não sorrir. – Então, se Frannie está a caminho, por que você não está tomando conta dela? Já está falhando no seu trabalho? Que raio de anjo da guarda é você?

Um sorriso se espalha no rosto de Matt enquanto ele dá de ombros, afastando-se da parede. – Ela dirige tão rápido que nem mesmo um cão do inferno pode alcançá-la.

Eu sorrio pensando nela dirigindo aquele Mustang 65 conversível, azul-escuro, turbinado, a música no último volume. Ela dirige perigosamente em alta velocidade, mas é bem sexy.

– A propósito, obrigado pelo apoio ontem à noite – disse enquanto o Matt desliza pela minha estante de livros e verifica os títulos. – Achava que toda essa coisa de sono fosse superestimada. Eu estava enganado.

Enquanto pega o meu original do *Purgatório*, de Dante, entre os volumes, ele faz uma careta. – Eu sabia que você ia se tornar inútil. Por que o Gabriel achou que você podia ajudar é o que eu nunca vou entender. Vira as páginas e depois olha para mim. – Você vai acabar escorregando de volta para a sua antiga forma. Sei disso. Demônios não mudam.

– Mas eu não sou mais um demônio. Não há "antiga forma". É ficha limpa e só.

– Você vai escorregar. – Ele me lança um olhar com um sorriso de satisfação, então coloca o Dante de volta na prateleira. – E quando você fizer isso, espero que seja uma coisa legal. Fiquei morrendo de vontade de bater em alguém. Nada me faria mais feliz se fosse você.

– Achei que só a mão de Deus pudesse castigar.

Um sorriso enigmático surgiu no canto dos seus lábios.

– Não acredite em tudo o que ouve.

Volto para o banheiro, sacudindo a minha cabeça e limpando os últimos vestígios de creme de barbear do meu rosto com uma toalha. – Quando ela vai chegar? – eu digo, reexaminando minhas feridas no espelho e puxando os círculos escuros sob os meus olhos.

Meu dedo percorre a cicatriz vermelho-sangue desenhada do lado direito do meu rosto – um presentinho de despedida do Beheri – enquanto o Matt nivela-se à altura do meu ombro no espelho e diz:

– Agora.

Eu o empurro para o lado e atravesso o meu apartamento até a janela; abro-a a tempo de vê-la encostar ao lado do meu Shelby Cobra preto 68 e sair de dentro do seu carro. Seu rosto está iluminado enquanto ela acena para mim e caminha em direção à porta do prédio. Corro até o *hall* de entrada e a encontro nas escadas.

Ela corre para cima de mim, sorrindo.

– Ei, senti sua falta.

Os longos cabelos louro-areia de Frannie são balançados de um jeito selvagem pelo vento. Não consigo deixar de admirar como a regata branca e o jeans bem assentado contornam cada curva do seu corpo sem serem justos. Um grande rasgo naquela calça jeans me provoca ao mostrar um pouco da sua pele. Fico arrepiado.

– Ei – digo. Envolvo os meus braços ao redor dos seus ombros e passo as mãos pelos seus cabelos, amarrando-os num nó na base do pescoço. – Também senti sua falta.

Ela se coloca na ponta dos pés, esticando sua pequena estatura ao seu máximo, mas, ainda assim, preciso me inclinar para baixo e encontrá-la no meio do caminho para o nosso beijo. Eu a conduzo pelo restante das escadas e entro em meu apartamento.

Ela atravessa a porta e, quando vê Matt, seus olhos se iluminam. Basta vê-los juntos para saber como ela está feliz por tê-lo de volta. Não tenho dúvidas de que foi seu poder de influência que fez com que Gabriel escolhesse Matt como o guardião da Frannie. E a melhor parte é que agora ela olha para ele com o coração leve e um olhar brando. A culpa desapareceu. Ela teve que se perdoar pela morte do Matt para que Gabriel marcasse a sua alma para o céu. Sabia que ela tinha feito isso, mas alguma coisa se acendeu no meu coração para que eu pudesse ver isso tão claramente em seu rosto.

– Ei, Matt, há quanto tempo não te vejo.

O sorriso de Matt é caloroso e autêntico em relação à irmã.

– Achei que você fosse quebrar a barreira do som enquanto dirigia. Eu tinha certeza de que você ia me alcançar aqui. – Ele enganchou um braço sobre o seu ombro. – Se você não dirigir com mais cuidado, eu vou transformar aquele Mustang num plástico-bolha celestial. – Vira os olhos para o teto, contemplativo. – E talvez dê um jeitinho no acelerador.

– Encoste no meu carro e você morre, irmãozinho. – Assim que essas palavras saíram de sua boca, seu sorriso desapareceu e ela arregalou os olhos.

– Quer dizer...

Matt ri e a puxa de volta para o seu lado.

– Sei, boa sorte com isso. E eu não sou o seu "irmãozinho".

Ela engole a seco e dá um sorriso manhoso.

– Sim, você é sim. Por oito minutos e meio, de acordo com a mamãe. – Ela o afasta para longe e segue até a mesinha de madeira da cozinha, onde larga a bolsa sobre a cadeira.

Até algumas semanas atrás, eu não precisava comer, então a única mobília no meu apartamento era uma cama preta *king size* para propósitos recreativos. Acrescentar uma mesa e duas cadeiras se tornou necessário quando encontrei comida na minha cama. E agora que lavar roupa também é uma necessidade – as desvantagens em se tornar um ser humano estão se acumulando rápido demais – nós comemos à mesa.

Entrelaço os meus dedos nos dela. – Você comeu? Eu estava indo fazer omeletes.

Ela olha para mim, delineando com o dedo ao longo da cicatriz no meu rosto, e eu fico completamente perdido em seus olhos.

– Acho ótimo – ela diz.

– O quê?

Um sorriso diabólico aparece em seu rosto.

– Omeletes?

– Ah, tá...

Matt

– Estou sem fome, obrigado – eu digo.

Os dois olham para mim, e Frannie abre um sorriso. – Isso é porque você nunca comeu a omelete do Luc. Ele pegou a receita do *website* da Rachael Ray. São de matar – ela diz, encolhendo-se em seguida.

– Já saquei, mana. Eles são bons. Então, qual o plano para hoje?

Frannie dá de ombros.

– Bem, almoçar, eu acho. Aí... – Ela olha para o demônio, e um sorriso travesso surge em seus lábios. – Você está pensando no que eu estou pensando...?

Reviro meus olhos e encaro o Luc.

Ele se inclina sobre a mesa e sorri para mim enquanto a Frannie vai até a geladeira.

– Não pense besteira, querubim. O Mustang precisa de uma troca de óleo.

Luc se levanta da mesa, vai até a cozinha e apanha uma panela e uma tigela do compartimento que fica embaixo do fogão. Frannie pega ovos, leite e alguns sacos com legumes na geladeira. Enquanto se movimentam pela cozinha, eles não falam nada, mas, pelo jeito como trabalham, parecem estar completamente inconscientes de que estão sempre se tocando – conectados. Em perfeita sincronia.

De repente, isso parece ser muito íntimo. Como preparar um almoço sem ser íntimo? Eu contraio os meus dentes para não gemer. Não posso suportar isso. Preciso dar o fora daqui.

– Bem, já que vocês não precisam de mim, acho que vou agora.

Frannie se vira para mim e sorri.

– Tem certeza de que não quer uma omelete? – ela diz, segurando um tomate.

Não posso deixar de sorrir de volta.

– Preciso cuidar da forma.

Ela ri enquanto atravesso a parede em direção ao corredor, onde fico de guarda.

Sozinho.

Como sempre.

Deslizo para baixo e me sento no chão com as costas apoiadas na parede. Quando o Gabriel me dispensou do treinamento para trabalhar pessoalmente comigo, disse que tinha um serviço especial para mim. Não havia ninguém mais adequado para fazê-lo. Quando me disse que eu seria o guardião da Frannie, eu não conseguia acreditar. Não estava orgulhoso da maneira como a tratei quando estava vivo, e ter sete anos de idade não era desculpa. Isso era perfeito. Quantas pessoas do outro lado têm a chance de fazer as pazes com a irmã gêmea?

O que ele esqueceu de mencionar é que a minha irmã estaria apaixonada por um demônio grotesco. Como ele deixou isso acontecer?

Então, eu me sento aqui, fico batendo com a cabeça contra a parede, impotente, enquanto minha irmã está em perigo. Gabriel foi claro. Não posso interferir. Ele diz que a vida é dela. A escolha é dela. Ele diz que as coisas vão dar certo.

Não acredito nele.

E é só uma questão de tempo até que o demônio faça alguma coisa para provar que eu estou certo.

Frannie

– Gabe tem feito experiências em mim com esse negócio de poder de influenciar – digo depois do almoço, entregando ao Luc a frigideira para limpar.

Ele espreme os olhos e não tenta nem esconder a ponta de ciúmes na sua voz.

– Deixa eu adivinhar: tarde da noite, sozinho no seu quarto.

Não posso conter o nervosismo na minha barriga ou o meu rosto ruborizando, e eu odeio essa sensação de culpa. Mas acabo sentindo. Ainda não faço ideia do que sinto pelo Gabe. Tudo o que sei é que preciso dele. Quando ele está por perto, quase posso acreditar que tudo vai ficar bem, e quando ele me toca, todo o meu pânico desaparece.

Mergulho as mãos no detergente e começo a esfregar os pratos freneticamente.

– Às vezes. Mas se a única pessoa sobre quem posso exercer o meu poder de influenciar é o Gabe, isso não faz muita diferença.

Luc não precisa saber que essas sessões práticas, tarde da noite no meu quarto, geralmente envolvem o fato de eu tentar descobrir como não usar a minha influência sobre o Gabe.

Ele bate a frigideira sobre o balcão com um estrondo que abala o chão e olha para as suas mãos espalmadas sobre ela.

– Eu sinceramente duvido que haja muitas coisas que você não podia conseguir que Gabriel fizesse por você simplesmente pedindo a ele.

Eu começo, porque é o Gabe que pode ler a minha mente, não o Luc. Mas, pelo jeito que ele me olha, deve estar imaginando.

Respiro fundo e espero um segundo para me recompor.

– Enfim... na maior parte do tempo, a gente anda pelo parque. – Sinto meu peito apertar enquanto afasto para o lado a frustração que ameaça a tomar conta de mim toda vez que penso nessa coisa idiota. – Ele acha que as crianças devem ser mais fáceis de influenciar. Mas percebo que é melhor instigar coisas do que forçá-las.

Ele empurra bruscamente a panela em cima do balcão. – Bem, isso é um bom presságio para a paz mundial.

Viro meu rosto para as mãos ensaboadas e suspiro.

– Eu não sirvo para isso. Não sei o que ele pensa que eu posso fazer, mas não consigo nem quebrar um baldinho de areia com a pá. – Odeio lágrimas escorrendo dos olhos e caindo em minhas mãos. Detesto tudo neste momento. – Não posso fazer isso. Não está funcionando.

Não olho para ele enquanto se vira e me pressiona contra o balcão, seu corpo quente contra o meu, sua voz repentinamente suave.

– Desculpe, Frannie. Você sabe como isso é difícil para mim... todos esses sentimentos. Tudo vai dar certo. – Ele suspende o meu queixo com o dedo e tira um pouco de espuma de sabão da minha testa. – Vamos tentar juntos. – Sorri e suspende as sobrancelhas. – Vou deixar você praticar em mim.

Fungo e limpo o nariz na parte de trás do meu braço.

– Eu já fiz.

Ele sorri e olha para si para conferir se ainda está intacto.

– Eu deveria ficar preocupado?

Dou um meio sorriso de volta.

– Não. Eu já fiz esse negócio em você sem nem ao menos você saber. Você é o meu ratinho de laboratório ou coisa do tipo. Minha primeira vítima.

Antes mesmo que eu soubesse o que era esse poder de influenciar, ou que o tinha, eu estava usando no Luc. É claro que naquele momento eu também não sabia que Luc era um demônio. Mas eu o desejava. Muito. E acabei meio que acidentalmente transformando-o num mortal com o meu poder de influenciar.

Ele me prende apertado contra o balcão e eu não posso ignorar que o seu corpo contra o meu me fazia ficar mole feito gelatina. A expressão em seus olhos negros e ardentes faz o meu coração disparar.

– Como o experimento funcionou?

Sinto que estou ficando quente, apesar de toda a água com sabão que escorre pelos meus braços. Coloco as minhas mãos ensaboadas em volta do pescoço dele e o vejo fazer uma careta enquanto a água fria escorre por suas costas.

– Acho que ainda não descobri como. É uma investigação em andamento. Você sabe, tipo... – Eu pressiono com força o meu corpo contra o dele. – O que acontece se eu fizer isso?

Sinto seu corpo reagir, os músculos tensionados, sua respiração ficando acelerada. Sorrio.

- Ou isso – digo, me colocando na ponta dos pés para beijar o seu pomo de Adão.

- Reação interessante - eu digo quando ele tomba a cabeça para trás e estremece. – Preciso atualizar o meu relatório.

- Bem, parece que quando você deseja com naturalidade, o seu poder de influenciar funciona direitinho. Talvez você esteja tentando com muita força. – Ele baixa a cabeça e olha para mim, aqueles profundos olhos pretos estão em chamas. Mas então se afasta. – Se eu pudesse terminar o que comecei...

Eu o puxo de volta para mim pela cintura da sua calça jeans.

– Por que você não pode?

– Porque a moça da biblioteca me disse para ligar para ela a uma da tarde. – Ele acena a cabeça para o relógio digital do micro-ondas, que marca 12:58.

Dou um empurrão nele e volto para a pia cheia de louças.

– Como você é engraçado. – Balanço a cabeça, frustrada. – Viu como o meu poder de influência funciona bem? Eu não consigo nem mesmo convencer você a desistir de um telefonema.

Suas mãos deslizam para baixo, pela curva dos meus quadris, e eu olho para ele por cima do meu ombro. – Ah, você me seduziu muito bem - ele diz com um belo sorriso perverso. – A única razão para que eu resista agora é porque tenho certeza de que podemos continuar de onde paramos quando eu terminar.

- Não tenha tanta certeza disso - eu digo, sabendo que ele está certo. – Se vacilar, você dança.

Ele parece mesmo preocupado por um instante, mas, em seguida, essa expressão se apaga. – É o que veremos. – Seu sorriso está de volta e todos os tipos de ideias maldosas piscam por trás dos seus olhos. Ele se senta numa das cadeiras da cozinha e a empurra para trás, balançando-se com as duas pernas enquanto digita no telefone. Desliga dez minutos depois, no momento em que empilho o último prato de um antigo conjunto da minha mãe de volta para dentro do armário. Ele repousa os pés da cadeira no chão e diz:

- Eu começo no sábado.

- Eu não sei por que você acha que precisa de um trabalho. Você é capaz de viver para sempre... – Eu me surpreendo quando ele ri. – Quer dizer, pelo resto da sua vida, em suas contas bancárias malucas.

Ele me encara.

– Você também poderia.

Eu me viro para o balcão e ignoro a emoção que me atravessa correndo toda vez que ele implica comigo. – Não vou pegar o seu dinheiro, Luc. Nós já falamos sobre isso.

– Ótimo. Então você vai trabalhar e eu posso passar o dia todo à toa na pizzaria ou tentar me tornar um membro produtivo da sociedade.

– Acho que é melhor – admito.

Luc tende a me distrair quando está por perto. Minha primeira semana no novo emprego foi muito difícil, culminando com uma pizza Ricco que caiu no chão ao escorregar da bandeja quando eu seguia para uma mesa. Tive que pagar pela pizza.

Penduro o pano de prato em cima da torneira e volto a enfrentar Luc.

– O Ricco provavelmente mandaria prender você por ficar me seguindo e assustando todos os clientes se você ficasse lá o dia todo à toa. Você ainda tem aquela coisa *sombria*, você sabe. Eles trancariam você e jogariam a chave fora.

– E por falar em chaves... – Enfiou a mão no bolso e puxou para fora uma chave prateada brilhante, segurando-a no alto, permitindo assim que uma luz fraca brilhasse sobre ela. – É para o apartamento. Eu sei que é só por mais alguns meses, mas quero que você possa entrar e sair quando quiser.

Eu me sento no seu colo.

– Pensei que era isso o que eu estava fazendo.

– Você não precisa bater.

Seus braços me envolvem e me puxam para perto.

– Você não tem medo de que eu entre e pegue você fazendo uma coisa que não deveria estar fazendo?

– A única pessoa com quem eu estaria fazendo isso seria você. – Seu sorriso torna-se malvado enquanto ele desliza a mão por baixo da minha blusa. – E você já vai estar aqui.

Quando pressiono meus lábios nos dele, meu coração dispara. Ele começa a levantar a minha blusa acima da minha cabeça.

– Não se preocupem comigo... – A voz do Gabe vem da porta e me dá um baita susto.

Viro-me e lá está ele, encostado no batente da porta, com uma expressão angelical: sorriso brilhante, cachos platinados e aqueles belos olhos azuis brilhando em um rosto forte e bronzeado. Ninguém deveria ter uma aparência tão boa assim.

Luc solta um suspiro de frustração e veste a minha blusa de volta.

– Pelo amor de todas as coisas profanas, o que há com vocês, celestiais? Você poderia, por favor, aprender a bater na porta?

– E perder o show? – ele diz, sorrindo para mim enquanto ajeito a minha blusa.

Afasto-me do Luc e me coloco de pé.

– Para um anjo, você é muito pervertido – diz Luc.

Gabe relaxa de volta contra a parede e enfia as mãos nos bolsos da calça jeans.

– Por algumas coisas vale a pena perder as asas. – Seu sorriso desaparece e seus olhos azuis perfuram os meus. – Enfim, eu só vim para dizer adeus.

- Adeus? – O pânico que vive constantemente na minha barriga se arrasta para a minha voz. Tão culpada quanto isso me faz sentir, não há nada que eu possa fazer que pare o meu coração de vibrar tanto quando ele olha para mim como se... como se estivesse vendo a minha alma.

Luc percebe o meu estranho olhar e o meu rosto ruborizado. Ele se levanta da cadeira e encara Gabe.

– Não deixe a porta bater no seu traseiro quando sair.

– Não preciso usar a porta, cara. – Vagarosamente, ele dá uma olhada no mural de Luc na parede. – Você sabe que está jogando no outro time agora. Você realmente precisa fazer algo a esse respeito - ele diz, correndo o dedo sobre a turva superfície em laranja e ouro fundido ao lado do Lago de Fogo.

- Ei, você pode tirar um demônio do inferno, mas não pode tirar o inferno de dentro do demônio. – O sorriso de Luc faz o meu coração palpitar desgovernadamente.

Os olhos do Gabe deslizam de volta para os meus.

– Você vai ficar bem, Frannie - ele diz. Uma parte de mim odeia que ele esteja na minha cabeça... lendo os meus pensamentos. Ele sabe como me sinto em relação a ele, mesmo que eu não saiba.

Mas então registro o que ele está dizendo. Meu coração agitado se acelera enquanto uma imensa sensação de alarme toma conta de mim ao imaginar que Gabe vai partir.

– Você não pode ir. – É tudo o que eu consigo dizer sem parecer totalmente histérica ou demonstrar nervosismo na minha voz.

Ele avança para a frente e tira o cabelo do meu rosto com um movimento da mão.

– É melhor assim. Para todo mundo - acrescenta, olhando na direção de Luc.

- Mas...

- Você estará em boas mãos, Frannie. Matt vai estar aqui se você precisar dele e o Luc... – Ele cerra a mandíbula e aperta os olhos quase imperceptivelmente. – Luc não vai deixar nada acontecer a você.

Luc, percebendo o desafio nas palavras de Gabe, dá uns passos à frente e coloca os braços ao meu redor. – Você está certo. Não vou deixar.

Afasto-me do abraço do Luc e avanço em direção a Gabe.

– Por quê?

Ele levanta a mão e esfrega o dedo frio ao longo do meu maxilar. Eu respiro em seu sol de inverno e me sinto calma só em ficar aqui, ao seu lado. Quando ele responde, sua voz é suave e baixa... querendo falar só comigo. – Não é muito prudente para mim que eu passe tanto tempo com você, Frannie.

- Mas...

- Vocês dois foram marcados para o céu, e, se você precisar partir, seu escudo protetor manterá vocês dois escondidos.

Com o Matt vigiando, você ficará bem. Mas não posso ficar aqui. – Ele baixa o olhar para o chão.

Engulo um denso nó na minha garganta.

– Está bem - digo, sabendo que ele está certo, porque há uma razão para que eu tema em me virar e olhar para o Luc. Não posso negar isso; mesmo que eu ame o Luc, tenho uma profunda conexão com o Gabe. Luc é meu coração e minha alma, mas Gabe é minha âncora. Eu o abraço e o afasto quando sinto as lágrimas queimando os olhos. Dou um passo para trás e o braço do Luc facilmente cerca a minha cintura, sentindo-se muito menos possessivo. Olho para ele, certa do que vou ver, mas seus olhos estão suaves e cheios de compaixão. Ele me dá um aperto suave e um sorriso tranquilizador.

Viro-me para Gabe e olho dentro dos seus olhos azuis, como o céu infinito.

– Então, quando vou ver você?

– Eu vou voltar para saber como você está.

– Promete? – Eu sei como isso soa desesperado, mas não me importo.

Ele ergue os olhos sem levantar a cabeça, fica olhando para mim por baixo dos seus longos cílios brancos.

– Prometo. - Ele permanece me encarando e, mesmo que os seus lábios não se movam, juro que o ouço acrescentar: - Eu sempre estarei aqui por você.

Aceno novamente e sufoco uma ameaça de lágrimas. Abro a boca, mas não há palavras, então eu fecho de novo. Mas meus olhos dizem o que a boca não pode dizer. E sei que ele enxerga isso, porque seus olhos se enchem de névoa e ele engole com força enquanto desaparece.

- Sinto muito, Frannie - Luc diz me puxando para ele. – Eu tento não ser ciumento, tento compreender a sua conexão...

- Não é sua culpa. – Eu o puxo para perto. Como posso esperar que ele entenda quando eu mesma não faço ideia?

Sua mão percorre meu rosto e ele me puxa para um beijo, seus lábios suaves nos meus, como se ele temesse me partir ao meio. Enrosco meu pulso em seu cabelo e puxo-o para perto de mim, mas isso dura apenas um segundo até que eu o afasto para longe, confusa. Procuro por alguma coisa em seu beijo que não está lá. Uma coisa que só senti em outro beijo dele. Preciso encontrar um jeito diferente para me acalmar.

Ignoro a pergunta que paira nos olhos do Luc, enquanto ele olha para baixo, diretamente para mim, com a testa franzida.

- Você me ajuda a trocar o óleo antes de eu ir trabalhar?

Posso afirmar que pelo seu suspiro de resignação ele sabe que eu estou pensando no Gabe, e odeio o fato de eu ser tão ruim em esconder isso.

- Seu desejo é uma ordem - ele diz. – A que horas você precisa chegar lá?

- Às três.

Ele olha para o relógio da cozinha.

– É melhor a gente resolver isso, então. Você tem tudo?

- No porta-malas. – Com um sorriso no rosto, apanho as duas chaves do bolso, que tilintam penduradas num pé de coelho.

Ele sorri de volta e pega minha mão, me conduzindo até a porta.

– Esqueci de testar a sua chave - diz. – Tenta.

Balanço as chaves novamente enquanto chegamos ao corredor e experimento a chave nova e brilhante na fechadura da porta para trancá-la ao passarmos. Puxo a chave da fechadura e sinto-o me pressionando por trás, suas mãos deslizando gentilmente ao redor da minha cintura até a minha barriga. Seus lábios traçam um caminho da minha bochecha até a orelha, onde ele sussurra:

- Estamos nisso juntos, Frannie. Tudo vai ficar bem.

Giro em seus braços e o beijo novamente, dessa vez desejando somente ele. O calor do seu beijo se espalha por mim até arder.

Percorrendo com o dedo a cicatriz deixada por Beherit em sua bochecha, estremeço ao pensar o quão perto estive de perdê-lo. Quero dizer a ele o quanto eu confio nele e que eu sei que ele faria qualquer coisa por mim. Ele provou isso quando arriscou a própria vida para me salvar do Beherit. Quero dizer que eu também faço qualquer coisa por ele. Mas não consigo fazer com que as palavras atravessem o nó na minha garganta. Em vez disso, viro para a porta enxugando as lágrimas, destrancando a fechadura e puxando-o para dentro do apartamento.

Eu o levo até a cama e o puxo para outro beijo. Afundamos nos lençóis, e eu só quero me perder nele... para não ter de pensar em mais nada por algum tempo. Mas, quando alcanço o botão da sua calça jeans, ele entrelaça os dedos nos meus, leva a minha mão até seu rosto e beija por trás dos meus dedos.

- Assim não, Frannie. Nossa primeira vez não vai acontecer por causa dele.

- Não é por causa dele. Eu só quero que a gente tenha mais intimidade. – Mesmo dizendo isso, não tenho cem por cento de certeza se é verdade, porque aqueles olhos azuis e aquele sorriso iluminado estão na minha cabeça. Sinto o buraco em meu coração onde ele deveria estar. Eu já sinto a falta do Gabe.

- Logo - Luc diz e me beija. – Mas agora não.

Matt

Gabriel me ordenou uma função antes de atravessar a parede para entrar no apartamento de Luc. Estou por minha conta. Quando comecei a segui-lo, ele fez sinal para que eu esperasse no corredor. Disse que precisava de um momento a sós com a Frannie. Como ele planeja conseguir isso com aquele demônio na sala ninguém sabe.

Frannie e o demônio saíram pouco tempo depois. Ela parecia seriamente abalada. Mas ele sussurrou alguma coisa para ela e, então, desapareceram ao entrarem novamente no apartamento.

Tenho ficado aqui sentado desde então pensando no que eles conversaram... quero dizer, os três.

Gabriel é um Domínio. Um dos mais poderosos no céu. O terceiro na sucessão do próprio Deus. Mas, quando o vejo com a Frannie, tudo sobre ele muda... sutilmente. Ele poderia fazer qualquer coisa por ela. E a expressão em seus olhos quando me disse que estava partindo... era de agonia. Se eu não o conhecesse bem, podia jurar que ele está apaixonado por ela.

Ele poderia amá-la? Anjos amam tudo. É o que nós fazemos. Mas, quero dizer... existe mais do que isso? Ele realmente pode *amá-la*?

Ainda estou ponderando tudo isso quando Frannie e o demônio saem novamente para o corredor. Sigo-os em direção às escadas enquanto eles andam de braços dados. Assim que terminamos de descer as escadas, a porta que dá para o estacionamento balança, aberta. Frannie a segura e alguém semelhante a uma pilha de caixas com pernas atravessa. As caixas caem sobre ela, revelando o rosto de uma garota. Ela tem a nossa idade, mas é mais alta que Frannie, com um cabelo viscoso castanho-chocolate atravessado na frente de seus olhos verdes.

– Droga. Desculpa – ela diz justamente quando a caixa no topo da pilha escorrega. As garras do demônio seguram a caixa antes que ela caia no chão.

– Peguei – ele diz. – Aonde você vai?

– 218 – ela diz.

Ele olha para a Frannie.

– Podemos ajudar?

– Claro – Frannie diz, pegando uma caixa fora da pilha. – Você está se mudando para cá?

– Sim – ela diz, desviando o olhar. – Obrigada, mas vocês não precisam ajudar. Parece que estão indo a algum lugar.

– Não é nada de mais. O óleo pode esperar – Frannie diz e se vira para as escadas.

O 218 fica ao lado da porta do Luc. Observo enquanto os três arrastam caixas do banco da picape Ford laranja da garota pelas escadas até o apartamento dela. Em três viagens, eles carregaram tudo. A garota enxuga gotas de suor da testa com a manga da camiseta cinza.

– Preciso ir trabalhar – Frannie diz. – Você se ajeita sozinha a partir daqui?

A garota olha para o chão sem encontrar os olhos da Frannie enquanto diz:

– Estou bem... não tenho muita coisa.

Olhei para uma pequena caixa no meio da sala. Se aquilo fosse todas as suas coisas, ela tinha razão.

Eu a vi olhar toda a sala. À exceção dos armários da cozinha, que são pintados num tom tangerina alegre, o lugar parece bastante sombrio. Apenas um espaço aberto com paredes acinzentadas descascadas. Como no apartamento do Luc, há uma grande janela com vista para o estacionamento. A vidraça superior está rachada em um intrincado padrão de teia de aranha que parece explodir em centenas de fragmentos a um pequeno contato, a qualquer momento. Ao longo da parede à direita da janela, há um sofá verde surrado com um imenso rasgo no meio do estofamento, o qual joga para fora, no chão, um monte de espumas do enchimento. Olhando em volta, é difícil compreender o brilho animado nos olhos da garota. Para mim é tudo muito deprimente, o que pode significar alguma coisa, já que anjos não ficam deprimidos.

Frannie estende a mão:

– Bem, eu sou a Frannie e esse é o Luc.

A garota pega a mão da Frannie na tentativa de sacudi-la.

– Lili. – Ela abaixa a cabeça como se ficasse constrangida por ser o centro das atenções.

– E aí, você é de onde? – Frannie pergunta.

– Ah... hum... de nenhum lugar. Eu só estou aqui porque

vou para a universidade federal no outono. Isso aqui foi o mais perto que consegui da cidade.

– Bem, estou na porta ao lado, então se você precisar de alguma coisa...– Luc diz enquanto ele e Frannie se movem em direção à porta.

– Obrigada – ela diz passando a mão nos cabelos, puxando os fios úmidos para fora da sua testa suada, dando uma breve olhada na minha direção.

A invisibilidade é uma coisa boa porque, enquanto o demônio e Frannie desaparecem no corredor em direção as escadas, eu me encontro fixo nesse lugar. Não consigo deixar de olhar para ela. Ela não se parece com ninguém que eu já tenha visto antes. Ou sentido. Existe alguma coisa completamente estranha em relação à sua alma. Não consigo lê-la muito bem; só consigo obter sensações... trechos efêmeros. Há um lado negro nela e a sua alma já está marcada para o inferno, mas também há um lado ferido, implorando por socorro. Alguma coisa naqueles olhos verdes me faz querer ser o único a ajudá-la.

Estou tão fascinado por ela que me esqueço de mim mesmo e não saio do caminho a tempo enquanto ela segue em direção à porta para trancá-la. Assim que ela passa através de mim, sinto uma certa agitação.

Desejo?

Acho que sim. Estremeço como se um formigamento elétrico passasse por mim. Em seguida, viro-me e a vejo fechar a porta e girar a chave.

De repente me ocorre que estou do lado errado da porta. Aquelas fechaduras são para manter os outros do lado de *fora*. Eu caio fora, mas hesito antes de atravessar a parede em direção ao corredor. Aqueles olhos. Existe alguma coisa naqueles olhos.

Eu me aproximo e estico a mão para tocar o seu rosto, como se eu fosse uma mariposa inexplicavelmente atraída pela chama. Mas pouco antes de a minha mão tocá-la, ela se vira para longe e caminha em direção à pilha de caixas.

– *Deus do céu. O que estou fazendo?*

Balanço minha cabeça e então atravesso a parede. Fico parado no corredor por um longo tempo tentando me recompor. *O que foi aquilo?* Eu nunca senti nada assim antes... um desejo primitivo se revirando furiosamente dentro de mim. Respiro profundamente, pulo para cima e para baixo algumas vezes para relaxar a tensão, mas ainda não estou completamente bem quando me sento no banco atrás de Frannie. Permaneço invisível enquanto ela sai do estacionamento e só quando estamos na metade da rua, eu na parte de trás do conversível, com o vento clareando a nuvem na minha cabeça, apareço e permito que Frannie e o demônio me vejam.

– Legal você se juntar a nós – ele diz enquanto eu alcanço

o cinto de segurança e o prendo rapidamente em mim.

Eu me acomodo de um modo desleixado no banco, ainda me sentindo um pouco inseguro com o que acabou de acontecer com a Lili.

– E aí... o que você achou daquela garota?

O demônio me lançou um longo olhar de soslaio.

– Bem, eu acho que ela é uma garota.

Faço uma careta. – Ha, ha. Quer dizer, ela se parece com uma, sei lá... como se ela precisasse de ajuda ou coisa assim?

Frannie olha para mim pelo espelho retrovisor.

– Talvez. Ela parecia muito tímida e meio assustada. Vou ficar de olho nela.

Eu também.

CAPÍTULO 2

HELL'S KITCHEN[1]

Frannie

Quando chego em casa e coloco a minha superapertada camiseta do Ricco, já estou atrasada para o trabalho. E o Ricco não me deixaria esquecer disso.

A melhor amiga da minha irmã, Delaine – uma extraordinária ajudante de garçonete – está ao lado da máquina registradora de Ricco, com seu longo cabelo preto amarrado para trás num rabo de cavalo e um brilho esfumaçado em seus olhos cinza. – Oi, Frannie - ela diz; em seguida, olha de soslaio para Ricco e encolhe os ombros antes de ir para a máquina de refrigerantes.

1 *Reality show* baseado em uma competição de culinária. (N.T.)

Ricco faz uma careta para mim, seus traços italianos mostram-se sisudos. Não levei isso para o lado pessoal. Imaginei que Ricco odiasse todos os seus funcionários. Ele estava convencido de que nós o estávamos roubando.

– Você vai começar a festa de aniversário das 15h30 - ele diz.

Maravilha. Crianças endiabradas e nenhuma gorjeta.

Ele olha por cima do meu ombro e um sorriso explode no seu rosto – a boca cheia de dentes tortos manchados de café. Detém o punho no ar, expondo grandes manchas amareladas em sua túnica branca de *chef*.

– *Un toro!* - ele diz para o Luc, esperando por uma colisão. Acho que ele não se importa com o Luc circulando por aqui depois de tudo.

– Un Toro? – eu digo.

Um sorriso cínico surge nos lábios de Luc e ele balança a cabeça.

Olho para trás, para o Ricco, e ele continua sorrindo para o Luc, mas não me responde. Enquanto observo Luc seguindo para a sua mesa habitual, vejo as únicas pessoas restantes no local – um grupo de quatro garotas do ensino fundamental sentadas na parte de trás – tomarem o caminho mais curto para um lugar ao lado dele.

Percebo que estou olhando para o Luc e sorrindo feito boba quando a voz do Ricco interrompe os meus devaneios.

– Você parece animada com a festa. Talvez eu dê todas elas a você.

– Tanto faz – eu digo, e sigo para o balcão, onde a Dana, a outra e única garçonete que o Ricco não tinha expulsado daqui, está mexendo um jarro de limonada.

Respiro fundo e tento limpar a minha mente.

– Nada de pizzas no chão hoje – digo em voz alta, fazendo um pacto comigo mesma. Preciso me manter concentrada. Mas eu já sei que isso é inútil. Meu coração está doendo e é quase impossível tirar o Gabe da minha cabeça. Não acredito que ele foi mesmo embora... mas sei que é verdade. Não consigo senti-lo. Não tinha imaginado como ele se tornou um grande pedaço de mim até ele ir embora. Tomo fôlego novamente e solto um longo suspiro, me virando para onde Luc está sentado. Imediatamente me sinto culpada de novo.

– Você é esperta em ficar de olho nele.

Amarro meu avental preto e viro o rosto para Delaine, que está de pé, atrás de mim. Há um sorriso malicioso em seu rosto enquanto ela inclina a cabeça na direção da mesa de Luc. Dana deixa a jarra de limonada sobre a mesa enquanto as garotas do ensino fundamental discutem sobre quem vai se sentar perto de Luc. Três delas se enfiam no mesmo lugar, deslizando para o assento perto dele, deixando a loira com acne e aparelho fazendo beicinho.

Delaine sorri e segue para enxugar a mesa de Luc com um pano.

Luc

Ainda não decidi se conto para a Frannie que ela está trabalhando para um Imp[1]. Tenho observado-o cuidadosamente e até agora ele parece inofensivo. Não tenho certeza se ele sabe que é um. Com as suas contrapartes angelicais – um nefelim – Imps são diabinhos mortais; sendo assim, se eles não herdaram qualquer poder evidente do seu pai demônio, provavelmente nunca tomarão conhecimento disso. Mas existem alguns sinais indicadores.

Imps exalam sutilmente um cheiro de enxofre. Não chega a ser perceptível ao olfato humano, mas o meu ainda consegue captá-lo.

Convivendo com o Matt, descobri que os Imps não são os únicos com sinais indicadores. Anjos não projetam uma sombra bem delineada. Suas sombras são sempre um pouco embaçadas nas bordas. A menos que esteja escuro como breu, elas são facilmente notadas. Nunca conseguem esconder completamente o brilho de seus olhos. Sempre existe uma sugestão que torna fácil identificá-los com prática – a qual eu tenho.

---

[2] Demônios pequenos, dotados de grande poder mental, com os quais os iniciados nas forças das trevas estabelecem pacto. Geralmente desempenham a função de ajudantes.

Deslizo para o canto da mesa, minhas costas contra a parede, e com um chute coloco as pernas em cima do assento. Delaine vem e limpa a minha mesa com um pano sujo, deixando-a pior do que estava.

– Ei, Luc. Vocês vão amanhã ao Gallagher para ouvir a gente tocar? – ela diz, movendo-se à minha frente.

– Eu não perderia isso.

– Legal. É provável que tenha um olheiro lá. Se alguém perguntar, diga que você está lá para ouvir a gente.

– Vocês vão ter um grande momento? Você vai se lembrar dos seus antigos fãs quando estiverem tocando em estádios lotados?

Um sorrisinho sarcástico estica-se em um lado de sua boca.

– Desejo que sim.

Frannie passeia com o seu bloco e caneta na mão.

– No que posso ajudar, senhor? – ela murmura.

Delaine sorri para Frannie e vai embora.

– Até mais.

Sinto um sorriso partindo o meu rosto.

– O que eu quero – esfrego o meu pé na coxa da Frannie – não está no *menu*.

Ela franze o cenho, mas não se afasta.

– Onde estava uma hora atrás?

– Eu estava pensando num cheeseburguer.

Ela dá um meio sorriso e rabisca no seu bloco com um floreio.

– Uma fatia de pizza de queijo de papelão saindo agorinha.

Não consigo evitar o sorriso que puxa os meus lábios para um sorriso de plena satisfação enquanto a observo caminhar de volta para o balcão. Respiro profundamente, forçando desviar os olhos dela para sondar o restaurante.

Com essa vantagem, posso ver claramente todo o lugar – incluindo o Imp atrás do balcão. Aproveito a oportunidade para estudá-lo enquanto a Frannie pendura o meu pedido na janela da cozinha. Ele está ocupado com a gaveta de dinheiro, a incontrolável avareza estampada em seus olhos e por todo o rosto. Ele empurra a gaveta para fechá-la justamente quando a porta se abre. Parece esperançoso, mas logo em seguida seu rosto se transforma em uma máscara de medo.

O cabelo na parte de trás do meu pescoço arrepia. Um segundo depois, sei o porquê.

Rhenorian.

Talvez um fio do meu sexto sentido tenha me conduzido à humanidade apesar de tudo.

Mesmo para um ex-demônio, ele é intimidante. Uma montanha de músculos com dois metros e dez de altura, ele assusta terrivelmente a maioria das pessoas. Passa a mão pelo cabelo comprido castanho escuro e entra pela porta de um jeito casual. Quando me vê, aperta os olhos e um sorriso de escárnio aparece em seu rosto grande e redondo. As garotas na mesa ao meu lado, de repente, ficam quietas, enquanto ele caminha a passos largos e dobra o seu corpo robusto para se sentar à minha frente.

– Lúcifer. Mas que surpresa agradável.

Luto contra a vontade de agarrar Frannie e sair correndo. É tarde demais para isso. Seguranças andam em bando. Tenho certeza de que o Rhenorian deixou alguns dos seus lacaios estacionados lá fora. E eu preciso descobrir o que ele sabe – o motivo para ele estar aqui.

– Rhenorian. – Aceno para ele com a cabeça. – Duvido muito de que tenha sido uma surpresa.

Um sorriso enorme espalha-se devagar pelo seu rosto demoníaco.

– E aí, como isso funciona?

– Bem, primeiro você dá uma olhada no *menu* – eu digo, deslizando um pela mesa – e, quando você escolher, a garçonete vem e anota o seu pedido. – Dou uma olhada para Frannie e Dana, que estão atrás do balcão, observando.

Todo o humor desaparece do seu rosto, mas o sorriso não.

– Você sempre foi um comediante, Lúcifer, mas dessa vez não pode brincar à sua maneira.

– Está certo, então. Diga você. Como isso vai ser?

– Bem, isso depende. Do jeito fácil: você se levanta e

sai comigo, onde seguiremos de volta para o inferno para o seu julgamento. Do jeito difícil: eu agarro você e arrasto lá para fora, de onde seguiremos de volta ao inferno para o seu julgamento.

– Hum. Eu só vi uma falha em seu plano magistral.

Ele se inclina na minha direção.

– Que seria...?

– O que estou pensando?

Seu rosto torna-se sombriamente preocupado.

– Eu não sei. Você tem algum tipo de campo de força de inferno ou coisa assim.

– Pense grande, Rhenorian.

Olho para Frannie, que está atrás do balcão do outro lado do salão, lutando contra uma força invisível. *Matt.* Respiro aliviado, pois sei que ela está em seu campo de proteção. Mesmo assim, seus olhos estão fitos em Rhenorian, sua mandíbula e seus músculos estão tensos. Conheço esse olhar. Ela está pensando num jeito de derrotá-lo. Nossos olhares se encontram e balanço a minha cabeça quase imperceptivelmente. Rhenorian está olhando fixamente para mim, e quero manter as coisas assim. Ele parece desconhecer totalmente que Frannie é o alvo principal.

Frannie olha para mim, e quando me volto para Rhenorian, um semblante de frustração atravessa seu rosto.

– Não consigo ler nada. É quase como se você fosse humano ou coisa do tipo.

Aponto sutilmente a cabeça em direção a ele e suspendo uma sobrancelha.

Ele me olha por um segundo de um jeito interrogativo e, em seguida, arregala os olhos até quase tocar seus pés, derrubando a mesa sobre mim e jogando os *menus* na minha direção.

– *Mas que diabos é isso?*

Olho para as garotas na mesa atrás de Rhenorian, que observam com cautela.

– Calma, garoto – eu digo tranquilamente.

Ele volta timidamente para o seu lugar, ajeitando a mesa. Por um longo tempo, não diz nada. Apenas fica de olhos arregalados, como se tentasse enxergar através de mim.

– Como você fez isso? – ele finalmente consegue falar.

– Não fiz. Fizeram para mim.

– Outra pessoa transformou você em humano? Você encontrou um... o quê? Um mágico?

Eu me dei conta de que posso ter falado demais. Para trazer a conversa de novo para mim, digo:

– Então você já percebeu que não vou a lugar nenhum. Você podia simplesmente me matar e levar a minha alma de volta para o inferno, se não fosse pela outra coisa.

Ele coloca os dedos sobre a mesa em frente a ele e aperta os olhos.

– Que outra coisa?

Encaro-o de um jeito duro e não consigo evitar um sorriso se desenrolando nos meus lábios quando a compreensão aparece em seu rosto.

– Maldição! Você foi marcado para o céu! – ele diz, dando um pulo da mesa outra vez.

– Então, como você vê, Rhen, se Ele me quiser de volta, será preciso um pouco mais de planejamento e premeditação da sua parte para descobrir como me levar para lá.

– Por que diabos Ele não me contou?

– Eu não sei. Talvez Ele tenha pensado que com a sua limitada capacidade intelectual...

Ele empurra a mesa contra mim, então seus olhos brilham e ele resmunga:

– Vá se danar, cara de anjo. – Ele gira sobre os calcanhares e sai enfurecido do Ricco's, deixando um leve indício de ovo podre em seu rastro.

Olho para cima enquanto empurro a mesa para longe de mim e vejo as quatro garotas ao meu lado fugindo para longe. Quando me viro para o balcão, Ricco, Dana e Delaine estão paralisados, boquiabertos.

Ricco parece realmente chocado e um tanto assustado. Tenho certeza de ter detectado um tremor em sua pequena estrutura enquanto ele paira protetoramente sobre a caixa registradora. Mas não há indício de reconhecimento ou entendimento em seus olhos negros. Acho que ele nem sabe que demônios existem. Então, aparentemente, o meio demônio da sua parentela não andava por perto. Nenhuma surpresa. Demônios não são grandes conhecedores da ideia de nutrir carinho.

Meu olhar se desloca para Frannie enquanto ela vem atravessando correndo o salão até mim.

– Está tudo bem, Frannie.

– O que ele queria?

– Rhenorian é o chefe da segurança. Ele foi enviado para me levar de volta. Mas parece que não estava a par dos detalhes sobre o que isso implica. – Olho em seus olhos. – Acho que ele nem sabe que você existe, então estamos bem.

Ela se inclina para perto; o pânico é evidente em seu rosto.

– Estamos bem? Não, não estamos bem! Ele não pode ter você.

– Ele não pode me ter enquanto eu estiver marcado para o céu – eu asseguro.

Enquanto Frannie olha para mim, eu reflito. Faz sentido que o rei Lúcifer venha atrás de mim, em carne e osso, eu suponho. Isso explicaria por que o Rhenorian veio atrás de mim, e não parece ter notado a Frannie, mas...

– Por que o Lúcifer mandou o Rhenorian atrás de mim e não contou a ele que eu era humano? – pensei em voz alta. – A menos...

E então eu despertei. Ele pode não saber. Meu chefe, o Beherit, era o único que sabia o que eu era. O único que testemunhou a minha humanidade. Se ele não contou por alguma razão...

Mas agora Ele sabe. Rhenorian vai contar a Ele. Então, o que vai ser?

A porta se abre outra vez, e cada cabeça fica atenta para ver quem é. Quando o avô da Frannie entra, todo mundo solta um suspiro coletivo.

Vovô caminha até a nossa mesa. Percebendo a tensão no local, ele franze a sobrancelha.

– O que eu perdi?

Frannie lança para mim um olhar de advertência enquanto seu avô senta-se à minha frente. Ele sabe o que eu sou... ou era. Nós contamos para ele porque precisávamos de ajuda. Mas ele não sabia do perigo iminente que sua neta corria. O fato de Rhenorian estar aqui por minha causa e não por ela ajuda a atenuar sua preocupação.

Ela dá um grande sorriso que brilha como zircônia cúbica.

– Nada, vovô – ela diz, deixando meu prato sobre a mesa, à minha frente. – O que eu posso fazer por você? O de sempre?

Seu sorriso é cauteloso.

– Pode ser. – Quando Frannie segue para a cozinha com o seu pedido, ele olha firme para mim. – O que está acontecendo?

– Nada, mesmo.

– Essa conversa fiada de demônio pode funcionar com os pais da Frannie, mas eu reconheço um monte de baboseira quando a vejo.

Suspiro profundamente e meus olhos vagueiam até Frannie, na máquina de refrigerantes.

– Parece que o inferno não está satisfeito com a minha deserção.

Seu olhar furioso enche-se de brilho.

– Se você colocar a Frannie em perigo por estar aqui...

– Então eu deveria ir embora – termino para ele.

Ele continua encarando por mais um tempo, então se ajeita mais para perto da mesa.

– Você disse que a Frannie mudou você. – Eu posso ver a pergunta pendurada em seus lábios e a preocupação em seus olhos.

Meu olhar desvia para minhas mãos e giro o prato sobre a mesa.

– Eu não sei como isso funciona – digo na tentativa de antecipar sua pergunta com uma meia resposta.

– Mas você disse que por ela ter feito isso o inferno a quer.

Ergo meus olhos, mas não a cabeça.

– Sim.

– Então o que a gente vai fazer para mantê-los longe dela?

– Eu ainda estou pensando em um jeito.

– Esse sujeito, o Gabriel...

Deus, o quanto dissemos a ele naquela noite?

– Ele é um anjo e está ajudando.

– Ele marcou a alma dela como você queria?

Dessa vez, levantei a cabeça e sorri.

– Sim.

– E você disse que isso a manteria a salvo.

– Deveria.

Por um momento, ele parece satisfeito e sorri para a Frannie enquanto ela se aproxima com a pizza e o refrigerante.

Matt

Isso é perfeito. O demônio tem seus propósitos acerca dele. Talvez esse grande demônio tire Luc de mim. Tire-o das minhas mãos.

Sigo a Frannie de volta à cozinha enquanto ela pendura o pedido do vovô, mas paro quando vejo Luc e vovô com as suas cabeças aproximadas. Sigo até a mesa em que eles estão para escutar. Não posso acreditar em tudo o que o vovô sabe. Sinto o quanto preciso dele – da vontade que tenho de me mostrar para ele – e isso quase me derruba no chão. Se ele sabe sobre anjos e demônios, por que não? Por que eu não deveria contar a ele? Não tenho ninguém, e a Frannie tem a todo mundo. Por que eu não posso ter o vovô?

Estou a ponto de me mostrar quando a porta se abre e um casal com quatorze crianças entra fazendo algazarra. Uma festa de aniversário.

Então eu retomo a razão.

Não posso ter o vovô porque é contra as regras idiotas. Somos proibidos de aparecer para os nossos parentes, pois isso causa muita dor e tristeza para os vivos. Se eu me revelasse para ele só porque eu quero, arriscaria minhas asas.

Essa é a razão por tão poucos de nós serem escolhidos como guardiões e o treinamento ser tão demorado e intenso. As tentações são quase irresistíveis. A maioria dos guardiões treina por séculos antes de estarem prontos – pelo menos até que toda a sua família já tenha partido –, mas eu fui treinado somente por uma década.

Olho para trás, para o vovô, e me afasto da mesa. Talvez eu não esteja preparado, apesar de tudo. Talvez eu não devesse ter entrado na fila para ser o guardião da Frannie.

Talvez o Gabriel tenha cometido um grande erro.

CAPÍTULO 3

O DIABO POR DENTRO

Frannie

Aquele demônio ontem no Ricco me deixou morrendo de medo. Pesadelos com o chão se abrindo e engolindo o Luc num tipo de terremoto assustador me deixaram acordada a noite toda. Levantava e ia até a janela para ter certeza de que a Shelby ainda estava lá. Quando ele foi embora essa manhã, me senti mal. Pensei em dizer ao Matt para ir com ele.

Sempre esperei que o inferno viesse atrás de mim, mas eu nunca pensei a respeito do Luc, que eles também o queriam de volta. A bile fervilha em meu estômago enquanto dirijo muito rápido para alcançá-lo. Talvez o Gabe devesse voltar. Acho que nós dois precisamos de um anjo da guarda.

– Tenho pensado numa coisa. – Matt senta-se desleixado no banco do carona com os olhos fechados. O vento que sopra sobre o capô arriado balança seu cabelo e o faz esvoaçar em torno do seu rosto, deixando Matt ainda mais angelical.

– Sobre o quê?

Quando ele abre os olhos para me ver, eles brilham de esperança.

– Talvez eu devesse tentar ficar visível.

– Você quer dizer dentro de casa? Você poderia, tipo assim, encontrar com a mamãe e o papai? – Meu coração quase salta do peito enquanto lanço um olhar para ele.

Ele balança a cabeça devagar enquanto um sorriso desamparado surge em seu rosto.

– É proibido. Não tenho permissão para me mostrar a nenhum dos meus familiares – ou a ninguém que poderia me reconhecer.

– Mas você poderia ter uma vida, não? Quer dizer, tipo... eu não sei... fazer amigos, essas coisas? – Reparo nos nós brancos dos meus dedos enquanto seguro o volante, tentando relaxar.

Olho para ele novamente, enquanto se mexe desconfortavelmente no banco. Ele parece estar prestes a dizer não, mas, quando se volta para mim, há uma tempestade em seus olhos. A esperança continua lá, mas encoberta pela dúvida – e tristeza. – Eu não sei.

– Então, por que você quer ficar visível?

- Eu só acho que seria mais fácil para proteger você. Não gosto desse demônio maluco no encalço do seu namorado.

Sinto um calafrio na espinha enquanto a imagem do meu pesadelo se arrasta de volta para a minha consciência. Solto um suspiro.

– Bem, seria mais fácil para mim se eu soubesse quando você está por perto.

Eu me pego remexendo no assento e me fazendo parar. Ele não precisa saber o quão difícil é para mim estar sempre sendo vigiada. Ele só está fazendo o seu trabalho, e eu estou feliz por tê-lo de volta. Não quero que ele se sinta mal devido às circunstâncias.

Ele dá de ombros.

– Eu também acho que deveria conhecer mais gente do prédio do Luc. – Ele aponta para o prédio com a cabeça enquanto nós viramos a esquina para entrar no estacionamento.

- Tipo... Lili - digo, acenando para a porta, justamente onde ela aparece carregando um grande saco de lixo.

Matt gira a cabeça, como se ela fosse de mola, na direção do prédio do Luc.

– Hum... - ele diz, pouco antes de desaparecer.

Ainda estou rindo quando estaciono perto da porta e desligo o motor.

- Ei, Frannie. – Lili vem até o meu carro e joga o saco de lixo pela borda da lixeira.

- Oi.

Ela se aproxima da porta do carro.

– Vi o Luc sair com o carro agorinha.

- Ah. – Olhei ao redor do estacionamento. – Queria saber aonde ele foi.

Ela encolhe os ombros.

– Não perguntei. Mas fala sério - ela diz com um aceno de mão em direção ao prédio. – Você pode esperar por ele no meu apartamento.

- Estou indo para o trabalho – digo, puxando a minha camiseta do Ricco.

Seu longo cabelo preto cai sobre o rosto enquanto ela sacode a cabeça.

– Ah... tá.

Imediatamente me sinto mal, imaginando que essa pobre pessoa não conhece ninguém. Ela provavelmente está solitária.

– Mas posso esperar um pouquinho, eu acho - digo enquanto saio do carro.

Os olhos de Lili iluminam-se enquanto ela afasta os fios de cabelo do rosto com a palma da mão. Ela estica a mão e toca no crucifixo que escapole por baixo da minha camisa.

- É uma peça legal. Meio gótica. Onde você conseguiu?

Eu o puxo pelo cordão para que ela possa vê-lo melhor.

– Luc.

Ela abre um sorriso.

– Eu achei que tinha sido a sua avó ou coisa assim. Isso é tão... hum... romântico?

Eu ri.

– Nem tanto. É meio que uma coisa nossa.

Seguimos juntas para o apartamento, e juro que parecia que uma bomba explodiu – uma combinação de algumas coisas desempacotadas e lugares vazios para colocar outras. Um sofá verde surrado no canto com papéis e roupas – a maioria, camisolas e calças de malha em diversos tons de cinza espalhados sobre ele. A única outra mobília é uma banqueta ao lado de um pequeno balcão de cozinha. Nenhuma cama. Ela deve dormir no sofá.

- Quer beber alguma coisa? – diz, abrindo uma geladeira velha na espremida cozinha. – Eu tenho... hum... - Fecha a geladeira e aponta para a pia, parecendo uma pouco envergonhada. – Água.

Balanço minha cabeça enquanto sento na beirada vazia do sofá.

– Não, obrigada. Estou bem.

Ela junta ainda mais as coisas e senta-se ao meu lado, jogando os papéis sobre o piso de linóleo. Dobra-se, suspendendo os joelhos até o peito, abraçando-os.

– Sinto muito que esteja tão bagunçado. Eu meio que estou vivendo fora das caixas.

Olho ao redor. Está mesmo uma bagunça.

– Você quer alguma ajuda para arrumar?

- Não... obrigada. Nem tenho muita coisa. – Ela parece ainda mais sem graça, puxando os joelhos para perto e reparando as suas unhas descascadas pintadas de verde. – A verdade é que não tenho onde colocar as minhas coisas a não ser nas caixas.

- A minha mãe tem um armário de roupas velho na garagem, se você quiser.

- Não... - ela respondeu rápido demais.

- Você devia mesmo pegar. Só está lá tomando poeira e ocupando espaço. Minha mãe ia ficar feliz de se livrar dele.

Ela desvia a atenção de suas unhas e olha para mim.

– Bem... se você tem certeza de que não vai precisar dele...

- Tenho certeza. A gente pode colocar na sua caminhonete e trazer para cá. – Eu dou a ela o meu melhor sorriso.

Ela arrisca um pequeno sorriso de volta.

– Obrigada.

- E, já que você vai ter onde colocar as suas roupas... - digo, deslizando o dedo por um casaco de moletom cinza ao meu lado, sobre o braço do sofá. - Talvez você possa expandir um pouco o seu guarda-roupa.

- O que tem de errado com o meu guarda-roupa? – Ela diz, e pela cara que faz e seu tom defensivo, me dou conta de que posso tê-la ofendido.

- Desculpa. Nada, mesmo. Mas é que estamos em junho e só vai esquentar. Você não gostaria de umas coisas a mais... para o verão?

Ela parece estar consciente. Desliza os olhos para o chão e, de repente, percebo que o problema é dinheiro.

– Estou bem.

- Todas as coisas de verão estão em liquidação no shopping. É o melhor momento para se conseguir umas coisas bem legais. – Eu podia até sugerir a ela o meu armário de roupas para que fizesse compras, mas tenho certeza de que isso a ofenderia ainda mais, e infelizmente ela não é exatamente do meu tamanho. Ela é pelo menos uns seis centímetros mais alta que eu, e não dá para saber se ela é um pouco mais pesada ou muito mais pesada. É difícil saber com todo aquele moletom folgado.

- Praticamente não ligo para o que uso - ela diz, puxando o seu casaco de moletom.

- Talvez só umas blusinhas... talvez uma camiseta?

- Talvez... - Ela olha para mim. – Bem... é... está bem... - Um sorriso grande floresce em seu rosto. – Ótimo. Quando?

Listo mentalmente os meus compromissos. – Na próxima quinta-feira à tarde. Vou ver com as minhas amigas, a Taylor e a Riley, para saber se elas querem ir. É o dia das garotas.

Seu sorriso vacila. – Ah... se você quiser ir com as suas amigas...

- Você vai amá-las, não se preocupe. E vai ser bom para você conhecer outras pessoas. As duas vão para universidades federais também.

Ela ainda parece incerta, descascando as unhas. – Está bem, eu acho.

- Será bem legal. Podemos pegar o armário também.

O ronronar da Shelby através da janela aberta desviou a minha atenção e eu sorri.

- Parece que o Luc voltou - ela diz, levantando-se do sofá.

Fiquei surpresa por ela ter reconhecido o barulho da Shelby tão facilmente.

Levantei do sofá e fui até a janela.

– Você é boa. – Observo o Luc sair do carro, pegando algumas sacolas de supermercado do banco do passageiro e caminhar até o prédio.

De repente, seu sorriso é grande e verdadeiro.

– Não. Você é. Eu sabia que era ele por sua causa.

- Ah. – Eu ignorei as minhas bochechas esquentando.

- Se você quiser ir… - ela começa.

- Por que você não vem até o apê do Luc? A gente pode sair.

Seu sorriso ainda está lá.

– Tá, só para ficar vendo vocês. Uma espectadora.

Minhas bochechas ficam mais quentes.

– A gente não… quer dizer - eu engasgo, me perguntando por que me importo com o que essa estranha pensa sobre o que o Luc e eu fazemos.

- Vai - ela diz, apontando a cabeça na direção da porta. – Está tudo bem.

– Está certo. Mas quinta-feira eu passo ao meio-dia e vamos buscar o armário de roupas.

Seu cabelo cai atravessado no rosto enquanto ela caminha comigo até a porta.

– Ok.

Matt

Frannie põe os pés no corredor exatamente quando Luc chega à porta, e eu percebo que ainda estou flutuando ao lado de Lili, que está parada em frente à sua entrada.

– Oi, Luc – ela diz, acenando. Assim que entra para fechar a porta, fico desesperado para ela não fazer isso. Quando a porta fechar, ela desaparecerá.

Antes que eu perceba, já o fiz. Estou no corredor, chutando uma das sacolas de supermercado carregada pelo Luc. Um instante depois, artigos de supermercados estão espalhados pelo corredor. Tomates e laranjas rolam por todas as direções.

Lili sai novamente para o corredor e apanha uma laranja e dois tomates que estão no seu caminho, onde Luc está olhando para nada em particular.

– Deus do céu – Frannie diz surpresa, inclinando-se para pegar uma cebola. – Hum... – ela acrescenta enquanto suspende uma caixa de ovos pingando pela beirada.

Lili entrega ao Luc o que ela pegou.

– Estranho. É como se tivesse uma bomba dentro daquela sacola.

– Obrigado. – Luc corre os olhos por todo o lugar enquanto apanha as coisas dela.

Lili pega o saco de alface e entrega a Frannie.

– Obrigada, Lili. Pegamos.

– Sem problema – diz, voltando para a sua porta.

Não posso deixar de segui-la pelo corredor, e quando ela fecha a porta, alguma coisa dentro de mim se espreme num nó apertado. Suspendo as minhas mãos e deito-as sobre a porta, lutando para não atravessá-la. Finalmente, quando estou quase completamente sob controle, viro-me para Luc e encontro o corredor vazio.

Atravesso a parede do apartamento do demônio onde Frannie está arrumando as compras, e Luc jogando a caixa de ovos no lixo.

Ele se vira lentamente na minha direção.

– O que foi aquilo?

Dou de ombros, esperando não parecer tão culpado quanto sinto.

– O quê?

– O truque da explosão na sacola do supermercado.

Ergo as mãos fingindo inocência, porque não posso abrir a boca para negar.

Ele sacode a cabeça e abre um sorrisinho enquanto arruma as compras que restaram.

– Matt estava me dizendo no caminho para cá que quer tentar ficar visível quando estiver aqui – Frannie diz, fechando a geladeira.

O demônio reteve os olhos em mim.

– Por quê?

Sigo para a mesa e sento numa cadeira.

– Quero conhecer melhor as pessoas do seu prédio.

– Nem eu mesmo conheço bem as pessoas do meu prédio – ele diz.

– O que acha dessa garota? A Lili? – Luzes estalam debaixo da minha pele e eu torço para que meu rosto não demonstre isso.

– O que tem ela? – Existe um tom afiado em sua voz.

Eu o olho de perto, tentando ler os seus olhos. Finalmente, dou de ombros.

– Nada, nada mesmo.

Frannie inclina o quadril e senta-se ao meu lado na mesa. Olha esperançosa para o Luc.

– Não sei... – ele começa, mas então percebe a expressão suave no rosto de Frannie. – Acho que poderia ser mais fácil se você fosse visível. Pelo menos a gente teria certeza quando você estivesse por perto – ele diz, fazendo coro a Frannie.

Sorrio aliviado e coloco meus pés sobre a mesa. Inclino a cadeira para trás.

– Eu acho...

Num piscar de olhos, Frannie empurra os meus pés para fora da mesa e coloca minha cadeira de volta no chão. – Pelo amor de Deus, Matt! Você pode não comer, mas nós sim. Deixe os pés fora da mesa.

– Desculpe – eu digo, endireitando a cadeira. – Então, acho que a gente deve começar com as pessoas daqui. Posso conhecê-los e a gente vê como isso funciona.

O demônio retém a cabeça bruscamente e alguma coisa se acende em seus olhos.

– Lili?

– Acho que sim. E quem mais você conhece? – digo, sabendo que não há mais ninguém.

Frannie senta-se na cadeira à minha frente e olha para ele.

– O que você acha?

Ele aperta os olhos.

– Acho que sim.

– Ótimo. Então da próxima vez que a Lili estiver aqui, a gente finge que vai sair. Você sabe... para ver como funciona.

Frannie sorri radiante para mim enquanto se levanta da mesa.

– Isso vai ser incrível!

Eu me pego rezando para que Frannie esteja certa enquanto ela dá uns beijos na bochecha do demônio e vai para a porta.

– Tenho que ir trabalhar. Você me pega para irmos ao Gallagher? – ela diz.

Luc sorri enquanto caminha com ela.

– Gosto de ver você me provocando.

CAPÍTULO 4

LUTANDO COM SEUS DEMÔNIOS

Frannie

O turno da manhã no Ricco é sempre muito sossegado. Mesmo assim, estou cheirando mal quando chego em casa e vou direto para o chuveiro. Sinto-me quase humana novamente ao vestir uma blusinha e um jeans e voltar para o meu quarto.

Matt está na minha cama, deitado de bruços, com meus fones de ouvido e olhando o menu do meu iPod. Ele levanta a cabeça e sorri para mim, e então começa a sacudir a cabeça para frente e para trás, esvoaçando os seus cachos dourados na batida da música que só ele pode ouvir.

– Na minha próxima vida, eu vou ser um astro do rock - ele grita.

Corro até ele e arranco os fones dos seus ouvidos.

– Shhh! Você quer que todo mundo te escute?

Ele contrai os lábios e arregala os olhos.

– Oops.

Dou um sorriso quando percebo o que ele disse:

- Na sua próxima vida?

- É.

- Você vai ter outra vida? – digo, me sentando na cama, ao lado dele.

- Não, não de verdade. Mas quando eu terminar a minha tarefa como guardião, talvez eu monte uma banda de rock.

- Existem bandas de rock no céu? – digo, tentando imaginar isso. – Isso não se parece com o som do "coro dos anjos" de que falam na igreja.

Ele bufa:

- Nada de coro.

- Quer dizer então que o refrão celestial é mais longo que as linhas de "Highway to Hell"? – Sorrio pensando o que o padre O'Donnell acharia dessa notícia. Quando olho novamente para o Matt, ele está sorrindo para mim.

– O que foi?

- Você lembra quando tentamos vender a Maggie para os vizinhos? – ele diz.

Eu ri com essa lembrança.

– Porque a gente queria um cachorrinho e a mamãe disse para gente começar a juntar o nosso dinheiro.

- E a mamãe fez a gente ir falar com o padre Mahoney sobre isso...

- E ele disse que não estávamos pedindo o suficiente por ela - eu concluí, caindo na gargalhada.

Ele rola sobre as suas costas, rindo. Então, se apoia sobre os cotovelos. Sua gargalhada desaparece, mas seu sorriso é brilhante.

– O padre Mahoney teve a ideia certa. O céu não é tão chato quanto as pessoas são levadas a crer.

Eu me jogo de costas ao lado dele e fico encarando o teto, pensando em como as coisas seriam hoje se Matt ainda estivesse vivo. Até a Mary se mudar no mês passado, eu era a única irmã sem um companheiro de quarto porque o meu estava morto. Mesmo tendo a certeza de que Matt e eu não dividiríamos um quarto, sei que ainda assim ele seria o meu melhor amigo.

- Tenho pensado nessa coisa de poder de influenciar... – Engasgo sem saber como continuar.

- É, eu vi essa luta no parque na semana passada. Bom trabalho, irmã. – Ele sorri e eu quero dar um soco nele.

- Quer saber? Esqueça isso.

- Desculpe - ele diz, mas continua sorrindo –, mas o que tem isso?

Respiro fundo.

– Se eu transformei o Luc num mortal...

Ele rola na cama e bate no meu ombro.

– Todo mundo comete erros.

Percebo o deboche na sua voz e de repente fico furiosa. Sento na cama e olho fixamente para ele.

– Deus do céu, Matt! Estou falando sério.

Ele arregala os olhos e se desvia de mim.

– Desculpe...

– Quero que você seja um mortal também – digo bruscamente. – Quero você de volta.

Seus olhos arregalam ainda mais e ele se senta. Fica me encarando por um longo tempo e nenhum de nós dois diz coisa alguma. Finalmente, começa a balançar a cabeça.

– Não, Frannie. É tarde demais para isso. Tenho um trabalho agora. – Ele se aproxima rápido. – Um trabalho importante. E não poderia ser seu irmão novamente. Se eu fosse mortal, eu teria que começar tudo de novo em outro lugar. Desse jeito, pelo menos, eu posso ficar com você. – Então um sorriso aparece em seu rosto. – E ser um anjo tem suas vantagens.

Meu coração aperta, mas sei que ele está certo.

– Então isso é o máximo de você que eu poderei ter?

– Não é tão ruim assim. Eu ainda posso te dar uns arrepios molhados – ele diz, e então lambe o dedo e enfia na minha orelha. Pulo da cama e pego um lenço de papel do criado-mudo.

– Ahhh! Isso é nojento – digo, limpando a saliva da minha orelha.

– Cuspe de anjo tem propriedades mágicas. Você deveria deixar isso aí. – Ele aponta rindo para o lenço de papel.

Olho para Matt fixamente, segurando pela ponta o lenço de papel contaminado.

– Como, por exemplo...?

Seu semblante torna-se muito surpreso.

– Eu acho que deveria simplesmente ter mentido.

– Eu sabia que você não era um anjo – digo, arremessando o lenço de papel no lixo justamente quando a mamãe chama do andar de baixo, dizendo que o jantar está pronto. Dou um sorriso por cima do ombro, e Matt desaparece quando abro a porta e avanço pelas escadas.

Entro na cozinha no exato momento em que a porta dos fundos bate. É o meu avô.

– Vovô! – Grito e corro para abraçá-lo.

– Essa é a minha garota – ele diz enquanto Maggie entra na cozinha, e eu não deixo de perceber a decepção em seu rosto. Sempre fui a favorita do vovô desde que Matt e eu, ainda crianças, começamos a trabalhar com ele nos carros – não que a gente ajudasse muito naquela época. Nenhuma das minhas irmãs teve interesse em se juntar a nós na garagem, então desde que o Matt morreu, há dez anos, tem sido somente o vovô e eu todo domingo depois da igreja. O meu

Mustang 65 conversível azul-escuro foi o nosso último projeto de restauração.

- Você conseguiu aquela Shelby? – pergunto, arrastando-o pela mão até a mesa.

- Está a caminho. – Ele puxa uma cadeira ao meu lado e se senta.

- É uma restauração completa?

- Sim. Está muito danificada. Não sei o que vou fazer quando você for para a faculdade.

- Olha, nem pense em mexer naquele motor sem a nossa ajuda.

- *Nossa* ajuda?

Eu me encolho. – O Luc vai encontrar a gente na sua casa depois da igreja.

- O Luc quer ir, hein? – ele diz esfregando a careca.

Ajeito a sua franja cinza.

– Tudo bem...?

- Não sei se quero dividir a minha melhor mecânica.

Meu encolhimento torna-se um gesto de súplica.

Ele solta uma gargalhada profunda.

– Pelo visto é tudo ou nada.

- Ele é mesmo muito bom. O senhor não vai se arrepender.

Seus olhos azuis brilham.

– Veremos.

Mamãe passa por trás de mim, limpando a mão no seu avental e se inclina para beijar a bochecha do vovô antes de se sentar no seu lugar, na extremidade da mesa. Ela ajeita seu cabelo loiro que está desarrumado antes de pegar um prato para servir o frango ao vovô.

Olhando para ela, não posso deixar de pensar o quanto mudou nas últimas semanas. Ela parece muito mais viva, como se finalmente tivesse deixado Matt partir. Sinto uma pequena pontada no meu coração enquanto olho ao redor da cozinha, sabendo que ele está aqui e que eu gostaria de dividir isso com eles dois.

Ela entrega ao vovô um prato cheio de comida.

– Fico feliz que tenha vindo para o jantar, papai. Acho que você não está comendo bem como deveria.

- Estou comendo o suficiente - ele diz, colocando o prato na mesa e batendo na sua barriga arredondada.

Meu pai vem da sala de estar com as minhas irmãs - todas, exceto Mary, que se mudou na semana passada. Sentam-se ao redor da mesa.

- Ah, meu favorito. Frango com bolinhos - diz, dobrando o guardanapo no colo.

A comida circula e todo mundo come, mas a mesa dos Cavanaugh nunca é muito sossegada. Grace e Maggie discutem sobre quem deve limpar a cozinha esta noite, enquanto meu pai dá um sermão em Kate por ela não ter arranjado um trabalho de verão este ano. Todo mundo tem alguma coisa para dizer – todos ao mesmo tempo. Mamãe se vira para mim, quando finalmente há uma pausa na conversa.

– Para que você se arrumou?

Olho para a minha blusa preta de seda e meu jeans. Fico me perguntando o que dizer com estar "arrumada".

– Luc e eu vamos hoje ao Gallagher com a Taylor, a Riley e o Trev.

– Trev? A Riley continua saindo com o Trevor?

Não posso conter um sorriso.

– Sim, estão apaixonados.

– E para a Taylor está tudo bem a Riley sair com o irmão mais novo dela?

– Quase tudo bem. – Na verdade, isso é uma mentirinha. A Taylor continua furiosa. Mas essa é a Taylor: não é boa no quesito perdoar.

Taylor foi a primeira pessoa que eu conheci no Haden, e ela tem sido uma amiga perfeita para mim. Mudamos para cá pouco depois da morte do Matt. Eu estava mesmo muito desorientada naquela época, então levei um tempo para me dar conta de que a minha mãe também estava. O que sei agora é que papai se mudou para cá para a mamãe ficar perto dos pais dela.

Enfim, Taylor era justamente o que eu precisava. Nenhuma de nós duas é boa em compartilhar sentimentos ou coisas desse tipo. Riley se juntou a nós muito tempo depois, e é meio que nossa amiga acidental. Ela e todos os seus sentimentos são perigosos. Mas não posso deixar de ficar feliz por ela, que encontrou a pessoa certa. Ela sempre soube que ele estava lá fora. É muito complicado para ela que essa pessoa seja o irmão da Taylor.

– O Chase vem me buscar também, mãe – Kate diz. – Olho para o que ela está vestindo e afasto uma ponta de inveja. Ela está sempre incrível. Por uma total injustiça do universo, Kate não é somente a mais bonita da nossa família, mas também a mais alta. Ela é a única das irmãs com mais de um metro e meio.

– Os pais dele não se cansaram de todas aquelas festas? – mamãe pergunta.

– Não, eles lidam bem com isso. Pelo menos sabem onde todos os filhos estão – Kate responde.

Chase, namorado da Kate, é um dos dez filhos dos Gallagher, e todas as festas do colégio desde sempre têm sido no quintal da casa deles.

Maggie salta da cadeira.

– Também vou.

Papai aponta o garfo para ela e a olha de um jeito severo.

– Eu acho que não.

– Mas o Roadkill vai tocar lá hoje à noite. A Delaine quer que eu vá – ela se lamenta, me olhando com súplica.

Eu pego o resto do meu frango.

– Não tenho nada com isso, Maggie. Desculpa.

Papai olha seriamente para Maggie com os seus olhos castanhos.

– Você terá muito tempo para isso quando estiver mais velha.

Ela passa a mão pelos seus cachos escuros e revira os olhos.

– Pai! Eu não sou mais uma caloura. É verão, então eu já sou uma aluna do ensino médio agora.

O olhar do meu pai se torna ainda mais severo.

– Maggie...

Os olhos da Maggie faíscam enquanto ela se afasta bruscamente da mesa com um empurrão que quase derruba os copos de água sobre a mesa.

– Eu odeio ser a caçula.

Mamãe suspira enquanto a Maggie sai revoltada da cozinha, então lança um olhar de preocupação sobre mim.

– Quem vai dirigir?

– O Luc e a Riley.

Sinto o alívio em seus olhos enquanto ela dá uma batidinha de leve no canto da boca com o guardanapo.

– Mãe – eu digo, exasperada. – Eu não sou uma motorista ruim.

– Eu nunca disse que você era, querida.

– Tanto faz – resmungo, empurrando a minha cadeira para trás e limpando o meu prato.

Lavo a minha louça e termino justamente quando a campainha toca. Olho pelo olho mágico e abro a porta, sorrindo para Luc, que está parado na varanda da frente.

Ele sorri ironicamente para mim.

– Onde é o fogo?

– Na cozinha. – Dou um passo para trás para admirá-lo e é difícil manter o ritmo do meu coração. Ele está incrivelmente gato em uma blusa de botão azul-safira, com uma ponta jogada por cima da calça jeans preta desbotada.

– Você está... – Não consigo terminar. Não há palavras. – Linda camisa.

– É da cor dos seus olhos – ele diz, e o meu coração para de lutar.

Respiro fundo, desvio rapidamente meus olhos dos dele e desço as escadas da varanda. Ele se vira e me segue.

– Você conseguiu trocar o óleo? A gente pode fazer isso antes de ir – ele diz atrás de mim. Viro-me e sorrio para ele.

– Como se você estivesse vestido para trocar o óleo. – Mas quando eu o imagino tirando a camisa para trabalhar no carro, meu rosto começa a formigar e eu olho para longe. – O vovô disse que a gente pode fazer isso no domingo.

– Estarei lá – ele diz, e eu tento não pensar em como ele vai ficar bem todo coberto de graxa debaixo do meu carro.

– Vamos até a Taylor. Ver quando elas querem ir.

– Tem um cara chamado Alexander Graham Bell. Ele inventou essa coisa chamada telefone. Você deveria ter um. Está muito na moda. – Um sorrisinho aparece nos seus lábios, me fazendo querer beijá-lo ainda mais.

Tento desviar meu olhar para longe antes que ele me sugue completamente.

– Ha, ha – eu digo, balançando o telefone da cara dele. - Não me diga... você era a musa dele também.

Do nada, Luc agarra meu braço estendido e torce-o numa chave de braço. O pânico faz meu coração acelerar. Ele se inclina a partir de onde está, atrás de mim.

– Não. Só do Dante - ele sussurra no meu ouvido.

- Filho da mãe - eu digo, quase sem fôlego, tentando me livrar. A cada puxão da chave de braço, meu ombro é espremido no golpe, causando uma dor aguda no meu braço até a minha espinha. – Para com isso, Luc. Me deixe - digo, sabendo que não existe nenhuma chance de ele deixar.

- Vencida? – ele pergunta com um sorriso de autossatisfação.

Paro de lutar e viro a cabeça para olhá-lo por cima do meu ombro.

– Muito bom. Suas lições estão valendo a pena - digo pouco antes de lançar a minha perna e derrubá-lo no chão. Ele bate as costas com força no chão e eu me coloco sobre ele, aplicando uma chave de braço e pressionando o meu antebraço contra a sua traqueia. – Vencido?

- Vencido - ele diz com os olhos arregalados.

Solto o meu braço da sua garganta, mas mantenho a chave de braço e sorrio enquanto olho para ele embaixo de mim.

– Eu acho que gosto disso... você completamente à minha mercê.

- Os vizinhos, Frannie - ele adverte, mas há um sorriso em sua voz.

Solto-o, e ele se senta com as pernas afastadas.

– Você está dizendo que não gosta disso? Mentiroso.

- Não falei nada disso. – Ele esfrega o ombro e então desliza as mãos ao longo da curva da minha cintura, me deixando arrepiada. – Apenas surpreso por você querer dar a eles um showzinho de graça.

Matt

Juro por Deus que quase atingi o demônio com raios quando ele agarrou a Frannie. As aulas de judô foram ideia dela. Agora que o demônio está "vulnerável", ela achou que ele deveria saber como se defender. Mas o "judô" parece sempre degringolar para algo do tipo luta livre, exceto pelos beijos e risinhos.

E *agora* eles estão sendo totalmente nojentos. Ela para de pensar quando está com ele.

Ainda invisível e tentando não olhar para a exibição pública, eu caminho de lado até onde eles estão se agarrando no gramado e cutuco o ombro da Frannie com o meu joelho.

– Arranja um quarto, irmã.

Ela sai de cima do demônio e fica sobre ele numa posição defensiva, lançando olhares desconfiados. Num reflexo, dou um passo para trás.

– Calminha aí. Sou eu.

Ela faz uma careta e endireita-se, virando para estender a mão para o Luc que ainda está deitado na grama. Ele a segura e Frannie o puxa até que ele fica de pé. Ela vira-se para trás.

– Você tem que me seguir por toda parte?

– Sim! – O demônio diz antes de mim.

Olho em sua direção, mesmo que ele não possa me ver.

– Quase – corrijo. – Além disso, você não pode transar no gramado da frente... por mais razões do que posso listar.

– Cala a boca. – Ela franze o cenho na direção da minha voz, quase olhando diretamente para mim. – Nós não estávamos transando. Eu estava chutando o traseiro dele.

O repulsivo demônio anda atrás dela e passo os braços ao redor de sua cintura.

– Vamos andando – ele diz, puxando-a para a calçada e dando uma olhada na minha direção. Ela solta um longo suspiro.

– Tá.

Sigo-os enquanto eles caminham para o parque. É um entardecer rosa-dourado, e eu observo as sombras sob os salgueiros enquanto Frannie e o seu demônio encontram um banco para se sentarem. Ele passa o braço pelos seus ombros e eu circulo em volta, atrás deles, evitando escutar o que eles falam em voz baixa.

Existem regras para ser um anjo da guarda. Regra número um: não podemos interferir na vida de quem cuidamos. Eles devem ser livres para tomar as próprias decisões. Regra número dois: não podemos invadir a privacidade deles. Nem de qualquer outra pessoa.

Luc é humano agora, então essa regra se aplica a ele também – infelizmente.

Ainda assim não consigo evitar, e o meu senso de dever está acima da necessidade que ela tem de privacidade. Aproximo um pouco e encosto numa casca de salgueiro esculpida, não muito longe do banco onde eles estão.

– Basta escolher um e se concentrar – diz Luc, com a voz baixa.

Eu sigo o olhar dele e vejo um grupo de garotos na área de skate exatamente na frente deles. Observo por alguns minutos enquanto eles se divertem uns com os outros quando tropeçam.

– Focar no quê? O que eu deveria mandá-lo fazer?

Luc dá um grande sorriso e lança um olhar sobre o seu ombro.

– Bem, acho que o Matt vai me acertar com um raio se eu disser uma coisa do tipo... fazê-lo falar em línguas, ou, então, que tal fazê-lo dizer algo legal para seus amigos – Ele suspende a mão que não está ao redor da minha irmã e gesticula como se marcasse ponto. – Aquele de camisa laranja parece ser bem desagradável. Veja o que você pode fazer com ele.

Ela se afasta do Luc e se apoia com os cotovelos sobre os joelhos, franzindo o cenho, concentrada.

Eu vejo o garoto de camisa laranja. Ele dá uns saltos no *halfpipe*, então desliza pelos trilhos e dá um chute em frente a um garotinho que está lutando para ficar em pé sobre o seu skate.

O garoto de camisa laranja parece, por um segundo, que vai sair da pista. Mas no instante seguinte ele passa rente aos ombros de um cara menor que está fora do skate. O garoto cai de bunda no chão e o garoto de camisa laranja ri, suspendendo a mão para cumprimentar um terceiro garoto ao passar por ele.

Frannie inclina-se para trás com a palma da mão sobre a testa e geme.

– Sou muito ruim nisso.

Luc move-se para passar o braço ao redor dos ombros dela novamente, mas Frannie o empurra.

– Acho que estou num dilema moral – ela diz com a testa ainda apoiada na mão.

Ele ri alto e ela o empurra.

– Obrigada pelo apoio, Luc.

– Desculpe – ele diz enquanto para de rir. – Então, me conta sobre esse dilema.

– Eu não acho que seja certo brincar com a cabeça das pessoas.

Ele olha para ela por um longo tempo sem responder nada. Finalmente, solta um suspiro comprido e se inclina em sua direção.

– Quando eu era um demônio – ele começa e sua voz é baixa e tensa, como se fosse dolorido relembrar –, eu não podia obrigar as pessoas a fazer coisas que elas não quisessem. Podia bagunçar com a cabeça delas, assim como você de uma forma tão eloquente, mas eu não podia obrigá-las a fazer nada que estivesse fora do caráter delas. Acho que o seu poder de influenciar pode ser muito parecido com isso.

– Ainda acho que isso não é certo. – Ela encosta no banco. – Eu não vou usar isso na minha família ou em ninguém que não esteja fazendo nada muito errado... ou mau... ou coisa do tipo.

– Essa é a sua prerrogativa, eu acho – Luc diz. Ele esfrega a têmpora. – E provavelmente foi isso que Gabriel quis dizer quando falou que eles só querem que você faça o que é certo.

Dessa vez, quando o demônio passa o braço sobre o ombro dela, ela se inclina para ele.

– Eu… – ela começa, mas engasga.

– O quê?

Ela se afasta e olha nos olhos de Luc. – Isso soa muito idiota, mas eu sempre senti que isso servia para alguma coisa. Quando penso que quero ser um tipo de diplomata, é porque sempre senti que podia fazer a diferença. Mas toda essa coisa de poder de influenciar… tenho medo de que tudo a que estou destinada seja maior do que eu. – Novamente ela se encosta nele. – Estou com medo – ela diz com a voz repentinamente baixa e vulnerável.

O demônio suspira e encosta seu rosto no cabelo dela. Porém, após alguns minutos ela se afasta e pega o celular do bolso, olhando para a tela.

– Taylor e Riley estão prontas para ir.

CAPÍTULO 5

ESTÁ DECIDIDO

Frannie

Assim que estacionamos na casa dos Gallagher, a festa está a todo vapor. Grupos de adolescentes seguem pelo acostamento da estrada ao longo da mata em direção à música no quintal, gritando em algazarra.

Luc e eu atravessamos a rua até onde Riley estacionou. Taylor enfeita o seu cabelo rosa e amarelo espetado, sai do banco de trás do carro da Riley e me dá uma cutucada.

– Precisamos diversificar... talvez entrar de penetra numa festa em Marblehead. Estou de saco cheio dessa multidão.

Riley dá a volta pelo carro até onde nós estamos.

– Você está pagando pela gasolina para chegar até lá - ela diz enquanto Trevor alisa suas longas madeixas castanhas e coloca o braço ao redor dos ombros dela.

- Tanto faz - Taylor responde. Sua pele clara resplandece enquanto ela aperta a língua no canto dos lábios. Ela dá uma olhada para o seu irmão e gira, andando furiosa pela rua em direção à festa. Riley dá de ombros e Trevor sorri para ela, as covinhas bronzeadas, enquanto seguem Taylor pela rua.

Luc enrosca os seus dedos nos meus.

– Existe um projeto para o seu poder de influenciar - ele diz, acenando a cabeça na direção dos meus amigos, pelas costas. Dou um empurrão nele.

– Tá certo. Estamos falando da Taylor. Você gosta de me ver fracassar?

- Gosto de ver você fazendo quase tudo. – Ele agarra novamente a minha mão e seguimos Taylor para o meio da multidão.

A banda da Delaine, o Roadkill, está montada na parte de trás da casa, ao lado da varanda. A música fica mais alta enquanto nos aproximamos. Puxo Luc através da multidão onde Taylor, Riley e Trevor pararam, perto da fogueira.

- Vou pegar alguma bebida para a gente - diz Luc. Ele aperta minha mão e então segue para o outro lado do quintal, onde caixas de gelo estão enfileiradas ao lado da casa. Surpreendo a mim mesma observando-o enquanto ele vai. Sinto tremores na barriga e um sorriso começa, devagar, a despontar no meu rosto. Deus, ele é perfeito.

– O Reefer está pegando fogo – Trevor diz no meu ouvido, me tirando do meu devaneio.

Meu coração pula pela garganta e a minha cabeça vira automaticamente para olhar a fogueira, meio que esperando ver o Reefer ser tragado pelas chamas. Trevor desvia os seus olhos azuis e aponta para a casa.

– Lá – ele ri –, com a guitarra.

Estremeço quando me viro para onde ele está. Mesmo que o meu ex-namorado fosse inútil em qualquer outra coisa, atrás de uma guitarra ele era genial. Tenho que admitir, eles tocam muito bem. Delaine pula para cima e para baixo, seus cabelos pretos e lisos balançam de maneira selvagem atrás dela, cantando alto e com atitude como uma perfeita Avril Lavigne. Ela veste um jeans rasgado, um colete de couro e um pesado delineador preto nos olhos. Está totalmente diferente de quando está no trabalho usando a sua camisa do Ricco e um rabo de cavalo. Qualquer pessoa que não a conheça diria que ela está mais para vinte e cinco anos do que para quinze.

– A Delaine está ótima – Trevor acrescenta, então seus olhos desviam para os meus. – Mas... – ele balbucia – eram muito melhores quando você cantava com eles.

Reviro os olhos.

– Que nada.

Quando a música termina, Reefer tira sua guitarra e passa o braço ao redor de Delaine.

- Parece que ele está pensando em você - Trevor diz com um sorrisinho de menino.

- Tá certo - digo. Parece que foi em outra vida quando estávamos juntos, mesmo sabendo que não foi há tanto tempo.

Olho de novo para a banda e percebo que eu não conheço todos eles. O baixista é um cara alto, de cabelos pretos infantis que eu tenho certeza de que nunca vi antes. Dou uma cutucada no Trevor.

– Quem é o baixista?

Trevor dá uma olhada para um pequeno grupo do outro lado do quintal.

– Não sei - ele diz.

- Mas vou descobrir - Taylor diz atrás de mim. Começo a me virar, mas a mão dela já está no meu braço e ela me puxa em direção à banda. Quando chegamos ao grupo, Delaine sorri.

– Onde está a Maggie?

Dou de ombros.

– O papai não a deixou vir.

Taylor gesticula com os ombros para ela com um brilho lascivo nos olhos negros.

– Quem é aquele cara gato? – ela diz baixinho.

Delaine lança um olhar por cima dos ombros em direção ao resto da banda.

Reefer olha como se nos convidasse para nos juntarmos a eles. Ele desliza para o lado da Delaine e afasta os seus *dreadlocks* dourados sobre os suaves olhos castanhos com a palma da mão.

– Oi, Frannie - ele diz, colocando seu braço sobre os ombros da Delaine. Estremeço com uma pontada de culpa e a esperança de Delaine estar junto dele porque ela quer, não porque eu uni os dois.

– Oi, Reef. Como vai?

Ele mexe no pescoço da Delaine.

– Ótimo.

Seguro o riso antes que escape. Ele não é um sujeito ruim – é mais um tipo de *geek* da revista *Guitar Hero*, e eu quase o amei – mas por que ele acha que eu sentiria ciúmes, eu nunca vou entender. Fui eu que terminei com ele.

Quando ele finalmente conclui o que estava fazendo – algo do tipo *veja o que você perdeu* – ele olha para mim. – Então, você perdeu essa?

Abro um largo sorriso, sem ter certeza se ele está se referindo à música. - Não. – E isso é para as duas coisas.

Ele parece magoado por alguns instantes antes de se recuperar. – Bem, você ter deixado a banda foi a melhor coisa que podia acontecer. A voz da Delaine é única. – Insinuando que a minha não é. Bem, é verdade. – Tem uma grande gravadora querendo uma demo nossa.

– Fala sério! Que ótimo!

Taylor cutuca as minhas costelas com força, me fazendo recuperar o fôlego.

– Deus do céu, Tay, estou conversando. – Esfrego as costelas e olho para os caras atrás do Reefer. – Quem é o cara do baixo?

– Marc. Ele é novo. – Reefer se vira e levanta a mão. O cara novo desvia os olhos da guitarra que ele está ajustando e olha para mim com um leve sorriso, como se soubesse que estávamos falando dele. Ele se coloca de pé e seus olhos deslizam sobre mim. Então ele acena com a cabeça e continua ajustando a guitarra.

Reefer aponta a cabeça na direção do cara novo enquanto se vira para mim. – Foi ele quem conseguiu o lance da demo. Disse que o cara devia um favor a ele.

Mesmo tendo a certeza de nunca ter visto esse cara antes, tem uma coisa estranhamente familiar nele. Eu me pego encarando-o e desvio o meu olhar quando ele olha para mim. Ele suspende uma sobrancelha para mim, dando um meio sorrisinho. Viro novamente para Reefer e Delaine enquanto sinto um calor subir pelo meu pescoço.

Os olhos de Delaine se iluminam. Ela se aproxima do meu ombro e dá um soquinho leve enquanto sorri. – Ei! Você devia cantar alguma coisa.

Reefer fica boquiaberto. – Eu não acho...

– Não vai rolar – eu digo, me afastando.

Delaine agarra a minha mão entre as suas, me puxando por entre as caixas de alto-falante. – Claro que vai. O que você quer cantar?

Puxo o meu braço de volta. – É sério, Delaine. Você não vai querer arruinar o seu repertório me fazendo cantar aqui. Especialmente se você já tem gente te observando.

Reefer olha a multidão com cautela. – Ela está certa.

- Canta, Fee! – Riley dá um berro. Eu a procuro e ela está ao lado da Taylor. Trevor sorri para mim por cima do ombro dela.

Mas só naquele instante eu sinto uma onda de eletricidade estática tão intensa que todo o meu cabelo se arrepia. Eu quase posso senti-la crepitar sobre a minha pele.

Matt.

Matt

Fico invisível e me afasto do grupo de Frannie, contornando a floresta e dando uma volta. Onde quer que eu olhe, casais estão grudados uns nos outros em vários níveis de sedução. Tudo muito inocente, mesmo – nenhuma alma está em perigo neste momento. Mas, ao observar a multidão, o rosto da Lili surge de estalo na minha cabeça saído não sei de onde. Tem acontecido muito nos últimos dois dias, desde que a vi pela primeira vez, e toda vez que penso nela uma força elétrica passa por mim. A mesma força elétrica que senti quando ela passou através de mim em seu apartamento. Só a vi duas vezes. Ela nem sabe que eu existo. Mas há algo nela que a torna difícil de esquecer.

Sento no tronco de uma antiga árvore de bordo no final do quintal e fico observando. Toda vez que vejo um casal se tocando, ou se beijando, não consigo deixar de pensar em como seria ficar com Lili desse jeito, tocá-la daquele jeito. Fecho os olhos e me deixo sonhar com isso, como seria a sua pele, como ela cheiraria. O gosto. Estremeço e sinto a minha cabeça bater com força na árvore.

Concentre-se.

Abro meus olhos. Frannie está conversando com a garota da banda, e Luc está no barril de bebidas. Ele entrega uma cerveja para uma loira que está fazendo o seu melhor para encurralá-lo contra a grade da varanda. Ela sorri com seus lábios vermelhos brilhantes e mexe na sua bolsa, puxando um papel rosa. Eu o vejo sorrir e deslizar o papel para dentro do bolso antes de pegar outro copo e começar a enchê-lo.

Minha irmã foi atraída por um demoníaco ímã de sedução. Logo o seu coração será partido. Por mim tudo bem. Quanto mais cedo ela perceber quem ele é, mais cedo vai dar o fora nele. Talvez eu possa dar um jeito para ela encontrar esse papel...

Olho novamente ao redor do quintal, meus olhos deslizam por grupos de pessoas conversando e rindo, e, no fundo do quintal, corpos se pressionam nas sombras das árvores.

E Lili está lá novamente, na minha cabeça. Tento afastar esse pensamento, mas ela não quer ir embora. Então me deixo levar pela fantasia. Eu a sinto contra mim, me fazendo desejá-la de um jeito que eu não poderia. Mas em minha fantasia eu posso tê-la. Eu a seguro em meus braços e, quando ela aproxima seu rosto do meu, a beijo. Passo minhas mãos pelas curvas do seu corpo, meus sentidos formigam num aumento de calor à medida que ela me devora com suas próprias mãos. Sinto uma intensa necessidade de tê-la em mim – uma vertiginosa onda de desespero.

O zumbido no meu sexto sentido é como se eu estivesse sendo eletrocutado. Instantaneamente, percebo que o tinido nas minhas fantasias não vinha apenas das mãos da Lili. O zumbido do demônio vem crescendo por um tempo.

Perco a concentração.

Sequer paro para sentir de onde está vindo, ou mesmo para censurar-me por causa do meu lapso. Cruzo o quintal num piscar de olhos, envolvendo Frannie em um campo.

Ela está com o seu grupo e dá um passo para trás, soltando um suspiro.

– Tenho que ir – ela diz aos amigos, e se vira para olhar para Luc, que caminha segurando dois copos cheios de cerveja.

– O pessoal do seu namorado está aqui – sussurro no ouvido da Frannie.

– Onde? – ela pergunta procurando com os olhos arregalados.

– Eu não sei exatamente, mas tem mais de um. Vá. – Dou-lhe um empurrãozinho, mas ela já está seguindo.

Ela segura o Luc.

– Matt disse que temos de ir – ela murmura olhando ao redor. Luc larga as cervejas e agarra a mão dela. Caminhamos rápido para o carro, e assim que chegamos à estrada, vejo três pares de olhos vermelhos espreitando na escuridão da floresta.

O imenso demônio ruivo que esteve no Ricco sai das sombras e nos observa passar. Embora não fizesse nenhum movimento para nos deter, uma corrente elétrica cortante crepita em mim.

Frannie está numa posição defensiva, pronta para atacar, mas Luc agarra a sua mão e a puxa correndo em direção ao carro.

O demônio me lança um sorriso ameaçador. Mesmo eu estando invisível, ele sabe que estou aqui – assim como eu saberia que ele estava aqui se eu estivesse prestando atenção. Outros dois, menores e atarracados, saem das sombras enquanto eu volto para o carro do Luc.

– Que diabos está acontecendo? Ele veio depois da Frannie?

Olho para Frannie e Luc enquanto eles entram no carro. Fico observando o grupo de demônios por um longo tempo, então transcendem para o banco traseiro da Shelby.

Luc parece decidido, agarrado ao volante enquanto desvia dos buracos.

– Você não vai ultrapassá-los – digo, afundando no banco de trás. Meus olhos desviam para Frannie. – Você está bem? – pergunto.

– Estou bem.

– Eles fizeram alguma coisa com você?

– Não. Só o que você viu.

– A culpa é minha. – A voz de Luc é apagada, quase um sussurro.

– Luc, para. – Frannie coloca a mão sobre o ombro dele com o semblante de preocupação. Luc continua olhando para frente pelo para-brisa, com o rosto contraído e as mandíbulas apertadas.

– Eu não acho que seja para você ficar perto de mim.

– Eu não vou a lugar nenhum.

Seus olhos deslizam para o topo da cabeça dela, quando ela apoia o rosto sobre seu ombro e ele solta um suspiro antes de voltar a atenção para a estrada. Ele continua determinado, as duas mãos apertadas no volante, a boca contraída numa linha rígida. Mas, naquele breve relance, eu vi.

A resposta.

Observo seus olhos mudarem de uma expressão de tormento para determinação. Talvez ele não esteja fazendo nada além do correto, afinal de contas. Se Luc acredita que está colocando Frannie em risco, acho que ele deveria partir.

Com essa conclusão, o demônio conseguiu algum respeito da minha parte. Na verdade, se ele não fosse um demônio, eu até poderia tolerá-lo com a minha irmã.

Mas ele *é* um demônio.

Então eu sei o que devo fazer.

Frannie

Luc estaciona no lugar de sempre: debaixo de uma enorme árvore de bordo perto da cerca do outro lado da rua. Mal posso compreender o que houve no para-choque dianteiro da Shelby, brilhando em meio à vibração das folhas à luz do luar. Mas estive olhando para ele durante horas, desde que Luc me deixou, imaginando estar lá fora com ele.

Afasto meu queixo dos braços, que estão apoiados no parapeito da janela, e esfrego a dobra do meu pescoço que está doendo. Pego o meu celular sobre a cabeceira, desejando ligar para o Luc, mas olho para ele na minha mão por um longo tempo e aperto o número de Gabe.

Nem chega a tocar e uma voz automática diz o que eu já sabia. Eu não vou conseguir falar com o Gabe por telefone. Está desligado.

Penso em chamá-lo com a minha mente - enviando uma mensagem de que eu preciso de ajuda. Ele viria?

Dou um gemido interno e levanto da cama. Gabe foi embora por uma razão. É idiotice e injusto eu chamá-lo aqui de volta só porque sinto sua falta.

Solto um suspiro e visto um jeans sob a camiseta larga que uso para dormir. A porta faz um estalo; espreito o corredor calmo, quieto e escuro. As dobradiças rangem quando empurro a porta e faço um registro mental de que preciso colocar óleo nelas. Descendo as escadas na ponta dos pés, faço ainda mais anotações mentais. Conhecia alguns degraus que rangiam na parte inferior das escadas, mas há outros que rangem mais silenciosos quando piso neles.

Meu coração bate na garganta enquanto tento alcançar a maçaneta da porta da frente. Com um último olhar para as escadas, abro-a e saio rapidamente para a varanda.

Luc sai do carro e atravessa a rua correndo quando me vê. Ele segura a minha mão e, apressado, me leva para a Shelby.

– O que é isso? O que foi? – ele diz, olhando com atenção todo o meu quintal.

- Eu...

- Ele está aqui? Droga! Como eu não vi? – Ele me empurra para o banco do passageiro.

- Não, não é isso. É só...

- O que ele fez, Frannie? – Ele se agacha ao meu lado e me olha em pânico.

Sinto o gosto do café nos seus lábios enquanto me inclino, aninho minha mão no seu cabelo e pressiono os meus lábios nos dele. Seus músculos não relaxam, mas a tensão muda. A atenção dele não é mais lá fora, é aqui. Em mim. Que é justamente o que eu quero. Depois de um minuto, ele me aperta e vira o meu pescoço para trás, me puxando para um beijo profundo. Por fim, eu o afasto.

- Não quero ficar sozinha.

Luc me puxa pela mão para fora do carro e me esmaga na curva do seu corpo.

– Não é seguro você ficar aqui fora - ele diz suavemente no meu cabelo. – Você precisa ficar em casa, atrás do campo de proteção do seu pai.

Eu o empurro.

– Meu pai *o quê*?

Seus lábios se contraem enquanto ele pensa num jeito para me responder.

– Tem alguma coisa no seu pai, Frannie. Eu não sei o que é, mas eu não conseguia lê-lo... quando eu era um demônio. – Seus olhos deslizam pela rua e então ele volta a mirar os meus. – Nunca pude transcender para a sua casa e isso só pode acontecer se existir um campo de proteção celestial.

Penso no meu pai: o senhor torta de maçã e beisebol. – Você acha que tem algo de errado com o meu pai?

Ele sacode a cabeça, mas sua sobrancelha está arqueada, ainda contemplativa.

– Errado não, mas ele está conectado com a parte lá de cima. Você não conhece nenhuma razão...

- Não. Não tem nada de estranho com o meu pai... bem, exceto que ele gosta de couve de Bruxelas. – Sinto o meu rosto se contorcer involuntariamente.

Os olhos negros de Luc brilham na luz prateada da lua enquanto ele sorri e passa o braço ao redor da minha cintura, me conduzindo de volta para casa.

– Que horas são?

- Não sei... quatro talvez.

- Você devia estar dormindo.

Sorrio para ele.

– E você também. O seu primeiro dia de trabalho começa em, o quê, seis horas? Não vai pegar no sono e babar nos livros.

Ele volta os olhos cheios de preocupação para mim.

– Não depois do que aconteceu no Gallagher hoje à noite. Rhenorian está à espreita. Não vou perder você de vista.

Chegamos à minha porta e ele a abre devagar. Ele me puxa para um beijo, e quando tenta se afastar, eu não deixo. Quando acaricio o seu peito, posso sentir o seu coração batendo sob os meus dedos, quase tão rápido quanto o meu. Seus lábios traçam um caminho que vai dos meus lábios até o meu ouvido e desce para o meu pescoço. Eu o empurro de novo e olho em seus olhos. Eles estão em fogo, e esse olhar causa um formigamento na minha barriga que explode por todo o meu corpo.

Enrosco os meus dedos trêmulos nos dele e o puxo pela porta. Ele hesita no limiar e sacode a cabeça.

Por favor, por favor. Por favor, entra.

Ele respira profundamente. Um sorrisinho de culpa surge em seus lábios enquanto ele entra. Seus olhos me questionam e eu respondo me virando e levando-o rapidamente pelas escadas, para o meu quarto, torcendo para que os rangidos nos degraus não sejam tão altos quanto parecem.

Fecho a porta e encosto meu ouvido nela, tentando ouvir algum barulho no corredor. Depois de um minuto, quando tudo está quieto, relaxo e olho para Luc.

Na pálida luz da lua, seus olhos brilham. Um formigamento elétrico crepita sobre a minha pele quando ele se inclina e me beija novamente, me deixando arrepiada. Levo-o até a cama e tiro o meu jeans. Ele solta um suspiro trêmulo enquanto subo e o cerco com um braço.

– Frannie... – ele suspira, tentando alcançar a maçaneta.

Levanto um dedo até os meus lábios, então o cerco novamente com o meu braço.

Ele dá uma olhada para a porta e, em seguida, suspira de novo e se vira para a minha cama. Toco nele, aninhando-me em seu pescoço.

– Essa não é uma boa ideia – ele sussurra entre o meu cabelo. Mas enquanto deslizo minhas mãos pelo seu peito, sua barriga, mais para baixo, posso afirmar que o seu corpo gosta mesmo da ideia. Dou pequenas mordidas nele enquanto sigo até o seu ouvido.

– Eu acho que é a melhor ideia que eu já tive. – Pressiono meu corpo contra o dele e o beijo com força. – Você se veste com muitas roupas - sussurro em seus lábios. Ele se apoia sobre um cotovelo e eu tiro sua camisa pela cabeça e, em seguida, a minha. Ele olha para a minha nudez por um minuto e eu tento não deixar que ele veja que estou tremendo.

- Frannie... – ele sussurra de novo, e eu percebo que não sou a única que está tremendo.

Enrosco o meu pulso no seu cabelo e trago seus lábios até os meus. Devagar, ele relaxa em mim, e suas mãos se movem sobre o meu corpo, me deixando em brasa. Seus lábios percorrem um caminho incendiado do meu pescoço até o peito, e eu seguro o gemido quando ele finalmente encontra o seu alvo. Conforme ele se move lentamente, estou completamente fora da razão.

Até alguma coisa cair no corredor.

Num piscar de olhos, Luc está na beirada da cama e no chão, entre a cama e a janela. Pego minha camisa do chão, mas quando a puxo pela minha cabeça sinto cheiro de canela. É a camisa do Luc. Jogo-a para o lado e me enrolo no lençol.

A luz do corredor se acende e ouço portas se abrindo como se toda a minha família fosse para o corredor. Um minuto depois, alguém bate na minha porta.

- Hã - eu digo, tentando parecer grogue apesar de o meu coração estar martelando e eu mal conseguir respirar. Estou tão longe de estar sonolenta quanto é possível. Nunca estive tão ligada em toda a minha vida.

A porta estala ao abrir e meu pai aparece. Ele olha em volta e diz:

- Você está bem?

- Aham. O que foi?

- O espelho do corredor caiu da parede. O prego deve ter soltado.

- Tá - digo, girando para o outro lado, fingindo estar muito sonolenta. Depois de um tempo, as portas se fecharam.

Permaneci perfeitamente imóvel enquanto a casa voltava a ficar silenciosa e as luzes do corredor apagadas. Depois de um século, Luc enfia a cabeça na beirada da cama.

– Eu disse que não era uma boa ideia - ele sussurrou com um sorriso nervoso. – Se os seus pais me pegarem aqui...

Ele não precisa terminar o pensamento. Nós já começamos a fazer alguns progressos com os meus pais. Eles não gostam nada do Luc, mas parece que não o odeiam mais.

Eu me sento na cama e ele repara a minha camisa. E sorri.

– Gosto do visual.

- Desculpa - eu digo e começo a colocá-la acima da minha cabeça. Ele levanta a mão, uma pitada de pânico em sua expressão.

– Não. Eu tenho uma camisa de botão no carro.

Eu sorrio, gostando do jeito que ele fica sem ela. Prendo meu braço novamente nele, mas ele balança a cabeça enquanto um sorriso vagaroso corta o seu rosto.

- Acho que já testamos a nossa sorte até o limite.

Ele vai até a janela, olha para baixo e hesita.

– Seria muito mais fácil se eu pudesse me transportar daqui.

Subo na cama e vou para o lado.

– Você vai quebrar o pescoço. É melhor ficar. – Seguro a sua mão e envolvo o seu braço ao meu redor. - *Fica comigo.*

- Tenho certeza de que foi o seu poder de influenciar que me trouxe aqui, em primeiro lugar. E contra o meu melhor julgamento, eu queria ficar. Mas tenho mesmo que ir.

Ele me beija e então olha para a árvore lá fora. Eu o observo puxar a tela e subir na moldura da janela com o coração acelerado. Ele alcança um galho e puxa-o por alguns minutos, então o segura com as duas mãos e balança para longe da casa. Os galhos afundam devido ao seu peso. Eu suspiro quando escuto um estalo, mas ele consegue se segurar por tempo suficiente até pegar com o pé um galho grande e se aproximar do tronco. Ele me lembra um gato ágil e negro enquanto muda de um galho para o outro, em pé firme e constante, e eventualmente oscilando para o chão. Percebo que estou prendendo a respiração e a solto lentamente, num sopro instável, enquanto ele dá um passo para trás para me olhar. E, Deus, como ele é lindo.

O horizonte está se tornando rosado com o começo de um novo dia. Ele volta lentamente para o seu carro e o meu coração aperta a cada passo que ele dá.

– O que, afinal, há de errado com você? – Matt sussurra em meu ouvido e quase me mata de susto.

Eu seguro o grito, então me viro para olhá-lo. Ele está me olhando de cara feia, e quando vê a minha camiseta, revira os olhos.

– *Aqui*? Você ia fazer aquilo aqui? Com a mamãe e o papai no final do corredor?

Meu rosto queima e preciso me controlar para manter a voz num sussurro.

– Você estava *assistindo*?

Ele dá alguns passos para trás.

– Sou um anjo, não um *voyeur*. Eu não estava assistindo. Mas não é preciso ser um cientista para entender que você não ia arrastar o seu namorado para o seu quarto no meio da noite para *conversar*.

– Bem, para a sua informação, nós não íamos fazer *aquilo*. E, de qualquer maneira, não é da sua conta o que o Luc e eu fazemos. Ou onde.

– É *exatamente* da minha conta, sim. Meu trabalho é proteger você, mesmo que seja de você mesma. Eu não vou deixar você fazer isso, Frannie. Não vou deixar você destruir a sua vida.

A raiva irrompe do meu buraco negro emocional quando o que ele disse me atinge. Fico de pé e o empurro o máximo que posso.

– Você jogou aquele espelho no chão, não foi?

Ele cai alguns passos para trás e um sorriso sombrio desenrola em seus lábios.

- Deus do céu, Matt! – Eu agarro punhados do meu cabelo e os arranco antes de gemer e atirá-los pela janela. Olho para a Shelby, ainda estacionada lá fora, e respiro fundo, então me volto para o Matt. – Podemos conversar sobre isso depois?

Seu rosto se suaviza. Ele acena com a cabeça e desaparece.

Deito na cama e puxo o lençol até cobrir minha cabeça. Após um longo tempo, coloco a cabeça para fora do lençol e dou uma olhada no quarto. Ainda está vazio.

Com a mão percorro o rastro deixado pelos lábios do Luc, ainda sentindo o formigamento da minha pele por causa do seu toque. Fechando os olhos, trago sua camisa ao meu rosto, respirando até o meu coração voltar ao ritmo normal.

Estou tão feliz em ter o Matt de volta, mas quem diria que ter um anjo da guarda viria a ser um problema tão grande? Ele é como se fosse o meu cinto de castidade pessoal. Mesmo tendo jurado não usar o meu poder de influenciar na minha família, talvez eu devesse tentar usá-lo no Matt, só para que ele relaxasse um pouco. Afinal de contas, eu preciso praticar.

Sorrio quando me lembro de como quase funcionou no Luc. Claro que, na verdade, não queria usar o meu poder. Finalmente cochilo com o perfume de canela no meu nariz e um ardor sob a minha pele. E, no meu sonho, Matt não nos interrompe.

CAPÍTULO 6

UM TRATO COM O DIABO

Luc

A filial Haden da biblioteca do condado de Essex é um monstruoso bloco de granito cinza ao lado da escola de ensino médio. Está localizada no que costumava ser a câmara municipal, um dos prédios mais antigos da cidade que remonta a meados dos anos de 1700. E, como a maioria dos prédios no Haden, todos os dias ele se parece assim mesmo. Paro o carro no estacionamento e atravesso correndo a rua, em direção ao prédio de pedra. Dou uma olhada para o relógio da torre, e vejo que estou na hora certa. Eu deveria ter chegado mais cedo no meu primeiro dia de trabalho, mas no caminho deixei a Frannie na Taylor e não podia partir até me certificar de que o Matt estava lá.

Não posso conter o sorriso ao espiar pelo painel de vidro entalhado nas portas de madeira, então as empurro para abri-las e entro. Até mesmo o meu nariz humano pode apreciar o cheiro de uma biblioteca – poeira, antigos papéis e antigas histórias. Observo a lombada dos livros nas estantes enquanto sigo até o balcão – uma seção bastante limitada, mas com todos os clássicos e também alguns excelentes títulos obscuros.

A figura de uma mulher magricela atrás do balcão curvo no centro da sala cavernosa, repleto de livros fora do carrinho por sobre uma prateleira rotulada “em espera”. Dou um largo passo, inclino-me no balcão e pigarreio. Quando ela volta, estendo minha mão.

– Olá. Eu sou Luc Cain.

Ela me aprecia com pálidos olhos cinza. Não deve ter menos de cem anos, apesar dos cachos pretos emoldurando seu rosto amassado. Ela agarra minha mão com a sua, magra e ossuda, usando uma força surpreendente.

– Eu sou Mavis Burnes. Chefe da biblioteca. Nos falamos por telefone.

– É um prazer conhecê-la.

– Igualmente – ela diz com a voz trêmula, soltando a minha mão. – Tenho que dizer, fiquei muito mais que surpresa com o seu conhecimento sobre livros e sobre o nosso sistema – diz, dando outra olhada em mim. – É evidente que você é muito jovem para ter trabalhado em outra biblioteca anteriormente.

– Mas passei muito tempo lendo. – Viro-me e olho para as pilhas de livro novamente, imaginando se há alguma coisa nelas que eu ainda não tenha lido – e que valha a pena ler.

Chase Gallagher, por quem eu soube desse trabalho, emerge das pilhas vestindo uma camiseta *tie-dye* muito colorida. Ele caminha e deixa cair uma pilha de livros sobre o balcão; então, com as palmas das mãos, alisa o cabelo negro até o pequeno rabo de cavalo.

– Ei, Luc. Está pronto?

– Com certeza.

Chase me orienta quanto ao funcionamento dos computadores e ao arquivamento dos sistemas enquanto Mavis espreita e intervém para salientar a importância de pontos particulares. Ele completa a minha orientação com um passeio pelo local.

– Estamos mudando a seção infantil daqui na semana que vem – ele aponta para a maior seção da biblioteca perto da que atualmente possui referências de viagens –, então vamos precisar que você fique até mais tarde, pelo menos, por uma noite... provavelmente quinta-feira da semana que vem... para ajudar a reorganizar os livros nas prateleiras.

– Não haverá nenhum problema.

Ele me cutuca.

– Então quem sabe a gente não segue para a casa dos Cavanaugh para encontrar as nossas mulheres.

Quase não consegui segurar um riso ao pensar no que a Frannie faria se tivesse ouvido ele se referir a ela como "minha mulher". Imagino-a jogando o Chase de cabeça no chão. Um sorriso corta o meu rosto. Ele interpreta mal isso e levanta as sobrancelhas sugestivamente.

– Aquelas garotas Cavanaugh são uma coisa, né?

Meu sorriso aumenta.

– Uma coisa, sem dúvida.

Ele enfia a mão no bolso e tira uma chave.

– Mavis sempre abre – ele diz acenando a cabeça na direção do balcão –, e nós precisamos desligar tudo antes de fechar; sendo assim, você vai precisar disso.

Enquanto pego a chave da sua mão, dou uma olhada por cima do seu ombro e vejo a garota do meu prédio – Lili – passando despercebida como uma usuária da biblioteca. Ela para do lado de dentro da porta, então se vira e parece que está indo embora novamente.

– Desculpa – digo ao Chase. Caminho a passos largos até o lugar onde ela está puxando a porta.

– Você precisa de alguma coisa, Lili?

Ela pula e se assusta um pouco, e olha para mim com os olhos arregalados. Quando me vê, solta um suspiro.

– Ah, oi Luc.

Eu sorrio de um jeito tranquilizador para ela.

– Posso ajudar você a encontrar alguma coisa?

– Hum... eu achava que podia encontrar algum mural de empregos ou coisa assim.

– Você está procurando trabalho?

– Eu mal consegui pagar o aluguel deste mês. Preciso de algo bem rápido.

– Hum... – Olho em volta e o único quadro de avisos que vejo tem vários bilhetes referentes à leitura de histórias para crianças. – Deixa eu perguntar para a Mavis.

Ela pula assustada novamente quando toco seu braço para levá-la até o balcão, e solta outro longo suspiro e arrisca um sorrisinho. Caminha comigo até onde Mavis está digitalizando os livros.

– Mavis, você conhece algum lugar onde possa ter anúncios comunitários de empregos?

Mavis olha de mim para Lili e toca uma pequena e delicada cruz de prata pendurada em seu pescoço. – Além do jornal... sempre há no centro comunitário na rua Elm. Essa seria a melhor tentativa.

– Obrigada – diz Lili baixando os olhos.

– Você sabe onde fica? – pergunto enquanto seguimos novamente para a porta.

Lili acena positivamente com a cabeça.

– Quer dizer que você trabalha aqui? – Ela repara nas pilhas de livros antes de fixar os olhos em mim.

– A partir de hoje.

Seus olhos brilham enquanto ela dá um verdadeiro sorriso.

– Então você não é apenas uma carinha bonita.

Rio alto, e Mavis me olha séria por cima dos óculos.

Lili lança um breve olhar para Mavis. Ela se encolhe e baixa os cílios.

– Desculpa – ela sussurra.

– A culpa é minha. – Dou a ela um sorriso tranquilizador. – Não se preocupe. Vejo você depois?

Ela faz que sim com a cabeça e atravessa a porta.

Mas, assim que retorno para o balcão, a porta se abre, e Rhenorian entra. Ele fica olhando as prateleiras da frente, mas seus olhos não estão nos livros. Estão em mim. Ele acena com a cabeça quase imperceptivelmente – para avisar que está de olho em mim.

Está me perseguindo, isso sim.

Mas é melhor comigo do que com Frannie. Eu não ia dizer para ela, mas, depois daquela festa na casa do Chase, eu não sei se o Matt está prestando a atenção que ele deveria estar. Era culpa minha Rhenorian e seu bando estarem lá, mas o Matt deveria saber antes de eles chegarem tão perto. Gabriel escolheu Matt porque ele tem interesse na Frannie, mas não sei se isso é suficiente.

Rhenorian sorri deixando brevemente à mostra suas presas antes de se virar e sair para a calçada. Ando até a porta e observo-o enquanto ele entra e senta-se no banco do motorista de um Lincoln prateado com teto conversível preto. Parte de mim espera que ele tenha partido, mas quando ele não vai, percebo que isso é melhor. Tem algo reconfortante em conhecer seu inimigo – ou, pelo menos, seu paradeiro.

Penso em Frannie festejando com os seus amigos na pedreira. Tentei convencê-la a desistir disso, mas ela insistiu em ir, e Matt jurou que ia fazer o trabalho dele. Acabei desistindo porque Frannie não pode viver como um animal enjaulado. Ela precisa ter a vida dela. O que significa que eu preciso confiar em Matt.

Mas ainda assim é melhor ter o Rhenorian por perto, onde posso ficar de olho.

Quando deixo a biblioteca às cinco, ele ainda está lá. Ele me observa atravessar a rua até a Shelby. Penso em seguir para o meu apartamento – me mantendo longe de Frannie. Mas não consigo fazer isso. Preciso vê-la – para ter certeza de que ela está bem. Então, dirijo até a pedreira.

E Rhenorian me segue.

Mesmo ele não representando nenhuma ameaça a Frannie, ainda assim não gosto disso. É difícil admitir, mas parte de mim deseja que Gabriel nunca tivesse partido, porque a minha sombra infernal está colocando em sérios apuros a minha habilidade em proteger Frannie.

Enquanto observo Rhenorian na minha cola, passa pela minha cabeça que Frannie poderia ficar melhor se eu sumisse por um tempo. Porém, mesmo que isso fosse verdade, apesar do que prometi ao avô dela, não tenho certeza se realmente consigo fazer isso.

Frannie

Quando vi o Luc sobre uma rocha perto do atalho, não pude conter meu sorriso. Nado até as pedras e saio da água, me jogando em cima dele e ensopando totalmente a frente da sua camisa e do seu jeans. Mas ele só me abraça mais forte.

Estar em seus braços na beirada da rocha da pedreira me traz lembranças à memória. Dou uma olhada na corda do balanço, relembrando a noite em que trouxe o Luc aqui, sob as estrelas. Estremeço com a lembrança. Não foi o nosso primeiro beijo, mas foi sem dúvida o mais romântico - e a noite mais romântica da minha vida até aquele momento. Talvez tenha sido alguma coisa por causa das estrelas. Porém, mais que isso, Luc relaxou e se revelou quem ele realmente era naquela noite. Tenho certeza de que isso aconteceu quando me apaixonei por ele, embora eu não tenha admitido isso para mim naquela época.

Naquele instante, contudo, uma das minhas pessoas favoritas reivindicou o balanço. Angelique Preston está sentada no disco de madeira, seus cachos loiros soprando para trás, arrastando o pé ao longo da superfície da água enquanto ela balança sobre a pedreira, e tentando parecer o mais *sexy* possível durante o processo. Na verdade, ela não quer se molhar. Deus me livre se ela estragasse seu cabelo ou a maquiagem e ficasse parecendo um rato molhado.

Seus seios enormes mal cabiam no biquíni preto, e eu estava torcendo para que Luc e eu fôssemos embora antes que ela tomasse mais algumas cervejas e os mostrasse. Por mérito próprio, eles eram totalmente verdadeiros. Todos nós, garotos e garotas, do mesmo jeito, temos observado seu progresso desde o sexto ano com um interessado fascínio.

Riley e Trevor saem da água, subindo pelas rochas, e vêm até onde estamos.

– Oi, Luc – diz Trevor. – Joga esses livros fora, hein?

Eu cutuco Trevor.

– Cala a boca, Trev. Talvez se você soubesse ler...

Ele me olha com um sorriso sarcástico.

– Onde está a Tay? – pergunto.

Riley aponta para baixo da pedreira onde um grupo de rapazes está mergulhando sobre o penhasco - que na verdade não é bem um penhasco. Só um lugar em que as rochas apontam para fora, sobre as águas. É uma queda de pouco mais de três metros, mas faz os caras se sentirem mais viris ao chamarem de penhasco.

Evidentemente, Taylor está lá, num visual de matar, em um biquíni fio dental vermelho. Aperto os olhos para ver com quem ela está falando.

- Puta merda! Aquele é o Brendan?

Riley faz que sim com a cabeça.

– Ele voltou para o verão.

Que diabos ela está pensando?

Meu rosto se contorce numa careta.

–Então a Taylor está na ativa de novo. Que bom para ele.

Brendan Nelson é o garoto com quem a Taylor perdeu a virgindade e, apesar de toda a conversa dela, o único cara com quem ela dormiu. Também é o único que partiu o seu coração. Ele tinha ido para Penn State no ano passado com uma bolsa para jogar futebol, e, até onde Taylor sabia, eles ainda estavam juntos. Quando ele parou de responder aos seus telefonemas e não se importou em dizer a ela que estava em casa para o Dia de Ação de Graças, ficou claro que eles não estavam mais juntos.

- Eu sei - Riley disse. – Eu não acredito que ela está lá.

Trevor revirou os olhos.

– Esse cara é um completo idiota.

Olho novamente para a Taylor quando Brendan escorrega o braço musculoso ao redor da cintura dela. Taylor o envolve pelos ombros e ele se inclina para beijá-la.

Isso me faz querer vomitar.

Mas no instante seguinte, Brendan Nelson está girando pelo ar e gritando feito uma garotinha. Ele bate na água e o grito para, e só começa de novo quando ele irrompe na superfície. Pelo jeito como se debate, alguns de seus amigos entendem que ele não consegue nadar e mergulham até ele. Eles arrastam-no para as rochas, e ele os puxa a cada metro, com muito mais gritos e palavrões.

Caio na gargalhada quando a Taylor acena para nós e então mergulha fora do penhasco, em um belo mergulho de cisne. Ela nada e sai da água.

– Que otário – ela diz fazendo coro ao irmão.

Eu me viro para explicar o lance para o Luc e vejo que os seus olhos ainda estão fixos no penhasco. Quando sigo seu olhar, percebo os três caras enfiados entre as árvores à beira do penhasco, todos vestidos de jeans e camiseta preta, inapropriados para dar um mergulho. Reconheço o que está no meio. Ele é o sujeito ruivo maluco da festa dos Gallagher e do Ricco.

Sinto os dedos de Luc se enroscarem nos meus.

– Eu tinha que vir aqui – ele diz baixinho para apenas eu escutar.

Viro para o penhasco e eles desaparecem.

– Tudo bem. Podemos ir.

Ele acaricia meu rosto com os dedos.

– Matt está aqui?

Aceno que sim, quase certa de que seja verdade, e então uma pedra voa pelo ar e acerta Luc na parte de trás da cabeça. Ele estremece e olha para trás - onde, é claro, não há ninguém.

- Ele está aqui - ele diz, desgostoso.

Olho para o espaço vazio atrás do Luc.

– Vamos embora.

Luc sorri e me beija suavemente no rosto.

– Você devia ficar com os seus amigos. Eu só precisava saber se você estava bem - ele dá outra olhada por cima dos ombros - e acompanhada.

Eu puxo o seu braço.

– Fica.

Seus olhos voltam a mirar o penhasco.

– Seria melhor se eu não ficasse.

- Tá bom - eu digo mal-humorada. – Que assim seja.

Ele ri e me puxa para os seus braços.

– Você não tem ideia de como fica linda fazendo beicinho.

Abro um sorriso, então pressiono com força o meu corpo contra o dele e exponho meu lábio inferior.

– Linda o suficiente para fazer você ficar?

Ainda sorrindo, ele olha ao redor. Angelique sai do balanço e faz uma pose. Ele olha de volta para mim e revira os olhos.

– Divirta-se! Vejo você depois.

Ele aperta a minha mão e segue pelo atalho e, nas sombras da floresta, percebo três sombras negras se movendo através das árvores. Começo a andar pelo atalho atrás dele, mas alguma coisa puxa o meu ombro.

Matt.

- Ele já é bem grandinho, Frannie. Vai ficar bem - ouço seu sussurro no meu ouvido.

Então, eu o vejo ir embora, desejando que ele não se saia tão mal no judô.

Matt

Uma vez que eu saiba que a Frannie vai ficar preocupada, eu sigo os demônios pelo atalho, no encalço de Luc. Ele entra na Shelby, e quando o Rhenorian e os irmãos Tweedle se teletransportam para dentro do Lincoln, eu também vou.

– Então, tenho pensado...

Antes que eu possa concluir o pensamento, três punhos brilhantes estão a poucos centímetros do meu rosto.

– Nada como atirar no mensageiro – digo, cruzando os dedos atrás da minha cabeça e me recostando no banco de trás.

Os olhos de Rhenorian seguem o carro de Luc enquanto ele arranca para a estrada e dirige por ela. Ele baixa o punho e os outros também o fazem.

– O que você quer?

– Eu ia justamente fazer essa pergunta.

Em menos de um segundo, seu punho está estalando perto do meu rosto de novo.

– Não faça jogos comigo, querubim.

Reviro os olhos.

– Nós podemos fazer isso o dia todo – digo, afastando o seu punho do meu rosto – ou podemos pensar num jeito de ajudar um ao outro.

Ele fica em silêncio por um longo tempo, então diz:

– Primeiro me diga se você fez isso.

– Fez o quê?

– Transformou-o e marcou-o.

Solto uma risada alta.

– Presumo que esteja falando do demônio.

– Lúcifer – ele confirma.

– Em primeiro lugar, o fato de ele estar marcado para o céu me faz querer vomitar – se eu tivesse estômago para isso. E em segundo lugar, eu não tenho poder para transformar um demônio num mortal.

– Então quem tem?

Isso é complicado. Eu tenho a sensação de que Frannie pode estar em perigo se eu contar a verdade a ele, mas não posso mentir. Nem mesmo para um demônio.

– Por que você se importa? Que diferença faz para você se o demônio agora é um mortal?

Seus olhos se espremem enquanto ele me olha de cima abaixo.

– Tenho ordens. Preciso levá-lo de volta.

– Para ser julgado? – Não consigo disfarçar a esperança na minha voz.

Ele continua me olhando, mas não responde.

Eu me mexo no banco e cruzo o meu tornozelo sobre o joelho.

– Eu acho que podemos estar do mesmo lado, curiosamente.

– Quer dizer... ?

– Quer dizer que eu não ficaria com o coração partido se o demônio desaparecesse.

Um sorriso maléfico desenrola em seus lábios, tornando seu rosto algo significativamente mais demoníaco. Capturei seu interesse.

– Ele é um demônio. Tão estúpido quanto qualquer outro demônio – digo, apontando para o par de suporte para livros idiota.

Ele rosna para mim, e em seus olhos queima uma chama vermelha; porém, ele não se mexe.

– Então, quão difícil é fazer que ele peque? Reverter a sua marca? – continuo.

O demônio grande inclina-se contra o assento.

– Estou ouvindo.

– Você precisa dele na forma de demônio para levá-lo ao tribunal, certo?

– De preferência. – Rhenorian lança um olhar predatório de soslaio cheio de malícia, como um gato espreitando um rato. – Mas já está bem perto de arrastar a sua alma mortal para o inferno.

– Tudo bem. Então, se ele pudesse ser convencido... – paro abruptamente quando me dou conta de que quase revelei o segredo de Frannie. – Acho que sei um jeito de transformá-lo em demônio de novo.

Os olhos de Rhenorian faíscam uma luz vermelha.

– Como?

– Eu vou cuidar disso. Você precisa estar pronto. Quando for a hora, você vai precisar ser rápido, antes que ela... – Eu paro de novo. – Só esteja pronto. Vai ser óbvio.

Ele levanta as mãos e agarra a minha camisa.

– Eu preciso de mais do que isso, querubim. Detalhes.

Os irmãos Tweedle, que estão sentados ao meu lado no banco de trás, tentam agarrar meu braço, e eu os impeço com um estalo de luz branca. Só o bastante para mantê-los afastados.

– Não – digo claramente, me inclinando e ficando bem na frente do Rhenorian para mostrar-lhe que eu não estou intimidado.

Ele dá um sorriso, olhando os Tweedledumb arderem, e quando o Tweedledumber se vira para uma retaliação com os punhos vermelhos erguidos, Rhenorian larga minha camisa e lhe dá um soco na mandíbula. Ele olha sorrindo para mim.

– Quer dizer então que eu devo confiar em você? Acha que sou idiota?

Não consigo deixar de sorrir.

– Tanto quanto o resto da sua espécie.

Num piscar de olhos, seu punho quente está no meu rosto. Levanto as mãos, meu semblante é uma máscara de falsa inocência.

– Ei, você perguntou, e anjos não podem mentir.

Seus punhos brilham mais forte por um momento, então ele os abaixa franzindo as sobrancelhas.

– Só esteja pronto – digo, então me transporto para a pedreira onde a Frannie está. Tudo o que eu preciso fazer é convencer Luc de que ela fica melhor sem ele. Ele vai embora, ela o esqueça e, *voilà*, ele está morto ou é um demônio novamente. Para mim, as duas maneiras servem. E se ele se transformar num demônio, Rhenorian levando-o para o inferno é garantia de que ele não vai mudar de ideia e voltar.

Observo Frannie e Taylor jogando água uma no rosto da outra e quase sinto culpa. Mas a verdade é que Luc inevitavelmente vai decepcioná-la. Em sua verdadeira essência, ele é um demônio. E sabe-se lá quanto dano ele pode causar neste período.

Melhor para ela que essa situação nunca chegue a tal ponto. Estou fazendo a coisa certa.

CAPÍTULO 7

CULPADO COMO O PECADO

Luc

Paro o carro no estacionamento e desligo o motor. Pelo espelho retrovisor, vejo Rhenorian estacionar na esquina. Não consigo vê-lo através das suas janelas de vidro enfumaçado, mas quando o crepúsculo âmbar desliza para o negro, posso ver o brilho vermelho dos seus olhos me espreitando na escuridão de seu carro.

Ele está numa missão exatamente como eu estava. Falhar significa desmembramento e Poço de Fogo, porque eu tenho certeza de que ninguém vai transformá-lo em humano e marcar a sua alma para o céu. Isso quer dizer que ele não vai parar.

Observando-o, eu sento e me pergunto como isso vai terminar. Como vou me livrar dele? Enquanto eu tiver essa sombra, preciso ficar longe da Frannie. Hoje cedo fui egoísta indo até a pedreira. Não posso colocá-la em perigo.

Lili estaciona sua caminhonete ao meu lado justamente quando estou saindo do carro.

– Ei, Luc – Lili diz, segurando uma caixa branca e lisa. – Pedi uma pizza mesmo sem poder pagar. Eu estava com desejo de pepperoni. Você quer rachar?

– Isso me soa bem. – Seguro a porta das escadas para ela.

Ela passa por baixo do meu braço e, quando chegamos ao segundo andar, ela se vira, e de um jeito envergonhado diz: – O seu apartamento está legal? O meu está muito bagunçado.

– Claro. – Pego a caixa da mão dela e abro a porta. Deixo a pizza na mesa da cozinha e vou até o armário pegar alguns pratos. – O que você quer beber?

– O que você tiver está bom.

Sento em minha cadeira, segurando os pratos e duas garrafas de água.

– Quanto eu te devo pela pizza? – pergunto, girando a tampa da garrafa para fora e entregando a ela.

Ela apanha uma fatia de pizza da caixa e corta com o dedo uma tira de queijo.

– Dez. Eu pensei que uma grande deixaria sobras, mas então eu achei que talvez, se você não tivesse comido, podia querer... – ela engasga e seus olhos se voltam brevemente na minha direção – um pouco – ela conclui.

Seus olhos estão conectados aos meus e alguma coisa em estado bruto me atravessa, puxando os meus ossos. Com algum esforço, desvio meu olhar do dela e pego uma fatia de pizza da caixa.

– Obrigado.

Comemos em silêncio e tenho que lutar para manter o meu foco na pizza. Mas, apesar de todo o meu esforço, me pego novamente com os olhos vagando sobre a Lili, tentando decifrar o que eu vi em seu olhar. Finalmente, balanço a cabeça. Não era nada. Só a minha imaginação hiperativa. Rhenorian tem me deixado paranoico... é isso.

Recomponho-me internamente e permito que meus olhos encontrem os dela outra vez.

– Então, teve sorte em achar algum trabalho?

Ela encolhe os ombros.

– Estou trabalhando nisso. Tem alguns empregos de verão no quadro de avisos do centro comunitário, mas estou meio atrasada, porque a maioria já era.

– Tenho certeza de que alguma coisa vai aparecer. Vou ficar de ouvidos atentos. – Sinto meus músculos tensionados relaxarem enquanto respondo. Definitivamente foi a minha imaginação. Não há nada além do normal... com exceção daqueles olhos verdes misteriosos.

– Então, você está trabalhando na biblioteca. E a Frannie? Ela tem um emprego?

Com a ponta do dedo empurro a tampa da caixa de pizza.

– Frannie começou a trabalhar no Ricco logo depois que terminou a escola.

Ela sorri para mim.

– O Ricco é um pouco decadente. Você deixa a sua namorada trabalhar lá?

Solto uma gargalhada e inclino a minha cadeira sobre as pernas traseiras.

– Você não conhece a Frannie muito bem. E não sou eu que "deixo" ela fazer nada. Ela é quem manda.

– Ah, é? Você parece o tipo de cara que está no controle da situação. – Um sorriso quase se desenrola no canto da sua boca.

Desvio os meus olhos para longe dela e me agarro na mesa a tempo de não cair para trás com a minha cadeira. Porque quando ela sorriu, apenas por um segundo, o que passou pela minha mente...

Estou de pé e atravesso a cozinha num piscar de olhos.

– Você disse dez pela pizza? – Minha mão treme enquanto a deslizo para dentro do bolso.

– Sim, obrigada.

Respiro fundo e me viro lentamente de volta para ela.

– Leve os últimos pedaços com você – digo. – Eu já comi a minha parte. – Atrevo-me a dar um sorriso, mas parece que a culpa fica estampada por todo o meu rosto.

Ela segura a caixa de pizza e se levanta da mesa. Sigo até a porta e a abro, entregando a ela o dinheiro enquanto ela passa para o corredor. Lili se vira e sorri enquanto chega à sua porta.

– Até mais.

Afinal, o que há de errado comigo? Pensei que fossem esses hormônios da adolescência.

Ainda estou parado no corredor, olhando-a, quando ela desaparece em seu apartamento. Foi por isso que não percebi Rhenorian até a sua voz ecoar por cima do meu ombro.

– Nossa, meu Lúcifer... por todas as belas coisas jovens! Ser mulherengo é um pecado, caso você tenha se esquecido. Todo esse tempo tenho forçado o cérebro tentando imaginar como reverter sua marca, mas você vai tornar o meu trabalho fácil.

Viro-me para encontrá-lo encostado na parede ao lado da minha porta. Seu sorriso cintila como a borda de uma lâmina.

Respiro fundo e limpo os últimos vestígios de névoa da minha cabeça.

– Você está com inveja – Ele esboça um meio sorriso e se afasta da parede.

– Na verdade, eu estou sim. – O sorriso se transforma numa careta. – Mas no momento tenho problemas maiores.

Num piscar de olhos, ergue sua mão e agarra o colarinho da minha camisa, me jogando contra a parede.

– Quem fez isso?

– Não sei.

Seus olhos ardem numa brasa vermelha. Ele se inclina, o nariz a poucos centímetros do meu.

– Mentiroso.

– É isso o que eu faço. Está no meu sangue. – Giro para fora do seu alcance e volto para a porta do meu apartamento. – Por que isso te importa?

Ele olha enfurecido.

– Porque preciso que quem fez isso o desfaça, só assim posso levar você comigo.

– Então, provavelmente não será do meu interesse ajudá-lo com isso.

Seu rugido ecoa pelo corredor enquanto bato a porta na cara dele.

Frannie

A festa na pedreira terminou, e Riley e Trevor deixaram a mim e a Taylor na minha casa. Corremos até Maggie e Delaine ao subir para o meu quarto.

- Ei, Delaine - Taylor diz, segurando o cotovelo dela. - Você tem o telefone do Marc? Aquele cara da sua banda?

Ela balança a cabeça.

– O Reefer deve ter. Ele cuida de toda a organização.

Taylor coloca a mão no quadril e dá um sorriso cínico para a Delaine.

– E aí, você pode arrumar?

- Agora? – Delaine pergunta num tom de "você deve estar brincando, né?".

- Qual é, Delaine? – A mão de Maggie está na maçaneta da porta, e ela está olhando impacientemente para as escadas.

Delaine desvia de Taylor.

– Falo para o Ryan te ligar. – Ela escapa com Maggie pela porta.

Reviro os meus olhos e sigo para subir as escadas.

– Por que você não fala com ela depois?

- Eu falaria se ela me desse aquele maldito número de telefone - Taylor resmunga. Ela fecha a porta ao passar, pega então o meu iPod e conecta os fones de ouvido nele. Ela me atira um frasco de aloe vera da sua bolsa e se joga ao meu lado na cama.

– Passe isso nas minhas costas – diz, puxando a camisa cuidadosamente sobre a cabeça e exibindo uma pele vermelha. Ela deita de bruços e desamarra a parte de cima do biquíni.

– Meu Deus, Tay. Você nunca ouviu falar em filtro solar?

Ela olha para mim.

– Você vai passar isso nas minhas costas ou não?

Espremo uma quantidade grande entre suas omoplatas e rio quando ela reclama.

– Droga, tá gelado!

– Sinto muito – digo, sem sentir de verdade.

– Sua vaca – ela fala, querendo mesmo dizer isso.

Esfrego o produto por suas costas, apertando os dedos um pouco mais que o necessário nas partes mais avermelhadas. Depois de ter feito estragos o suficiente, saio da cama e limpo as mãos na sua toalha de praia que está numa pilha no chão.

– Então, o que o Brendan disse? – pergunto, voltando para a cama.

– Você deve ter ouvido falar dele. Fala sério. – Ela se senta e joga a camisa sobre a toalha. Começa a amarrar a parte de cima do biquíni, mas estremece e o joga no chão, sobre a camisa. – Ele é sempre um idiota falando: "eu senti tanto a sua falta". E eu fico pensando: "alguém acredita nessa canalhice?". E então ele diz: "você sabe que eu te amo". E eu não pude evitar, empurrei-o do penhasco. – Seus olhos faíscam e um sorriso surge em seu rosto. – Você o ouviu gritar? Ó meu Deus!

Ri com a lembrança.

– Aquilo foi patético. – Pego uma das revistas Elle da Kate e a folheio. – Você está a fim de ir ao shopping na quinta-feira?

- Eu sempre estou a fim de ir ao shopping.

- Tem uma garota nova no prédio do Luc que vai com a gente.

Ela olha para mim e se encolhe.

– Você está levando o cachorrinho para passear, Fee? Lembre-se do que aconteceu com a Riley...

Eu sorrio enquanto recorto uma foto dos lábios da Angelina Jolie – em tamanho real. Não, no caso dos lábios, é maior.

– Ela não conhece ninguém. Ah, e ela vai para faculdade federal também.

- Tanto faz – Taylor pega o recorte da revista da minha mão e leva-o até a sua boca. Ela se levanta e inspeciona a si mesma no espelho. – Você acha que os meus lábios são muito finos?

Mordo os lábios para não rir e jogo uma garrafinha de cola sobre a cômoda na frente dela. – É. Vá em frente e cole esses filhotes à direita.

- Haha. Essa é boa. – Ela olha para as paredes cobertas de recortes de revista que nós colocamos durante o ano passado. - Você está ficando sem espaço na parede. Tem certeza de que não quer pintar tudo antes de ir embora?

- Não consigo pensar em nada mais deprimente do que chegar da faculdade e ter que começar tudo de novo.

- Acho que sim. Parece que em alguns lugares do teto ainda tem espaço. – Ela aponta para o canto da minha porta.

– É... pode ser.

Ela olha em meus olhos e eu começo a me levantar da cama.

– O que foi aquilo naquela noite lá no Gallagher? Vocês simplesmente deram o fora.

– Tem um cara que o Luc já conhecia antes de ter vindo para cá... de onde ele morava. É algum tipo de rixa ou coisa assim.

Seus olhos faíscam e um sorriso começa a surgir no canto da sua boca.

– Tipo uma gangue?

– Mais ou menos, eu acho. Mas o Luc nunca esteve realmente numa gangue. Não como aquela.

Sua expressão se torna melancólica, seus olhos ficam um pouco encobertos.

– Sempre soube que havia algo de perigoso nele.

Se você soubesse...

– Deixa disso, Tay.

Seus olhos se iluminam e saltam para os meus.

– É isso aí. Quer saber? Pode apostar.

– Não, obrigada por me dizer... de novo. Perdi a conta de quantas centenas de vezes você disse isso.

– Pode apostar.

– Saquei.

– Se esse cara é de onde o Luc morava, então não deve ser muito longe.

- Acho que sim - digo sem saber onde ela quer chegar com isso, mas claro que é em algum lugar.

- Então, onde é?

Espalho cola atrás dos lábios de Angelina.

- No sul.

- Tipo Boston? Verdade? Eu achei que todo mundo do sul de Boston fosse irlandês. Sem chances de Luc ser irlandês.

- Sem chances uma ova - repito. – Eu não acho que ele é do sul de Boston. – Puxo a minha cadeira até a porta e subo nela para colar os lábios perto do teto.

Taylor tira uma caneta vermelha da bolsa e me empurra da cadeira. Ela sobe e rabisca: "Angelina Tesão" em letras grandes debaixo dos lábios, então se vira e me olha sorrindo.

Olho em volta para todos os recortes na minha parede com legendas de autoria da Riley e da Taylor.

– Por que você nunca escreve alguma coisa que não tenha nada a ver com sexo?

Ela sorri para mim novamente enquanto pula no chão.

– Sobre o que mais seria?

"Breaking Benjamin" toca dentro da bolsa da Taylor que está no chão. Ela corre para puxar o celular do bolso da frente e se espalha na cama. Seus olhos brilham quando olha para a tela.

- E por falar em sexo... – Diz com um sorriso lascivo. Ela suspende o celular até a orelha. – Oi, Reef. Você conseguiu o número para mim?

CAPÍTULO 8

CÉU E TERRA

Matt

Levei dois dias para conseguir criar coragem para fazer isso. Estou tão nervoso. E me sinto um completo perdedor. Tenho certeza de que vomitaria, caso eu tivesse um estômago.

Vejo Lili sair de sua caminhonete pela janela do demônio.

O que estou fazendo?

Frannie cutuca meu ombro e dá um sorrisinho duvidoso.

– E aí, você está pronto para a grande estreia?

Honestamente, não tenho certeza. Mas sorrio de volta.

– Pode apostar.

Seus olhos brilham enquanto ela ri e me empurra para o lado.

– Ei, Lili! Vem cá! – Ela grita pela janela.

O demônio aproxima-se da janela e me olha de cima a baixo.

– Você está nervoso.

– Não estou não – digo, e de repente tenho a certeza de que vou vomitar, com ou sem estômago.

Ele olha sério para mim.

– Você está brilhando. Ou você está nervoso ou engoliu uma lâmpada fluorescente compacta. De um jeito ou de outro, você precisa desligar isso.

Percebo que ele está certo. Minha autoconsciência não é o que deveria ser. Fico mais calmo e tento manter uma célula cerebral atuando sobre o fator de brilho.

Fico ao lado da porta, esperando Lili bater, determinado a não sair daqui hoje sem um encontro oficial com ela.

Então, é claro, quando a batida na porta acontece, fico apavorado e desapareço. Frannie cai na gargalhada.

– Tanta coisa só para uma estreia.

Luc, sorrindo, puxa a porta aberta e Lili entra com uma embalagem com seis cervejas.

– Oi, Frannie – ela diz por trás do cabelo marrom viscoso caído em seu rosto.

– Qual é a ocasião? – Frannie pergunta, apontando para a cerveja. Lili puxa uma das cervejas que carrega e entrega a ela.

– Arranjei um trabalho no KwikMart. Comecei hoje. O salário não é lá essas coisas, mas vai ser o suficiente para o aluguel e a comida, que é tudo o que eu preciso – Um sorriso diabólico surge no canto da sua boca. – Na verdade, eu roubei essa embalagem de cerveja. – Seu sorriso se transforma numa expressão séria e ela acrescenta: – O que é altamente ilegal, considerando que tenho só dezoito anos, então provavelmente serei despedida e depois presa.

Ela joga a embalagem de cerveja sobre a mesa como se de repente fosse venenosa.

– Eu devia ter planejado toda essa coisa de celebração um pouco melhor, acho. – Ela torce os lábios pensativamente enquanto pega uma cerveja e entrega ao Luc antes de abrir uma para ela. – Não ouvi nenhuma sirene, então espero estar livre de problemas. Vou precisar apagar as fitas da câmera de vigilância quando chegar ao trabalho amanhã.

Frannie ri e não consigo evitar um sorriso também. Esse lado da Lili eu não podia esperar.

– Parece um plano – diz Luc.

Lili atira-se em uma das cadeiras da cozinha de Luc, vira a cabeça para trás e dá um longo gole na cerveja. – Ahh... refrescante – ela diz.

Não me surpreende o fato de ela precisar se refrescar. Ela está vestindo as mesmas calças de malha folgadas e um casaco de moletom cinza que usava quando se mudou na semana passada, embora esteja quente lá fora. Frannie senta-se na outra cadeira da cozinha.

– Então, está gostando do Haden?

– Está legal, eu acho. E não é muito longe do metrô, então eu não preciso dirigir em Boston para ir à escola.

– O "T" – Frannie diz.

– O quê?

Frannie pega o rótulo da cerveja.

– O metrô. É chamado de "T" aqui.

– Ah.

– Você vai continuar trabalhando depois que as aulas começarem? – Luc pergunta.

– Tenho que continuar. Preciso do dinheiro.

– Hum. É duro – ele diz.

Ela se mexe na cadeira de um jeito desconfortável.

– É. E tenho bolsa de estudo, então preciso ter uma carga horária completa.

Uma ruga de preocupação aparece na testa de Frannie.

– Não tem ninguém que possa te ajudar?

– Não. Eu não tenho família – Lili diz. Uma nuvem negra passa pelo seu rosto.

– Ninguém? – Frannie diz com surpresa.

Lili apenas sacode a cabeça. Seus olhos escurecem e ela olha para o chão. Frannie baixa os olhos.

Não consigo suportar a dor nos olhos de Lili. Alguém a

magoou profundamente. Vou até onde ela está sentada, com o rosto parcialmente escondido atrás do cabelo, e me ajoelho na frente dela. Eu quero tanto tocá-la. Mal posso explicar o que sinto, exceto que isso provoca alguma coisa no meu coração, como uma dor profunda. Surpreendo-me comigo mesmo quando, antes de minha mão se levantar para tocar seu rosto, a abaixo novamente para o meu lado. Olhando nos olhos dela, desejo que só desta vez eu possa ler mentes.

Quem é você?

Seu semblante clareia, como se alguém tivesse girado uma chave, e ela se vira para o Luc.

– Tinha um cara no estacionamento dando uma olhada no seu carro quando eu entrei.

Luc vai até a janela e olha para o estacionamento.

– Perfeito.

– O quê? – Lili diz.

Luc e Frannie trocam olhares.

– Nada – ele diz.

Frannie e Lili levantam-se das suas cadeiras e vão até a janela.

– Eu devia ter dito a ele para dar o fora. Pensei que ele pudesse ser um amigo ou coisa assim – Lili diz, espreitando lá fora.

– Não tenho amigos – Luc diz.

Frannie dá uma cutucada nele.

– Só o Matt.

– Matt? – Lili olha, questionando Luc com as sobrancelhas levantadas.

O som de meu nome vindo dos lábios da Lili me fez sentir uma onda de entusiasmo, quente e elétrica, que me atravessou, mas que estava misturada com medo. Terror, na verdade. E se ela me conhecesse e me odiasse? Eu só tenho uma chance nisso.

– É, um amigo do Luc. – Frannie sorri e seus olhos sondam o ambiente. – Ele deveria ter aparecido hoje. Deve ter furado.

Eu me transporto para trás dela, desenrolando um dedo nas suas costas e dando um estalo no seu sutiã. Ela pula e chuta o pé na direção da minha canela, encontrando apenas o ar.

Luc lança um olhar penetrante com um sorriso. Lili parece inquieta.

– Bem, tenho que ir. Fiquem com a cerveja. – Ela sorri e eu prendo a respiração. Ela é tão bonita.

Frannie pega as cervejas em cima da mesa e tenta entregá-las a ela.

– Leva.

– Eu nunca vi essa cerveja na minha vida, policial – Lili diz, suspendendo as mãos e se afastando da mesa.

Frannie ri.

– Então, nossa saída amanhã para fazer compras está de pé?

Lili baixa os olhos.

– Sim.

– Ótimo. A Riley e a Taylor vão também. Passo para te buscar ao meio-dia e aí podemos pegar aquele armário primeiro.

– Tá bem – Lili diz enquanto Luc a acompanha até a porta.

Tomo uma decisão numa fração de segundos. Preciso falar com ela para que a minha obsessão acabe. Se eu segui-la até o corredor e aparecer... ela vai achar que eu simplesmente acabei de chegar.

Mas quando Luc abre a porta para a Lili e ela sai, ela suspende a mão e alisa as costelas dele... uma carícia. Ela olha para ele quase sorrindo e morde o seu lábio inferior.

– Então, vejo você depois.

Ele levanta as sobrancelhas e olha de volta para Frannie, que está colocando a cerveja na geladeira, sem ter percebido nada.

– É, depois – ele diz e sorri.

De repente, estou pálido. Não consigo decidir se bato nele agora mesmo ou se sigo a Lili como havia planejado. Escolho a segunda opção, sabendo que bater nele deve ser feito em particular, e atravesso a porta logo depois dela. Abandonando completamente meu plano, sigo-a pelo corredor até a sua porta e observo com atenção seu rosto enquanto ela gira a chave na fechadura. Aquela tristeza está de volta aos seus olhos. Ela suspira e empurra a porta. Eu quase a sigo, mas paro. Por mais que eu queira saber o que está acontecendo, não posso invadir a sua privacidade. Não seria correto.

Encosto-me à parede e deslizo para me sentar no chão, com a cabeça apoiada nas mãos, tentando controlar minhas emoções.

É odioso o que está claramente estampado na minha cara. Estou tremendo por causa disso. Eu odeio o Luc por causa da Frannie. Ela o ama e confia nele. Mas é óbvio que está equivocada. Porque, por apenas um segundo... o jeito como a Lili olhou para ele...

Num lapso de ironia, me dou conta de que isso é justamente o que eu estava esperando. Preciso que a Frannie veja o demônio que ele é. Se ele está cobiçando cada garota que vê, já é um começo. Mas a Frannie ficaria arrasada se ele aprontasse com a Lili.

E isso me mataria também.

Porque, enquanto eu penso na Lili, outras emoções começam a tomar conta de mim. Ciúme e luxúria. Não posso negar por mais que eu quisesse. Eu a desejo.

Um riso melancólico começa a surgir no meu peito, e no momento não soa muito angelical.

Mas... Lili. Deus, Lili. Se eu pudesse ao menos falar com ela... tocá-la...

Preciso saber o que está acontecendo entre eles.

Fico de pé e caminho de um lado para o outro do corredor por um bom tempo, tentando encontrar uma maneira de controlar as minhas emoções confusas. Finalmente, deslizo através da parede do apartamento de Luc.

Mas a primeira coisa que me chama a atenção – um lampejo de pele enrolada nos lençóis – me atinge como um soco no estômago. Volto para o corredor e me sento com a cabeça sobre as mãos, me esforçando para não entrar furioso lá e arrancar a Frannie dele. É tarde demais. Eu me distraí e esqueci onde estava o verdadeiro perigo.

Toda vez que eles ficam íntimos demais, consigo interferir rapidamente. Mas eu sabia que não ia conseguir isso para sempre.

Quantas vezes ainda vou estragar o meu trabalho por causa da minha obsessão pela Lili?

Frannie

A maioria de nossas roupas está no chão e nos movemos para a grande cama preta do Luc no ritmo da música que toca suavemente. Uma pequena parte de mim deseja que ele ainda possa transferir a sua essência para dentro de mim como ele costumava fazer quando era um demônio. Minha cabeça divaga em como era tê-lo tão perto. Há alguma coisa surreal em ser possuída pela essência de um cara por quem você está apaixonada – mesmo que ele seja um demônio.

Mas sentir sua pele contra a minha, assim tão próxima – de uma maneira que nunca esteve de outro ser humano – faz com que eu queira algo mais. Alguma coisa que ele não podia me dar quando era um demônio, porque me marcaria para o inferno. Mas agora ele é humano e está marcado para o céu. Eu o quero perto e nada vai nos deter.

Quando Taylor me atirou aquela camisinha assim que o Luc apareceu pela primeira vez, ela fez isso para me deixar sem graça. Ela nunca pensou que eu fosse usá-la. Mas agora, pensando naquela camisinha em minha bolsa, sinto um frio na barriga.

Luc beija a minha orelha e sussurra:

- Você está bem?

– Bem melhor. – Sorrio para ele.

- Você parecia tão distante!

- Nunca. Estou exatamente aqui. – Eu o abraço mais apertado. - Eu te amo.

Um canto da sua boca perfeita se curva.

– Eu sei.

Ele passa os cotovelos por cima de mim e se inclina para me beijar quando algo vem à tona e eu o afasto.

– Fala.

- O quê?

- Você sabe.

Ele suspende uma sobrancelha.

– Eu não sei.

- Você nunca disse que me ama.

Ele me olha seriamente.

– Não seja ridícula.

Resposta errada.

Sinto um calor percorrer meu pescoço em direção ao meu rosto enquanto o constrangimento e a raiva lutam para tomar conta de mim. Afasto-me rapidamente, colocando os travesseiros entre nós dois.

– Por que você não diz isso?

– Frannie, são apenas palavras.

Sinto um aperto no peito enquanto a verdade me atinge como um tapa na cara. Como pude ser tão idiota? Eu o empurro e me sento.

– Quer saber? Esqueça – digo, vestindo o meu jeans.

– Frannie...

Ergo a minha mão e ele para. Visto a minha camisa e já estou a meio caminho da porta quando ele me segue. Ele tenta me parar colocando a mão no meu ombro, e eu penso até em me virar, mas preciso sair daqui antes que eu comece a chorar. Afasto-o para longe e corro até a porta. Um dos meus chinelos voa, mas nem ligo. Alcanço a porta antes dele, mas todas as malditas trancas demoram muito para abrir e ele me pega.

– Frannie, me escuta. – Suas mãos estão plantadas na porta, uma de cada lado da minha cabeça, e posso sentir o seu hálito quente no meu ouvido.

Um soluço embaraça a minha garganta pouco antes de escapulir.

– Eu... está bem – digo atrapalhada com as fechaduras. – Mas preciso ir trabalhar.

Ele me pressiona por trás e envolve a minha cintura com os braços. Eu odeio que meu coração fique agitado pela sensação de ele estar ali. E odeio ainda mais que eu não consiga segurar as lágrimas que escorrem pelos meus cílios.

– Nunca deveria ter dito isso – ele diz no meu ouvido com a voz baixa – porque não são suficientes... essas palavras.

Destravo a última tranca e seguro a maçaneta antes de me dar conta do que ele falou. Paro e pressiono a testa contra a porta, tentando pensar, respirar.

Ele me vira e toca o meu rosto enquanto seus olhos encontram os meus.

– Deus do céu, eu amo você. – Seus olhos brilham enquanto ele me olha. – Eu te amo com tudo o que eu sou.

Sua voz se parte na última palavra. Ele fecha os olhos e eu respiro fundo. Seus lábios se contraem numa linha antes de ele se afastar de mim. Ele caminha até a mesa da cozinha, cambaleando na última passada, e apoia as mãos sobre a mesa em busca de suporte. Meu coração dispara, tentando escapar do peito, enquanto ele trava a cabeça entre os ombros e, então, fica parado lá.

– Eu te amo tanto que dói – ele finalmente diz, só que tão baixinho que eu mal posso ouvi-lo.

Ainda estou apoiada na porta, totalmente paralisada. Tento abrir a boca para dizer alguma coisa, mas nada parece funcionar. Meu cérebro não consegue encontrar as palavras, e mesmo se conseguisse, minha boca não poderia pronunciá-las.

Ele empurra a mesa, arrasta a parte de trás da mão sobre o rosto e vira-se lentamente na minha direção, seu semblante está contraído enquanto ele tenta se controlar. Joga a cabeça para trás, fechando os olhos e soltando uma respiração entrecortada.

- Depois de sete mil anos achei que soubesse tudo o que era para saber. – Ele hesita, então baixa os olhos e olha fixamente para mim, com expressão de sofrimento durante vários batimentos cardíacos. – Eu não sabia que isso era possível. – Leva o punho até o coração e lá o mantém. – Eu nunca imaginei precisar de nada... de ninguém... de um jeito tão completo. Eu... – Ele engasga e abaixa a cabeça.

Antes que terminasse, minhas pernas me fazem atravessar a sala até os braços dele. Eu deito meu rosto em seu peito e ouço o seu coração bater, tão rápido quanto o meu, enquanto ele me envolve num abraço.

- Você é a minha vida, Frannie - Luc sussurra entre os meus cabelos. – Deus, você é *tudo*. – Ele me levanta do chão e me beija, e a próxima coisa que eu sei é que já tirei as roupas e estamos de novo na cama. Ele me beija profundamente, e mesmo que eu saiba que não é mais possível, quase posso sentir a sua alma se agitando com a minha. E eu posso sentir isso na sua alma. O amor é tão intenso que me faz chorar de novo.

Ele se afasta e enxuga as minhas lágrimas com os dedos trêmulos, a pergunta clara em seus olhos. Respondo com um beijo, enviando a ele todo o amor que sinto. Afundamos nos lençóis, um no outro, e não há mais ninguém. Só ele e eu. Nossas almas dançam e eu deixo Luc me levar para o céu.

CAPÍTULO 9

PELO AMOR DE DEUS

Frannie

Meu rosto queima e minha barriga formiga ao pensar sobre ontem. Passo pela porta do Luc, e é quase impossível continuar andando até a Lili. Mas a verdade é que se eu parar no Luc, não vou conseguir sair com a Lili.

– Oi Frannie – ela diz enquanto abre a porta. Ela está derretendo dentro do seu habitual casaco cinza. Gotas de suor molham seu o buço e deixam seu cabelo escuro ensebado na testa.

– Está pronta para pegarmos o armário? – pergunto.

Ela encolhe os ombros.

– Acho que sim. – Sai para o corredor e tranca a porta.

Lanço um olhar triste para a porta do Luc quando passo por ela.

Lili vira a sua caminhonete na entrada da minha garagem e passamos pela casa em direção à garagem dos fundos. Salto da caminhonete e passo pela Van na garagem, asfixiada com a nuvem de poeira que flutua para fora da porta. Prendo a respiração e me aventuro a entrar. Papai está na parte de trás, varrendo.

– Ei, pai – digo pelas suas costas, puxando minha camiseta para cobrir meu nariz e minha boca.

Ele apoia a vassoura no canto e se vira.

– Frannie! Veio dar uma mãozinha ao seu velho? – Seu rosto está ensopado de suor e quando ele sorri seus dentes estão impressionantemente brancos contrastando com a lama na sua pele.

– Na verdade não – digo e encolho os ombros. – Você sabe daquela antiga cômoda?

Ele se vira e olha para o canto, onde a cômoda coberta por um lençol está sob uma pilha de coisas velhas.

– A velha cômoda do Matt? Ok.

– Posso dar para Lili?

– Quem?

– Pai, essa é a Lili. Ela acabou de se mudar para o prédio do Luc.

Ele se vira para Lili com um sorriso enquanto ela dá um passo atrás de mim.

– Claro. Se você tiver utilidade para ela. – Ele estende a mão.

Eu olho para a Lili, que está mais pálida que o normal. Seus olhos se arregalam por um instante e ela hesita antes de segurar a mão dele.

– Oi.

Quando suas mãos se tocam, papai para enquanto sacode sua mão e, em seguida, a segura por mais um segundo.

- Tem alguma coisa familiar em você. A sua família é daqui?

Ela balança a cabeça, um pouco triste.

- Ah. De onde você é?

Lili não consegue sustentar seu olhar e baixa os olhos para mirar os próprios pés.

– De vários lugares. Eu me mudo bastante.

Papai olha para ela por um longo tempo.

– Podia jurar que já nos conhecemos antes. Na rua Catherine talvez?

Ela olha para mim.

- A igreja católica - eu digo, e ela balança a cabeça novamente.

Papai esfrega a testa, espalhando a lama marrom nas sobrancelhas e deixando uma mancha branca na ponta do nariz.

- Hum... vou descobrir. – Ele sorri. – Bem, ajudo vocês a carregar a cômoda.

Quando voltamos com a cômoda amarrada na traseira da caminhonete de Lili, vejo o Mustang de Luc estacionado e não posso deixar de abrir um sorriso de uma orelha a outra. Meu sorriso torna-se irônico quando vejo Matt aparecer na minha janela.

Matt

Vejo-as estacionar e me esforço para ficar visível. Quando chego à caminhonete de Lili e me debruço sobre a janela do carona, os olhos da Frannie se arregalam e ela irrompe num sorriso.

– Matt! Oi.

– Oi, Frannie. O Luc está por aqui? – Percebo que estou agindo feito idiota. É claro que ela não sabe se ele está aqui. Ela acabou de aparecer.

Tenho certeza de que estou parecendo um idiota também, porque a cada segundo desvio o meu olhar de Frannie para Lili.

Frannie tenta fazer uma cara séria, mas não consegue esconder o riso na sua voz.

– Hum... bem... o carro dele está aqui, então acho que sim.

– Ah, tá. – *Não seja um imbecil. Pense.* – Então... vocês estão trazendo isso – digo, acenando com o braço em direção a minha antiga cômoda na traseira da caminhonete de Lili.

– Sim. Você tá a fim de ajudar? – Frannie pergunta.

– Claro.

Lili dá a volta na caminhonete e abaixa a tampa traseira. Dou um pulo, surpreso com o quão rígido me sinto, como se todo o meu corpo estivesse preso. Cada músculo está tensionado.

– E aí, eu sou o Matt – digo, dando uma olhada para a Frannie.

– Oi. Sou Lili. – Ela não olha para mim enquanto responde. – Então, você é amigo do Luc?

– Isso mesmo. – Desamarro as cordas ao redor da cômoda e dou um empurrão na direção da tampa traseira.

Não consigo pensar em mais nada.

Frannie suspende a metade da cômoda para fora da traseira. Eu me abaixo e seguro a outra extremidade.

– Eu não sou totalmente aleijada – Lili diz, aventurando-se em um sorrisinho. – Você está me dando isso de graça. Pelo menos me deixa carregar essa coisa.

Frannie passa por cima. – Pegue a outra ponta.

Seguimos andando e atravessamos a porta, Frannie e Lili embaralham os pés enquanto caminham de costas, e isso torna lenta a subida pelas escadas. Mas Frannie, ao tentar colocar a cômoda no chão quando chega ao topo das escapas, dá um passo em falso e deixa cair um dos lados da cômoda. Lili tenta compensar, mas já é tarde demais. A cômoda move-se, empurrando-me, e eu voo escada abaixo. Sinto a parte de trás da cabeça estalar agudamente no canto das escadas enquanto caio e o meu braço acaba torcido embaixo de mim quando me encontro caído no chão.

Lili arrasta a cômoda até repousá-la.

– Mas que inferno!

Frannie lança um olhar para Lili, e então corre escadas abaixo.

– Matt, você está bem?

Fico deitado na parte de baixo das escadas, sem saber o que fazer. Eu deveria estar machucado, mas é claro que não estou.

– Hum... é, acho que sim. – Talvez alguma coisa pequena. Uma distensão no cotovelo? Um galo na cabeça? Eu me sento e estremeço, ainda sem saber o que deveria doer.

Lili desce as escadas.

– Você bateu a cabeça com força. Devia permanecer imóvel.

Minha cabeça, então. Dou um gemido para criar um pouco de efeito e esfrego a parte de trás, fingindo hesitar.

– Não. Acho que está tudo bem.

– Você tem certeza? E o seu pescoço?

Sorrio para ela.

– O pescoço está bem.

– Consegue levantar? – Frannie diz, estendendo a mão para mim.

– Sim. – Alcanço sua mão e a uso para me impulsionar e me colocar de pé. – Obrigado.

Lili coloca a mão nas minhas costas para me ajudar. Ao seu toque, uma explosão elétrica me atravessa, me fazendo gemer. Com a ajuda delas, lentamente me firmo sobre os meus pés.

– Tudo bem – Frannie diz, soltando a minha mão.

Lili se vira e começa a subir as escadas. Frannie olha para mim. Encolho os ombros para ela.

– Vamos continuar com isso – Lili fala quando chegamos ao topo das escadas. Ela e Frannie agarram a cômoda e eu me movo cuidadosamente pelo corredor, esfregando a parte de trás da cabeça enquanto elas carregam a cômoda para o apartamento de Lili.

Luc

Frannie, Lili e Matt entram de supetão pela minha porta. Frannie, sorridente, está segurando a sua chave no alto para eu ver.

– Você tem gelo?

– Sim. O que foi?

Ela tenta controlar o riso que aparece em seus lábios.

– Matt bateu a cabeça.

Matt dá de ombros e sorri sarcasticamente quando me viro para ele. Reviro meus olhos. Esse garoto é uma comédia trágica de erros.

Sigo para a cozinha e estalo uma bandeja de gelo dentro de um saquinho, depois entrego ao Matt, que se senta na cadeira da cozinha e não consegue tirar os olhos de Lili, nem ao menos para me agradecer.

– De nada – murmuro.

Ele pega o saco e o pressiona para parte de trás da cabeça.

– Ah, sim. Obrigado.

Lili se aproxima por trás dele.

– Deixa que eu seguro para você.

Matt fica com cara de tonto enquanto entrega a ela o saco de gelo.

– Então, o que aconteceu? – Examino o Matt.

Ele sorri, tentando virar os olhos para trás para ver Lili.

– Frannie tentou me matar. Morte por cômoda.

– Desculpa – Frannie diz se sentando na outra cadeira.

Olho de novo para o Matt. Alguma coisa está fora do ar.

– Mas você está bem?

– Estou. Foi só uma pancada na cabeça.

A mão livre de Lili repousa sobre o ombro de Matt e o esfrega.

– Vai ficar dolorido. Se a sua visão ficar embaçada ou se sentir tonto, vai precisar ir ao hospital.

Matt abre um enorme sorriso idiota, parecendo um pouco atordoado. Talvez ele tenha sofrido uma contusão.

– Não, não precisa de médico. – Ele coloca a mão em cima da mão da Lili, que está sobre o seu ombro. – O que você está fazendo vai funcionar.

Isso me atingiu como um raio. Maldição. O Matt está cobiçando a Lili.

Por que Gabriel não acreditou em mim quando eu disse a ele que isso não era uma boa ideia?

Lili fica ruborizada e se afasta do Matt.

– Ainda vamos às compras? – Ela pergunta a Frannie.

– Com certeza! – Frannie diz.

Lili segue em direção à porta.

– Vou pegar o meu dinheiro e outras coisas. Você me dá, tipo, quinze minutos?

– Sem problema. Fique à vontade – Frannie diz enquanto Lili sai pela porta.

Quando ela vai embora, arranco o Matt da cadeira pela camisa.

– Que diabos você está fazendo?

Frannie pula rápido da cadeira.

– Luc...

– Você precisa parar com essa palhaçada e se concentrar – digo com o rosto a poucos centímetros de distância do rosto de Matt.

– Você precisa sair da minha frente – ele fala de volta.

– O que você está pensando? Você não pode começar um relacionamento com uma mortal.

Ele coloca a mão sobre o meu peito e me empurra.

– Eu não estou começando um relacionamento com ninguém. Eu estava carregando uma cômoda.

– Se você não pode se concentrar no seu trabalho, ficamos melhor sem você.

– Você é mesmo tão idiota quanto aparenta. Entre mim e você, quem acha que realmente vai manter a Frannie segura?

Dou um passo para perto do seu rosto.

– Devia ser um acéfalo, mas com você distraído, não tenho tanta certeza.

Matt

– Eu não estou distraído.

Não acredito nesse sujeito. Todo o seu showzinho não passa de inveja. Comigo visível, ele tem competição pela atenção de Lili, e ele não gosta disso. O que torna tudo pior é que Frannie não consegue perceber isso. Ela pensa que ele está tendo uma atitude nobre protegendo-a. Tudo o que ele está protegendo é seu próprio ego.

Frannie olha para nós dois, com uma ruga de preocupação na testa.

– Luc, não acho que o Matt seria capaz de tentar alguma coisa com a Lili. – Seu olhar interrogativo recai sobre mim e eu desvio os meus olhos.

– Se ele for inteligente. Mas digo que neste momento o QI dele é discutível – Luc comenta.

Frannie chega ao meu lado.

– Sem brincadeiras.

– Estou sendo absolutamente sério, Frannie. Se ele não consegue ficar concentrado, ele é inútil para você.

Enquanto escuto eles discutirem, sinto a frustração e a raiva crescendo dentro de mim como uma tempestade elétrica. Estou num ponto crítico, à beira da explosão.

Eu me aproximo e o empurro, desafiando-o a revidar.

– Você é tão hipócrita, sem mencionar que é um imbecil. – Eu o empurro com força e consigo o que quero quando ele agarra o colarinho da minha camisa e me empurra com força contra a parede. Sinto o meu poder despertar, pronto para explodir sobre ele, mas Frannie o arranca de mim, infelizmente, e fica entre nós dois.

– Parem com isso, gente!

Olho fixamente por cima da cabeça de Frannie para Luc.

– Eu não estou começando nada com a Lili, mas se estivesse, o que te importa? Por que um anjo estar envolvido com uma mortal é tão diferente de um demônio envolvido com uma mortal?

Ele afasta a Frannie para o lado com muita raiva e se inclina sobre mim, o nariz perto de esbarrar no meu, a mandíbula contraída. – Porque o seu objetivo é proteger a sua irmã, e você não pode fazer isso sem as suas asas.

Faíscas crepitam na superfície da minha pele. Vou matá-lo se não conseguir controlar a fúria que há em mim.

– Quer saber? Para mim chega.

Antes que alguém responda, eu me transporto para o corredor, onde me sento invisível contra a parede, em frente à porta de Lili, me segurando para não me transportar para dentro do apartamento dela.

Mas o cheiro de enxofre me afasta dos meus pensamentos. Fico de pé, ainda invisível.

– E aí, estou esperando, querubim. A pergunta é: o que estou esperando? – Rhenorian para ao meu lado, com uma carranca ainda mais sombria que escurece seu rosto.

– Estou trabalhando nisso – falo de estalo.

– Estamos trabalhando com os dias contados. Não temos o resto do milênio.

Eu me apoio na parede.

– As coisas não são tão simples como imaginei – digo, pensando na desculpa que tenho para ver Lili sem o Luc estar por perto. – Se você tiver uma ideia melhor, manda ver.

Ele olha fixamente para mim, deixando bem claro que não tem nada.

– Por que isso é tão difícil? Simplesmente pegue-o – digo. Então me dou conta que é isso. Eu me coloco de pé e olho para ele. – Você devia sequestrá-lo.

Imagino Lili e eu juntos, procurando pelo Luc, nos conhecendo melhor, nos conectando. Eu podia confortá-la... beijar suas lágrimas.

– E então o quê?

A voz do Rhenorian me tira da minha fantasia. Bato com força a cabeça na parede, então olho firme para ele.

– Você é um demônio. Não me diga que não consegue pensar num jeito de reverter a marca dele.

Ele olha firme para mim também e se transporta, deixando uma nuvem de enxofre justamente quando Lili abre a porta e sai.

CAPÍTULO 10

NÃO SEI DE NADA

Luc

Todo o lance com o Matt e a Lili ainda não bateu direito. Porque a verdade é que eu tive uma sensação desconfortável em relação à Lili até o momento. Nada que eu possa apontar, mas há alguma coisa errada com ela.

Ou talvez seja eu. Talvez eu esteja sendo injusto. Porque algumas vezes me peguei fantasiando a respeito dela. Disse a mim mesmo que eram vestígios desses malditos hormônios adolescentes. Mas sinto que é mais que isso.

Observo a Frannie esvaziar o saco de gelo dentro da pia e eu sei que não há nada mais que eu possa querer. Mas tenho que admitir, ainda que somente para mim mesmo, que eu sinto uma pontada fria de ciúme me cortando quando imagino o Matt cobiçando a Lili.

Frannie se arrepia quando passo por trás dela e beijo sua nuca, passando um dedo pelo seu braço.

– Você não acha que o Matt está agindo um pouco... estranho com a Lili?

Ela vira a cabeça para mim.

– Eu não sei. Talvez. Mas, mesmo que ele goste dela, não sei se ele vai mesmo fazer alguma coisa a respeito disso.

– Não tenho certeza. Mas mesmo que ele esteja só devorando ela com os olhos, ainda assim é uma distração.

Ela se vira e pressiona o corpo contra o meu, envolvendo-me em seus braços e me fazendo perder completamente a noção do que estou dizendo.

– É por isso que eu tenho você.

– Hum... – digo, tentando me lembrar onde eu queria chegar com isso. – Mas tenho a minha própria sombra com que me preocupar.

Rhenorian está lá fora, e ele tem duas escolhas: pensar num jeito de me levar de volta ao inferno ou queimar no Poço de Fogo por toda a eternidade. Frannie se estica e me beija no nariz.

– Será que ele iria embora se eu usasse o meu poder de influência... se eu o convencesse de que não quer você?

Não posso deixar de rir.

– Você comprometeria os seus padrões morais por mim?

Ela me empurra para longe enquanto franze o cenho e a sua boca se contrai em uma linha.

– Cala a boca ou eu vou mudar de ideia. Você quer que eu tente ou não?

Eu a puxo para mim.

– Talvez – digo entre os seus cabelos –, mas espero descobrir por ele o que está acontecendo. Desde que ele soube que eu sou humano, parece estar mais cauteloso e observador... mais curioso do que nunca.

– Mas você disse que ele não pode te levar para o inferno, não é? Você está marcado para o céu.

– Por enquanto.

Ela me abraça apertado.

– Para sempre.

– Isso permanece em aberto. A questão é que ele parece não estar fazendo nada. Ele não fez nenhum esforço para reverter a minha marca. – Meu estômago dói com uma pontada de culpa, pensando no que o Rhenorian disse: *todas as belas coisas*. Afasto a voz dele da minha cabeça. – É assustador. Está apenas observando.

– Talvez eu esteja errado, mas parece que estar observando é melhor que estar agindo. – Ela abre um grande sorriso e sua mão desliza pela minha barriga, sob a minha camisa. – Pelo menos tanto quanto o inferno está preocupado.

Estremeço ao seu toque.

– Isso é tão atípico da parte dele. Ele é uma criatura da ira. Controlar o temperamento... ficar apenas observando... é completamente diferente do caráter dele. Isso está me deixando nervoso.

Frannie passa os braços ao redor do meu pescoço, me puxando para baixo para me beijar.

– Então, o que eu tenho que fazer para te deixar menos nervoso? – ela pergunta, sorrindo entre os meus lábios.

Sorrio de volta.

– Isso é bom...

Mas então há uma batida na porta.

– É a Lili. Hora das compras.

– Eu ia falar para você levar o Matt, mas se ele está babando pela Lili o tempo todo, não tenho certeza se você terá alguma proteção. Talvez eu deva ir com você. – Minha voz é azeda. Não consigo evitar. Isso tem me preocupado de verdade.

Ela apenas me olha fixamente. Ergo uma sobrancelha.

– Gosto de fazer compras.

– Ah é, eu posso até ver você e o seu demônio-sombra passeando pelas prateleiras da Victoria's Secret.

Penso por um segundo e um sorriso irrompe em meu rosto.

– Eu posso mesmo.

Ela balança a cabeça enquanto segue para a porta, tentando amarrar o cabelo num nó na parte de trás da cabeça.

– Não. Só garotas. Exceto o Matt, eu acho, porque não posso fazer nada em relação a ele.

Ela puxa a porta aberta.

– Oi, Lili.

– Ei, está pronta? – Lili indaga, dando uma olhada da Frannie para mim.

– Tô – Frannie diz. – Vamos pegar a Riley e a Taylor no caminho para o shopping.

Lili baixa a cabeça e deixa o cabelo cair sobre seu rosto.

– Está bem.

– Te vejo em breve. – diz Frannie, me dando um beijo no rosto.

Sorrio, imaginando o que ela deverá encontrar naquelas prateleiras da Victoria's Secret.

– Vou esperar ansioso.

Frannie

Paramos na entrada da garagem da Taylor e ela vem quicando escada abaixo. Riley e Trevor ficam para trás, com a mão de um enfiada no bolso traseiro do outro.

– Ah, oi. Você é a Lili?

Lili sai do carro e puxa o encosto do banco do carona para frente. Ela vai para o banco de trás.

– Não – eu digo. – A Lili vai na frente.

A Taylor me dá uma olhada e eu olho para o banco de trás. Ela empurra o banco da frente e se senta atrás.

Riley e Trevor finalmente chegam ao carro. Uma vez que eles desviam os olhos um do outro, faço as apresentações, e Riley se senta no banco de trás com Taylor. Trevor fica parado na entrada da garagem como um cachorrinho perdido enquanto arranco com o carro.

– E aí, qual é do conjunto de moletom? – Taylor zomba do banco de trás.

– Taylor! – digo e olho para a Lili.

– Tudo bem – ela fala e dá de ombros. Mas ela não se vira para olhar para a Taylor. – Eles custam três dólares no Walmart.

Vejo um semivicioso ar de deboche nos lábios da Taylor, mas Riley dá um beijo no braço dela e olha fixamente para Taylor.

– Lili – Riley diz tocando no ombro de Lili. – A Frannie contou que você está indo para a faculdade federal.

Lili se vira em seu assento, mas não chega a olhar para a Riley.

– Sim, esse é o plano.

– O que você vai estudar? Moda? – Taylor ri sarcasticamente.

Eu me viro e olho fixamente para ela.

– Quer saber, Tay? Cale essa maldita boca.

- Hum... Frannie - Riley diz. – Olha a estrada... a direção... - Ela aponta um dedo trêmulo para frente.

Lili se agarra no assento ao meu lado, olhando pelo parabrisa com os olhos arregalados enquanto eu costuro o tráfego. Taylor e Riley ficam de bate-papo no banco traseiro, mas percebo a ansiedade na voz da Riley toda vez que mudo de faixa. E Taylor fica falando sobre futilidades e coisas em promoção no Walmart. Eu deveria saber que era pedir demais que ela se comportasse.

Conseguimos um lugar decente no estacionamento, perto da praça de alimentação e da entrada do shopping.

- Aeropostale? – digo, porque ele sempre tem boas liquidações.

- Parece bom. – Riley começa a seguir em frente e nós a acompanhamos.

Passeamos pelas prateleiras em liquidação e Lili surge com três camisetas estampadas, algumas camisetinhas justas e um short bem bonito por trinta e quatro dólares. Estou um pouco desapontada por não a ter visto experimentá-los. Ainda estou curiosa sobre o que ela esconde por baixo dessa roupa larga.

Em seguida, fomos para a Victoria's Secret. É a liquidação semianual de sutiã, então peguei um vermelho com laço e alguns outros. Meu melhor achado é esse pijama curto de seda azul-safira, na promoção por quinze dólares, que eu tenho certeza que o Luc vai adorar.

Lili procura num cesto e encontra outros dois lindinhos que ela pode pagar. São de um material leve, bem assentado.

Vamos para a Macy e seguimos direto para o balcão de perfumes. Riley e Taylor borrifam uma na outra fragrâncias aleatória, enquanto a Lili fica sonhando com um perfume do balcão da JLo e experimenta o de baunilha cítrico chamado Glow.

- Fica incrível em você - digo a ela, pois é verdade. – Você devia levar esse sem dúvida.

Ela se encolhe um pouco.

– Quanto custa?

Olho para o balcão.

– Ah... tipo, uns trinta dólares. Opa.

– Não posso. – Seu rosto se contorce e ela o coloca de volta. Começa a se afastar, mas então volta, cheirando o pulso novamente.

- É mesmo fabuloso, não é?

Eu sorrio para ela, feliz por vê-la saindo um pouquinho do casulo.

– É, sim.

Ela tira do bolso um maço de notas de pequeno valor e sorri de volta.

– Quem precisa comer essa semana?

Dez minutos depois, nos afastamos do balcão de perfumes que cheira como uma cesta de frutas e flores.

- Praça de alimentação? – eu digo.

- Com certeza - Taylor diz, porque é onde todos os caras do colégio ficam perambulando durante todo o dia.

Eu rio quando chegamos lá e olhamos para as mesas. Trevor e Jackson Harris estão lá com o restante do pessoal. Eles já têm um monte de batatas fritas e hambúrgueres na frente. Estou convencida de que garotos adolescentes não conseguem ficar nem dez metros longe de comida ou eles murcham e morrem.

Riley e Taylor trocam olhares, mas Riley demonstra incrível timidez e fica com a gente enquanto seguimos para o balcão da Panda Express. Agarramos algumas coisas para dividir, e Lili parece um pouco sem graça quando digo a ela que é por minha conta.

- Ei, devo a você toda aquela cerveja - falo.

Ela meio que sorri, mas não realmente, enquanto seguimos para as mesas. E ela não come muito. Finalmente, quando terminamos de comer toda a comida que conseguimos comer, viro todas as bandejas dentro da lixeira. Justamente quando volto para a mesa, os olhos da Taylor estão faiscando.

- Ah... tem um especial para você, Lili - ela diz, apontando para um cara vestindo um jeans sujo e uma camiseta manchada de cinza. Ele olha para nós e tropeça nos próprios pés. Seu cabelo castanho é longo e está sobre o rosto, quase escondendo o quão vermelho ele ficou. Odeio dizer isso, mas com aquele moletom e com aquele cabelo, ele se parece com uma versão masculina da Lili. Ele passa rápido e desaparece na multidão de compradores de verão.

Olho duramente para Taylor.

Mas só então ouço risadinhas do outro lado de uma pequena repartição entre as mesas e o chafariz. Faz o cabelo na minha nuca arrepiar. Porque eu conheço aquela risada. Viro e vejo a Angelique Preston e seu bando saindo justamente da Abercrombie.

Angelique nos vê. Instantaneamente, seu nariz enruga. Ela caminha até perto de nossa mesa.

– Vocês é que estão cheirando assim? Eca. Alguém se esqueceu de jogar o lixo fora. – Ela me olha fixamente por um segundo, então seu olhar desvia para Lili. – É tão bacana da sua parte alimentar os sem-teto, Cavanaugh.

Eu me movo para perto da Lili. Quando olho ao redor, fico chocada por ver Riley e Taylor, ambas, se aproximarem também.

Taylor dá um passo à frente de Lili e olha desafiadoramente para Angelique.

– Vá se danar.

Angelique dá um sorrisinho afetado e sai rebolando em direção a Hollister, seguida por seus subordinados.

Pelo resto do dia, Taylor e Lili ficaram abraçadas pelos quadris. Vai entender.

Matt

Taylor estava agindo perigosamente por um tempo, mas ela parece ter sossegado. Eu estava quase colocando o molho Duck na frente da sua blusa quando Angelique apareceu.

Mas tenho que dizer, ficar fora do provador enquanto Lili experimentava algumas coisas – especialmente na Victoria's Secret – me fez chegar ao limite do que posso aguentar.

As garotas fazem suas compras e finalmente voltam para o carro. Frannie deixa Taylor e Riley, e quando ela entra no estacionamento do prédio de Lili, com os cabelos esvoaçantes, lá, estou eu.

– Senhoritas – chamo com um enorme sorriso enquanto elas descem do carro de Frannie.

– Oi, Matt – Frannie diz.

Lili se vira para pegar as sacolas de compras que estão no porta-malas.

– Como vai? – pergunto, apontando para as suas coisas.

– Muito bem, eu acho. Frannie sabe onde estão as melhores promoções. – Ela arrisca um sorrisinho.

– Legal. Vocês vão subir? – Indico o prédio com o ombro.

– Sim – ela diz.

Eu alcanço as sacolas.

– Posso carregar para você.

Frannie revira os olhos atrás de Lili, mas Lili segura firme as sacolas.

– Acho que posso fazer isso, obrigada.

Suspendo as mãos para cima.

– Sem problemas. Só queria ajudar...

Sigo Frannie e Lili para dentro do prédio. Lili se vira para mim na parte de baixo das escadas.

– Cuidado onde pisa – ela diz com um sorriso. Seus olhos faíscam quando se conectam com os meus e uma corrente elétrica passa por mim.

Esfrego a parte de trás da minha cabeça.

– É. – Isso é tudo o que consigo pensar. Sou tão idiota.

Frannie usa a sua chave na porta do Luc, e, assim que ela a gira na fechadura, alguma coisa bate dentro do apartamento. A porta se abre, e Rhenorian vira a cabeça em direção ao local onde Tweedledumb e Tweedledumber mantêm Luc preso contra a parede. Ele baixa seu punho brilhante e uma onda de pânico surge em mim enquanto penso no quanto Lili viu.

Lili. *Droga.*

Ela acha que eu vou fazer alguma coisa para ajudar o meu "amigo".

Rhenorian se vira e dá uma pancadinha na bochecha esquerda do Luc com o seu punho – um cumprimento à moda antiga. Então, os irmãos Tweedle tiram-no da parede.

– Não! – Frannie corre em direção ao Luc, mas eu a seguro e olho para a Lili. Ela fica apenas assistindo ao espetáculo. Essa pode ser a minha grande chance de impressioná-la.

Então, agora preciso salvar o demônio.

Droga.

Entro na sala.

– Solte-o.

Rhenorian sorri afetadamente para mim.

– É, tá certo. – Vejo-o olhar rapidamente para a Lili e um sorriso se abre em seu rosto. – Você vai me obrigar?

Em uma luta justa de acordo com as nossas formas humanas, estou bastante ferrado. O que significa que não posso ter uma luta justa. Atravesso a sala e chamo a atenção de Luc. Ele acena com a cabeça.

No mesmo instante Luc torce as mãos dos irmãos Tweedle e joga o Tweedledumb na parede, e eu acerto um soco elétrico na cara de Rhenorian. Espero que Lili não perceba o cheiro de ozônio que é liberado. Rhenorian revida o soco e olha fixamente para mim.

– Pelos pecados de Satanás, querubim, descubra de qual lado você está.

Dou uma olhada para o Luc, mas ele está muito ocupado lutando com o Tweedledumb para ter ouvido. Rhenorian agarra o Tweedlebumber pela nuca e segue até a porta.

– Foi um plano estúpido – ele resmunga, me espreitando

quando passa. Luc solta o Tweedledumb e ele segue os outros, lançando para mim um olhar sobre o ombro.

Lili fica parada do lado de dentro da porta, aparentando estar confusa e chocada. Frannie bate a porta quando o demônio passa e corre até Luc.

– Ó meu Deus! Você está bem? – Ele se estica e toca a contusão arroxeada no rosto de Luc.

– Estou bem.

Lili treme enquanto olha para o Luc com os olhos arregalados e assustados.

– Quem era aquele?

– Um sujeito com quem eu tinha negócios – Luc diz, sabendo como isso vai soar, tenho certeza.

O entendimento surge no rosto da Lili.

– Traficantes.

– Pode-se dizer que sim – Luc responde. Então ele se vira para mim. – Obrigado.

Eu desvio o olhar, odiando a pontada de culpa que sinto.

– Tá, sem problema.

Frannie abraça Luc, puxando seu rosto para baixo em direção ao dela e beijando-o no local da pancada.

– Como eles entram aqui?

– Eles bateram na porta. E eu atendi. – Ele sorri enquanto um risinho cínico se abate sobre ela.

Ela toca o seu rosto novamente.

– Oh, Deus – ela diz. – Vou buscar um pouco de gelo para você.

Ela olha para ele durante um longo tempo, suspendendo a mão para tocar no seu rosto, então vai para a cozinha. Lili segue para a porta.

– Eu devia ir...

Ela alcança a maçaneta, mas hesita. Ando até ela e afasto a sua mão.

– Deixa eu conferir. – Abro a porta e espreito o corredor. Está vazio. Viro para Lili: – Eles já foram.

Ela olha para Frannie e para Luc.

– Bom, se vocês estão bem, acho que os vejo depois, então.

– Vou com você até o seu apartamento – digo e me dou conta de que pareço um pouco ansioso, então acrescento: – Acho que eles foram embora, mas... nunca se sabe.

– Tá bem – ela aceita.

Saímos para o corredor, e um segundo depois, as trancas estão estalando atrás da gente. Ela se vira e caminha alguns passos até a sua porta, tentando encontrar as chaves.

– Ok, bem... acho que vejo você por aí...

– Matt – eu digo, terminando a frase para ela, mesmo que ela não quisesse que eu tivesse feito isso.

Ela olha para mim.

– O quê?

– Eu não tinha certeza se você lembrava o meu nome. Matt. Meu nome é Matt.

Ah, eu sou um idiota.

Ela gira a maçaneta e empurra a porta.

– Tá bem. Então vejo você depois... Matt. Seus olhos piscam para os meus e envia um zunido pela minha espinha, e quase que um sorriso desenrola em seus lábios. – Tenha cuidado – diz, dando uma olhada em direção às escadas.

Ela desliza pela porta. E estou sozinho.

De novo.

CAPÍTULO 11

MAS QUE DIABO ESTÁ ACONTECENDO?

Frannie

Luc está na biblioteca hoje à noite, mudando livros de lugar, então me fez prometer que ficaria em casa. O Red Sox está perdendo tão feio para o Yankees que o jogo começou a ficar doloroso de se assistir, e papai está dizendo frases enfáticas cada vez mais enfeitadas. Ele empurra o descanso de pernas da sua poltrona reclinável e repousa os cotovelos e os joelhos. Eu me levanto do chão e sigo para subir as escadas.

– Você está desistindo dos meninos? – ele diz.

– Eu? Nunca! – respondo de um jeito fingido.

Ele sorri, mas então sua expressão volta a ficar séria.

– É bom ter você em casa à noite para variar.

Mamãe ergue os olhos das suas palavras-cruzadas.

– Você devia passar mais tempo em casa, querida. Daqui a alguns meses não vamos mais ter você.

Encosto na parede, na base das escadas, com os braços cruzados sobre o peito.

– Então, isso quer dizer que vocês estão prontos para deixar de tratar Luc como...

Mamãe larga o jornal sobre o colo.

– Nós nunca o tratamos de outro jeito, senão com respeito.

- Fala sério, mãe. Você não o trata como trata o Chase. Ele nunca pode subir para o meu quarto.

- Bem... ele... eu...

- O que ela está tentando dizer - papai exclama, olhando para a mamãe com uma sobrancelha erguida e com um sorriso divertido - é que, até agora, ele tem demonstrado ser um rapaz responsável e estamos dispostos a dar a ele o benefício da dúvida.

Mentalmente, me levanto do chão.

– Ah é? Então ele pode, tipo, entrar no meu quarto?

Mamãe olha para papai.

– Com a porta aberta.

Sinto um sorrisinho ridículo se abrir nos meus lábios, e é inútil tentar evitar.

– Ah é, ótimo.

Começo a voltar para a sala onde estão, quando me ocorre uma coisa. Espero a pontada no meu coração passar antes que eu me vire.

– Por que eu nunca tive que manter a porta aberta quando o Gabe estava aqui?

Eles se entreolham, virando-se depois para mim.

– Bem... o Gabe é um anjo – mamãe diz.

Eu me sobressalto um pouco. Eu não tinha nenhuma refutação para aquilo. Ele é um anjo. *Meu anjo.* E o Luc definitivamente não é. Enquanto me viro para as escadas, sinto um vazio apertar meu coração – uma dor que só posso ser capaz de afastar mantendo a minha mente em outras coisas que não o Gabe e na falta que sinto dele. Eu me obrigo a pensar em alguma coisa a mais, qualquer coisa a mais. Começo a assinalar a minha agenda mental de compromissos enquanto subo as escadas, mas só consigo chegar até o sábado. Quando justamente atinjo o topo das escadas e esbarro em Grace saindo do banheiro. Ela tira a toalha da cabeça, deixando os cabelos molhados caírem sobre os ombros e pingarem nas costas.

– Você está em casa?

Olho firme para ela.

– Não tive escolha. O Luc está na biblioteca.

Ela apenas me olha do seu jeito Grace assustador de olhar, como se aqueles olhos azuis pálidos pudessem enxergar através de mim de alguma forma. Mas, quando começo a me desvencilhar para passar, ela diz:

- Ele está diferente.

Eu me viro de volta, irritada.

– Quem?

- Luc. Ele mudou.

Por um minuto, olho fixamente para ela, sem ter certeza do que dizer, então de repente me dou conta do quanto a Grace realmente *pode* ver.

Concordo com a cabeça.

– Ele mudou.

Viro-me e sigo pelo corredor, mas pouco antes de alcançar a porta do quarto, ela diz:

- Como? Você... - ela engasga ao tentar dizer.

Quando me viro outra vez para ela, seu olhar é intenso. Não havia maneira de ela saber exatamente quanto o Luc mudou, e menos ainda que fui eu que fiz isso. Mas tem alguma coisa em seu olhar que me faz questionar.

- Acho que ele não é tão mau quanto você pensava.

Enquanto empurro a minha porta, eu a ouço dizer:

- Mas ele era - mais para ela mesma do que para mim.

Pego da minha mesa o meu velho exemplar do livro *The Stand*, de Stephen King, e me deito na cama tentando me animar com isso. Mas não consigo parar de pensar em Grace. Quanto será que ela sabe? Afasto aquela conversa da cabeça, pego o telefone e escrevo uma mensagem para a Taylor: VAMOS CMG NO THE COVE ESTA NOITE?.

Um minuto depois meu telefone vibra: NAUM TO ANIMADA P/ O THE COVE

Hã? A Taylor sempre está animada para ir ao The Cove. É meio para turistas, mas é o ponto de encontro noturno dos caras da escola quando não tem nenhuma festa nos Gallagher. Ela devora os caras com os olhos enquanto eu quebro o meu recorde no simulador de corridas.

PQ NAUM? – escrevo de volta.

Eu espero.

E espero mais.

Quando estou prestes a ligar para ela, meu telefone vibra. VOU SAIR C/ A LILI - é o que diz a mensagem na tela.

O calor do ciúme me pegou de surpresa. Isso era o que eu queria: que a Lili fizesse amigos. Eu ligo para a Taylor e ela atende ao primeiro toque.

- Está bem, se não tem alternativa. Aonde vamos?

- Desculpa - ela diz, e eu começo a me sentir muito irritada. – Nós vamos a uma festa que o Marc me convidou. Acho que não faz muito o seu gênero, Fee.

Eu adoro festas.

– Desde quando festas não fazem o meu gênero?

- Escuta, Fee... é que, por alguma razão, você se tornou um tipo de ímã. Reparei no Marc te olhando na festa do Gallagher naquela noite e eu realmente não quero concorrência na de hoje.

– Você está brincando, né?

– Hum... não.

– Você não pode estar falando sério. Você acha que eu vou roubar os caras de você?

– Não de propósito, eu acho, mas... é isso mesmo.

– Tá bem – falo e bato o telefone antes de desligar.

– Bem, isso foi muito idiota – digo para mim mesma. – O que diabos, afinal, está errado comigo?

Mas eu sei o que está errado comigo. Não tenho nenhuma amiga muito próxima, por assim dizer. Taylor é a pessoa mais segura que eu podia ter como amiga. Ela nunca me pede para dar muito, e em contrapartida, eu nunca recebo muito. Então de onde está vindo toda essa necessidade por apego, eu não sei. Mas dói um pouco saber que Lili está tomando o que nós temos há nove anos. E isso também me assusta um pouco, o fato de eu não ter me dado conta até agora de como fui boba achando que não "precisava" de ninguém.

Matt

Eu a ouço nas escadas e a minha cabeça começa a virar. Olho para a minha forma humana enquanto me apoio na parede do corredor e tento parecer casual. Eu devia estar fazendo alguma coisa e não ficar apenas aqui parado feito um perseguidor. Ela chega ao topo das escadas e eu entro em pânico por um segundo, tentando imaginar o que deveria ser aquela coisa que eu estaria fazendo. Deslizo pela parede e me sento com as costas apoiadas nela. E um velho exemplar de Tolstói, *Guerra e Paz*, se materializa em minha mão e óculos de aro preto se materializam em meu rosto. Fazendo o tipo intelectual. Não fará nenhum mal a ela pensar que sou inteligente.

Eu sei que Gabriel estaria em cima de mim por não estar com a Frannie, mas ela está em casa, atrás do escudo de papai. Está segura lá. Nenhum demônio pode passar por aquele escudo.

Então estou aqui. Não posso evitar. Preciso conhecê-la.

Lili vira ao passar pelas grades das escadas, folheando a sua correspondência, e não me vê até tropeçar em minhas pernas.

Ela pragueja e olha para baixo para ver no que tropeçou. Quando me vê, ela se afasta alguns passos, com os olhos arregalados. Eu me coloco de pé.

– Ah, eu sinto muito – digo encolhendo os ombros e segurando o meu livro.

Ela aperta os olhos enquanto passa por mim, mantendo-se perto da parede oposta, voltando alguns passos.

– O que você está fazendo sentado no corredor?

– Só estou esperando Luc. – Eu aponto para a porta dele. – Sinto muito mesmo. Eu não queria te assustar... ou tentar te matar – acrescentei com um sorriso.

Isso pareceu funcionar, porque ela relaxou os ombros e sua postura defensiva amoleceu.

– Quer dizer que você está esperando o Luc?

– Sim. Eu bati, mas ninguém respondeu.

Ela contrai as sobrancelhas.

– Ele disse alguma coisa sobre trabalhar até mais tarde, eu acho.

– Ah, obrigado. Acho que vou esperar mais um pouco.

Ela se vira para sua porta sem responder, mas juro que vi um sorrisinho surgir em seus lábios antes de ela deslizar a chave na fechadura. Senti um peso no coração quando ela empurrou a porta e desapareceu através dela. Escuto uma série de trancas e trincos se fecharem enquanto olho fixamente para ela.

Espero, achando que ela vai ressurgir, e estou quase me transportando para casa quando ouço os trincos sendo abertos novamente. A porta estala ao abrir e a sua cabeça surge, saindo da porta.

– Bem... você pode esperar aqui se quiser.

– Obrigado.

Começo a caminhar, e ela simplesmente permanece me encarando por um longo e estranho minuto. Não tenho certeza do que devo dizer. Então ela abre mais a porta.

– Você quer uma cerveja ou outra coisa?

Meus pés começam a atravessar a sua porta e, por um segundo, o pensamento "*o que você está fazendo?*" atinge a minha cabeça. Mas eu o bloqueio enquanto um formigamento começa a me percorrer.

– Claro.

Ela fecha a porta e eu olho ao redor. O lugar está uma bagunça. Parece com o apartamento do Luc, exceto que há louças sujas e... lixo, eu acho, empilhado por todo canto. Espio a correspondência que estava na sua mão um instante atrás espalhada sobre uma pilha de outras correspondências no balcão.

– Desculpa, mas está meio bagunçado – diz, afirmando o óbvio. Ela tira uma pequena pilha de pratos de sobre o sofá e a despeja sobre a pilha maior que está na pia. – Senta.

Eu me sento.

Ela segue até a geladeira e se enfia nela, saindo com duas cervejas. Vem e se senta ao meu lado no sofá; está perto, mas não me encosta, e me entrega uma. A cerveja ajuda a minha garganta seca, e por um longo tempo ficamos papeando amenidades. Minha mente está agitada: mal consigo acompanhar a conversa, mas fico feliz por ela não ter perguntado nada que eu não possa responder.

– Outra cerveja? – ela pergunta, balançando a sua garrafa vazia e se levantando do sofá. Sem ela ao meu lado, mesmo sem termos nos tocado, repentinamente faz frio.

– Para mim está bom.

– Então, eu vou a uma festa hoje à noite – diz, enfiando a cabeça na geladeira. Ela se vira para mim. – Posso perguntar à minha amiga se ela se importa de você ir junto. – Olha para baixo e tira o rótulo da garrafa. – Se você quiser.

Um zumbido elétrico me corta. Eu sei o que quero dizer, mas...

– Eu já tenho... eu não posso. Desculpa. – Lamentável. É, em momentos como esse que eu gostaria de poder mentir.

– Tudo bem – ela diz, rosqueando a tampa da cerveja, mas ela ainda não me olha.

– Gostaria muito de poder ir. – O entusiasmo com que digo traz um calor ao meu rosto e de repente sinto até medo de ficar ruborizado. Não sei se isso é possível sem ter sangue nenhum. Ela olha para mim:

– Mas você tem uma namorada.

– Não! – Atirem em mim.

– Então por que você não vem?

– Eu deveria estar fazendo... uma coisa. – A mesma coisa que eu sempre faço.

– Chuta para lá.

– Bem que eu gostaria.

Seu olhar cai sobre o colo, mas ela sorri.

– A história da minha vida. Os bons sempre têm algo melhor para fazer.

Ela acha que eu sou um "dos bons". Eu me sinto dolorido por dentro. Anjos podem ter ataques cardíacos?

– Está bem. Eu vou.

Ele arregala os olhos vivamente para os meus.

– Sério?

– Claro.

O que estou fazendo?

Quebrando as regras.

Há um estranho sentimento crescendo no meu coração, como se eu estivesse implodindo e explodindo ao mesmo tempo. Estremeço com a sensação e sinto um sorriso se abrir no meu rosto.

– Claro, digo novamente.

Sinto tudo vibrar dentro de mim, selvagem, sem controle. E gosto. Isso é o que se sente ao tomar as próprias decisões. Fazer o que eu quero. É uma sensação incrível, como se talvez eu pudesse realmente ter uma vida.

Espero no corredor enquanto Lili se troca. Quando ela emerge do apartamento, todo o pensamento racional me abandona. Ela trocou o seu moletom cinza por um jeans e uma blusinha preta solta. Seu cabelo está preso em um coque improvisado, e ela é linda.

– Uau.

Doce céu, por que eu não fico de boca calada?

Mas quando ela sorriu e ruborizou, percebi que talvez não tivesse ferrado com tudo. Não consigo tirar os olhos dela enquanto seguimos para sua caminhonete e dirigimos para buscar a Taylor. Quando paramos na entrada da sua garagem, foi meio estranho fingir que eu nunca havia estado aqui antes, depois de tantas vezes que fiquei nessa varanda enquanto Frannie estava aqui. Taylor vem toda serelepe e abre a porta do banco do carona. Quando ela me vê, arregala os olhos por um momento antes que um sorriso malicioso se espalhe em seu rosto.

– Ahhh... boa garota, Lili.

– Eu sou o Matt – digo estendendo-lhe a mão.

Ela a segura e aproveita para se erguer para dentro da caminhonete. Deslizo para o meio do banco e ela se aproxima tanto que as nossas pernas se tocam.

– Taylor – ela diz enquanto me come vivo com o olhar.

Lili se inclina para frente e olha para mim e para Taylor.

– Espero que esteja tudo bem.

– Os caras estão sempre bem, Lili. Especialmente os caras gostosos – ela diz, pressionando o ombro contra o meu sorrindo.

Seguimos em direção ao subúrbio de Boston, para um bairro com desoladoras casas antigas construídas com pedras-muralha. De vez em quando, há grupos de pessoas pairando sobre as calçadas – alguns adolescentes, alguns sem-teto. Tudo parece cinza: as construções, os carros, as pessoas. Todo o lugar exala uma sensação de desespero e desesperança.

– Aqui – Taylor diz, apontando para um lugar livre para estacionar entre um mar de Harleys e um antigo carro funerário preto.

Lili entra na vaga enquanto a Taylor desliga o seu GPS e o joga dentro da bolsa.

– Como você ouviu falar dessa festa? – Lili pergunta, olhando para o carro funerário e parecendo estar um pouco insegura.

Os olhos da Taylor brilham.

– Com esse cara totalmente quente. Ele toca numa banda.

Lili ainda parece insegura, mas abre a porta e sai devagar do carro. Saio logo atrás dela e damos a volta na caminhonete para encontrar Taylor, que está parada na calçada ao lado da caminhonete.

Caminhamos em direção à casa de pedra que fica na esquina, de onde um *cover* barulhento do Jimi Hendrix entoa a música *Purple Haze*. Um grupo de adolescentes parado na esquina começa a vaiar. Sem dúvida, a Taylor parece gostar disso, e sua saia preta curta é projetada para atrair a atenção.

A porta está aberta e nós entramos. Imediatamente, um cheiro doce soprou em nossos rostos, vindo de um pequeno corredor escuro. Seguimos a música e a fumaça pelo corredor até uma sala escura repleta de corpos ondulantes. Aqui, a fumaça se mistura com aromas crus de suor e almíscar, inundando minha mente com visões de necessidades primárias sendo realizadas. Sinto meus próprios desejos tumultuarem a respiração.

Olho para a Lili, que parece hipnotizada pela cena. Um sorriso de fascínio surge em seus lábios enquanto ela examina a multidão vestida de couro através da luz fraca.

Taylor está boquiaberta e seus olhos estão presos na banda, montada no canto da sala, sobre uma plataforma baixa. Ela entra na sala e caminha até o palco, abrindo espaço com os ombros através dos corpos retorcidos e ondulantes.

Meu sexto sentido zune muito alto. Há demônios aqui. Muitos deles. Mas estão tão misturados na multidão de pessoas que estou tendo problemas para captar quem são eles, exatamente.

Lili puxa a minha camisa e aponta para o canto, onde há um barril em um balde de gelo. Ela começa a caminhar para lá e eu a sigo. Pega um copo vermelho de plástico de uma pilha e me entrega, então pega outro para ela. Pego a torneira e encho os copos.

Alguém esbarra em mim por trás, fazendo espirrar a cerveja que está na minha mão. Viro-me devagar, e um cara alto, magro e com uns vinte e poucos anos olha para baixo, na minha direção; seus sólidos olhos negros me dizem, sem nenhuma palavra, que ele sabe exatamente o que eu sou.

E eu sei o que ele é também.

– Quem te convidou?

Antes que eu pudesse responder, ele desvia os olhos para Lili, que dá um passo para o meu lado.

– Foi você, mocinha? – Ele estende a mão para ela. Ela a segura e ele a leva até a boca, beijando-a. Um sorriso torto surge em seu rosto soturno. – Porque, se isso for verdade, vou perdoar a indiscrição.

– Convidei. – Eu mal posso escutar a Lili responder com toda aquela música.

– Eu sou o Chax. É um grande prazer conhecê-la.

– Lili – ela responde.

Dou um passo à frente de Lili e puxo a sua mão, tirando-a dele.

– Eu sou o Matt. – O desejo de levá-la embora daqui é esmagador. – Já estamos indo – digo, tentando não resplandecer.

Ele não afasta os olhos de Lili, mas sua voz se torna fria.

– Eu não estou falando com você. – Ele se vira e olha atrás de si, onde um cara baixinho com um longo cabelo preto amarrado num rabo de cavalo e com os mesmo olhos frios e negros está justamente saindo da cozinha. Chax ergue o braço no ar. – Ei! Andrus!

Seu amigo sorri e começa a andar em nossa direção. Corpos abrem passagem, como no episódio do Mar Vermelho. Ele chega até nós, e um sorriso maléfico se abre em seu rosto.

O sorriso de Chax esvanece para um olhar atenuado enquanto ele apoia o braço sobre o ombro do amigo.

– Andrus, gostaria que você conhecesse a Lili – ele diz, dando a Andrus uma cutucada e um sorriso sarcástico. Lili se aproxima de mim, e eu passo meu braço ao redor da cintura dela. Com ela ao meu alcance, meu poder se fortalece e repentinamente me sinto indestrutível. O sorriso de Chax se torna pura maldade. – Ah, e o amigo dela, o Matt – ele acrescenta com um movimento da mão.

Então a banda para, e mesmo com os aplausos e gritos e os apelos da multidão, tudo parece muito tranquilo.

– Oi – Lili diz, puxando a própria camisa. Ela olha severamente para Andrus, e ele move a cabeça, pensativo.

Sua língua pressiona um anel através do lábio inferior.

– E posso perguntar como você ouviu falar da nossa reuniãozinha?

Lili pisca os olhos para Taylor, que está fazendo muito sucesso com um cara alto, musculoso e com cabelos negros desgrenhados, totalmente entregue a ela. Ele está vestindo uma calça jeans rasgada e uma camiseta preta cortada, e há um contrabaixo preto pendurado em suas costas.

– Acho que foi aquele cara que convidou a gente... quer dizer, a nossa amiga – Lili diz.

Andrus cutuca Chax e sorri.

– Marc achou um brinquedinho novo. – Ele olha de novo para Lili com um sorriso predador.

Tenho mesmo que tirar essas garotas daqui.

Aperto Lili pela cintura.

– Então, Lili... podemos ir?

O sorriso de Chax se alarga e seus olhos faíscam na iluminação fraca, nunca se desviando de Lili.

– Você não vai embora ainda. A festa acabou de começar. – Ele agarra a mão de Lili, puxando-a do meu abraço, e a guia até um sofá preto no fundo da sala, onde um lugar aparece magicamente. Ele se senta e dá um tapinha na coxa de Lili.

Raiva e ciúme começam a me rasgar e o impulso de feri-lo é quase irresistível. Posso me ver invocando o meu poder e fazendo-o explodir e desaparecer – ou, pelo menos, voltar para o inferno.

– Hum... acho que não – ela diz.

Boa garota.

Ela olha para mim e, por um segundo, é como se estivesse me vendo como realmente sou. Seus olhos se prendem aos meus, e um quase sorriso surge em seus lábios. Ela alcança a minha mão e entrelaça os dedos nos meus, e o meu interior explode em êxtase.

CAPÍTULO 12

CONFRONTANDO SEUS DEMÔNIOS

Frannie

Estou ficando seriamente maluca. Sento na minha cadeira e apoio o queixo no parapeito da janela. Olho estupidamente o crepúsculo cor-de-rosa e cinza que se desenrola e aguardo por Shelby.

Onde está o Luc? Quanto tempo pode durar para mudar um monte de livros de lugar?

Menos tempo se eu ajudar.

Dou um pulo, calço meus chinelos e desço pelas escadas. Passando pela sala da família, aceno para papai e mamãe a caminho da saída.

– Estou indo para a biblioteca.

- *Gosh darn Jeter!* – papai grita para a TV.

- Daniel! – mamãe chia com ele e se vira para mim. – Eles já não estão fechados a esta hora?

- Luc está trabalhando até tarde, mudando uns livros de lugar. Eu vou ajudar - digo, avançando em direção à porta.

- Está bem, mas liga para a gente se você for para outro lugar.

Bato a porta, entro no meu carro, giro a chave... e grito quando um enorme demônio de cabelos ruivos se manifesta no assento ao meu lado.

- Olá - ele diz.

Saio do carro sem desligá-lo.

Obviamente, o meu instinto é correr. Mas então eu me lembro de o Luc dizer que queria informação. Fixo meu pé no chão e agarro o crucifixo pendurado no meu pescoço, tentando não aparentar estar tão assustada quanto estou. Lembrei do estrago que o meu último crucifixo fez no Belias e espero não ter que usar este aqui.

- Quem é você?

- Meu nome é Rhenorian - ele diz numa voz suave, obviamente tentando me acalmar. Ele sorri. – Mas os meus amigos me chamam de Rhen.

Meu coração está tentando cometer suicídio, atirando-se incessantemente contra as minhas costelas.

– O que você quer?

Ele olha para mim como se estivesse tentando me espreitar.

– Ele fez isso por você, não foi?

- Quem? Fez o quê?

- Lúcifer. Ele é humano.

- Eu sei.

- Como ele fez isso?

- Eu... eu não sei - minto.

- Ele disse que outra pessoa o transformou em humano. Quem?

- Eu não sei - repito.

Gira a minha chave, desligando a ignição, puxa-a e sai do carro. Ele se estica em todo o seu tamanho, elevando-se sobre mim, e um sorriso frio surge em seu rosto.

– Você é uma péssima mentirosa. – Ele joga as chaves para mim, por cima do carro, e o sorriso alarga-se em seu rosto. – Aprenda com um profissional.

Enquanto o pânico flui em mim, em algum lugar no fundo da minha mente me ocorre que Matt devia estar aqui.

- Eu não sei como isso funciona.

Ele caminha lentamente ao redor do carro.

– Eu acho que sei.

- É por isso que você está seguindo o Luc? – O medo chega até a minha garganta, estrangulando as palavras. O que estou fazendo? Ele não vai me dizer nada.

Eu me afasto alguns passos e me concentro.

Você não quer o Luc.

Ele hesita por um segundo e o seu rosto relaxa. Mas então ele balança a cabeça e olha para mim de um jeito claro e penetrante.

– Eu vou descobrir.

– Ele também não pode contar como isso funciona. Ele não sabe.

Seus olhos miram os meus.

– É o que veremos.

Eu me deixo cair de cócoras enquanto ele avança na minha direção. Ignorando o meu coração disparado, tento me manter concentrada em sua mente.

Vá embora. Você não quer o Luc. Você não quer o Luc. Você não quer o Luc.

Ele recua, parecendo confuso.

Você não quer o Luc, eu forço mais uma vez.

O barulho de um motor chama a atenção de Rhenorian e ele olha para cima, com uma expressão nítida, enquanto o Shelby de Luc é guinchado até parar na calçada.

Luc sai voando do carro, olhos arregalados, e fica de pé ao meu lado.

– Deixe-a em paz, Rhen.

Rhenorian lança um sorriso cortante para Luc.

– Quando eu tiver respostas.

– Pelo amor de todas as coisas malditas, Rhen! Não tem nada para contar.

Respiro profundamente e me concentro outra vez em sua mente. *Você não quer o Luc.*

– Vá embora – Luc diz.

Dou alguns passos para trás, sem nunca tirar os olhos dele. Ele não faz nenhum movimento na minha direção, mas seus olhos estão vidrados em mim também, e tem alguma coisa na sua expressão que não posso ler.

Nós nos viramos para ir para a casa e eu prendo a respiração enquanto corro, meio que esperando que ele nos detenha.

Vá embora. Você não quer o Luc.

– Vejo vocês depois – ele diz pelas nossas costas.

Entramos em casa e fechamos a porta ao passarmos. Eu me encosto na parede, tremendo, certa de que vou vomitar. Kate está descendo as escadas. Seu rosto se contrai quando ela vê o Luc.

– Ei, como você chegou antes do Chase?

Luc enrosca seus dedos nos meus e me lança um olhar de preocupação antes de se virar para a Kate.

– Ele estava fechando quando eu saí. Tenho certeza de que ele está vindo por aí.

Mamãe tira os olhos das suas palavras cruzadas.

– Essa foi rápida.

Eu me afasto da parede.

– É, o Luc já estava chegando aqui. Evitou que eu saísse à toa. – Espero que ela não perceba o tremor na minha voz. – Nós vamos lá para cima.

Ela apenas me olha de um jeito significativo.

Passamos por Kate a caminho das escadas. No meu quarto, Luc fecha a porta. Penso na regra da porta da mamãe, mas não a abro.

– O que aconteceu?

- Estou bem. Obrigada por perguntar - eu digo.

Ele me puxa para perto e me aperta quase arrancando a vida que há em mim.

– Frannie, quando eu vi você lá fora com ele...

Eu me afasto novamente dele.

– Eu estava entediada. Achei que se eu fosse até a biblioteca e ajudasse você, você terminaria mais rápido.

Ele contrai os olhos e os lábios.

– Onde diabos está o Matt?

- Boa pergunta.

- Isso está errado. Gabriel estava enganado. Matt não pode lidar com isso. – Suas palavras estão calmas, mas os seus olhos não. Uma tempestade se forma em seus olhos negros.

- Para com isso, Luc. Matt está aqui. Tenho certeza de que ele teria feito alguma coisa se eu estivesse realmente em perigo.

- Chame por ele - ele disse, me desafiando.

Eu me aproximo dele e dou o meu sorriso mais sensual,

que provavelmente não era tão sensual assim, mas era o melhor que eu tinha.

– Eu não o quero agora. – Deslizo minha mão sobre a camisa de Luc, tentando distraí-lo. – Porque a verdade é que eu tenho certeza de que Matt não está aqui.

Luc segura meus pulsos e leva as minhas mãos até o seu rosto. Ele esfrega os lábios atrás dos meus dedos e me olha firme nos olhos.

– Chame por ele.

- Não - digo, puxando as minhas mãos. – Chame você.

- Se eu chamar, ele pode não vir por despeito ou por distração. Mas se você chamá-lo, ele não tem alternativa.

Cruzo os meus braços apertados sobre o peito.

– Tá.

Matt

Sentado aqui com a Lili, fica fácil esquecer onde estamos – numa sala cheia de demônios. A banda toca a distância, num ritmo que faz o meu coração se agitar.

Olho para a Taylor. Embora a banda esteja tocando, o baixista a mantém pressionada contra ele, os braços dela pendurados sobre os ombros dele, balançando juntos e presos num beijo. Eu sei que deveria ir até lá e buscá-la, mas com a

Lili próxima de mim no sofá, seu calor me aquece por completo... eu não vou a lugar nenhum. A mão dela na minha é uma sensação incrível. Eletrizante.

Deslizo meu braço sobre os seus ombros e a puxo para perto. Mesmo sob a luz fraca, não me engano quanto ao olhar que ela me dá. Mergulho um dedo entre os seus cabelos enquanto a sua mão paira sobre a minha coxa, e o que eu sinto é totalmente novo para mim. Espalha-se no meu interior e as minhas entranhas se excitam, junto com certas partes de fora do meu corpo, e tudo o que consigo pensar é na Lili. Tudo mais se distancia enquanto toco seu rosto e a inclino para beijá-la.

E então eu sinto um puxão na minha mente.

Frannie.

Droga!

Dou um pulo do sofá.

– Eu tenho que ir, Lili... desculpa.

– O quê?

Seguro a sua mão e a puxo para fora do sofá.

– Eu tenho que ir agora mesmo. E você também. Você não pode ficar aqui.

– Está bem, mas preciso achar a Taylor.

– Ela está lá. – Aponto para o palco enquanto volto em direção à porta, sentindo as minhas mãos em forma humana começarem a escorregar.

– Pegue ela e dê o fora daqui.

– Você não vai esperar?

– Não posso. Desculpa – digo, seguindo pelo corredor em direção à porta. – Pegue a Taylor e vai. Agora.

– Como você vai para casa?

– Não se preocupe comigo. Só pega a Taylor e vá embora. – Olho fixamente em seus olhos assustados, então me viro e corro da sala antes que eu seja obrigado a me transportar na frente de todo mundo. Esse é o risco de estar visível. Como um guardião, quando o dever me chama, eu tenho que encontrá-la imediatamente, não importa o que estou fazendo.

Uma vez lá fora, praguejo de um jeito abafado enquanto me transporto para o quarto de Frannie. Quando olho, Frannie está sentada na cama e Luc está de pé ao lado da porta. E os dois estão olhando furiosos para mim.

– O quê?

– Você está brincando, certo? – Luc diz. A calma em sua voz é traída pelo movimento de contrair e descontrair os punhos lentamente.

Olho para Frannie e dou um passo em direção a cama.

– Você está bem? Alguma coisa aconteceu?

Ela está apenas me encarando com uma pergunta nos olhos.

– Onde diabos você estava? – Luc rosna.

– Eu estava... eu não senti nada. – Desvio os olhos dela e um sorriso involuntário surge em meu rosto.

– Não me importa o que você "sentiu". – A voz do Luc é ácida. Ergo os olhos enquanto sua mandíbula está cerrada e seus olhos apertados. – Frannie estava em apuros e você, o grande guardião, em algum lugar que não podia ser encontrado.

Fecho os olhos, sentindo um pavor gelado me preencher.

– O que aconteceu?

– Rhenorian esteve aqui – Frannie diz.

Ergo os olhos para ela, aliviado.

– E isso é novidade? Eu achei que ele estivesse seguindo o Luc.

– *Ele* estava aqui. *Eu* não estava aqui – Luc diz, e eu sinto o intenso corte do seu olhar.

Suas palavras são como um soco no estômago. Esse não era o meu trato com o Rhenorian. Tento manter a minha voz firme e não deixo de olhar para a Frannie.

– Ele veio por *sua* causa?

– Mais ou menos. Ele queria saber como o Luc se transformou.

Luc olha para ela num rompante.

– É isso o que ele queria? Ele não estava atrás de você?

– Não. Ele estava perguntando como você se tornou humano. Ele pensa que você fez isso por minha causa e ele quer saber como.

Luc se vira e se joga numa cadeira, com os cotovelos sobre os joelhos e a cabeça apoiada nas mãos.

Caminho até a janela e olho para fora. Rhenorian está de pé na calçada, ao lado dos arbustos do vizinho, seus olhos perscrutando a casa. Ele me vê e faz uma saudação. Olho para ele e envio um aviso – um piscar de luz branca. Se ele está cercando Frannie, não é mais um aliado. Porém, mesmo odiando admitir isso, ele é ainda a melhor esperança para conseguir afastar Luc da minha irmã.

Torno a olhar para Luc.

– Então, parece que você é quem está colocando a Frannie em perigo.

Luc levanta a cabeça. Seu rosto está atormentado, como se ele tivesse descoberto isso por conta própria. Ele olha de um jeito agoniado para Frannie.

– Ele está certo. Rhenorian quer a mim. Se ficarmos separados, ele não terá motivo para se aproximar de você.

Isso mesmo... aceite isso, Frannie.

Mas o pânico que pisca nos olhos da Frannie me diz que ela não vai.

– Você não vai a lugar nenhum – diz. Ela se levanta da cama e caminha em direção a Luc.

– Frannie, seja razoável... – ele diz, segurando a sua mão enquanto ela se aproxima.

– Você devia deixá-lo ir, Frannie. Ele está colocando você em perigo. Até ele consegue enxergar isso – digo em um último esforço, mas posso dizer que é inútil. Frannie senta no colo dele e abraça-o pelo pescoço.

– Não. Se você for embora, vai ter que me levar com você – ela diz.

Teimosa, como sempre.

Uma luz de esperança se acende no rosto de Luc.

– Talvez seja isso que a gente precise fazer: ir embora. Com nosso escudo de proteção, eles provavelmente não vão nos encontrar. Só precisamos confundi-los. E se a gente fosse para L.A.? Podíamos partir antes.

– E dizer o que para os meus pais?

– Eles aceitariam se você dissesse que decidimos antecipar a ida. Use o seu poder de influência.

Ela olha firme para Luc.

– Não vou usar o poder nos meus pais, Luc. E, mesmo assim, ainda não estou pronta para partir.

– Então, se você ficar e ele também – eu olho para Luc –, precisamos pensar num jeito de manter o Rhenorian longe de você.

Luc olha diretamente para mim.

– A sua permanência ajudaria. Você tem um trabalho, Matt.

Ele está certo. E preciso começar a fazer isso. Eu estava sendo um idiota achando, mesmo que por um segundo, que eu podia ter uma "vida". Essa obsessão por Lili tem de acabar. Conhecê-la melhor foi um erro enorme. Não é preciso mudar nada, exceto talvez para piorar as coisas. Deixo-o falar sobre ter abandonado a Frannie. Não acontecerá novamente.

Eu não sabia que era possível os anjos terem dores de cabeça, mas enquanto os pensamentos zunem pela minha cabeça em um vertiginoso borrão, tenho certeza de que é isso que está acontecendo. Sento na beirada da cama da Frannie, apoio os cotovelos nos joelhos e comprimo a minha testa.

– Deixe que eu me preocupe com a Frannie e você pensa no que fazer com o Rhenorian.

CAPÍTULO 13

BELEZA INFERNAL

Luc

Matt parece estar levando sua missão mais a sério nos últimos três dias. Tive que usar a Frannie para fazer um teste com ele, chamando-o em momentos aleatórios, e ele sempre aparecia. Nesta manhã, estou menos preocupado. Frannie está na igreja com sua família, e as chances de Rhenorian – ou qualquer outro demônio – segui-la são praticamente nulas. Não que toda essa coisa de religião nos assuste. É que é muito difícil nos controlarmos para não rir alto. E essa não é uma tática muito sábia quando você está tentando se misturar.

Batem na minha porta e imagino que talvez Frannie tenha desistido de ir à igreja. Mas quando abro a porta, Lili está parada no corredor com uma tigela branca de cereal.

– Ei, o meu leite acabou e o meu Froot Loops não está feliz. Pode me emprestar um pouco?

– Sem problema – digo, abrindo mais a porta. Ela desliza por baixo do meu braço e eu fecho a porta.

– Obrigada. Estou morrendo de fome e a única coisa que eu tenho é Froot Loops. Muito patético, né?

Abro a geladeira e mostro a ela o conteúdo: uma garrafa de leite quase vazia, meia barra de manteiga, uma caixa de ovos praticamente vazia, uma fatia solitária de pizza de pepperoni embrulhada descuidadamente em papel-celofane e uma caixa de papel do Ming's Bamboo House contendo sabe-lá-Deus-o-quê.

– Nem tão patético assim – falo com um sorriso.

Ela sorri de volta e, pela primeira vez, percebo que Lili é realmente muito atraente. Ela prendeu o cabelo para trás esta manhã, e então eu pude dar uma boa olhada no seu rosto. Mesmo sem maquiagem nenhuma, ela tem uma beleza clássica.

– Pegue uma tigela e duas colheres. Eu tenho muito Froot Loops. – Ela coloca sua tigela sobre a mesa e vai apressada até o corredor, deixando a porta aberta. Volta em um minuto com uma caixa da loja Fruity Ohs. Coloco uma tigela sobre a mesa; ela a enche e então divide o resto do leite nas duas tigelas.

Ela se senta numa cadeira à minha frente e tira o seu casaco cinza de moletom extragrande. Por baixo, ela está vestindo um shortinho jeans desbotado de cintura baixa, uma camisetinha justa branca quase transparente e um sutiã preto.

Bem, *uau*.

– Essa é nova? – eu falo, apontando para a roupa dela.

Ela sorri timidamente.

– É. A Frannie me ajudou a achar algumas promoções legais.

Nunca teria imaginado aquele corpo escondido debaixo de toda aquela roupa careta. Ela descansa o cotovelo na mesa e apoia a bochecha na mão. Eu me pego olhando para o seu decote, que fica mais evidente pelo gesto, e tento desviar meus olhos para os cereais laranja, verde e amarelo boiando na tigela à minha frente. Estou totalmente confuso; meus pensamentos são um emaranhado.

– E aí, ela está por aqui?

– Quem?

– Frannie. – Ouço o riso em sua voz, mas continuo sem olhar para cima.

– Na igreja. Ela está na igreja. – Pigarreio. – Então, quando as aulas começam? – pergunto, observando a ponta da minha colher batendo nos cereais, um por um.

– Em seis semanas. Espero ter economizado dinheiro suficiente do meu trabalho no KwikMart para pelo menos pagar os livros.

– Boa sorte. É quando a Frannie vai começar também. Vamos para L.A. em um mês.

– É uma grande mudança. Está animado?

Levanto os olhos e tento colá-los no rosto de Lili.

– Vai ser bom para a gente começar algo novo em algum lugar longe daqui.

Meus olhos acompanham seus dedos enquanto eles se movem do rosto para a alça do sutiã, escapulindo sob a blusa.

– Todos nós precisamos de um novo começo às vezes – ela diz com a voz suave e baixa.

– Hum – concordo, focando de novo na minha tigela, enchendo uma colher de cereal e levando-a à boca.

– O que você vai fazer em L.A.?

– Ainda não sei – eu falo de boca cheia. – Talvez procurar trabalho.

– Fazendo... ?

– Boa pergunta.

– Você podia trabalhar como modelo. As maiores lojas estão em Nova York, mas L.A. tem algumas boas agências também.

Olho para ela e dou uma gargalhada.

– Você acha que estou brincando? – ela diz, com as sobrancelhas arqueadas.

Desvio os meus olhos para longe dela.

– Acho.

– Bem, eu não estou. Você tem um visual que as mulheres adoram: moreno e perigoso.

Levanto os olhos para ela. O visual dela também não é nada mau. E, enquanto ela fixa o seu olhar no meu, algo primitivo se agita em mim. Estou vendo alguma coisa em seu olhar que eu não deveria.

– Veremos – digo, tirando minha tigela da mesa. Levanto e caminho até a pia, concentrado na lavagem da tigela. Limpo a mente de tudo, menos do rosto de Frannie. Quando volto a ficar sob controle, me afasto do balcão e me viro na direção dela. – Tenho que ir para a biblioteca.

– Obrigada pelo leite. – Ela se levanta da cadeira e vai pegar a tigela, mas a derruba no chão, esparramando leite e Fruit Ohs. – Droga! – Abaixa-se e começa a recolher os cereais para dentro da sua tigela.

Pego um maço de papel toalha e me agacho ao lado dela para absorver o leite. Quando a mão dela toca levemente a minha, um tremor me atravessa. Puxo a minha mão e finjo não ter sentido o maior desejo carnal que jamais experimentei.

– Desculpa – ela murmura.

– Não foi nada. Tenho que ir. – Eu aceno para ela, mas não consigo olhá-la.

Ela se levanta e para na porta.

– Se você quiser fazer alguma coisa depois do trabalho, vou estar por aqui.

Ela fecha a porta, e eu deixo o meu traseiro cair no chão. Fico sentado por uma eternidade, tentando respirar e imaginar que diabos acabou de acontecer.

Frannie

– Esse cara é o máximo – Taylor diz, se olhando no espelho enquanto retoca o batom nos lábios um pouco inchados. Ela desfalece um pouco. Isso é uma coisa que eu nunca a tinha visto fazer antes.

– Temos ficado juntos todas as noites desde quinta-feira – ela continua –, e na noite passada, na parte de trás do seu carro funerário, ele foi...

– Muita informação, Tay – eu digo, levantando a mão. – Você não acha que as coisas podem estar indo rápido demais?

Ela me dá um de seus olhares típicos pelo espelho.

– Quero dizer, você acabou de conhecê-lo.

Ela joga o batom dentro da bolsa e se vira, com as mãos na cintura.

– Olha quem está falando... Não faz muito tempo e você estava saindo não com um, mas dois caras superquentes.

Meu coração palpita só em pensar no Gabe, e eu baixo os olhos.

– Isso foi diferente.

– Só porque havia dois deles, o que torna você duas vezes pior que eu.

Fixo os olhos para ela novamente.

– E foi apenas um beijo.

Um sorriso lascivo surge em seus lábios e ela arqueia as sobrancelhas.

– Nada além disso...?

Um calor crepita em meu pescoço e deixo os olhos desviarem para o carpete.

– Eu sabia! – ela berrou triunfante.

Balanço a cabeça e me afundo na cadeira.

– Então, qual foi a dessa festa que você e a Lili foram? – Soei apenas um pouco mais rancorosa do que na verdade estou.

Ela pula em cima da minha cama e se atira sobre os meus travesseiros.

– Incrível. – Mas então seu sorriso se torna carrancudo. – Até a Lili me arrastar de lá.

– E você disse que a Lili levou um cara? – falo, mesmo não estando muito interessada.

– É, ele era gostoso também. Ele tem o cabelo ondulado,

loiro escuro, tipo o seu, só que curto, e aqueles lindos olhos azuis. Acho que a Lili estava dando em cima dele.

Sorri ao pensar na tímida Lili dando em cima de alguém.

– Qual o nome dele?

- Matt.

Minha respiração travou na garganta. Puta merda! Quantos Matts parecidos comigo a Lili podia conhecer?

– Ah, é...

Tento manter a minha mente envolvida nisso. Luc estava certo. Matt estava fora, festejando com Taylor e Lili enquanto Rhenorian estava me vigiando na calçada.

Taylor ergue a cabeça e a sobrancelha, com uma expressão espirituosa.

– Você o conhece?

- É. Ele é amigo do Luc. – Sem mencionar que é o meu irmão-anjo-da-guarda-descuidado. – Foi assim que a Lili o conheceu.

- Bem, eu teria dado em cima dele se não fosse pelo Marc, mas... bem... você já viu o Marc. Ele é tudo de bom. – Ela se senta e meneia a sobrancelha.

- E beija bem, por causa daquela boca. – Sorrio para ela.

Um sorriso lascivo se desenrola de seus lábios inchados e seus olhos faíscam.

– Aham. Ele é muito bom com a boca.

Levanto minha mão novamente, alertando para ela parar.

– Então, vocês vão sair de novo?

- Hoje à noite, no The Cove.

- Tudo bem se o Luc e eu formos?

Ela parece desconfiada por um segundo.

– Claro, eu acho. E aí, você vai no Luc?

- Não. Ele está na biblioteca esta manhã, por isso ele vai me encontrar no meu avô.

Ela escorrega para a beirada da cama.

– Você pode me dar uma carona?

- Quer uma carona para ir no Luc?

- Na Lili.

- Ah. O que vocês vão fazer?

– Só dar uma volta. – Ela se joga novamente na cama.

Espero que ela me convide, mas é óbvio que ela não vai fazer isso.

- Vá de ônibus - digo com a voz amarga.

Ela rola sobre os quadris e se debruça sobre os cotovelos.

– Qual o problema? Você está indo ver o seu avô. Você acabou de dizer.

- Não sei. Só acho que a gente devia passar mais tempo juntas antes de eu ter que partir.

- Mas estamos. E agora eu vou ver a Lili.

- Tá - resmungo. – Não deixa a porta bater na sua bunda depois que passar.

Ela pula para fora da cama, olhando para mim, então pega o telefone do bolso. Eu me viro, apanho um livro qualquer de uma pilha e abro. Fico olhando o livro enquanto a Taylor sai apressada do meu quarto. Mas antes de a porta bater quando ela passa, eu a escuto dizer:

- Oi, Ry. Preciso de uma carona até a Lili.

Luc

A biblioteca é sempre tranquila aos domingos. Termino o trabalho e me preparo para ir até a casa do avô da Frannie. Quando tiro os olhos da tela do computador, vejo Taylor e Lili passando pelas portas da biblioteca.

Taylor olha para mim e sorri ao ver a minha cara de surpresa. A biblioteca não costuma ser seu ponto de encontro habitual.

Lili ainda está vestida com o shortinho e a camiseta justa, então eu grudo os olhos na Taylor. Saio de trás da mesa, enquanto a Mavis faz uma cara séria.

– Senhoritas?

Taylor vem se esgueirando – perto demais, como sempre. Aceno do computador.

– Ei, Luc. Em que você está trabalhando?

– Catalogando as novas aquisições. – Lanço um olhar para Lili, então volto para Taylor. – Tem alguma coisa que eu possa ajudar você a encontrar?

Taylor cutuca Lili.

– Não, valeu. Só pesquisando uma teoria da Lili.

Olho para Lili com uma sobrancelha arqueada.

– Uma teoria?

– Não é nada. – Ela passa o braço ao redor da Taylor e começa a puxá-la em direção ao terminal de computador. – Podemos encontrar sozinhas o que estamos procurando.

Taylor se pendura no ombro de Lili enquanto ela a puxa para longe.

– Até mais.

Elas se amontoam juntas no terminal e pesquisam o catálogo por alguns minutos, então desaparecem entre as pilhas de livros. Quando elas reaparecem dez minutos depois, carregam três livros grandes. Deles, dois eu reconheço e estou intimamente familiarizado: *Os demônios* e uma moderna tradução de *A chave menor de Salomão*. O terceiro, um texto mais moderno sobre magia negra, só conheço de passagem.

Elas espalham os livros sobre a mesa e ficam admirando-os, sussurrando e dando risadinhas. Duas ou três vezes caem na gargalhada e Mavis tentar usar de subterfúgios para silenciá-las. Apesar da estrutura minúscula de Mavis, que provavelmente pode ser carregada com o vento, no domínio da biblioteca ela intimida o suficiente para que as meninas não riam novamente até que ela vá embora.

Mavis ajusta o suéter ao seu redor e amarra apertado. Em seguida, dá uma leve olhada nas pilhas altas de livros, endireitando-os em seu jeito obsessivo-compulsivo, então retorna à mesa. Ela olha furiosa de seu lugar para Taylor e Lili.

Ando e vejo um pequeno caderno entre elas, sobre a mesa. Lili anota alguma coisa nele enquanto eu me aproximo, mas ela o fecha antes que eu consiga dar uma olhada. Deslizo o quadril na beirada da mesa.

– Vocês acharam o que estavam procurando?

Lili olha para mim, e um sorriso começa a aparecer no canto da sua boca.

– Estamos bem, obrigada.

– Você é quem está dizendo. – Taylor a cutuca e um sorriso lascivo, que é a sua marca, se espalha pelo rosto. – Sempre peço uma ajudinha ao bibliotecário.

– Vou chamar a Mavis, então. Ela é a única – eu digo, espiando a Taylor folhear *A chave menor de Salomão*. As páginas em que elas abriram envolvem conjuração e manifestação demoníaca. Um monte de bobagens, na realidade. Nenhum ritual é necessário como o livro sugere. Nós simplesmente aparecemos onde queremos. Um mortal não pode fazer muita coisa a respeito disso.

– Avisem se precisarem de algo mais – digo e me afasto da mesa. As duas garotas ficam me observando voltar para o balcão.

– A garotada de hoje em dia – Mavis diz quando retorno, esquecendo-se que eu também sou um desses – não respeita nada. – Ela dá por si, e a sua cara feia abre-se num sorriso fugaz. – Bem, alguns deles, quero dizer. Você tem uma alma antiga, Luc. – Sua carranca volta enquanto ela olha novamente para as garotas. – Adoradoras do diabo, provavelmente – ela diz, puxando a corrente no pescoço e dedilhando a cruz.

Não consigo conter o sorriso que me vem aos lábios.

– Por que você diz isso, Mavis?

– Aquele livro, *Magia negra moderna*. Elas estavam copiando os pentagramas dele. Não entendo essa fascinação dos jovens por vampiros e demônios. A escuridão é melhor, é tudo o que eles querem ler. O que houve com os clássicos?

– Existem alguns clássicos sombrios. Bram Stoker, Mary Shelley, Edgar Allan Poe – eu digo, apontando autores que são mais velhos que aquele prédio e fazendo uma anotação mental para pedir a Frannie para descobrir o que a Taylor está tramando.

Ela balança a cabeça.

– O mundo está se degenerando rápido, e essa geração – ela estende a mão em direção às garotas – está nos levando junto.

Meu sorriso se alarga.

– É o que veremos.

Até que a porta se abre e Rhenorian entra. Ele sorri para mim e dá uma volta sem pressa pela biblioteca. Quando seus olhos encontram Lili e Taylor, ele retarda o passo e parece momentaneamente surpreso. Ele lança para mim outro sorriso frio e vai embora.

Todas as belas coisas jovens.

Numa rápida olhada para Lili, solto um suspiro de culpa.

– Quer saber, Mavis? Talvez você tenha razão.

Taylor e Lili afastam a cadeira para trás, provocando um ruído. Lili olha para mim por trás de suas longas pestanas negras enquanto desliza a mão pelo livro de folclore; então, elas saem em fila pela porta atrás do Rhenorian. Vou até a mesa delas para guardar o livro na prateleira e o encontro aberto na história de Adão e Lilith. Eu li a história da primeira mulher de Adão, como ela deixou o Éden num acesso de raiva e como, depois de perambular pela Terra durante anos seduzindo homens, se torna aliada de Lúcifer.

O primeiro súcubo.

A algumas coisas os mortais têm direito.

– Que diabos essas duas estão tramando? – pergunto para mim mesmo enquanto fecho o livro.

CAPÍTULO 14

POR TODA A ETERNIDADE

Frannie

Vovô sai lentamente da garagem enquanto estaciono em frente à sua casa com a capota arriada. Desço do carro e ele me esmaga num abraço.

– Vamos mexer nesse motor hoje? – digo, olhando para a Shelby Cobra na área de trabalho.

Vovô caminha até o carro.

– Estamos prontos para isso. Você manuseia o guincho – ele diz, apontando para o painel de controle.

– Luc vai chegar num minuto – eu digo, olhando para a corrente do guincho parafusada ao bloco do motor. – Devíamos esperar.

Ele me olha de cara feia.

– Tenho feito isso a minha vida toda. Não preciso de um garoto fazendo isso por mim.

- Eu te amo, vovô, mas você já não é tão jovem quanto antes. Deixa a gente puxar o motor.

- É um guincho, Frannie. Hidráulico. Nada ruim vai acontecer.

Olho séria para ele justamente quando Luc para a Shelby na entrada da garagem. Ele sai do carro e caminha até a porta aberta da garagem, dando uma olhada entre nós dois.

– E aí...

- Fale para o vovô se afastar.

Luc ri alto e olha para o vovô.

– Ela acha que o senhor vai me escutar melhor do que a ela? Não sei de onde ela tirou essa ideia ridícula.

Um sorriso surge no rosto do vovô.

– Você pega o motor e eu cuido do guincho.

Luc dá um sorrisinho irônico e levanta as sobrancelhas para mim como pedindo desculpas, antes de vir para o meu lado, gentilmente me forçando a voltar para o carro.

– Pronto - ele diz.

Vovô bombeia o guincho enquanto Luc guia o bloco do motor e o transmissor do carro.

Seguro o suporte para o motor e o deslizo, mas vovô me força a sair do caminho.

– Luc, você sabe como usar o guincho? – Vovô dá um sorriso torto, como se estivesse compartilhando um segredo. – Me chame de Ed.

Luc sorri de volta.

– Está bem, Ed. – Ele segue para o guincho e começa a liberá-lo. O motor vai se posicionando sobre o suporte onde o vovô o parafusa.

Luc me olha com uma sobrancelha arqueada, visivelmente orgulhoso de si por conquistar a confiança do vovô, e eu devolvo o olhar.

Quero gritar. Não só porque eles estão me deixando de fora disso, mas porque esse vínculo está começando a rolar entre eles. Eu sei que devia me fazer feliz, mas neste momento isso só me deixa irritada.

- Bem, acho que vocês não precisam de mim - digo. Eu me viro e entro irada em casa, batendo a porta atrás de mim. Me jogo no sofá, odiando o vovô por não se dar conta de que ele vai se machucar caso continue fazendo o trabalho pesado, e odiando o Luc por apoiá-lo.

Atrás de mim, ouço a porta da garagem abrir e, um segundo depois, Luc senta ao meu lado no sofá. Ele envolve os braços sobre os meus ombros, mas eu me afasto.

- Nem pense nisso.

Ele deixa a mão cair sobre o joelho, então se inclina para frente, com os cotovelos nos joelhos. – Tive que escolher qual dos dois eu ia aborrecer, e eu tinha certeza de que você preferia que fosse você. Eu me enganei?

– Sim – bufo, pressionando as costas contra o sofá e cruzando os braços sobre o peito.

– Frannie... – Ele pega a minha mão, mas eu a tiro dele.

– Ele vai se matar lá fora e você está ajudando!

– Ele só está usando o guincho. Eu não o deixaria se machucar.

Nós dois pulamos com o barulho da batida lá fora e o grito atrás de nós. Quando chegamos esbaforidos na porta da garagem, vovô está no chão de cimento, com a perna presa no transmissor. Ele olha para cima e se encolhe.

– O maldito parafuso quebrou.

Corremos até ele e eu me ajoelho.

– Oh, meu Deus, vovô! Você está bem?

– Tudo bem – ele diz. – Só estou preso. Você pode puxar essa coisa de mim?

Luc e eu empurramos o transmissor e vovô desliza sob ele.

Deixo Luc segurando o transmissor e me ajoelho ao lado do vovô.

– Tem sangue na sua calça, vovô. Você está ferido.

– Fique aqui – digo a ele. Então olho para Luc, que está em pé ao nosso lado. – Não deixe ele se mexer.

Corro para dentro da casa e reviro as gavetas do banheiro até conseguir tudo o que quero. Quando passo novamente pela porta, vejo que Luc seguiu as instruções – pelo menos uma vez. Ele está com a mão no ombro do vovô, acalmando-o.

– Aguenta firme, vovô – digo, colocando os itens de primeiros-socorros no lugar mais limpo do chão que consigo achar. – Isso vai doer. – Espremo Betadine no corte e o esfrego com uma toalhinha limpa. Vovô se comporta e aguenta firme enquanto enfaixo o local com gaze e prendo com uma fita.

Luc e eu ajudamos a colocá-lo de pé.

– Eu disse que você ia se matar aqui.

– O parafuso quebrou, Frannie. Não tem nada a ver com o fato de eu estar velho.

Entramos na casa, e eu posso vê-lo tentando não mancar. Finalmente, envolvo meu braço ao redor da sua cintura e o ajudo. A princípio, ele se segura no meu braço, mas então o solta e se apoia no meu ombro. Coloco-o sentando em uma cadeira à mesa da cozinha.

– Precisamos levar você para o hospital. Pode estar quebrada.

– Não está quebrada.

Luc se agacha ao lado dele e levanta a perna do vovô. Ele torce seu tornozelo e aperta sua panturrilha, observando o rosto do vovô. Como o vovô não faz caretas, Luc solta a perna e olha para mim.

– Acho que está bem, Frannie.

Olho para o vovô.

– Você teve sorte dessa vez, mas não quero você lá fora sem mim.

Vovô dá uma risadinha.

– Sim, chefe.

- Então, o que tem para o jantar? – Luc diz, abrindo a geladeira e dando uma espiada lá dentro. Ele sai com uma caixa de ovos. – Omeletes?

- Se você cozinhar... - vovô diz.

Luc sorri e começa a procurar uma tigela e uma panela pelos armários.

Quando terminamos de comer, vovô fica olhando fixamente para mim, sentada do outro lado da mesa, de cara feia.

– Você não pode ficar zangada com ele depois de uma refeição como esta. – Ele olha para o Luc. – Onde você aprendeu a fazer isso? – ele diz abanando seu garfo sobre o prato vazio.

- Eu pego umas coisas aqui e ali - Luc diz.

Eu suspiro, frustrada. Luc desliza a mão sobre mim e aperta o meu joelho, e dessa vez eu não me afasto.

– Por que nenhum de vocês nunca me escuta? – digo, exasperada.

Os dois trocam um olhar e caem na gargalhada.

Quanto mais quero esmagar os dois, mais sinto minha boca se abrir num sorriso ao som das gargalhadas deles. Mordo os lábios até doerem para me fazer parar de rir e altero o rosto para uma cara mal-humorada. Luc desliza o braço pelo meu ombro e beija minha testa. Eu o empurro para longe e, quando olho para o vovô, sua expressão é pensativa.

– E então, como isso vai funcionar? – ele diz para o Luc.

– O quê?

– Eu ainda não me acostumei com a sua situação.

– Até onde sei, sou tão humano quanto qualquer outra pessoa.

Vovô franze o cenho.

– E foi ela quem te fez desse jeito? – ele diz, inclinando a cabeça na minha direção.

– O amor dela por mim – Luc responde com um aceno de cabeça e seus olhos se desviam para os meus.

– Bem, talvez eu esteja fazendo o advogado do diabo, mas vocês vão poder ficar juntos... casar, ter filhos e todas essas coisas?

Meu coração se agita. Eu realmente nunca havia pensado nisso para longo prazo. Com tudo o que aconteceu, pensar no dia seguinte já tem sido um desafio. E Gabe parece acreditar que os céus têm planos para mim. Será que o Luc e eu poderemos nos casar um dia? Isso está no meu futuro – uma vida normal com uma família de verdade?

A sensação de algo roendo a minha barriga me diz que a resposta para isso é não. Baseando nos últimos meses, estou bem certa de que nada na minha vida será normal.

Ainda assim, o brilho da esperança nos olhos do Luc me faz acreditar numa história diferente.

– Talvez - ele responde. – Pelo tanto que sei, não existe precedente. Nunca soube de nenhum outro demônio transformado em humano, então não tenho mesmo nada a dizer sobre o assunto.

Vovô acena a cabeça, avaliando a questão.

– Mas você está indo para L.A. com ela.

Os olhos do Luc se prendem aos do vovô e ele me puxa apertado para o seu ombro.

– Estou.

Vovô acena com a cabeça e começa a limpar seu prato. Eu o pego da sua mão e carrego as louças para a pia. Ele se senta na cadeira, e quando Luc e eu terminamos de limpar a cozinha, eu me viro e encontro o vovô nos observando com um sorriso melancólico.

Sorrio de volta.

– O que foi?

Seu sorriso permanece, mas ele baixa os olhos.

– Vocês me lembram uma pessoa.

Lembro do que o vovô me disse sobre ele e a vovó ficarem noivos no verão após o término do colégio. Eles tinham a nossa idade.

Dou a volta na mesa e abraço seus ombros por trás. – Sinto a falta dela também - sussurro em seu ouvido.

Ele pega a minha mão e a aperta.

Depois de colocarmos o motor de volta no suporte, fixado com parafusos novos, vejo o vovô se certificar de que ia ficar bem e trocaria os curativos agora que o sangue havia parado. Uma vez que ele prometeu ficar longe da garagem, fomos para a casa do Luc.

- Então, hoje nos vamos ao The Cove com a Taylor e esse novo carinha com quem ela está saindo.

Ele sorri.

– Onde ela o conheceu?

- Ele é da banda do Reefer. Tem deixado a Taylor toda maluca.

Seu sorriso se abre.

– A Taylor já não costuma ser toda maluca?

Eu rio, me lembrando de como ela ficou doida quando o Luc apareceu no Haden High pela primeira vez.

– Bem, vamos conhecê-lo hoje à noite, então veremos.

Matt

Por mais que eu nunca admita na cara dele, acho que o demônio repulsivo da minha irmã está certo. Eu perdi minha concentração. É melhor que eu fique invisível. Como uma sombra da Frannie.

Eu a tenho seguido silenciosamente nos últimos três dias, desde que estraguei tudo na festa. O obediente anjo da guarda. Mas nunca imaginei que ser um guardião fosse tão difícil. Gabriel me disse que haveria tentações. Ele me avisou que seria um desafio. Mas ele também falou que era para isso que eu servia: foi para isso que nasci. E eu acreditei nele.

Mas isso vai além do desafio. É tortura.

Tem toda essa coisa de assistir forçadamente à minha irmã arruinar a própria vida ao se ligar a um demônio. Mas isso não é o pior.

O pior de tudo é quanto estou em falta com ela.

Vendo Frannie viver sua vida... a vida que podia ter sido a minha se as coisas tivessem sido diferentes... eu não deixo de querer isso: o tapinha do vovô nas costas; um melhor amigo para me dar um sermão; o primeiro beijo da minha primeira namorada. Mas todas essas possibilidades desapareceram naquele dia, há dez anos.

Então, agora isso é a minha realidade: sentado no corredor tentando imaginar o que vou dizer a Frannie quando ela me perguntar sobre aquela festa que fui com Lili e Taylor.

Como pude pensar que Frannie não ia descobrir? Mas então me lembro da minha virilha latejando e me dou conta de que tenho pensado muito com a cabeça errada – e que não estou disposto a explicar à minha irmã.

Enquanto espero no corredor Frannie e Luc terminarem o que estão fazendo no apartamento dele, Lili vem subindo as escadas. Ela está chorando.

Minhas entranhas gelam enquanto a vejo girar a chave na fechadura, e sei que resolvi manter o trabalho, mas de repente sinto um desespero em ajudá-la. Eu me transporto para a soleira da escada e apareço visível. Caminho apressado até o corredor, alcançando a porta do Luc enquanto ela entra em seu apartamento.

– Lili, você está bem?

Ela olha para mim com os olhos magoados, e antes mesmo de me dar conta de que fiz isso, estou de pé na sua porta com os braços ao redor dela.

– O que houve? – eu digo em seus cabelos.

Ela se enrijece nos meus braços e se afasta, olhando para o chão.

– Nada.

Levanto minha mão e enxugo as lágrimas do seu rosto.

– Isso não é "nada" – digo suavemente, com os dedos úmidos. Apesar da minha raiva por quem a magoou pesando como uma pedra em meu peito, eu me sinto atraído para dentro de seus olhos. Sou extremamente cauteloso com o seu corpo contra o meu, e o calor que se espalha por mim parece que nos fará derreter um no outro. Sem realmente me dar conta de que estou fazendo isso, eu me inclino para baixo, perto de beijá-la, mas ela se afasta.

– É só que... deixa para lá.

Ela começa a voltar para o seu apartamento e fechar a porta, mas eu coloco o pé no batente.

– Fala comigo, Lili.

Ela me olha novamente, com os olhos jorrando.

– Não é nada. Só estou sendo idiota.

– Conta.

Ela olha para o chão.

– É só esse cara. Ele estava me seguindo e eu fiquei assustada.

Minhas entranhas se retorcem num nó.

– O que ele fez?

Ela apenas balança a cabeça e as lágrimas começam a rolar pelo seu rosto novamente.

– Ele machucou você? – Estou tremendo, mas consigo parar.

Ela balança a cabeça com força.

– Não... mas...

Eu a puxo para abraçá-la, e dessa vez ela não resiste.

– Você está bem agora. Estou com você. – O que senti foram faíscas elétricas estalando entre nós dois enquanto eu a abraçava. – Quem era? Você o reconheceu?

– Não – ela está apoiada no meu ombro. Então ela levanta a cabeça e olha para mim, com marcas de lágrimas nas bochechas. – Espera... talvez. Acho que ele estava naquela festa.

Seguro-a contra mim por um longo tempo. Posso sentir seu coração bater contra o meu peito e tenho certeza de que se eu tivesse um, estaria fazendo a mesma coisa. Finalmente vou para longe dela. Sei o que preciso fazer.

– Fique aqui e tranque a porta.

Seus olhos arregalam.

– O que você vai fazer?

– Fique aqui dentro. – Amparo seu rosto nas mãos e limpo suas lágrimas com os polegares. Ela me olha e, quando fazemos contato visual, alguma coisa clica dentro de mim. Um pedaço da minha existência que de alguma forma estava esquecida, como uma peça chave de um quebra-cabeça.

Lili e eu fomos feitos para estarmos juntos.

Não me sinto assustado ou ansioso diante da revelação. Só parece que é o certo. E ela sabe disso também. Vejo claramente em seus olhos.

– Vou cuidar disso.

Ela passa os braços ao meu redor e me puxa para perto, e eu me ouço gemer.

– Tenha cuidado – ela diz em meu ombro.

Eu a olho profundamente por um mais um instante. Então, dou um passo para trás e puxo a porta aberta, batendo nela com a palma da mão.

– Tranque.

Os trincos estalam cada um no seu lugar. Mas justamente quando estou prestes a me transportar, Luc e Frannie saem do apartamento.

Fico completamente indeciso entre ir atrás do bastardo que estava perseguindo Lili ou acompanhar Frannie.

Faça o seu trabalho, Matt.

Realmente não tenho escolha. Dou uma olhada para a porta da Lili enquanto sigo Frannie e Luc escada abaixo, entro na Shelby dele e sento no banco de trás.

– Aonde estamos indo?

CAPÍTULO 15

PECADOS MORTAIS

Luc

Maldito inferno.

Marchosias.

Onde foi que a Taylor conheceu o Marchosias?

Frannie e eu abrimos as portas do salão e os vemos abraçados, entre a máquina de troco e a mesa de jogar hóquei. A música explode das caixas de som e as luzes piscam. A multidão se acotovela e se espreme pela sala numa dança descoreografada, gritando mais alto que os apitos e ruídos que saem da máquina do salão e da música estridente. Mas Taylor e Marchosias parecem não ser afetados por nada disso.

Frannie manda para mim um sorriso e começa a abrir caminho a cotoveladas no meio da multidão. Agarro seu braço e a puxo de volta. Devo dizer a ela? De um jeito ou de outro, não é seguro para ela ficar aqui. Porque o Marchosias só pode estar aqui por uma razão.

Ela se vira para mim com uma irritação que belisca a sua testa e franze os lábios.

– O que foi?

– Eu o conheço.

– Do...? – Ela arregala os olhos.

– Do inferno, isso mesmo. Ele é o guarda do Poço e um... amigo, eu acho. Marchosias.

Ela dá uma olhada por cima do ombro enquanto Taylor passa os braços em torno do pescoço de Marchosias e quase sobe nele.

– Você não pode estar falando sério. – Suas orelhas estão vermelhas enquanto a fúria e a raiva batem em seu rosto. Ela se vira e segue raivosa na direção dele, mas eu agarro seu braço com força.

– Me larga – ela grita.

– Frannie, para. Ele não está aqui tirando férias. Ele está tentando alcançar você por meio da Taylor.

Ela puxa o braço e se afasta de mim.

– Bem, está dando certo. – Ela continua atravessando o salão em direção ao casal, que não se desgruda nem para respirar.

Eu a alcanço na metade do salão e faço-a se virar para mim, agarrando seus braços. – Essa não é a melhor estratégia, Frannie. A Taylor não pode saber. Seria ainda mais perigoso para ela.

Ela fecha os olhos e respira fundo, tentando se acalmar.

– Então, o que vamos fazer?

– Você fica aqui. – Olho em volta, torcendo para que Matt esteja por perto. Como se ele lesse a minha mente, sinto algo cutucar a parte de trás da minha cabeça. Reviro os olhos e esfrego a cabeça. – Vou falar com eles.

– Não, eu é que vou. Ela é minha amiga, Luc. – Seus olhos estão determinados.

– Tudo bem – Friso que ela não será dissuadida. – Fique atrás de mim.

Ziguezagueamos através da multidão e finalmente alcançamos o lugar onde o Marchosias está agarrado ao corpo da Taylor contra uma parede. Antes que me dê conta, Frannie sai de trás de mim e puxa a Taylor pela camisa.

– Tay!

Taylor se desgarra de Marchosias, com os olhos nublados e a respiração ofegante. Ela precisa de um minuto para se recuperar, e seus olhos, lentamente, vão se tornando claros.

– Ah, oi, Fee. Vocês vieram mesmo. – Ela não parecia estar realmente surpresa.

Mas o Marchosias, sim, parecia estar muito surpreso. Ele jogou o braço em cima dos ombros da Taylor e olhou lubricamente para Frannie.

– Você estava na festa. Frannie, certo? – ele diz, estendendo a mão para ela.

– E eu sou o Luc – digo apertando a sua mão antes da Frannie. Não existe a menor possibilidade de eu deixar o Marchosias tocar nela.

Seu sorriso alarga, tornando-se voraz.

– Marc. – Ele aperta a minha mão com força, desafiante, mas seus olhos permanecem sobre Frannie.

Solto sua mão e todos nós ficamos aqui parados num silêncio constrangedor por um longo segundo.

– E aí, alguém está com fome? – Frannie finalmente diz. – Podemos conseguir pizza na porta ao lado.

Taylor parecia faminta, mas não por pizza.

– Ah... é... claro.

Marchosias guia Taylor através do amontoado de pessoas em direção à porta. Assim que chegamos, a porta se abre e Angelique sai de braços dados com um cara musculoso da minha altura, de cabelos curtos, loiro, e com os olhos castanhos inquietos – algo do tipo torcido e violento. Não é preciso ser um demônio para ver que esse cara não é coisa boa, e provavelmente já está marcado para o inferno. Taylor suspende os olhos, arregalados, e Frannie segura sua mão.

A Taylor pareceu nem mesmo perceber a Angelique. Seus olhos estão vidrados no cara. E eu me lembro onde eu já o vi. Na pedreira.

– Oi, Brendan – Taylor diz, parecendo um pouco chocada.

Quando Marchosias enfia a mão no bolso de trás de Taylor e o aperta, os olhos dela ficam nublados e seus lábios se abrem num sorriso enquanto seu poder é derramado sobre ela. Ela se apoia nele e parece esquecer Brendan completamente.

Angelique desliza os olhos sobre Marchosias e finalmente se volta para a Taylor.

– Taylor – ela diz com um sorriso de autossatisfação, passando um dedo ao longo do abdome do Brendan. Ela estufa os seios e me dá uma olhada, como se estar pendurada no braço de um brutamonte (que assim que se esfregar nela vai levá-la para a cama) me fizesse reconsiderar suas inúmeras ofertas.

– Oi, Luc.

Brendan desvia os olhos de Frannie e olha para mim pesadamente. É um olhar para intimidar, sem dúvida. Tento não rir ao me lembrar dele gritando feito uma garotinha. Aquele grito se tornará muito maior quando ele estiver por toda a eternidade queimando no inferno. Eles vivem para mortais como ele – esse é o melhor entretenimento.

Descanso a mão no ombro da Taylor e olho entre Brendan e Marchosias. Taylor de alguma forma conseguiu passar de mal a pior.

– Angelique – respondo um minuto depois, acenando na sua direção. Não consigo evitar uma careta enquanto me lembro do nosso encontro –, quem é o seu amigo?

Brendan olha com firmeza.

– Brendan – ele diz, empurrando Angelique e dando um passo à frente.

Eu sorrio e estendo a mão.

– Luc.

Ele fica olhando para a minha mão por um tempo, então a segura e aperta. Aperto de volta, em sinal de advertência, desejando poder fazer mais.

Brendan vira para Taylor.

– E quem é o seu amigo? – ele zomba.

Os olhos de Marchosias brilham uma luz vermelha enquanto ele estende um braço em direção ao Brendan com um sorriso maligno.

– Marc – ele diz.

Brendan pega sua mão e retribui com um sorrisinho malvado enquanto ele dá a Marchosias o mesmo aperto de mão forte que havia dado em mim. Mas vejo os seus olhos arregalarem enquanto sua mão está sendo esmagada por Marchosias. Ele tenta livrar a mão, mas um sorriso diabólico aponta no canto dos lábios de Marchosias, enquanto um estalo de luzes vermelhas crepita por toda a superfície de sua mão.

– Ahh! – Brendan grita e seu rosto se contorce numa careta e se dobra sobre os joelhos enquanto Marchosias libera o seu poder através dele. Ele dá um puxão desesperado em seu braço e Marchosias finalmente o solta.

A inveja me corta enquanto anseio por meu antigo poder, desejando fazer esse idiota cair de joelhos. Balanço a cabeça, afastando esse pensamento, e coloco o braço ao redor dos ombros de Frannie enquanto passamos por Brendan e Angelique ao sairmos pela porta e chegarmos à calçada.

Frannie

– Eu não acredito na mulherzinha que o Brendan é – Taylor diz com uma risada. Ela envolve os braços ao redor do pescoço de Marchosias. – Tudo o que você fez foi apertar a mão dele, e ele quase cai no chão chorando feito um bebê. Aquilo foi frescurite.

Atravessamos a porta do Ricco's, e mantenho a cabeça baixa, torcendo para que o Ricco não me perceba. Mas é claro que percebe. Ele acena para o Luc.

- *Un toro*! – ele diz com um grande sorriso.

Luc acena para ele.

– Ricco!

Então os olhos do Ricco se voltam para mim e ele franze o cenho.

– Sem desconto - ele diz.

- Tanto faz. – Eu passo por ele e me sento na mesa habitual do Luc. Luc senta ao meu lado, enquanto o Marc se senta à nossa frente e puxa Taylor para o seu colo. Mas ele não para de me fitar, nem mesmo quando a Taylor enterra o rosto nele.

Olho com expectativa para Luc. Ele supostamente tem um plano. Um que não seja ficar sentado aqui assistindo à minha melhor amiga chupar a cara de um demônio.

- Ei, gente! – Eu olho para ver quem é. Delaine desliza quatro pratos de plásticos e uma pilha de copos de refrigerante na beirada da nossa mesa. Ela puxa um bloco e uma caneta do seu avental curto e preto. – Estou em treinamento e a Dana disse que posso anotar o pedido de vocês.

Dou uma olhada para Dana, que está inclinada sobre o balcão observando a Delaine. Aceno e sorrio para ela.

– Ei, Delaine, somente traga uma jarra de Coca-cola e... - Eu olho para a Taylor antes de continuar.

Ela afasta o seu rosto do de Marc apenas o suficiente para dizer:

– Nada de cebola... ou alho. – Ela sorri para Marc. Quando olho para ele, ele levanta uma sobrancelha e desliza Taylor, do seu colo para o assento.

- Só uma grande de queijo - eu digo, olhando de volta para Delaine.

Delaine repete o pedido em voz alta enquanto anota no bloco.

– Saindo já - diz e sorri. – Estava morrendo de vontade de dizer isso. – Ela se vira e o seu longo rabo de cavalo balança de um lado para o outro enquanto ela anda empertigada em direção à cozinha, onde prende o pedido na janela. Ela gira e sorri para mim novamente, evidentemente orgulhosa de si mesma. Dana lhe dá um tapinha nas costas.

Quando olho à minha frente, a expressão no rosto de Marc me dá um calafrio na espinha.

– Então, a Taylor diz que vocês se conhecem há muito tempo.

Eu aceno.

Ele apalpa Taylor, mas seus olhos continuam fixos nos meus. Minha frustração cresce, e percebo a minha ira diretamente em Luc. Ele deveria fazer alguma coisa. Então sinto a sua mão no meu joelho, me apertando. Seus olhos se desviam para o fundo do restaurante e eu sigo seu olhar. Os banheiros. Empurro o Luc e ele fica de pé, deixando que eu saia da mesa.

- Ei, Tay. Preciso ir ao banheiro. Quer ir comigo?

Taylor hesita e olha para o Marc antes de dizer: - É, pode ser - e se levanta.

Seguro-a pelo braço e sigo pelo restaurante até o corredor escuro na parte de trás, que dá nos banheiros. Assim que ficamos fora do campo de visão da mesa, dou um puxão nela e a olho com dureza.

– Tay, esse cara é furada.

Taylor se livra de mim.

– Ah, isso é o máximo – ela zomba. – Você está com inveja!

- É sério. Não estou com inveja. Só acho que ele é perigoso.

Os olhos da Taylor faíscam e um sorriso se espalha pelo seu rosto.

– E o que tem de errado em ser perigoso?

- Não, Tay. Quero dizer perigoso de verdade. Tenho uma sensação muito ruim sobre ele.

O sorriso da Taylor não vacila.

– Estou muito próxima dele. E, acredite, ele não tem nada de ruim. E você viu o que ele fez com o Brendan. Ele estava me protegendo.

- Taylor, caia na real!

Seu sorriso se torna uma cara séria.

– Quer saber, Fee? Saia da minha frente. Você tem o Luc, então é idiotice da sua parte estar com inveja.

- Não estou com inveja - rosno. Ela não está entendendo nada.

- Não importa – Ela revira os olhos. – Então, você tem que ir ou não? – ela diz, apontando para os banheiros no corredor - Porque eu vou voltar para a mesa se você não for.

Fico apenas olhando para ela, tentando descobrir uma maneira de fazê-la entender.

Ela me encara, então gira e sai empinada de volta para o salão do restaurante.

- Tay, espera. – Eu a seguro pelo braço pouco antes dela entrar no salão. – O Luc o conhece. De onde ele morava. Ele diz que esse cara fez muitas coisas ruins.

- Bem, ele está fazendo algumas coisas muito boas para mim, então você precisa se superar.

Ele é ruim para você. Você não o quer.

Eu me encolho internamente enquanto empurro o pensamento com a minha mente, me odiando por estar fazendo isso com Taylor.

Ela fica apenas me encarando.

Eu empurro de novo. *Ele vai magoar você como o Brendan fez.*

Taylor se apoia na parede e baixa os olhos.

– Você acha que ele vai me magoar?

Sua voz, repentinamente, está insegura, e dessa vez eu me encolho externamente. Mas ela precisa ficar longe dele. Estou fazendo a coisa certa.

– Eu acho.

Ela balança a cabeça, como se estivesse tentando ver com clareza, então levanta os olhos para mim.

– Mas...

– Ele não é boa coisa, Taylor.

Devagar, ela acena a cabeça em concordância. – Não é boa coisa.

Sinto uma acidez estomacal e, de repente, não estou nada bem. Não consigo me livrar da sensação de que o que estou fazendo é errado, mesmo que esteja ajudando a Taylor.

– Então, você vem comigo e o Luc?

Ela acena concordando novamente.

Solto o seu braço e voltamos para a mesa.

Luc

– Quer dizer então que o inferno está ficando sem demônios autênticos? Fico me perguntando por que eles mandaram um amador...

Do outro lado da mesa, Marchosias me lança um olhar mortal.

– Olha quem está falando. – Uma luz vermelha crepita sobre sua mão apoiada na mesa, e o punho apontado na minha direção. – Mostre o que você tem, Lúcifer.

– Sério mesmo, por que eles mandaram um guarda do Poço atrás da Frannie?

Seus olhos faíscam.

– A sua... deserção deixou uma vaga aberta nas Aquisições, na qual eu estava mais que feliz por preencher. É o departamento com o maior potencial para ascender profissionalmente, ainda mais com o Beherit queimando no Poço e tudo. – Um sorriso maligno se abre em seu rosto. – Ele foi a minha última missão oficial antes de fazer a transição.

Delaine aproxima-se da mesa, deslizando uma pizza sobre ela. Ela coloca o jarro de refrigerante e confere os itens na mesa.

– Esqueci alguma coisa?

Sorrio para ela, mas pareço tenso. Não gosto do jeito que o Marchosias olha para ela.

– Obrigado, Delaine. Acho que está tudo certo.

– Tá bem, Luc. – Seus olhos desviam para Marchosias. – Vejo você no estúdio amanhã?

Um sorriso puramente cruel divide o rosto dele.

– Não perderia por nada.

Os olhos dela se iluminam.

– Eu não acredito que você conseguiu esse lance da demo. Vai ser demais!

Os olhos dele a devoram enquanto acena positivamente com a cabeça.

– Ok. Me avisem se vocês precisarem de alguma coisa. – Ela vai para a mesa atrás de mim enquanto o Marchosias a espreita pelas costas.

Deslizo de volta para a mesa e coloco uma perna sobre o assento.

– Então a Frannie não deve ser mais um prioridade, já que eles estão mandando o estagiário.

Ele se debruça sobre os cotovelos e pega com os dedos uma fatia de pizza.

– Você se esqueceu, Lúcifer. Eu te conheço melhor do que os outros.

– Você tem que dar o fora, Marchosias.

– Por que diabos eu faria isso? Estou fazendo um ótimo progresso. Olha para mim, sentado aqui nesta mesa com você e o meu alvo. – Seus olhos piscam para o corredor dos fundos e ele começa a sorrir lentamente. – E a Taylor... digamos que ela é a cereja do bolo. Um bônus saboroso. Estou pensando em ficar com ela.

Sinto o meu sangue ferver, e faço tudo o que consigo para não pular sobre a mesa e estrangulá-lo.

– Isso é entre nós dois, Marchosias. Deixe a Frannie fora disso.

Seu sorriso se estica e seus olhos faíscam.

– Sinto muito... é tarde demais. Ela já está *muito* envolvida... nisso. Você já ouviu aquele ditado que diz algo do tipo "vou comer todo o meu bolo e ainda guardar um pedaço"? Bem, eu tive o meu bolo, se você entende o que quero dizer.

Não há como fazer isso parar. Eu empurro a mesa contra ele e agarro sua camisa enquanto a pizza e o refrigerante voam, esparramando-se na cadeira e no chão.

– Você vai ficar longe dela!

A surpresa em seu rosto é evidente e um sorriso debochado alarga-se na sua boca. Ele se levanta do chão.

– E, por causa disso, um bônus adicional poderá reverter a sua marca. Todos vocês três numa só tacada. Isso seria um recorde nas Aquisições.

Balanço a cabeça.

– Não vai chegar nem perto.

Taylor e Frannie viram no corredor dos banheiros e caminham até onde estamos. Quando elas chegam à mesa, Frannie olha para a bagunça no chão e para mim.

– O que está acontecendo?

– Só um pequeno desentendimento. Marc já está indo embora – respondo, olhando fixamente para Marchosias.

Delaine aproxima-se por trás da Frannie.

– Você precisa de ajuda, Fee? – Seus olhos deslizam entre mim e Marchosias, depois para Frannie.

– Não, está tudo bem – Frannie diz, abaixando-se para pegar a jarra vazia no chão. – Desculpa pela confusão.

Delaine joga uma toalha em cima da poça no carpete e recolhe a pizza espalhada sobre a bandeja de alumínio amassada. Então olha firme para a Frannie.

– Está certo. – Ela lança um olhar para Marchosias.

– Tá. Obrigada, Delaine. – Frannie entrega o jarro a ela.

Eles ficam de pé e Delaine corre de volta ao balcão, lançando um último olhar de preocupação por sobre o ombro.

Jogo a conta sobre a mesa, então seguro a mão da Frannie com força.

– Estamos saindo.

– Vamos, Taylor – Frannie diz, se virando para a sua amiga, e eu reparo que a sua expressão fica abatida quando ela vê Taylor olhando dentro dos olhos do Marchosias. Ele desliza lentamente um dedo pela sua testa e Taylor se aconchega nele.

Frannie parece desesperada entre mim e Taylor.

– Tay – ela diz, segurando o cotovelo da amiga. – Você disse que viria comigo e com o Luc.

Taylor desvia os olhos de Marchosias e seu típico sorrisinho lascivo está de volta.

– Mudança de planos.

Marchosias levanta uma sobrancelha ao vê-la e lentamente um sorriso divide o seu rosto. Frannie pisca para mim, suplicando, e então volta para a Taylor.

– Tay, por favor... volta comigo e o Luc?

Taylor sorri para ela.

– E fazer o que, Fee? Ficar assistindo a vocês dois juntos? Acho que não.

– Eu trouxe alguma diversão – Marchosias diz, puxando do seu bolso um saquinho laminado com um monte de pílulas no fundo.

Taylor lança um olhar brusco para o Ricco, que está boquiaberto e espantado atrás do balcão, e para os outros clientes. Ela sorri enquanto o cutuca.

– Guarda isso – ela murmura.

Frannie agarra a mão da Taylor.

– Por favor, Tay. Venha com a gente.

Taylor olha para ela e uma expressão irritada começa a puxar as suas feições.

– Hum... não. – Ela se livra de Frannie e se enfia em Marchosias. Ele a envolve pelos ombros e, então, eles se viram e saem pela porta.

Meu olhar cai sobre Frannie, e ele é visivelmente furioso

Matt

Sigo ao lado de Frannie enquanto ela, enfurecida, caminha atrás de Taylor. Estou com muita raiva do Luc por ter deixado Frannie se envolver nisso. Ele nunca deveria ter permitido que ela se aproximasse tanto de um demônio.

Ela começa a andar na calçada na frente da Taylor e do Marchosias, e se vira para o Luc quando ele agarra o seu braço por trás.

– Por que você os deixou saírem de lá? – ela grita e começa a recuar os passos em direção a Taylor. – Taylor – ela grita, sem resposta.

Luc a segura pelo braço e ela o afasta para longe. Ela se agacha na calçada com as mãos apoiadas na cabeça e um rosnado de angústia e mágoa ecoa dentro dela. Quando olha para cima, seu rosto úmido reluz no neon piscando nas janelas do The Cove.

– Meu poder é tão inútil.

Algo se move nas sombras entre a Arcádia e o Ricco, e eu só tenho um segundo para reagir, envolvendo Frannie num campo de proteção, antes que um monte de demônios esteja de pé na calçada.

– Rhen – Luc rosna. Ele desvia os olhos para Marchosias. – Ótimo. Uma reunião da família maldita.

Antes que qualquer um de nós possa detê-la, Frannie está de pé, atacando Rhenorian. Ela o empurra, mas ele quase não se mexe.

– Será que todos vocês não podem deixar a gente em paz?

Luc agarra o seu pulso e afasta-a para longe enquanto eu dou um passo à frente dela.

Mas o estrondo da risada de Rhenorian me pega de surpresa. Seus olhos deslizam da Frannie para o Luc.

– Eu gosto dela. Ela é esquentadinha.

Frannie se livra de Luc enquanto segue para encarar o Rhenorian novamente.

– Você não pode levar nenhum de nós dois.

– É – ele responde com um brilho afiado nos olhos –, mas estou trabalhando num plano. – Seu olhar desvia para onde estou parado, invisível. – Um dos bons. – Então ele desaparece.

– O que foi aquilo? – A voz do Luc é cortante e raivosa, e eu me viro para vê-lo segurar os ombros de Frannie, olhando-a por inteiro. – Ele podia ter matado você.

Frannie parece totalmente frustrada.

– Ele não vai me matar. Estou marcada para o céu.

– Eu não teria tanta certeza. – disse ele, soltando-a.

– Pouco importa. Precisamos ajudar Taylor.

Ele engancha os polegares nos bolsos da frente e começa a segui-la enquanto ela caminha pela calçada em direção ao carro.

– Frannie, não estou negociando a sua segurança pela da Taylor. Eu vou fazer o que puder por ela, mas você é a minha prioridade.

Pela primeira vez concordo com o demônio, mas isso não significa que vou deixá-lo isento de sua responsabilidade. Eles entram na Shelby e eu me transporto para o banco de trás.

– É, boa estratégia: proteger a Frannie indo comer pizza com um demônio.

Luc contrai a mandíbula e me atira um olhar pelo espelho retrovisor.

– Se eu pudesse confiar que você vai fazer o seu trabalho em vez de ficar sonhando com maneiras criativas de perder as suas asas... – ele rosna.

Frannie olha para nós dois, furiosamente.

– Querem saber? Vocês dois podem ir pro inferno! Eu posso cuidar de mim sozinha.

Eu me acomodo de um jeito desleixado no banco.

– Frannie, eu sei que você pode chutar o traseiro de alguns demônios, mas precisa ser razoável. Você não devia ter ido a lugar nenhum em que o Marchosias ou o Rhenorian estivesse. No que você estava pensando?

Seus olhos ficam nublados e uma nuvem cobre seu rosto.

– Eu tinha que ajudar a Taylor. – Ela baixa os olhos e morde o lábio inferior. – A culpa é minha. Ele a está usando para me atingir. – Ela lança um olhar para o Luc. – Eu usei o meu poder nela. Ela ia vir com a gente. Então, ele fez aquele negócio na testa dela e ela mudou de ideia. O que foi aquilo?

– Ele fez uma varredura na mente dela. É uma das técnicas mais poderosas que usamos para entrar na cabeça de alguém. Mas lembre-se, Frannie, de que mesmo aplicando uma varredura na mente dela, ele não pode obrigá-la a fazer nada que ela não queira.

Ela geme e enfia o rosto nas mãos e todos permanecemos quietos pelo resto da viagem, absortos em nossos próprios pensamentos. Frannie está pensando na Taylor, tenho certeza, e Luc provavelmente está pensando em Frannie. A minha mente ainda está no apartamento. Cada segundo é uma tortura, porque não consigo tirar a imagem de Lili chorando da minha cabeça. Alguém a está perseguindo. E se ele estava na festa, provavelmente é um demônio. Preciso encontrar um jeito de protegê-la.

O que um demônio podia querer com a Lili?

A alma dela está marcada para o inferno. Eu sei disso desde o primeiro instante em que a vi. Provavelmente alguma coisa aconteceu e ficou fora de controle. Mas estar marcado para o inferno não quer dizer que você será perseguido por demônios. A maioria dos mortais marcados para o inferno vive suas vidas sem nunca ter conhecimento disso.

Sinto um aperto na garganta quando penso na única razão lógica para um demônio estar seguindo uma alma marcada.

Eles a querem agora. Esse cara deve ter sido enviado para buscá-la.

Ele não pode tê-la.

Não vou deixar que ele a leve. Ela não pertence ao inferno.

Como vou proteger as duas, Frannie e Lili? Mesmo sendo quem sou, não posso estar em dois lugares ao mesmo tempo.

Luc encosta o carro para a calçada e o estaciona.

– Você quer que eu vá com você? – ele pergunta.

– Não – Frannie responde, mas não leva a mão à maçaneta. Ela olha para ele e uma lágrima começa a descer pelo seu rosto. Ele a puxa até o seu ombro, enquanto passa a mão de leve em seu rosto e a beija. De repente eu estou mais aqui.

Eu me transporto até a varanda da frente e espero que eles terminem de se despedir.

Quando Frannie finalmente desce do carro e passa por mim em direção à porta, seus olhos estão avermelhados. Ela entra na casa enquanto o Luc arranca com o carro para a rua.

Pairo, invisível na varanda da frente, lutando comigo mesmo. Preciso ficar, mas preciso ir. Flutuo para fora da varanda e olho para o alto da casa quando a Frannie acende a luz de seu quarto. Ela está a salvo atrás do escudo do seu pai. Ninguém é capaz de chegar até ela.

Ignoro a onda de culpa que é derramada sobre mim enquanto me transporto para o corredor em frente à porta da Lili e bato. Ouço alguém se movendo atrás da porta, mas ela não abre.

– Lili? Sou eu, Matt – eu digo através da porta.

Depois de uma pausa que parece levar uma eternidade, as trancas começam a deslizar, e então a porta se abre. Lili fica me encarando sem dizer nada. A porta se abre mais e, sem falar uma palavra, ela pega a minha mão e me puxa para dentro. Quando fecha a porta e as trancas voltam para o lugar, ela me reboca até o sofá. Eu me sento e ela se encolhe ao meu lado. Eu aninho o meu rosto em seu cabelo e a seguro até que ela cai no sono.

CAPÍTULO 16

CONDENAÇÃO

Frannie

- Eu não vou ficar de braços cruzados e deixar que um demônio, sabe lá Deus, faça alguma coisa com a Taylor. – Bato a minha testa na mesa do Luc.

- Ela tem escolhas, Frannie - Luc diz.

- Mas ele está atrás dela por minha causa!

Tenho lutado contra essa culpa esmagadora desde que a Taylor saiu do Ricco na noite de domingo. Não consigo dormir e tenho a constante sensação de que vou vomitar. Além disso, não fui capaz de comer nada durante a semana, então não tem nada para colocar para fora. Preciso ajudá-la, mas ela não quer nem mesmo falar comigo. Ela não responde aos meus telefonemas e nunca está em casa quando eu bato na porta.

E essa coisa idiota de poder de influenciar... já tentei tudo o que podia imaginar: dizer a ela para ficar longe do Marc; que ela não precisa dele; para ela me ligar.

Já faz quase uma semana e o telefone não tocou nenhuma vez.

Talvez eu tenha esse poder, mas não tenho nenhum controle sobre ele - o que o torna totalmente inútil.

Luc senta-se na cadeira do outro lado da mesa e inclina-se para frente, segurando a minha mão entre as dele.

– Por que a Taylor e a Lili estariam lendo a respeito de demônios?

- O quê?

- Domingo elas estiveram na biblioteca. Pegaram livros sobre demônios e magia negra e também copiaram símbolos de conjuração.

Sinto um aperto forte no estômago.

– Eu não sei. - Solto um suspiro de frustração. – Então o que o Marc está tentando fazer? Como pretende chegar até mim por meio dela?

- Acho que o plano dele envolve tentar se aproximar de você e reverter a sua marca, mas eu diria que a estratégia da Taylor de manter você afastada está ajudando a mandar seus planos direto para o inferno. – O que ele não disse, mas que eu sei muito bem, é: *e colocá-la em perigo.*

– Será que ela sabe? Por isso está procurando coisas sobre demônios?

Rugas de preocupação despontam na testa de Luc.

– Espero que não.

– Por quê?

– Você devia saber por que, Frannie. Se ela sabe o que ele é, e ela está com ele...

– Oh, meu Deus! Ele está tentando marcá-la? – Todo o meu sangue deixa o meu rosto, e minha visão vai ficando cinza.

Luc olha para mim de um jeito preocupado e balança a cabeça.

– É possível.

– Talvez devamos fazer o que você disse. Se fôssemos embora, nos escondêssemos em algum lugar, será que ele a deixaria em paz?

Seus olhos desviam para os meus; depois, olham para longe.

– Talvez.

Dou um pulo quando meu celular toca. É o rosto da Taylor que está sorrindo para mim na tela.

– Tay!

– O Marc acha que não estou sendo justa.

Só de ouvir a sua voz, posso perceber o alívio na minha.

– O que você quer dizer?

– Ele diz que eu não devia ficar zangada com você. Então o que você me diz sobre ele ser um idiota? – ela zomba.

– Desculpa.

– É, deixa para lá. De qualquer forma, ele convidou você para ir a uma festa na casa dele. Hoje à noite. Às dez.

Olho para o relógio. 21:15.

– Legal. Onde?

Escrevo o endereço enquanto ela dita.

– Então vejo você lá – Taylor diz e desliga.

Estou tão absorta que quando Matt surge ao meu lado, pulo novamente.

– Bater? Na porta? Lembra alguma coisa?

Ele aponta para o papel sobre a mesa e arregala os olhos.

– Foi onde teve a festa. Aquele lugar estava cheio de demônios. É uma armadilha, Frannie. Você não pode ir lá.

Olho para ele.

– O caramba que eu não vou!

Luc

Matt está certo. Frannie não pode ir, mas eu posso. Matt e eu vamos – eu digo. – Vamos ter mais sorte de entrar e sair de lá ilesos.

– Quer saber, estou ficando realmente de saco cheio desse papo furado de macho de "eu tenho que te proteger". Você contou para o vovô que você é tão humano quanto eu, e você sabe que eu poderia derrubá-lo até no meu sono. Por que você tem tanta certeza de que vai estar seguro? Talvez eu deva ir para te proteger.

Ela tem um ponto de vista, mas...

– Eu não sou o alvo deles. E vocês definitivamente são.

– Está certo. Então eu sou o alvo deles. O que eles fariam? Estou marcada para o céu e acho que isso não vai mudar nos cinco minutos que vamos levar para trazer a Taylor de lá.

Considero o que a Frannie diz com um olhar atento e penso a respeito da biblioteca – Taylor e Lili com as cabeças bem próximas, como se estivessem tramando alguma coisa.

– Talvez a gente devesse levar a Lili. Com vocês duas, quem sabe você não consegue persuadir a Taylor a ir embora sem o Marc.

– Não! – Matt grita e nós dois olhamos para ele. Seus olhos estão focados no chão observando os seus pés desorientados. – Algum demônio a está perseguindo. Não seria seguro para ela voltar até lá.

– Voltar para onde? – Lili está parada na porta. Ela percebe a surpresa em nossos rostos. – Sinto muito, a porta estava aberta...

Exceto pelo fato de eu ter a certeza de que não estava. Eu mesmo fechei a porta. Olho para ela desconfiadamente, vestida novamente no seu moletom cinza.

O rosto de Matt suaviza. Ele caminha, segura a mão dela na sua e olha-a nos olhos por um longo tempo antes de desviar os olhos para mim.

– Lugar nenhum. Não é nada.

Se eu precisasse de mais provas de que Matt está distraído, ele acabou de me dar. Não há como confundir aquele olhar. Lili é a sua prioridade. Ele está com a concentração perdida.

Frannie pigarreia.

– Taylor está numa enrascada. Estamos indo até a festa onde ela está. É na casa daquele cara... – Seu rosto muda, uma ruga de preocupação surge entre as sobrancelhas, que em seguida são arqueadas. – No mesmo lugar onde vocês foram a uma festa na outra noite – ela diz, seu olhar percorre Lili e Matt.

A culpa no rosto do Matt é inconfundível.

– É pior do que eu pensava.

Deixo-o constrangido com um olhar.

– Bem, isso é simplesmente perfeito.

A inquietação é óbvia no rosto de Lili.

– A Taylor voltou lá? Precisamos ir buscá-la. – Ela gira e segue para a porta.

Frannie, Matt e eu seguimos Lili pelo corredor. Tenho que saber mais sobre o que estamos nos metendo.

– O que você sabe sobre esses caras? Aqueles que deram a festa. – eu digo.

– Não sei muita coisa – ela diz, descendo as escadas. – A Taylor disse que esse cara de quem ela gosta contou a ela sobre a festa. Disse que ia ter uma banda tocando lá. Convidei o Matt e nós fomos, mas foi meio assustador e então ele teve de ir embora; sendo assim, peguei a Taylor e deixamos a festa.

Olho novamente para o Matt enquanto ele alcança a caminhonete de Lili. Ele entra e disfarça ao colocar o cinto de segurança – assim ele não precisa me encarar.

– Sigam-me – Lili diz e liga o carro.

Olho para a Frannie enquanto seguimos Lili para fora do estacionamento.

– Você acredita em mim agora?

Ela olha para mim.

– Sobre o quê?

– Matt e Lili. Tem alguma coisa rolando entre eles.

Ela amarra a cara na defensiva.

– Eles são amigos. E daí?

– É mais do que isso. – digo, balançando a cabeça.

Ela desvia os olhos para fora do para-brisa, em direção a uma caminhonete laranja que segue à nossa frente.

– Você acha? – Ela não parece estar tão chateada com isso quanto deveria. Parece quase esperançosa.

Estacionamos no meio-fio, em uma área muito perigosa da cidade, e descemos dos carros. Lili e Matt nos encontram em nosso carro. Segundos depois, vejo Rhenorian estacionar logo na esquina. Espero que ele não escolha essa noite para vir novamente atrás de nós.

– Estão prontos? – Lili diz.

Dou uma olhada por cima do capô, para Frannie, implorando para que espere no carro com o Matt.

– Nada vai acontecer – ela diz, e sai andando pela rua em direção à música barulhenta.

Entramos na sala escura, e mesmo com a batida da música, um perceptível silêncio cai por todo o espaço. Cerca da metade das cabeças se viram para nos ver entrar.

Não reconheço a maioria dos demônios que estão na sala, mas seus olhos os revelam. Alguns eu consigo reconhecer.

Andrus está aqui. Interessante. Ele é o líder das Relações Públicas e é quase tão velho quanto os outros. Não estou surpreso em vê-lo num corpo mortal. Sua equipe vive em corpos para tentar desvirtuar toda a porcaria sobre fogo e enxofre que a igreja vomita. Isso não faria os mortais terem muito medo de nós.

Os corpos ondulantes abrem caminho enquanto ele começa a andar em nossa direção, e ele faz questão de deixar a sua verdadeira forma brilhar através do seu casco humano, apenas no limite da percepção.

– Lúcifer. Que surpresa agradável. – Um sorriso divertido surge em seus lábios enquanto os olhos se desviam de mim. – E você trouxe diversão.

Matt se aproxima um pouquinho de Lili.

– Marchosias mandou um convite pessoal. Como nós podíamos recusar? – eu digo.

Os outros começam a se juntar ao nosso redor, formando um círculo claustrofóbico. Frannie instintivamente levanta as mãos, pronta para lutar. Toco no braço dela.

– Está tudo bem.

– E estes são os seus amigos. – Ele levanta a mão em direção ao rosto de Frannie.

– Onde está o Marchosias? – pergunto, me colocando à frente dela.

Seu sorriso torna-se depravado enquanto sua mão cai ao lado.

– Ocupado no momento. Desculpe, vocês estão presos comigo.

Um burburinho de risos é ouvido na multidão reunida. Agarro a mão da Frannie e passo por Andrus e os seus subalternos. Verificamos a sala com atenção em busca Taylor e Marchosias. A banda está tocando, mas ele não está no palco. Matt bate em meu ombro e aponta a porta da cozinha do outro lado da sala. Tecemos um caminho entre os corpos ondulantes.

Frannie, ao meu lado, suspira e fica gelada.

A única lâmpada fluorescente pisca, como uma luz estroboscópica, pendurada acima das nossas cabeças. Mas mesmo com a luz vacilante, a cena é clara como o dia. Todos os balcões e armários foram retirados sem cerimônia, deixando o piso destruído, buracos nas paredes e tubulações expostas. A única mobília é uma mesa de madeira desgastada no meio do ambiente. A mesa está cheia de isqueiros, seringas, garrafas vazias de cervejas e uma de Jack Daniel's quase vazia e sem tampa.

Também empoleirada na ponta da mesa está Taylor, recostada nas mãos espalmadas, a cabeça virada para trás e os olhos fechados, com a saia ao redor da cintura.

Marchosias está entre as pernas dela.

Num piscar de olhos, Lili está lá empurrando Marchosias para longe da Taylor.

– Que merda é essa? – ele grita, fechando o zíper da calça jeans.

Taylor parece realmente estar fora de si – seu rosto sem reação, as pálpebras caídas sobre os olhos fazendo-a parecer distante. Ela olha em volta sem realmente ver nada e puxa a saia para baixo. Matt está ao lado dela quando Lili segura Taylor pelo braço e a ajuda a descer da mesa.

– Oh, Deus! – Frannie diz e cruza a cozinha em direção a Taylor antes que eu possa detê-la.

Taylor sequer a reconhece, enquanto Frannie passa o braço ao seu redor e a guia em minha direção. Quando Marchosias olha e me vê na porta, um sorriso se espalha em seu rosto.

– Só você mesmo para estragar a festa. Você costumava ser tão divertido, Lúcifer. Que diabos aconteceu com você?

Sinto uma total repulsa ao pensar no que eu costumava ser. A raiva por Marchosias – e por mim mesmo – transforma o meu interior em uma piscina ácida. Em quatro longos passos, chego até ele. Eu o agarro pela camisa e o jogo contra a parede.

– Você vai deixar a Taylor em paz!

Ele levanta as sobrancelhas.

– Você não pode ficar com todos os mortais para você, Lúcifer.

Olho novamente para Lili, torcendo para que ela esteja envolvida demais com a Taylor para ter ouvido o que Marchosias acaba de dizer. Ela e Frannie estão ajudando Taylor a sair da escuridão da festa. Empurro Marchosias contra a parede outra vez.

– Não toque nela de novo.

Seu sorriso aumenta.

– Você está muito atrasado. Eu mostrei a ela. – Sua casca humana brilha revelando o demônio que ele é: olhos vermelhos incandescentes fincados na pele lisa e carmesim, rosto angular, corpo de sátiro à base de cascos e os clássicos chifres pretos. – Mostrei a ela, e ela ainda implorou por isso.

Eu o jogo contra a parede pela última vez, tremendo com a frustração de que não há nada que eu possa fazer para machucá-lo, então o solto e saio da cozinha, alcançando Frannie e os outros a caminho da porta. Frannie e Lili estão uma de cada lado de Taylor, quase a arrastando, e Matt a segura por trás com um olho nos diversos demônios que se reúnem para assistir a nossa saída.

– Ela está bem? – pergunto, sabendo a verdade. Ela não está bem. Ela foi marcada para o inferno.

Frannie está tentando esconder as lágrimas que escorrem por seu rosto. Ela não consegue responder.

– Eles estavam usando a droga Devil's Breath. Ela está muito confusa – Lili diz.

Quando levanta os olhos, percebo o motivo de estarmos chamando a atenção.

Andrus.

Ele está encostado no batente da porta, bloqueando a saída.

– Você ainda não foi embora? – ele diz com as sobrancelhas erguidas, numa falsa reação de surpresa.

Continuamos nos movendo em direção a ele, mas, quando chegamos à porta, ele se afasta do batente, permanecendo de pé no meio da passagem. Olho por cima de seu ombro, e Chax está lhe dando cobertura, do lado de fora, na calçada.

– Lúcifer, você e o seu amigo... brilhante – Sua boca se retorce, e ele olha rapidamente para Matt – estão livres para irem embora quando quiserem. Mas as moças... – um sorriso feroz alarga-se no seu rosto, tornando-o medonho – ...vão ficar. – E enquanto ele diz isso, seus olhos fixam em Frannie.

– Pense de novo – Matt diz, dando um passo à frente de Lili. O ar fica carregado de uma eletricidade estática. Eu quase posso ver essa eletricidade dançar na superfície da pele de Matt.

O rosto de Andrus torna-se carrancudo, e ele olha para Matt.

– Vai se expor publicamente? Sério mesmo? Você tem certeza de que quer ir lá?

Num piscar de olhos, Matt segura Andrus contra a parede, com o antebraço atravessado na garganta de Andrus. O cheiro de ozônio é cortante no ar pesado da noite e todos os pelos do braço de Andrus ficam arrepiados.

– Sim – Matt diz; seus olhos se rasgam e seu rosto está a um centímetro de Andrus.

Chax tenta descarregar sobre Matt seu punho vermelho iluminado, mas eu dou um pulo para frente e agarro seu braço enquanto ele o levanta. Eu o torço numa chave de braço e o jogo de cara no chão.

– Fuja, Frannie! – grito.

Ela e a Lili passam por Chax e chegam à calçada, carregando Taylor. E é quando reparo em Rhenorian, parado embaixo de um poste de luz apagado do outro lado rua.

– Droga – digo baixinho.

Frannie olha para mim assim que chegam do lado de fora.

– Luc...?

– Vá! – eu grito.

Ela hesita por um segundo, mas Lili continua em frente, então ela a segue.

Planto o meu joelho nas costas de Chax, sentindo a sua energia emanando por baixo de mim.

Andrus encara Matt, sua forma demoníaca cintilando através da sua casca humana.

– Estou começando a achar suas companhias de hoje em dia desagradáveis, Lúcifer.

– Sim, eu também. Mas vem a calhar na ocasião.

Espreito o lado de fora da porta. Frannie e as garotas estão perto da Shelby. Aceno para Matt e largamos os demônios caídos na calçada. Matt começa a brilhar – uma advertência que eu espero que seja sutil o suficiente para qualquer mortal perceber daqui. É claro, se ele começar a lançar raios, será difícil não notar. Vamos em direção ao carro e eu jogo as chaves para a Frannie.

Frannie e Lili colocam Taylor no banco de trás da Shelby. Então Lili corre com Matt até sua caminhonete do outro lado da rua. Olho para trás, para o lugar construído com pedra de muralha e vejo Rhenorian de pé na calçada com Andrus e Chax. Mal posso esperar para descobrir que diabos os três vão tramar para uma retaliação.

Frannie e eu mergulhamos no carro e fechamos as portas, piso fundo no acelerador e arrancamos do meio-fio cantando pneus.

Dou uma olhada para ela enquanto enfia o rosto entre as mãos e soluça.

Meu coração está batendo na garganta, porque sei que ela vai se culpar. Ela sequer imagina o pior disso tudo.

Não estou pronto para contar a ela.

Matt

Levamos Taylor até o apartamento de Luc, e ele me puxa no canto.

– Ela não pode saber sobre Taylor – ele diz para mim com um olhar de advertência, então olha para Frannie enquanto ela conduz a Taylor até o banheiro.

– Ela tem que saber. Se ela insistir ou ficar tentando salvá-la, só vai colocar a si mesma em perigo.

– E você não acha que ela vai tentar salvar Taylor quando souber que ela foi marcada? Será pior. Ela vai se culpar.

– Você precisa contar a ela – digo enquanto Taylor está arrasada no banheiro.

– Ainda não.

– Logo – digo.

Lili vem por trás de Luc.

– Frannie está com ela. – Ela aponta na direção do banheiro e torce o rosto. – Não quero vomitar, por isso vou dar o fora daqui.

– Vou levar você de volta – digo.

Ela olha para mim.

– Mas é que... são só poucos metros. Acho que posso fazer isso.

– Vou com você – insisto enquanto ela se vira para a porta.

Luc faz uma careta para mim e segue para o banheiro.

Ando pelo corredor com a Lili.

– Você viu aquele cara? Ele estava lá?

Ela balança a cabeça enquanto gira a chave na fechadura.

– Eu não estava prestando atenção.

– Quero que você fique longe daqueles caras. Passa o número do seu celular.

Ela olha para os próprios pés e, com a ponta do dedo, arrasta um pedaço de chiclete no piso.

– Eu não tenho.

Um filete de pânico me percorre. Eles não ficarão felizes com o que houve essa noite e continuarão perseguindo Lili. Ela é o elo mais fraco entre os atacados. Uma mortal já marcada para o inferno. Eles virão atrás ela.

– Quero saber se já chegaram perto de você, no trabalho, em qualquer lugar.

Ela dá uma olhada no corredor antes de passar pela porta. Eu a acompanho.

– Esse não é o lugar mais seguro para morar, você sabe.

Ela oscila de um lado para o outro e olha para mim.

– Isso aqui é tudo o que posso pagar.

– Ninguém te ajuda?

– Faz algum tempo que estou por conta própria. E tenho que dar conta dessa coisa de faculdade sozinha. Consegui algumas bolsas e um empréstimo para pagar a matrícula, mas o meu trabalho no KwikMart é para pagar o aluguel e todo o resto.

Observo enquanto cuidadosamente ela gira todas as trancas de volta a seus lugares e segue para a cozinha. Ela vai até a geladeira e sai com duas Coca-Colas. Puxo o anel da lata e me sento no sofá.

– E a sua família? – digo.

Ela desliza sobre o sofá, e eu sinto uma eletricidade quente me atravessar quando ela se achega ao meu lado.

– Não tem ninguém com quem eu tenha que me preocupar. Eu nunca conheci a minha mãe e o meu pai... – Todo o seu corpo se contrai como uma bola rígida.

Sinto um peso no meu coração, como se o meu interior estivesse sendo rasgado. Quero tanto ajudá-la, mas não sei o que fazer. Passo o braço ao redor dos ombros dela e a puxo para perto de mim, acariciando seus cabelos.

Quando ela começa a chorar, eu me vejo querendo beijá-la. Mas não o faço. Ela enfia o rosto no meu ombro e eu a deixo chorar. Quando as lágrimas diminuem, pergunto:

– Não ajudaria se você falasse sobre isso?

Ela tira a cabeça do meu ombro.

– Eu não acho que devo.

– Bem, se você quiser, agora ou depois, terei orelhas grandes e boca pequena.

Ela quase sorri.

– Suas orelhas são um pouco grandes, mas a sua boca, para mim, parece perfeita. – Quando ela se inclina e seus lábios se encontram com os meus, juro que sou atingido por uma explosão do inferno. O calor rasga a minha forma humana.

Eu não sei o que fazer. Deus sabe o quanto tenho desejado isso. Estou completamente dividido entre puxá-la para perto ou afastá-la. Mas não posso colocá-la de lado. Não consigo me obrigar a isso. Então eu a beijo. Estou me sentindo um pouco menos aterrorizado, mas enquanto me derreto nela, o fogo se espalha sob a minha pele e se estabelece como um ardor morno. Aprofundo nosso beijo, sentindo a necessidade de nos aproximarmos, desejando que isso – meu primeiro beijo com a minha primeira namorada – dure para sempre.

Quando ela se afasta, espero um segundo, achando que vingadores possam aparecer e tirar as minhas asas. Quando não aparecem, suspiro de alívio e me dou conta de que Lili está me olhando; seu olhar é tão assustado quanto o meu.

– Desculpa – ela diz. – Eu achei...

Eu a faço parar com um dedo morno sobre os seus lábios úmidos.

– Você pensou certo – sussurro e me inclino novamente.

Ao seu toque, uma emoção corre por mim. Todo o meu desejo se inflama – isso é tudo o que eu quero, mas não posso ter. Será que eu poderia? Com a Lili? Se isso é amor, e não luxúria, será que eu perderia as minhas asas? Porque eu a amo. Eu a amo desde o segundo em que a vi pela primeira vez.

Aninho o seu rosto na minha mão e, outra vez, trago-o até mim. Agora que o medo está diminuindo, posso me concentrar nela e em como é a sensação de tocá-la desse jeito. E, enquanto nos beijamos, o que sinto... é diferente de tudo o que já experimentei. Sinto emoções inflar dentro de mim, e antes que eu me dê conta, abro a boca e digo:

– Eu amo você, Lili.

Ela salta do sofá com os olhos arregalados.

– O quê?

Meu coração, se eu tivesse um, estaria quase saindo pela boca.

– Sinto muito. Eu não queria...

Seus olhos se voltam para o chão.

– Você não quis dizer isso. Eu sei.

Eu me afasto das almofadas devagar e fico parado de pé, sem saber a resposta certa. Mas eu não posso mentir.

– Eu *quis* dizer. Eu só sinto muito se eu não *devia* ter dito isso.

Ela parece ainda mais atordoada e recua alguns passos para trás. Ficamos parados aqui, encarando um ao outro como se fosse uma eternidade, antes de ela se virar e sair correndo para o banheiro.

Precisando fazer alguma coisa para ajudá-la, eu a sigo; mas, quando ela alcança a porta, levanta a mão para o alto, me dando uma advertência.

– Só me dá um segundo, tá?

Sento-me no sofá enquanto ela fecha a porta. Estive tão perto de atravessar a parede, invisível, para ver como está, mas ela pediu privacidade, então eu me colo nas almofadas.

Quando ela volta do banheiro, ela se acomoda ao meu lado no sofá. Uma lágrima faz um caminho tortuoso no seu rosto. Eu a enxugo e a beijo novamente.

– Você está bem?

– Eu nunca estive com alguém que... nunca ninguém me amou antes.

– Eu amo você – eu repito e a puxo para perto.

Ela se senta ao meu lado e eu a seguro. E sei que aqui é o lugar onde eu deveria estar.

CAPÍTULO 17

PECADO ORIGINAL

Frannie

Taylor está no chuveiro, e eu tenho que espiar pela porta para ter certeza de que ela está de pé. Eu a trouxe para a minha casa na noite passada, quando ela ligou para sua mãe dizendo que ficaria um pouco mais. Eu a ajudo a ir ao banheiro duas vezes no meio da noite, para que ela possa usar o vaso sanitário. Passo o resto da noite na cama, enrolada a ela, enquanto ela treme.

Tiro a toalha do meu cabelo molhado e a jogo úmida sobre Matt, que está se espreguiçando em minha cama. Amarro o meu roupão.

– Você acha que a Taylor vai ficar bem?

Eu quase posso jurar que havia um cintilar raivoso em seus olhos antes de eles se tornarem tristonhos.

– Eu não sei.

– Ela está tão... destrambelhada. Acho que aquele demônio fez alguma coisa a ela... quer dizer, a não ser... você sabe. – Sinto um peso no estômago como o de uma bola rígida enquanto a imagem da festa vem à tona.

- Você vai ter que perguntar ao seu namorado sobre isso - ele diz, e sua voz repentinamente fica ácida.

Lança um olhar para ele.

– O que o Luc saberia a respeito disso?

- Tudo. Ele é um deles.

- Para com isso, Matt - vocifero.

Ele aperta os olhos e sua voz torna-se um rosnado.

– Ele mente para você, Frannie.

- Ele não mente! Mas, falando em mentirosos, ele acha que tem alguma coisa rolando entre você e a Lili.

Matt não responde. Ele só fica lá parado, olhando.

- E aí... é isso mesmo?

Eu me sinto suavizar enquanto um lampejo de esperança alfineta o meu cérebro.

– Então, como isso funciona, exatamente? Você poderia... não sei...

Ele levanta a cabeça e me olha de um jeito esmorecido com um meio sorrisinho triste.

– Não.

- Por que não? O Luc está comigo. – Ouço a esperança na minha voz e eu sei que é egoísmo. É errado desejar que ele tenha uma vida?

- Não funciona desse jeito. Mesmo que eu quisesse...

- Por que não? Não é justo.

Ele salta da cama e seus olhos ardem através de mim. Os pelos dos meus braços se arrepiam enquanto seu poder vibra, e o ozônio enche todo o quarto. Sua voz é um resmungo baixo.

– Não fale comigo sobre o que é justo. O maldito demônio fica com tudo e eu fico sem nada.

Ele arregala os olhos e seu rosto está em choque, enquanto meu estômago afunda até os joelhos. Não acredito que Matt disse isso. Não somente *no que* ele disse, mas o modo como ele disse. E, pela expressão no seu rosto, nem ele mesmo acredita.

- Eu... – ele começa, mas engasga de tão chocado e fica sem palavras. Ele apoia a testa na mão e a esfrega.

- Matt... eu... - O quê? Desculpa? – Baixo os meus olhos e inspeciono as minhas mãos. – Não deveria ter sido dessa maneira.

Ele senta na cama.

– Mas é - ele diz, parecendo realmente cansado.

Deslizo para a minha cadeira e olho para ele cautelosamente.

– Você está enganado sobre o Luc - eu digo, sabendo que esse pode não ser o momento certo, mas sinto que preciso dizer isso de qualquer jeito. – Ele é mortal agora. Exatamente como eu.

Ele solta um longo suspiro, mas os seus olhos ficam pregados no carpete.

– Ele nunca será como você.

- Você está enganado. Luc me ama. Ele é humano. Ele nunca faria nada para me magoar.

- Talvez - Matt reconhece. Ele dá um meio sorriso cansado. – Mas ele também não pode proteger você.

- Bem... talvez. Mas você pode pegar mais leve? Dar uma folga para ele?

Ele solta outro suspiro e me encara.

– À medida que ele merecer. Só espero que eu não me arrependa.

Reviro meus olhos.

– Se você quiser ser mesmo bom nesse negócio de anjo da guarda, vai precisar ter uma ideia de quem é o verdadeiro inimigo. O Luc é que não é.

- De acordo com você. Você está esquecendo de que eu sou o profissional. Acho que tenho mais intuição a respeito do caráter das pessoas do que você.

Reviro os olhos de novo, mas não posso evitar um sorriso.

– Tenho permissão para designá-lo?

Alguma coisa brilhou em seus olhos, e por um segundo parecia que ele ia dizer que sim. Ele se levanta da cama.

– Não.

– Porque acho que a Taylor precisa mais de você do que eu.

Matt desvia os olhos de mim e se vira em direção à janela.

– Preciso que você faça uma coisa para mim.

Ele vira as costas para a janela; há algo desesperado e um pouco selvagem em sua expressão.

– E... ? – eu digo com cuidado.

Ele lança um olhar cortante e desaparece justamente quando a porta estala ao abrir; Taylor passa se arrastando por ela, enrolada no meu roupão de banho e com os cabelos envoltos numa toalha. Ela continua parecendo arrasada: cansada e muito magra, com grandes círculos roxos debaixo dos pálidos olhos entorpecidos, e a pele numa coloração cinza.

– Você vai fazer isso? – pergunto a ela ao me colocar de pé.

– Talvez. – Sua voz é azeda. Ela não olha para mim.

Eu me aproximo para abraçá-la, mesmo que esse tipo de coisa não seja muito a nossa cara.

– Eu não vou deixar que ele te machuque de novo.

Ela se afasta e olha para mim, então pega as suas roupas no chão.

– É, tanto faz.

– Você está bem para ir para casa? Você pode ficar o dia todo aqui se quiser.

– Estou bem. – Ela passa a camisa pela cabeça.

Não tenho certeza da coisa certa a dizer. Posso dizer que ela não está "bem", mas não sei o que fazer para mudar isso.

– Tem certeza de que está bem?

Ela se vira para mim e diz com rispidez:

– Saia da minha frente, Frannie!

O ódio está estampado em seu rosto. Eu fico parada olhando para ela, chocada.

– Estou tão cansada desse seu joguinho hipócrita de se fazer de santa, como se você fosse tão perfeita ou coisa do tipo.

– Tay, eu só quero ajudar.

– Bem, você pode ajudar me deixando sozinha. – Ela puxa a saia que está quase caindo. Então se afasta de mim enquanto eu tento acalmá-la.

– Vou dar o fora daqui.

– Tay...

Ela se vira e, a caminho da porta, me olha mortalmente.

– Saia da minha frente!

De repente, estou furiosa.

– Você não faz ideia do que o Luc e eu arriscamos tirando você de lá.

– Eu não pedi que você fosse. Eu não quero que você faça nada.

– Você não enxerga o que ele é, Tay.

Seus olhos escurecem enquanto seu rosto fica tenso.

– Eu o enxergo muito bem. Deixa a gente em paz.

– Não, eu não vou.

Ela se vira e anda o mais rápido que pode com as suas pernas bambas.

– Vá se ferrar! – ela diz sem se virar.

– Tá certo! Quer saber? Vá pro inferno! – eu grito descendo as escadas atrás dela.

Minhas palavras caem num silêncio ensurdecedor enquanto ela bate a porta da frente. Minha mãe aparece na parte inferior das escadas, olhando para cima com um questionamento nos seus olhos preocupados. Eu só balanço a cabeça e volto para o meu quarto, onde eu me jogo na cama e fico olhando para o teto. Lágrimas começam a rolar pelas minhas têmporas, então me dou conta de como sou idiota. Taylor não está pensando direito. Ela precisa da minha ajuda.

Deus, como eu queria que o Gabe estivesse aqui. Ele saberia o que fazer. E, justamente enquanto penso nisso, sinto um perfume de neve no verão e alguma coisa acaricia suavemente minha bochecha. Levo um susto, e meu coração parece que vai parar, mas então começa a bater duas vezes mais rápido quando volto a respirar novamente. Sento devagar e olho em volta.

– Gabe – sussurro no quarto vazio; meus olhos estão arregalados e meu coração, disparado. Mas a sensação desapareceu tão rápido quanto surgiu e eu me senti mais sozinha do que nunca.

Fiquei deitada por uma eternidade, querendo estar com Gabe e tentando decidir o que fazer. Finalmente, eu me arrasto para fora da cama e visto um jeans velho e uma camiseta.

- Mãe, estou indo na Taylor - grito enquanto passo pela sala, e não espero pela resposta.

Corro até a Taylor, mas quando bato na porta é Trevor quem atende.

- Ei, Trev, posso falar com a Tay?

- Ela não está aqui.

Minha barriga revira.

– Ela não veio para casa?

- Ela ficou aqui por uns cinco minutos. Foi direto para o quarto. Mas aí chegou aquele cara que tem um carro fúnebre. Ela saiu correndo para o carro dele e se mandaram.

Pego o telefone e digito o número dela, mas vai direto para a caixa postal, sem nem mesmo chamar.

– Droga.

- O quê?

- Aquele cara é uma grande furada, Trev. – Sinto a bile subir até a minha garganta enquanto penso no que ele fez a ela.

- Eu nunca o tinha visto. Ele só estacionou aí e ela saiu correndo.

Desço os degraus da escada.

– Tenho que encontrá-la. Me liga se ela voltar para casa - grito por cima do ombro enquanto corro em direção à calçada.

Quando chego em casa, pulo dentro do meu carro e sigo para o Luc.

Matt

Até ontem, fazia algumas semanas que eu realmente não tinha pensando nesse assunto até a Frannie trazê-lo à tona. Mas depois do que aconteceu com a Lili, isso fica girando no fundo da minha mente o dia todo: O poder de influência da Frannie é a única saída. Se ela o usasse, talvez eu pudesse ter a Lili – ter tudo.

Ela mudou o demônio. Por que não eu?

Eu já posso sentir que estou mudando. Senti coisas que nem imaginava serem possíveis quando estava com a Lili.

Olho para Frannie enquanto ela dirige. Ela está com o cenho franzido, olhando fixamente pelo para-brisa, perdida em seus pensamentos.

Pigarreio, me afundo mais no assento e começo a falar o roteiro que tenho planejado.

– Você se lembra de quando disse que queria me transformar num mortal?

Ela olha para mim, e seu semblante sério desaparece, sendo substituído por uma expressão de cautela.

– Sim.

– Eu quero que você o faça.

Seus olhos arregalam, mas então seu rosto desmonta, enquanto as lágrimas ameaçam a jorrar. – Ah, Matt... você sabe que eu quero, mas eu acho que não posso.

– Por que não? – ouço a ansiedade na minha voz e torço para que ela não perceba.

– Meu poder não é nada. Achei que fosse, mas... – ela balança a cabeça e parece atormentada. – É que... eu não posso fazer isso.

É tão grande o desespero que eu não posso disfarçar, mesmo que eu saiba que deveria.

– Você disse que queria me ajudar... para compensar o que você fez. Essa é a sua chance. – Meu rosto se fecha numa careta me sinto terrivelmente mal. Não posso olhar para ela. Nunca tive a intenção de dizer isso, de dar as cartas. Nem mesmo sei de onde isso veio.

Quando eu a olho, ela lança um olhar de soslaio para mim, e uma lágrima cai do seu rosto. Ela a enxuga com as costas do punho.

– O que tenho que fazer?

– Basta desejar, eu acho. Você sabe como isso funciona melhor do que eu.

Um soluço magoado escapa de sua garganta.

– Mas eu sempre quis isso. Mesmo antes de tudo isso... – Ela acena a mão para mim. – Eu sempre quis você de volta.

– Talvez seja o motivo de ter me tornado o seu guardião, mas acho que você tem que me querer mais do que "de volta". Eu acho que você tem que me querer como um mortal, como humano.

Ela me lança um olhar incerto.

– Eu...

– Apenas pense nisso – eu digo.

Ela o fará. Eu sei que sim. Posso sentir sua culpa, pesada e densa, como um cobertor sobre sua alma. E, mesmo me sentindo tão mal em meu interior, a dor latejante não é totalmente de desgosto. Porque anseio pela Lili, e esse é o único jeito de tê-la. Frannie desejou isso também. Ela foi a única que colocou isso em primeiro lugar. O nó no meu coração se afrouxa enquanto percebo que não fiz nada de errado; na verdade, eu estava encorajando-a a fazer o que ela já queria fazer.

Paramos no estacionamento do Luc. Ela desliga o motor e fica sentada por um longo tempo antes de se virar para mim.

– Eu vou tentar – ela diz.

Empurro a porta antes que ela veja a alegria em meu rosto. Tenho certeza de que estou radiante.

Ela sai do carro e percebo que estou tremendo. Não consigo parar. Quero muito isso. Consigo ver a imagem clara na minha cabeça: Lili em meus braços, tão suave e aconchegante... me tocando, me beijando...

Um tremor me atravessa. Podíamos viver em Haden. Ir para algum lugar onde ninguém nos conheça. Estarmos juntos –

realmente juntos. Tudo em mim explode em uma chuva de faíscas. Talvez eu deva dar alguma folga ao demônio. Se foi isso que a Frannie o fez sentir...

Eu a sigo pelas escadas e ela gira a chave na fechadura do apartamento do Luc. Meu coração bate ainda mais rápido quando passo pela porta e vejo Lili sentada à mesa, vestindo seu moletom cinza. Seus cabelos estão presos para trás num rabo de cavalo, e ela está tão... bonita. Como se ela praticamente brilhasse, por incrível que possa parecer.

Mas então vejo Luc sentado à sua frente e louças vazias sobre a mesa, entre os dois. Eles parecem estar absorvidos numa conversa intensa, e qualquer sentimento de tolerância que eu tinha por ele desaparece imediatamente.

Dou um passo à frente e fico parado ao lado da Lili.

– O que vocês estão conversando?

Luc demora um segundo para responder. Seus olhos se desviam de Lili para Frannie e voltam para ela. Agora estão cerrados de um jeito quase imperceptível.

– Nada.

Ele se levanta da cadeira e dá um abraço na Frannie.

– Lili e eu fizemos omeletes. Quer um?

Minhas mãos seguram o encosto da cadeira de Lili de um jeito tão firme que fico surpreso de a madeira não se partir. Mordo os meus lábios e engulo a fúria que está quase saindo pela minha boca. Como Frannie pode ser tão cega? Como ela não enxerga que ele está dando em cima da Lili?

Eu me sinto sufocado.

Anjos podem ficar sufocados? Tenho que dar o fora daqui.

Lili fica de pé. Ela olha para mim e desvia o olhar.

– Tenho que me arrumar para o trabalho – ela diz. – Vejo vocês depois.

Frannie lava a louça na pia e eu caminho com ela até a porta, lutando para manter minhas mãos longe dela.

– Estou de saída também – digo, acenando por cima meu ombro. – Eu vou voltar.

Luc olha para mim, mas não diz nada.

Assim que Lili e eu estamos no corredor, eu nem mesmo finjo. Enlaço os meus dedos nos dela e caminhamos juntos até a sua porta.

– Você tem mesmo que ir trabalhar?

– Não por algumas horas – Ela baixa os olhos e ruboriza. – Mas eu estava achando que se eu saísse você podia vir.

Sorrio com os meus sentidos inflamados.

– Estou dentro. E aí, você vai me convidar para entrar?

Ela gira a chave na fechadura e empurra a porta. Entramos juntos, mas antes que ela possa fechar a porta, seu rosto está em minhas mãos e meus lábios se movem nos dela.

Eu me afasto e olho para baixo encarando os seus incríveis olhos verdes.

– Desculpe. Eu tinha que fazer isso.

Ela sorri e fecha a porta. Então pega na minha mão e me conduz até o sofá. Procuro por um lugar para sentar, mas ela parece não se importar que haja roupas espalhadas sobre ele. Ela me puxa para o sofá e desliza ao meu lado, pressionando seu corpo contra o meu e me beijando de novo.

Sinto que estou preso numa correnteza. Estou indo cada vez mais fundo. Mas eu quero isso. Quero que isso me leve cada vez mais profundamente e nunca me deixe emergir.

Suas mãos me exploram e eu a puxo com força, sentindo um reboliço dentro de mim. Alguma coisa primitiva, mas perfeita. Luxúria.

Não. *Amor*. Eu a amo. É errado querer estar tão próximo de alguém que você ama?

Estou me afogando nela enquanto minhas mãos se movem pelas suas costas, sua cintura e desliza para baixo da camisa.

Ela me empurra.

– Para!

Eu tiro a minha mão de cima ela e a mantenho suspensa no ar, me odiando por ter ido rápido demais. *O que há de errado comigo?*

– Sinto muito. Eu perdi o controle. Não vai acontecer de novo.

Ela enterra o rosto entre as mãos.

– Não é isso. Eu quero ficar com você, mas...

Eu a envolvo novamente em meus braços, a tensão no meu peito começa a relaxar.

– Então, o que é?

Ela levanta a cabeça e olha para mim, insegura e assustada. Repentinamente, congelo por dentro, com a certeza de que ela vai mudar sua opinião a meu respeito.

Ela baixa os olhos.

– Se eu contar, você vai me deixar.

– E se eu prometer que não vou...?

– Não vai adiantar.

– Tenta.

Seus olhos erguem-se e fitam os meus por um longo tempo antes de ela se levantar do sofá e caminhar até a janela, onde fica parada, olhando para o estacionamento por alguns minutos. Quando a sua voz sai, é possível ouvir o peso das palavras.

– Eu não sou um anjo, Matt.

Eu penso: *Como ela pode saber?* Luc?

Ela se vira para mim, e a luz fraca reflete o brilho úmido do seu rosto.

– Eu estive com uns caras... muitos caras.

Minhas entranhas se partem enquanto um longo suspiro de alívio escapa do meu peito. Ela não sabe. E ela ficará segura agora. Vou me certificar disso. Ninguém se aproximará dela para tentar machucá-la. Não sem antes passar por cima de mim.

Fico em pé e caminho lentamente até a janela.

– Por quem você foi apaixonada no passado...

Seu rosto se contorce e seu olhar enrijece.

– Eu não amei nenhum deles! – ela diz, ríspida.

Sinto meus olhos se arregalarem enquanto tudo fica gelado.

– Ah!

A dor em sua voz quase me mata. Dou um passo em sua direção para confortá-la, mas ela levanta as mãos e recua.

– Faço o que tenho que fazer para sobreviver. – Ela se vira novamente para a janela enquanto sua voz se parte, e ela tenta, sem sucesso, abafar um soluço.

– Sinto muito, Lili. – Deslizo para perto dela e descanso a mão sobre o seu ombro. Sinto-me tão impotente.

Ela recua para longe do meu toque e segue para a cozinha, pegando uma faca sobre o balcão. Ela gira o cabo entre os dedos, e isso me deixa assustado ao pensar no que ela pretende fazer, antes de agarrar o cabo e fincá-la na bancada de linóleo.

– O que eu posso fazer? – A pressão que esmaga o meu peito é quase insuportável.

Ela se vira para mim com um olhar duro, mesmo através das lágrimas.

– Apenas vá embora.

– Não vou deixar você. Não desse jeito.

– Dou um passo em sua direção e estico minha mão, mas seus olhos faíscam em fúria enquanto ela recua.

– Não quero que você sinta pena de mim. Apenas vá embora.

Mas eu não me detenho. Dou um passo lentamente em sua direção, necessitando fazer alguma coisa.

– Não.

– O quê? Você não quer ir embora antes de se dar bem? – ela diz. Seu rosto está retorcido de raiva e sarcasmo. – Você é exatamente como todos os outros. – Ela se vira para o balcão e parece que vai puxar a faca enterrada na bancada.

Meu interior se contrai como uma bola dura. Ela precisa saber que sou diferente, mas como? Eu me concentro nela, como me sinto em relação a ela, e irradio isso, tentando fazê-la compreender.

– Não – digo baixinho enquanto me aproximo. – Não vou embora até você saber que eu estava falando sério quando disse que amava você.

Ela se vira, os olhos arregalados.

– Você não pode me amar. Sou impossível de ser amada.

Eu a seguro e cuidadosamente passo meus braços ao redor de sua cintura.

– Mas eu posso amá-la.

Lili olha para o chão.

– Bem, eu odeio você.

– Se isso é o que você precisa...

Ela se apoia em mim, suas mãos delicadamente sobre o meu peito, e eu a puxo para mais perto.

– Eu odeio você – ela diz novamente.

Beijo o alto da sua cabeça e enterro o meu rosto em seu cabelo.

– Amo você.

Ela aperta o corpo contra o meu e fico em chamas. E quando ela me beija, é como se detonassem um estopim. O fogo me consome lentamente.

Por várias razões sei que preciso recuar. Ela está vulnerável neste momento e não posso tirar proveito dela. Também tem o lance das asas. Tenho certeza de que esse é um limite que não posso cruzar e ainda assim mantê-las. Mas é quase impossível. Preciso tanto dela que é quase como se ela fosse o coração que eu não tenho. Uma parte vital de mim que estava faltando.

Encontro forças para me afastar dela.

– Lili... agora eu não posso.

Ela me empurra com força.

– Porque eu sou muito repulsiva.

– É claro que não. Não tem nada a ver com isso. – Eu coloco a minha mão sobre o seu peito, em cima do coração, e o sinto bater debaixo dos meus dedos. Ela é o meu coração.

Ela afasta-se para o lado.

– Ah tá, dá o fora daqui.

Segue furiosa até a porta e a abre.

Fico parado, sentindo o buraco negro e vazio dentro de mim entrar em colapso. Preciso ir embora antes que as coisas fiquem fora de controle. Mas não desse jeito.

– Lili...

– Apenas vá embora.

Caminho até ela, mas hesito na porta. Quero mostrar-lhe que sou sério, que não quero só sexo. Paro em frente a ela e beijo a sua testa. Meus lábios se movem para a sua orelha.

– Vamos fazer isso do jeito certo, Lili. Só preciso de mais um tempinho.

Quanto tempo a Frannie levou para transformar o Luc?

Algumas semanas? Um mês?

Pela Lili, posso esperar o tempo que for. Enquanto isso deve haver alguma coisa que eu possa fazer para reverter a sua marca. Sem minhas asas, sou inútil para ela. A esperança cresce dentro de mim, me enchendo até estourar. Só preciso ser forte por mais algum tempo.

Eu posso fazer isso.

Mas quando seus olhos se conectam aos meus, sinto um impulso ardente de desejo tão poderoso que não consigo pensar em nada, somente na sensação de tê-la contra o meu corpo. O calor me rasga, eliminando qualquer dúvida que eu tenha. Nunca senti uma necessidade assim antes, totalmente primitiva e que me consome. Ela fecha a porta e segura meu rosto, aproximando-o do seu novamente.

Tudo, a partir daí, acontece num borrão – beijando, apalpando um ao outro. E então estamos no chão, seu corpo contra o meu. Faço um enorme esforço para parar e tentar pensar. Mas quando ela me puxa para perto e sussurra em meu ouvido "eu te amo", não há nada que eu possa fazer. Tudo o que sou torna-se parte dela.

CAPÍTULO 18

O COVIL DO DIABO

Matt

Lili levanta o rosto enfiado no meu ombro e sorri.

– Eu realmente preciso ir trabalhar. Além disso, meu quadril está me matando. – Ela se mexe deitada no chão, esfregando o quadril, e me dando um sorriso trêmulo. – O sofá teria sido muito mais confortável.

Pego o seu suéter no chão, ao nosso lado, coloco em torno dela e seguro firme. Não há palavras para descrever o que estou sentindo. Felicidade não chega nem perto. Levanto meu rosto por entre seu cabelo e olho em seus olhos. Ela está sorrindo para mim. O que significa que ela deve estar bem com o que acabamos de fazer.

E, aparentemente, eu também.

No início, eu a queria tanto que não estava cem por cento focado em Lili. Fiquei esperando pelos vingadores. Mas conforme a coisa ia rolando e rolando, penso sorridente, eu estava mesmo apto a estar com ela e me perder completamente. E a sensação foi mais do que eu esperava ou do que eu podia imaginar. Talvez eu estivesse certo. Se isso é amor... talvez eu esteja autorizado a vivê-lo.

Ela se desvencilha de mim e se levanta do chão. Eu me apoio sobre o cotovelo e a observo caminhar até o banheiro, então me coloco de pé e pego as minhas roupas, me sentindo um pouco estranho. O que deveria acontecer agora? Devo ficar? Devo ir embora? Qual é o protocolo?

Opto por me sentar no sofá e admirá-la de longe, enquanto ela se prepara para ir ao trabalho. Quando ela chega à porta, vestida numa camisetinha e num jeans desbotado, fico de pé e a sigo. Envolvo um braço em torno da sua cintura, tiro uma mecha de cabelo de sobre o seu rosto e a beijo. Suas mãos estão em meu rosto, e quando ela inclina a cabeça e me puxa para um beijo mais profundo, um choque elétrico me atravessa e eu me pego brilhando um pouquinho. Refreio o meu poder quando a sinto pular com o choque.

Ela salta para trás, sorrindo.

– Uau.

– É... uau. – Sorrio de volta e faço muito esforço para não brilhar.

Seu sorriso torna-se tímido e ela baixa os olhos, desviando-os dos meus.

– Então, se você quiser ficar aqui, pode ficar. Volto lá pelas oito. – Sua expressão é esperançosa e os seus olhos voltam a mirar os meus. Ela enfia a mão no bolso e me entrega a chave. – Eu tenho uma extra.

– Você não acha que está confiando em mim um pouquinho rápido demais?

Ela suspende uma sobrancelha.

– Você está dizendo que eu não deveria?

A chave desaparece quando fecho a mão.

– Não. Só estou dizendo que você não devia entregar a sua chave a todo cara que você conhece.

Essas palavras mal tinham saído da minha boca quando desejei engoli-las de volta.

Seu rosto torna-se sombrio e ela agarra a minha mão.

– Devolve.

Coloco a mão para trás, e quando ela começa a dar investidas para recuperá-la, eu a seguro pela cintura e a puxo para mim.

– Eu não quis dizer isso. Eu só fico preocupado com você.

Ela se afasta e olha para mim de um jeito desconfiado.

– Vou estar aqui quando você voltar para casa – acrescento. Eu a puxo para perto e sussurro em seu ouvido. – Eu amo você.

Seu semblante clareia, mas ela não me dá um beijo de despedida. Eu a observo caminhar pelo corredor, torcendo para que eu não tenha ferrado completamente com tudo. Então me transporto para o apartamento do Luc.

Frannie olha carrancuda para o fundo de uma caneca de café e dá uma garfada em sua omelete fria. Sua testa está apoiada na outra mão, os dedos enroscados nos cabelos e o cotovelo sobre a mesa. Luc agita o café na sua caneca e olha para ela, do outro lado da mesa.

Problemas no paraíso?

É errado isso me deixar feliz? Esse foi o melhor dia da minha existência. Será que podia ficar ainda melhor?

Dou um pulo e sento no balcão, incapaz de parar de sorrir.

– E aí, pessoal?

Frannie levanta a cabeça.

– Cala a boca. Estou tentando me concentrar.

Levanto as sobrancelhas interrogativamente para Luc.

– Ela está tentando usar o seu poder de influência na Taylor – ele explica.

– Para...? – eu pergunto.

– Para conseguir que ela fique longe do Marchosias.

Frannie fica de pé e caminha até a cama, onde ela se joga de costas com o antebraço sobre os olhos. Olho para ela.

– Então você vai ficar aí deitada o dia todo tentando dizer à Taylor que Marchosias é um otário e que ela não o quer?

– Tenho que tentar alguma coisa. É culpa minha ela estar com ele. Eu não posso ficar sentada enquanto ele marca a alma dela.

Olho para o Luc, que estremece.

– Me liga, me liga, me liga...– ela murmura.

Caminho até a Frannie e cutuco seu joelho.

– Se você precisar de mim, estarei lá fora.

– Tá – ela responde embaixo do braço.

Eu me transporto, mas não para o corredor. Volto para a Lili. Um estremecimento passa por mim. Ela me deu uma chave. Sou bem-vindo aqui... convidado. Não tenho mais que ficar pelo corredor.

Não consigo apagar o sorriso do meu rosto enquanto perambulo pelo apartamento. No banheiro, encontro um frasco do perfume dela sobre a pia. Eu o levo até o nariz, mas é decepcionante. Não é a mesma coisa antes de ser tocado pela sua pele.

Acho que o mesmo poderia ser dito para mim. Não sou o mesmo anjo que era antes dessa manhã. Estar com a Lili mudou tudo.

Encarando-me no espelho sobre a pia, uma coisa começa a se tornar notória, mesmo sob a fraca luz fluorescente que pisca. Não consigo focar na Frannie quando tudo o que me importa é a Lili. Preciso encontrar um jeito de reverter a marca dela. Essa é a minha nova missão. Vou ter que conversar com o Gabriel.

Frannie

- A Shelby precisa de novas pastilhas de freio - Luc diz.

Eu sei o que ele está tentando fazer, e eu o amo por isso. Estar suja de graxa debaixo da Shelby com o Luc pode ser uma agradável distração, ainda assim, isso não vai ajudar a Taylor.

– Tenho que ir trabalhar - digo, me levantando da esteira.

Luc está se balançando sobre as pernas traseiras da sua cadeira.

– Ligue e diga que está doente.

- Não. Preciso ir. Sábado à tarde é quando o Ricco está cheio de festas de aniversário. Ele vai me despedir se eu não aparecer.

- Eu vou com você - ele diz, baixando a cadeira e ficando de pé.

- Estou bem, Luc. Para de me tratar feito um bebê.

Ele me olha com mais atenção.

– Tem certeza de que está bem?

- Estou bem. Mesmo!

Ele ainda parece inseguro.

– Me liga quando chegar lá.

- Claro. – Sigo para a porta e ele me acompanha. Ele passa por mim, indo para o corredor.

- Preste atenção, Matt - ele diz em voz alta para o corredor vazio.

Quando chego ao meu carro, pego o celular e digito.

– Oi, Delaine. Você pode dizer ao Ricco que estou resfriada? – eu digo, fingindo a minha melhor voz embaraçada quando ela atende o telefone.

- Ah! Você não está vomitando, né? - ela pergunta de novo.

- O tempo todo – dou uma boa tossida.

- Que nojo!

- Muito. Então, você vai dizer a ele?

- Sim - ela diz e desliga rápido, como se fosse pegar o que eu tenho pela linha telefônica.

Sento no meu carro e seguro a respiração por um segundo, esperando Matt aparecer e me perguntar o que estou fazendo. Como ele não aparece, solto um longo suspiro e dirijo para fora do estacionamento. Passo por Rhenorian, estacionado na fileira de trás. Como ele me acompanha com os olhos, mas não com o carro, sei que estou numa boa. Suspiro de um jeito trêmulo e sigo para o sul, em direção à cidade.

Quando chego à vizinhança de Marc, começo a me questionar e por um segundo penso em chamar Matt. Mas sei que ele tentaria me deter, exatamente como o Luc faria. Então desisto dessa ideia.

Dirijo pela rua e passo pela casa de Marc. Minhas entranhas se reviram e meu rosto se contrai involuntariamente quando minha mente me mostra a Taylor na mesa da cozinha. Meu coração dispara enquanto dou voltas no quarteirão procurando um lugar para estacionar, perto o suficiente para observar a porta da frente. Na segunda volta, vejo alguém sair da metade do quarteirão e atravessar a rua do Marc. Estaciono e fico sentada por um longo tempo, sussurrando um mantra: Taylor, você não quer o Marc. Ele é ruim para você. Você não quer o Marc.

Não tenho como saber se a Taylor está lá ou não, então espero e observo, na intenção de vê-la entrar ou sair.

Mas, em vez disso, vejo uma caminhonete laranja estacionar num lugar da rua um pouco acima de mim.

- Lili?

- Oh, Deus! Ela está procurando pela Taylor também.

Desço do carro para detê-la antes que ela entre na cova dos leões, mas enquanto ela se vira na direção da casa do Marc, percebo que ela está sorrindo.

Sorrindo?

Escuto-me gemer, então as peças se encaixam. Ela não está aqui para encontrar a Taylor. Ela está aqui para ver aquele cara, o Chax. No mesmo instante que levo para processar isso, ela desaparece dentro da casa. É quase impossível não ir atrás dela para tirar satisfações. Mas eu não vou. Nesse exato momento, preciso me concentrar em Taylor.

Volto para dentro do carro e espero por algum sinal dela. Depois de uma hora, estou toda dolorida de tanto contrair os músculos do meu corpo e tenho certeza de que vou morrer.

Ligo para o celular da Taylor uma centena de vezes, mas, como sempre, ela não atende.

Até que não consigo mais suportar. Saio do Mustang e atravesso a rua em direção à casa, mas antes de chegar, Lili emerge na calçada. Perco o fôlego ao ver Marc acompanhando-a. E suas mãos estão sobre ela.

Escondo-me atrás de um carro estacionado e observo enquanto eles seguem em direção à caminhonete de Lili, apenas dois carros acima de onde estacionei.

Agachada atrás do carro, espio pela fresta. Lili diz alguma coisa que não consigo escutar.

- Eu ficaria com ciúmes - Marc responde, pressionando-a na lateral da caminhonete com seu corpo - se eu já não dividisse você com metade da humanidade. – Ele a esmaga violentamente em um beijo que, só de ver, machuca os meus lábios.

Ela o afasta e olha para ele.

– Você tem o seu brinquedinho - ela diz. – Eu é quem deveria estar com ciúmes. E se você se apaixonar por ela?

- Ela não é nada - ele diz, enquanto Lili sobe na caminhonete.

- Apenas faça que ela esteja lá quando eu precisar - ela diz pela janela aberta. – A sincronia precisará ser perfeita. – Ele se inclina na janela para outro beijo, mas ela o afasta e arranca com a caminhonete.

Marc fica parado, olhando para ela, que, fazendo o motor ranger pela rua, desaparece ao virar a esquina.

Espero atrás do carro. Sinto uma pulsação acelerada nos ouvidos, tentando descobrir o que tudo aquilo significa. Lili está com Marc? Como assim?

Enquanto Marc se vira para voltar para a casa, eu saio de trás do carro. Mal posso respirar e não tenho certeza do que devo fazer. Mas eu preciso saber se Taylor está aqui.

- Marc!

Ele se vira, e está boquiaberto. Ele se recupera e seus olhos negros piscam enquanto dá um lento e peculiar sorriso.

– Bem, o que temos aqui?

Olho para ele.

– Onde está a Taylor?

- Onde está o seu garoto de brinquedo? – ele pergunta, olhando para a calçada atrás de mim.

- Ela está aqui? – rosno, lançando um olhar para a casa.

Ele levanta uma sobrancelha e estende um braço me convidando.

– Por que você não vem descobrir?

Dou um passo em sua direção, quase arrancando as minhas unhas nas palmas das mãos.

– Ela está aqui ou não?

Seu olhar malicioso faz a minha espinha gelar.

– Não sei. A última vez que a vi, ela estava com o Chax, depois que o Andrus terminou com ela.

Sem pensar, avanço nele e o jogo no chão, segurando-o pelo pescoço.

Ele sorri para mim, sem contra-atacar.

– Impressionante! O que você está sentindo agora, Frannie? Raiva? Ódio?

Percebo o que ele está tentando fazer e está funcionando. Não consigo controlar a raiva que se agita no meu interior, tornando-o uma massa sangrenta. Quero que ele morra.

Respiro fundo e me obrigo a soltá-lo. Eu me levanto lentamente da calçada. Perder o controle não vai ajudar a Taylor.

Marc fica de pé em um movimento suave.

– Por favor, entre. – Ele aponta em direção à porta com um pequeno arco. – Tenho um jogo de facas Ginsu. – Ele coloca a mão sobre o coração e bate os dedos sobre o peito. Um sorriso sarcástico surge em seu rosto e ele acrescenta: - Um desses cachorrinhos aqui vai fazer você se sentir muito melhor.

- Ela está lá dentro? – pergunto através dos dentes cerrados.

- Só tem um jeito de descobrir. – Ele se vira e passa pela porta, me deixando parada na calçada, apenas observando.

Não tenho escolha. Respirando fundo para aliviar o pânico no meu peito, entro pela porta e caminho pela passagem curta e escura. Entro na sala escura dos fundos. Levo um segundo para ajustar a minha visão. Sinto dedos enterrando-se em meus braços, puxando-me para o fundo da sala. Pisco e tento me soltar enquanto me esforço para saber quem está me segurando. Quando finalmente consigo enxergar através da escuridão, vejo os olhos vermelhos de Marc e Chax brilhando, um de cada lado. Andrus está sentado numa espécie de trono sobre a plataforma que serve de palco para a banda.

Eu me contorço com força e trago o joelho até a virilha do Chax. Ele cai, surpreso, então olha para mim com os olhos arregalados e um meio sorriso.

– Maldição! De onde veio isso?

Marc dá um sorrisinho.

– Desculpe, cara. Eu devia ter te avisado.

Chax endireita-se e me lança um sorriso. Ele dá um passo para mais perto, mas em vez de agarrar o meu braço, dá uma piscadela, então suspende Marc. Ele pega seu queixo quadrado e o derruba. Marc afrouxa o aperto e, então, dá-lhe uma rasteira, derrubando-o. Ele bate no chão, xingando.

Do palco, uma risada baixa chama a atenção de todo mundo. Eu me viro e vejo o Andrus, sorrindo para mim com a boca cheia de dentes.

– Acho que gosto de você. Seu treinamento vai ser um grande prazer.

Eu olho para ele.

– Meu treinamento?

– É, assim que revertermos a sua marca, que pelo jeito está se saindo muito bem, você precisa ser treinada. Quem melhor do que o cara do RP? É tudo uma questão de imagem e posicionamento. Teremos você na frente das pessoas certas, influenciando-as a fazerem as coisas certas, e seremos prósperos. Nada deterá você.

Escutei o suficiente. Eu me viro em direção à cozinha, diminuindo a distância em alguns longos passos, e ligo a luz. Dou uma olhada ao redor, tentando bloquear a lembrança do que Marc estava fazendo com Taylor da última vez em que vim aqui. A lâmpada fluorescente piscando revela o local vazio. Taylor não está aqui.

Chax começa a vir na minha direção, mas Andrus acena para ele se afastar.

Avanço sobre ele.

– Onde ela está?

Andrus apenas sorri para mim.

Atravesso a sala e abro uma porta ao lado do palco. A sala está escura e cheira a suor, podridão e alguma coisa ainda mais imunda. Acendo a luz, e sobre o desgastado carpete marrom a lâmpada nua de uma luminária de mesa está caída sobre uma pilha de roupas sujas. Eu a pego e entro na sala.

Existem dois grandes colchões manchados no chão, ocupando a maior parte da sala. Seis ou sete corpos, todos femininos e nus, estão espelhados sobre eles. Alguns dos corpos se agitam e levantam suas cabeças enquanto ilumino a sala com a lâmpada. Nenhum tem o cabelo rosa. Nada da Taylor.

Uma parte de mim agradece a Deus enquanto a outra resmunga de frustração.

Caminho para o fundo da sala e me agacho ao lado do colchão, deixando a lâmpada ao meu lado. Balanço um dos corpos pelo ombro; é uma loira bonita que aparenta a idade da Maggie. Ela mal se mexe.

- Você está bem? – eu pergunto, e não há resposta.

Fico de pé e me viro para a porta. Encontro o Andrus parado lá, bloqueando o meu caminho, com uma pitada ameaçadora em sua expressão. Antes que eu possa reagir, ele diminui a distância entre nós dois e fica parado apenas há alguns centímetros de mim. Passa sua mão quente por trás do meu pescoço e puxa o meu rosto para cima.

- Você seria uma bela aquisição - ele diz, apontando com a cabeça para as meninas.

- O que você fez com elas? – eu murmuro.

Seus lábios se esticam num sorriso depravado.

– Fique por perto e você vai descobrir.

- Você não gostaria de ter a mim - eu digo, empurrando esse pensamento com a minha mente.

Por apenas um segundo, seu rosto tornou-se sem expressão, então ele balança a cabeça e ri.

- Hum... isso é muito bom. O rei Lúcifer vai ficar satisfeito por você estar praticando. – Ele agarra o meu rosto em sua outra mão e esmaga a sua boca na minha, triturando os meus lábios em suas presas. Estou surpresa com a sua força.

Respiro com dificuldade e o empurro para longe, sentindo o gosto de sangue. Tropeço na lâmpada e enrosco os pés nas roupas que estão no chão, atrás de mim, caindo sentada.

Ele ri e estende a mão para mim.

– Eu tinha que pegar essa antes que você mudasse a minha mente.

Eu me coloco de pé e dou um soco no seu rosto, mas ele segura o meu pulso.

- *Onde está a Taylor?* – eu pergunto, puxando o braço.

- Eu não sei - ele diz depois de uma longa pausa.

- Ela não está aqui?

Ele hesita, e alguma coisa feroz brilha em seus olhos. Eu me coloco em posição de luta, achando que ele vai me agarrar de novo. Mas, em vez disso, ele sorri para mim de um jeito quase carinhoso.

– Não, ela não está aqui. Nós já temos dela o que precisamos.

Lanço mais um olhar desesperado de volta para as meninas e empurro o Andrus ao sair correndo. Sigo direto para o meu carro, com o coração saindo pela boca. Quando sento, piso no acelerador e me arranco da cidade, com medo de olhar para trás.

No caminho de volta para o Haden, ligo para a polícia e conto a eles sobre as garotas. Então ligo para a Taylor a cada dois segundos, ainda sem resposta. *Venha para casa, Taylor.* Eu digo isso cada vez mais alto.

E a Lili, o que estava fazendo com o Marc?

Luc

Lili está parada na minha porta com um jeito diferente, mais confiante, de alguma maneira. Sua pele pálida contrasta com o cabelo negro puxado para trás, num rabo de cavalo. Ela espana a franja do rosto com as costas da mão, me dando uma clara visão de seus intensos olhos verdes. Ela sorri para mim.

– Oi, Luc. A Frannie está por aí?

Desvio o olhar e abro a porta.

– Ela volta depois do trabalho. Você pode esperar aqui se quiser. Ela não deve demorar.

Ela desliza por mim, roçando no meu braço, e fico surpreso quando uma profunda necessidade desenrola através de mim. Afasto isso da mente enquanto ela passa por mim. Ela vai até a minha estante de CDs, passa um dedo pelos títulos e puxa um para fora.

– Posso colocar este? – ela pergunta.

– Fique à vontade.

Ela o coloca e então se senta na mesa da cozinha, cruzando as pernas debaixo de si.

– Você quer café? – pergunto, enchendo uma caneca para mim.

– Não sou muito de beber café, obrigada. Então, você tem certeza de que a Frannie vai aparecer?

– Sim.

– Quando?

– Logo, eu acho.

Eu me junto a ela na mesa e ela me olha dentro dos olhos por trás dos negros e longos cílios.

– Bem, qual é o lance entre você e a Frannie, afinal?

Sou pego de surpresa pela pergunta.

– Em que sentido?

– Não sei. Há quanto tempo vocês estão... juntos?

– Tecnicamente... faz alguns meses.

– O que isso significa tecnicamente?

– Nosso relacionamento foi meio... complicado... no começo. – Sinto um risinho se abrindo nos meus lábios e o deixo alargar-se num sorriso.

Ela ergue uma sobrancelha e sorri de volta.

– Como assim?

Eu me apoio com os cotovelos na mesa e envolvo as mãos em torno da caneca de café fumegante, olhando para o interior dela.

– Não importa. É uma história antiga.

– Então, ela é a mulher da sua vida? Você sabe... a sua garota perfeita?

Olho para Lili, que está com um sorriso dissimulado. Dou um longo gole no meu café, sentindo-o queimar enquanto desce.

– Muito perto.

– Isso não é um sim. O que você mudaria nela se pudesse mudar alguma coisa?

– Uau... – Essa é difícil, porque a minha primeira reação é dizer que eu queria que ela não tivesse o poder de influenciar: o inferno não estaria atrás dela e ela estaria segura. Mas foi o seu poder que me fez o que sou, quem eu sou, e eu não trocaria o que tenho com a Frannie por nada. Penso no seu rosto e um tremor passa por mim. – Nada. Estou reavaliando a minha resposta para um simples sim. Ela é a minha garota perfeita.

Lili levanta as sobrancelhas e alcança o outro lado da mesa para tocar na minha mão que repousa na caneca de café. Sua voz é suave, hipnotizante.

– Mesmo...?

Por um segundo, a luz do ambiente parece difusa, fora de foco, formas e sons obscurecidos. A última coisa que eu vejo claramente antes da minha cabeça começar a girar é Lili se inclinando na minha direção, com os cotovelos sobre a mesa e a mão na minha, sorrindo.

Eu tiro a mão da caneca, coloco o cotovelo na mesa e fecho os meus olhos, esperando a vertigem passar. Mas não passa. Em vez disso, intensifica. Ouço uma voz distante e fraca. Em princípio acho que ainda é Lili, mas quando me dou conta é Frannie. Ela está chamando pelo meu nome. Então, sinto seu toque no meu rosto. Minha mente começa a clarear e eu olho para cima.

Frannie está lá, de pé ao lado da minha cadeira. Levanto, puxando-a para mim. O mundo fica borrado novamente enquanto ela toca os lábios nos meus. Uma confusão mental percorre os meus sentidos zunindo e eu respiro fundo para me manter orientado. Frannie em meus braços, me puxando para perto. Ela me esmaga em outro beijo, ainda mais profundo, rilhando os dentes nos meus devido a sua pressa.

Pedacinhos de felicidade surgem através de mim, e ela me empurra de costas para a cama. Ela me olha com ideias perversas dançando em seus brilhantes olhos de safira. E quando ela rasga a minha camisa em um puxão forte, deixando-a em pedaços, um desejo primitivo acende em mim. Meu desejo de estar com ela é repentinamente esmagador e insaciável. Sua própria gravitação me puxa para ela e gemo enquanto nossos corpos colidem.

– Frannie – sussurro enquanto enrosco meus dedos no seu cabelo e puxo a sua boca para a minha, esmagando-a com o meu beijo.

Ela morde o meu lábio e sinto gosto de sangue, aumentando a minha necessidade puramente animal. Ela me empurra com força e eu cambaleio sobre a cama. Ela sobe em mim e tudo começa a girar numa névoa negra.

– Você é meu – ela diz antes de me devorar com um beijo.

CAPÍTULO 19

QUANDO OS ANJOS CAEM

Frannie

Chamo pelo Matt quando chego em casa, e lá está ele num piscar de olhos, aparecendo ao lado da janela do meu quarto.

– Precisamos achar a Taylor. – Pareço estar sem fôlego; é que na verdade, desde que saí do Marc, ainda não fui capaz de respirar.

– Acho que posso ajudar você com isso, mas não há nada que eu possa fazer sobre a marca dela.

Eu não consigo ouvi-lo bem.

– O quê?

Ele arregala os olhos e em seguida os desvia para o chão.

– Achei que o Luc tivesse te contado.

Minhas pernas vacilam e eu consigo chegar até a cama antes de elas desabarem. Caio sobre a beirada da cama.

– A Taylor está... marcada?

Como ele não responde, levanto o olhar para ele.

– O que está acontecendo, Matt?

- A alma da Taylor está marcada para o inferno, Frannie. Ela passou dos limites com o Marc. Não há nada que eu possa fazer.

Um rosnado desenrola do meu peito.

– Luc... ? – Minha garganta está tão apertada que eu não posso encontrar o ar, e estrelas começam a faiscar, brilhantes. Em seguida, tornam-se difusas e então brilhantes novamente, nos meus olhos. - Ele sabia?

- Eu... – Sinto-o hesitar e fico me questionando o motivo de ele estar considerando defender o Luc. Ele o odeia. Finalmente desiste. – Sim.

Fico de pé e saio furiosa do quarto, ignorando minha mãe me chamar enquanto passo explodindo pela sala em direção à porta da frente. Quando saio da garagem, ouço o Matt no meu ouvido.

- O que você está fazendo, Frannie?

Olho fixamente para fora do para-brisa, incapaz de achar as palavras através do aço frio da minha raiva.

Nem me lembro de como dirigi enquanto rodo a minha chave na fechadura do Luc e dou um pontapé na porta aberta, pronta para discutir com ele.

Do aparelho de som, as batidas ritmadas de Depeche Mode me dizem que tudo está *errado*.

E, enquanto olho ao redor do local, eu sei que eles estão certos.

A primeira coisa que eu percebo é o sutiã de renda preta pendurado na cabeceira da cama, onde o sutiã vermelho que eu dei ao Luc como um talismã fica sempre pendurado.

E dois corpos se movem juntos debaixo do edredom.

O sangue se esvai do meu rosto e tudo se torna gelado diante da cena: roupas amontoadas no chão – a do Luc e algumas definitivamente mais femininas –, os longos cabelos negros sobre o travesseiro, o toque sutil de baunilha doce e frutas cítricas misturadas com a intensa fragrância almiscarada dos seus corpos quentes.

Não posso respirar.

A minha visão embaça e eu me sinto tonta. Como se eu estivesse em transe, eu me movo para a frente. Em quatro passos estou na cama, e o meu coração fica apertado no meu peito quando escuto Luc suspirar.

Agarro o edredom, afastando-o, e não consigo evitar o gemido ferido que escapa da minha garganta. É tudo o que eu posso fazer para não piorar o nó que esmaga as minhas doloridas entranhas.

Lili.

– Oh, Deus. – As palavras se prendem em minha garganta.

Caminho trôpega de volta para Matt, que está paralisado diante da cena na cama. Ele me segura e enterra os dedos nos meus braços, mais e mais, até que a dor do seu aperto me tira do estupor.

Luc parece ignorar totalmente o fato de que eles têm uma plateia, completamente perdido nela. Mas Lili me lança um olhar de soslaio enquanto um sorrisinho surge em seus lábios. Suas mãos tocam o rosto do Luc e o puxa para ela.

– Não! – eu grito, apenas com a metade da minha consciência. Eu me viro para o Matt enquanto uma miríade de emoções me assalta. Enfio o rosto em seu ombro e percebo que ele está tremendo. Quando me afasto e olho para ele, me dou conta de que ele está furioso. Ele me empurra para o lado e sobe na cama, puxando o Luc para longe de Lili.

– Sai de perto dela, seu cretino!

Luc pisca e parece que está com problemas para focalizar, como se estivesse acordando de um sonho, sem conseguir se orientar. Ele olha para Lili e depois para Matt.

– Levanta, seu filho da mãe! – Matt grita.

Luc sai de perto de Lili e pisca de novo, enquanto franze o cenho.

Matt o arranca da cama pelos cabelos.

– Afaste-se dela!

Enquanto a minha mente processa o que está acontecendo, de repente me dou conta de que Matt está brigando pela Lili, e não para me defender.

– Matt?

Sua única reação é jogar o Luc no chão e pular sobre ele, lastimando-se com os punhos na cara de Luc, que mal consegue levantar o braço para se defender de tão atordoado que está para reagir.

Finalmente, Luc parece se orientar. Ele dá um soco que joga a cabeça do Matt para trás, aproveitando a oportunidade para empurrá-lo para longe. Ele se coloca de pé, com o lábio sangrando e o rosto começando a inchar. E olha fixamente para mim, boquiaberto e com os olhos arregalados – uma expressão de choque total. Obviamente, eu já estava com essa expressão antes dele. Ele não esperava ser surpreendido. Então ele olha para a cama. Para a Lili.

Luc

Luto para controlar meus sentidos enquanto em minha mente a ilusão pisca e desaparece. Então é Lili e não Frannie quem está deitada na minha cama.

Satã me salve.

Estou zonzo e completamente desorientado. Mas, através da névoa, me dou conta do que fiz e um grito agonizante de desespero sai do meu coração.

– Não!

Viro novamente para a Frannie. Ela está parada, ainda perplexa, segurando a si mesma com a mão espalmada sobre a mesa da cozinha, e o rosto retorcido em dor. Uma lágrima escorre lentamente por sua bochecha, e meu coração se contrai numa bola dura. Enfio o meu jeans enquanto ela balança a cabeça em descrença.

– Como você pôde? – quase num sussurro.

Dou um passo em sua direção e estendo a mão para ela.

– Frannie... eu não... – Mas nada que eu diga fará isso parecer certo. Passo a mão pelo cabelo tentando pensar.

Como isso foi acontecer?

Busco em minha mente, mas não há nada. Tudo é uma névoa negra.

Olho para Lili, na cama, e a caneca de café sobre a mesa, ao lado da Frannie. Minúsculos pedaços de memória vêm à tona: Lili perguntando sobre Frannie, tocando minha mão. Então, luxúria sombria. Necessidade animal. A certeza de que se eu não tivesse Frannie naquele exato momento, eu morreria.

Pura, a mais pura luxúria me atinge como uma bola de demolição.

Mal consigo respirar enquanto me viro para a Lili, sentada na beirada da cama.

– Você! O que é você?

Ela se encolhe como se estivesse se afastando de mim. Puxa os lençóis em torno dela e seus olhos atordoados se enchem de lágrimas. De repente, estou confuso. Quero jogar essa culpa em Lili, mas...

Viro novamente na direção de Frannie, que está seguindo para sair pela porta.

– Não. Frannie, por favor...

Ela se vira e corre justo quando o Matt me derruba no chão, gritando como um Banshee.

– Eu sabia! Vou matar você!

Ele agarra um punhado do meu cabelo e bate a minha cabeça no chão, e sinto o seu poder surgir. Meu cabelo se arrepia com a eletricidade estática entre nós dois. Eu o empurro e me levanto, ignorando a dor na minha cabeça.

Matt está de pé, seu brilho quase ofuscante. Através de seu brilho, vejo lampejos de raios brancos dançando na superfície de sua pele, e o cheiro do ozônio de repente fica acentuado. Viro e corro para a porta. Quando escuto um grito torturante atrás de mim, me seguro para o impacto dos seus raios que vão me atingir nas costas. Mas isso não acontece.

Luzes brancas irrompem na sala e, por um momento, estou cego. Aperto os olhos contra a claridade, suspendendo o braço para proteger os olhos. Enquanto eles se ajustam, duas figuras, sombras na luz, convergem para o Matt.

Maldição. Anjos vingadores.

Não é mito. Eles são lindos, angelicais, com uma magnificência celeste que torna impossível desviar os meus olhos deles. Mas também terríveis no sentido mais belo do horror: o único propósito deles é destruir.

Eu já os tinha visto antes, é claro, mas ainda não consigo evitar o terror que se espalha no meu âmago enquanto me dou conta do motivo de eles estarem aqui.

Eles são brancos, com asas de penas brancas amplas, gloriosas. Descem rapidamente sobre o Matt, que está ao lado da cama. Em seu rosto, uma expressão de escárnio; seus olhos fixos em mim. Inesperadamente, o desejo súbito de protegê-lo dos vingadores me faz dar alguns passos. Mas a cólera fria deles me queima, obrigando-me a voltar.

Matt levanta a mão e estala um raio na superfície de sua palma, criando uma fissão nuclear.

– Você não vai tocar na Lili de novo – ele rosna, e seu olhar continua em mim.

Mas, justamente quando ele desencadeia a explosão, volta seu olhar para o anjo que desceu na sua frente e seus olhos se arregalam. A explosão de raios na palma da mão do Matt é absorvida pelo intenso brilho do anjo, tragado vivo. Segundos depois, Matt grita, enquanto também está sendo absorvido por aquele brilho.

Através do grito de Matt, escuto o repugnante mastigar ruidoso dos ossos, enquanto suas asas são arrancadas de seu corpo. E, mesmo desejando, não consigo me virar e ir embora. Uma lufada de ar pesado me atinge como se uma bomba explodisse, e cambaleio para o corredor. Então, tão rápido quanto surgiu, a luz vai embora, e Matt permanece deitado no chão, sangrando.

Eu me viro e saio correndo em busca da Frannie sem olhar para trás.

Matt

Sinto como se estivesse acordando de um sonho e encontro Lili ajoelhada ao meu lado, enrolada num lençol. Dou um gemido enquanto ela desliza os dedos pelo meu rosto, e, quando ela se inclina para me beijar, explodo de felicidade. Eu a puxo para mim, beijando-a profundamente, perdido na sensação de tê-la ao meu lado.

Ela enche o meu rosto de beijos.

– Você está bem?

Sorrio para ela e sinto um trejeito de desapontamento pela minha incapacidade de lembrar o que aconteceu. Obviamente, estávamos juntos – ela está nua debaixo do lençol, mas...

É quando eu percebo que não estou. Estou vestido na minha calça jeans e camiseta. Dou uma olhada ao redor e vejo que estamos no apartamento de Luc, e não no de Lili.

Espremo os olhos para a Lili, tentando me lembrar.

– O que...?

Seus olhos embaçam enquanto ela se afasta do meu abraço.

– Eu não queria.

Surge uma imagem. Lili. Na cama do Luc.

Outra. Meu punho na cara do Luc.

Eu me levanto do chão. Quando me coloco de pé, minhas pernas tremem. Quase não consigo manter a cabeça erguida. Meus sentidos estão confusos, minha visão embaçada. Então sinto uma gota quente descer nas minhas costas. E dor – uma profunda e pungente dor. Pressiono a mão contra as costas e suspiro quando vejo algo molhado e vermelho.

Sangue?

Isso é impossível. Anjos não sangram.

Olho para Lili. Ela permanece ajoelhada, os cabelos cor de chocolate espalhados sobre os ombros. Raiva ardente – mas também desejo ardente – entorpece a dor nas minhas costas. Tudo o que sinto é a dor excruciante no meu coração enquanto a memória, como uma enchente, me atinge com toda a força.

– Lili?

Ela se levanta, puxando o lençol junto de si.

– Eu não queria, Matt, mas eu não tive escolha... – Uma lágrima começa a cair pelo seu rosto enquanto ela me olha de um jeito ferido.

Um ódio mortal me corta ao meio. Vou até onde ela está, sem ter certeza se eu quero feri-la ou beijá-la, e ela se joga em mim.

– Por favor, Matt. Eu sinto muito.

Lentamente, suspendo as minhas mãos trêmulas e seguro sua cintura. Estou plenamente consciente do seu corpo debaixo do fino lençol – a única coisa que nos separa – enquanto ela soluça no meu ombro. Ela olha para mim com aqueles lindos olhos verdes e o desejo explode em mim. Ouço meu próprio gemido, um animal em sua necessidade, enquanto esmago meus lábios contra os dela. Mas, então, a imagem dela na cama com o Luc assalta a minha mente e eu a afasto.

– Você dormiu com ele.

– Eu não queria. Você tem que acreditar em mim. Ele me obrigou. – Seu rosto é todo doloroso e desesperado, e minha necessidade de protegê-la repentinamente se torna esmagadora.

Eu a puxo de volta para mim, esmagando-a na curva do meu corpo.

– Lili – sussurro em seus cabelos.

Ela funga no meu pescoço.

– Eu não quero ser desse jeito. – Ela se afasta, mas os seus olhos me mantêm hipnotizado. – Promete que vai ficar comigo.

– Eu vou ficar com você – digo, incapaz de falar qualquer outra coisa.

– Para sempre – ela sussurra nos meus lábios.

– Para sempre – repito, pressionando os meus lábios nos dela.

Sinto uma picada quando ela toca as minhas costas, e na minha mente, algo grita em alerta. Mas não consigo me concentrar nisso com Lili assim tão perto. Seus lábios traçam um suave e quente caminho na minha orelha, onde ela sussurra:

– Vai ser ainda melhor agora. Você é o meu anjo. – Ela me beija, devagar e suavemente, então me deixa. – É hora de ir.

Imagens dançam na periferia da minha consciência. Elas são confusas e estou tendo problemas para entendê-las. Mas, de repente, tenho certeza de que são importantes.

– Para onde? – pergunto, tentando controlar a razão devido ao pânico que nasce dentro de mim. Fecho os olhos fazendo força para me lembrar e a sinto pressionando o corpo em mim novamente. Quando abro os olhos, seu rosto está a um centímetro do meu.

– Você prometeu que ia ficar comigo.

Alarmes soam alto na minha cabeça.

– Onde estamos indo?

Cada parte de mim grita enquanto ela se afasta e suspira.

– Você tem duas escolhas agora, Matt. Você pode caminhar entre eles sem poder – ela acena com o braço indicando o mundo – ou pode ficar comigo. Devotar sua lealdade ao rei Lúcifer e a nós é poder ter qualquer coisa. Seu poder crescerá, se fortalecerá, completamente livre daquela noção celestial de certo e errado. Você será livre para se vingar de quem quiser. Qualquer pessoa que tenha ofendido você.

A imagem de Luc, e o que ele fez com Lili, solidifica-se em minha cabeça e eu sei o que eu quero. Vingança. Mas...

– Anjos não devotam lealdade a ninguém a não ser ao Todo-Poderoso.

Ela circula ao meu redor e pressiona a mão nas minhas costas. Ela traz a mão até o meu rosto, pingando sangue.

– Você não pode voltar. Está sem asas.

Então o resto da imagem torna-se clara: a luz branca me queimando com um calor frio. O barulho da trituração de ossos sendo quebrados e a dor lancinante que atravessa todo o meu corpo.

Vingadores.

É quando sou atingido. Quando entendo as palavras dela, os vingadores, o sangue, a raiva e a luxúria que parecem estar me consumindo tornam todo o pensamento coerente.

Eu caí.

Cambaleio num passo para trás enquanto a culpa, o medo e o terror me esmagam.

Sem asas.

Eu esperei por isso quando beijei Lili pela primeira vez e, depois, quando dormi com ela. Eu sabia que estava brincando com fogo, então por que estou tão surpreso?

Mas estou muito surpreso. Meu interior entra em colapso enquanto o horror disso começa a aparecer.

Não posso voltar.

Seu lençol cai enquanto ela desliza para os meus braços.

– Preciso de você – ela sussurra com os olhos suplicantes. – Venha comigo, Matt. Devote a sua fidelidade ao meu rei e nós poderemos ter qualquer coisa.

Naquele instante, um desespero doentio contorce-se através de mim enquanto meu entendimento vem à tona. – Quando você diz que ele te obrigou a fazer, você não quis dizer o Luc, não é?

Ela enrijece em meus braços e balança a cabeça.

– Não, o Luc não. Você precisa entender que eu vivo na luxúria. Não consigo sobreviver sem isso. – Ela afasta-se de mim e sinto meus braços segurando-a apertado, com medo de que ela possa fugir. Seus olhos verdes incendeiam enquanto ela olha para mim e acaricia os meus lábios com os dedos. – Mas o desejo mortal não pode se comparar com o seu. Eu poderia viver para sempre na ânsia do desejo do meu anjo.

Um pensamento singular me consome. *Ela é minha.* Eles não podem tê-la. Seus lábios encontram os meus, me incendiando. Eu ardo por ela, toda a necessidade e desejo. Ela me puxa para um beijo mais profundo e uma felicidade elétrica me atravessa como um raio quente. Então, minha cabeça começa a girar enquanto o mundo material, incluindo a Lili, desaparece. Fecho os olhos contra a aceleração chocante e sinto como se estivesse sendo rasgado pelo tempo.

Quando a sensação finalmente para e eu abro os meus olhos, estou inseguro de onde estou. Não é nenhum lugar que eu já tenha estado antes. Uma luz azul-violeta bruxuleante é filtrada pelo que se parece com a abertura de uma caverna, mas essa caverna, a única em que estou, não é nada parecida com o que eu já vi. Suas paredes brilham, mas é como se as faíscas do brilho fossem invertidas. Ao invés de refletir os pequenos pedaços de luz, eles parecem devorá-los enquanto tentam escapar. O chão é preto e brilhante, mas parecem suaves sob meus pés, se eu me mexo depressa, posso afundar. Viro devagar, procurando por alguma pista de onde estou.

Então eu sinto cheiro de enxofre.

CAPÍTULO 20

SOPRO DE ANJO

Frannie

Quase bati em três carros estacionados enquanto saía do estacionamento do Luc quando eu o vi correndo atrás de mim. Saí de lá o mais rápido que o Mustang podia me levar. Ignorando meus pais, entrei disparada pela sala e me tranquei no quarto. Eles bateram duas vezes na porta na última meia hora para dizer que o Luc estava aqui, mas eu não posso lidar com eles – ou ele – neste exato momento. Tenho que pensar.

Coloco meus fones de ouvido, ligo meu iPod para bloqueá--los e me encolho na cama, tentando entender tudo isso. A imagem de Luc com Lili fica rodando na minha cabeça. Vejo isso repetidamente e a cada vez parece que um pouco de mim morre.

Ele me enganou. Achei que isso não aconteceria. Tanto quanto eu o desejo, ele deveria me querer de volta. Era disso que essa coisa estúpida de poder de influência tratava. Basicamente me fez ser irresistível.

Mas o meu poder não é nada. Agora, eu sei.

Fecho meus olhos e pressiono meu rosto no travesseiro. Quando sinto uma mão no meu cabelo, não fico surpresa. Eu sabia que era só questão de tempo até a Kate ou outra pessoa destrancar a porta. Mas quando sinto o cheiro do sol de inverno, perco o fôlego.

Sento-me e me jogo nos braços do Gabe.

- Sinto muito, Frannie. Eu devia ter estado aqui.

Seu hálito em meu cabelo, a sensação dos seus braços... *Deus, como senti a falta dele.*

- Você devia - eu digo e o aperto mais.

- É minha culpa.

Eu o empurro e miro aqueles inacreditáveis e tristes olhos. E apesar de seu perfume de neve no verão e a calma que isso me traz, a raiva arde em mim.

– A menos que eu esteja enganada e você tenha sido o único a ir para cama com a Lili, não vejo como isso possa ser culpa sua.

- Por mais que eu odeie dizer isso, não é culpa do Luc. Ele não sabia o que estava fazendo.

O difícil aglomerado de raiva e traição no meu peito corre o risco de se dissolver em lágrimas, mas eu não me permito chorar.

– Não defenda ele. Ele não merece isso.

- Você está certa; ele não merece e eu adoraria não fazer isso. Mas a triste verdade é que neste momento não foi culpa dele. Ele foi enganado.

Eu o empurro com força.

– Eu o vi, Gabe! Ela não o estava obrigando a nada. – Um soluço sai do meu peito enquanto a imagem se materializa na minha cabeça de novo. Sua traição bate como uma pedra quente no meu estômago, me queimando por dentro. Eu dei tudo ao Luc – meu coração, minha alma, meu corpo. Eu o amei mais que tudo. Se ele me amasse do jeito que deveria, então seja lá o que a Lili fizesse não importaria. A certeza de que ele a desejava, mesmo que um pouco, me corta como uma navalha.

Mas eu sabia disso o tempo todo, não é? Sabia que o amor verdadeiro não existe. Como uma idiota, eu me deixei acreditar e isso foi o que eu consegui. Exatamente o que mereço por ter sido tão estúpida.

Gabe sacode a cabeça. Seus olhos estão numa tempestade conflituosa.

– Eu sinto muito. – Ele me puxa novamente para o seu ombro e me enterra na sua fragrância de neve de verão. – Senti tanto a sua falta - ele diz entre os meus cabelos.

Eu o afasto e acaricio seu rosto. Não posso acreditar que ele esteja mesmo aqui. Ele fecha os olhos e eu sinto o seu gemido reverberar no seu peito enquanto pressiono a minha mão. É um som de prazer, mas também de dor.

- É por isso que eu não podia ficar.

- Você não vai partir novamente. – Estou um pouco sem graça devido à forma como soa desesperado o que eu digo, mas é exatamente como me sinto.

Seu sorriso é instável.

– Não. Eu te decepcionei uma vez. Não farei isso de novo. Eu prometi que sempre estaria aqui por você e estarei.

Suas palavras são suficientes para desfazer um pouco o nó que está no meu estômago. Ele acaricia meus cabelos, pouco a pouco, até eu relaxar.

Reparo naqueles olhos, tão profundos e cheios de promessas, e eles tiram o meu fôlego. *Deus, ele é tão lindo*. Percebo que me aproximo para mais perto dele, tanto que os nossos rostos estão a poucos centímetros de distância.

Ele embala o meu rosto em sua mão e traça uma linha nos meus lábios com o polegar, então fecha os olhos.

- Ah... se alguma vez existiu um mortal por quem eu daria as minhas asas...

Tento ignorar a onda de culpa, mas não posso. Meu poder de influenciar é completamente inútil a não ser para bagunçar com as pessoas. Respiro fundo e balanço a cabeça.

– Você não me quer realmente. É só esse poder idiota. Não é sua culpa.

Ele sorri, porque os anjos não podem mentir.

– Mas é minha culpa. Não posso ser confiável perto de você.

Ele se inclina e beija a minha testa. Seu frio sol de inverno me envolve, e meu coração ferido bate em meu peito. Aninho as minhas mãos em suas ondas suaves e platinadas e começo a trazer o seu rosto para mim, mas pouco antes que nossos lábios se toquem, eu paro.

A culpa aperta o meu coração em um nó doloroso quando meu dou conta do que estou fazendo. Quero me perder nele, fazer tudo isso ir embora. Não porque quero o Gabe, mas porque eu ainda quero o Luc. O buraco sangrento no meu coração está me matando; uma dor tão intensa que chega a ser física. Quero que pare. Gabe pode fazer isso por mim. Mas não é justo – ou certo.

Nós dois pulamos quando bateram à porta. Eu me desembaraço do Gabe e endireito o meu cabelo bagunçado com os dedos. Gabe fica de pé e caminha até a janela, onde fica olhando para o crepúsculo.

- Frannie? – Meu pai chama pela porta. – Posso entrar?

Sinto minhas bochechas arderem e olho para o Gabe.

– Hum... talvez mais tarde, pai.

Gabe se vira da janela.

– Deixe-o entrar, Frannie.

- Não! – eu sussurro.

Ele me olha duramente.

– Você tem que deixá-lo entrar.

- Ah... só um segundo. Espera aí - acrescento, questionando Gabe com um olhar. Então vou até a porta e a destranco.

A porta se abre e meu pai está lá parado, com o cenho franzido de irritação. Ele olha primeiro para mim, depois para o Gabe.

Achei que ele ia ficar maluco e me perguntar como Gabe entrou, mas, em vez disso, ele apenas disse:

- O que está acontecendo?

Minha boca reage antes do cérebro e eu começo a balbuciar.

– Nada pai. A gente só está...

- Está acontecendo de novo - Gabe diz numa voz suave.

Isso me paralisa.

O rosto do meu pai torna-se pálido.

– Matt.

Os olhos de Gabe são de tormento enquanto ele observa o meu pai.

– Ele caiu, Daniel.

Nesse instante, percebo que o papai não está falando comigo. Seus olhos estão fixos em Gabe. E quando imaginava que a raiva tomaria o seu semblante, vejo que há uma verdadeira preocupação.

Minha cabeça gira enquanto tento entender o que está acontecendo. Por que Gabe está contando a papai sobre Matt? E desde quando o Gabe sabe o primeiro nome do meu pai? Como eles se conhecem tão bem? Gabe só viu papai uma vez, há alguns meses. Parece que eu perdi alguma coisa importante.

Papai apoia-se no batente da porta. Gabe caminha até ele e o puxa com uma mão em seu ombro, fechando a porta em seguida.

– Apenas conte a ela. Ela precisa saber.

Eles trocam um olhar de cautela, e papai olha para trás para me ver. Sua expressão é grave.

- Tem uma coisa que preciso mostrar a você - ele diz e começa a desabotoar a camisa. Ele a tira, expondo uma camiseta branca de gola em V.

Ainda em choque, eu me afasto enquanto ele começa a levantá-la.

– Pai, o que você está fazendo? – Meu pai é muito recatado. Eu nunca o vi sem, ao menos, estar usando uma camiseta. Até mesmo na praia.

- Eu preciso que você veja isso, Frannie... para compreender.

Viro-me para ele e ergo meus olhos. Ele está de costas para mim e eu não consigo segurar um suspiro quando vejo isso. Tudo o que posso fazer é levantar a mão e tocar as cicatrizes brancas e retorcidas, cobrindo cada um dos ombros.

– Oh, meu Deus! O que aconteceu?

Ele olha por cima do ombro, para que eu siga o seu olhar. Gabe está perto da janela, mas ele não está em pé, está flutuando. Sua camiseta desaparece e um par de imensas asas brancas surgem em suas costas. Ele nunca me mostrou as suas asas antes, e agora eu sei por que. Elas são inacreditáveis. Possuem plumas, mas nada como eu teria imaginado – nada como aqueles quadros idiotas que se veem nas igrejas e coisas assim. As penas parecem feitas de pura energia – luz branca.

Num transe, vou até Gabe. Chego a tocar a borda da asa, mas ele segura o meu pulso. Vejo o esforço atrás dos seus olhos, mas, finalmente, ele leva minha mão até seu rosto e a beija. Em seguida, ele se afasta de mim e balança a cabeça. Enquanto meus dedos alisam as penas, sinto a eletricidade chiar sobre a superfície da minha pele. Instantaneamente, todo o seu conhecimento, tudo o que ele viu flui através de mim e tudo fica preto.

Quando acordo, estou deitada em minha cama. Gabe está sentado ao meu lado, segurando minha mão. Ele está novamente vestido com sua antiga camiseta azul. Meu pai passa por detrás dele e também está usando sua camisa. Fecho os olhos e tento lembrar o que aconteceu pouco antes de desmaiar. Papai... cicatrizes. Gabe... asas.

Arregalo os olhos e me viro para papai enquanto ele se senta.

– Não!

Ele parece um pouco triste.

– Desculpe, mas sim.

- Você é um anjo?

- Não. Mas já fui.

Encaro-o fixamente.

– O que quer dizer "você já foi um"?

- Eu caí, Frannie. Há muito tempo.

Enterro o meu rosto entre as mãos.

– Oh, meu Deus. – Então alguma coisa me ocorre e eu olho novamente para ele. – Você é mesmo meu pai?

Ele sorri de um modo tranquilizador.

– Sim, sou seu pai.

Sento por um segundo, olhando para o nada e tentando envolver a minha mente acerca disso tudo. A minha visão periférica fica turva, para logo em seguida, escurecer por completo. Quando percebo que estou respirando rápido demais e as pontas dos dedos estão um pouco insensíveis, respiro fundo, com medo de desmaiar novamente.

– E então isso faz de mim...? De todos nós? – É difícil encontrar algum fôlego atrás das palavras.

– Nefilins. – Gabe interrompe. – Você e suas irmãs.

Meus olhos se desviam para ele.

– Eu não entendo.

Gabe aperta a minha mão.

– Você é apenas metade humana, Frannie. Todas vocês.

– Ainda continuo sem saber o que isso significa. – Eu me inclino na direção da beirada da cama, com a sensação repentina de que vou passar mal.

Gabe desliza a mão sobre as minhas costas.

– Nefilins são filhos de anjos caídos com os seus parceiros mortais. Sua mãe é mortal; seu pai, um anjo. A maioria dos nefilins é mortal, mas eles podem herdar dons especiais dos seus pais imortais, coisas como força excepcional, clarividência ou outras habilidades mais esotéricas.

– Como o poder de influenciar. – Isso não é uma pergunta.

Gabe acena lentamente com a cabeça, seus olhos me observando com cautela.

– E as minhas irmãs?

Gabe aperta a minha mão.

– Elas são todas especiais à própria maneira.

Penso na Grace, no jeito como ela parece enxergar através de mim.

– Então, elas têm anjos da guarda também?

Papai balança a cabeça.

– Elas não precisam deles neste momento.

Movo as pernas e me sento na beirada da cama, sentindo um frio pavor rastejar pelas minhas entranhas.

– Também não tenho mais um, não é?

Gabe baixa os olhos para me olhar, mas não responde nada. As lágrimas começam a queimar os meus olhos.

– A culpa é minha. Eu queria que o Matt tivesse uma vida.

- Não é sua culpa, Frannie. – Os olhos do Gabe desviam para o meu pai. – O Matt não é o primeiro anjo a perder as asas por causa de Lilith - ele diz com uma voz pesada.

- Lilith? Você quer dizer a Lili?

Olho para papai e vejo uma lágrima escorrendo por seu rosto.

- Pai?

- Eu era como Matt - ele diz de um modo pesaroso.

- Como Matt - sussurro mais para mim mesma. – Você quer dizer que foi um anjo da guarda?

Ele acena positivamente com a cabeça.

- O que aconteceu?

- Foi eu me levar... fui displicente.

- Pela Lili - eu digo juntando as peças. – O que ela é?

Papai puxa a cadeira da minha mesa até a cama e se senta na minha frente, com os cotovelos sobre os joelhos. Ele abaixa a cabeça, como se estivesse pesada demais para mantê-la erguida.

– Ela é a primeira mulher. A primeira esposa de Adão.

- Adão?

Ele ergue os olhos para me encarar e acena positivamente com a cabeça.

– As coisas não iam bem para eles e ela foi banida do Éden.

- Você está brincando.

- Bem que eu gostaria - Gabe diz.

- Então ela é um *demônio*?

Fico pensando que isso tem de ser uma brincadeira, mas a expressão no rosto do Gabe é muito séria.

– Ela é um demônio, mas não é.

Fico encarando-o e balanço a cabeça, e uma frustração começa a ferver em mim. Tento entender tudo isso.

- Tecnicamente, ela continua sendo humana - ele diz -, mas ela desceu ao *status* demoníaco.

Papai segura a minha mão e solta um suspiro.

- É mesmo uma longa história, mas basta dizer que a Eva não foi a única que Satanás conseguiu. Lilith é, na sua essência, a rainha do diabo, sua companheira terrena. Basicamente, ela é a Succubus original.

Quando falo, a frustração é aparente nas minhas palavras.

– Então como Matt não sabia que ela era um demônio? Os anjos supostamente devem saber isso.

– A alma dela é humana. Para nós, ela não aparenta ser diferente de nenhum mortal que tenha sido marcado para o inferno. – Papai balança a cabeça e baixa os olhos. – Quando você a trouxe aqui... eu não estava atento. Eu a deveria ter reconhecido.

Isso ainda não está fazendo sentido.

– Ela foi banida do Éden... Mas aquilo foi há muito tempo. Se ela não é realmente um demônio, como ela ainda está viva?

Papai levanta os olhos para mim novamente.

– Lúcifer desatou a sua alma. Ela é livre para se mover como um hospedeiro entre os mortais. Ela pode possuir qualquer um marcado para o inferno. Ela só precisa tocar neles para se transferir.

Pressiono o rosto contra as mãos, porque eu não posso encarar Gabe quando pergunto:

- O que ela quer com o Luc?

Ouço o Gabe suspirar, mas ele não ergue os olhos.

– Tenho certeza de que o objetivo dela é você. Se ela conseguir destruir o seu sistema de apoio, você fica vulnerável, um alvo fácil.

A visão do rosto do Luc... e do Matt...

Eles quase mataram um ao outro.

- O que vai acontecer com o Matt?

Gabe senta-se na cama ao meu lado. A dor na sua voz é inconfundível.

– Ele é um caído. Não tem mais um lugar no céu. – Ele consegue se firmar e acrescenta: - A culpa é minha. Eu o coloquei numa posição para a qual ele não estava preparado. Acho que pensei... não sei... - Ele se aproxima. – Mas a questão das asas... pode acontecer com qualquer um de nós. – Sua voz é baixa: ele fala apenas para mim.

Olho para o papai.

– Como você pode estar aqui? Como pode ser o meu pai? Não foi assim que o Lúcifer se tornou o demônio? O primeiro anjo caído?

- Isso mesmo. Mas todos nós temos escolhas.

Um lampejo de esperança brilha na escuridão do meu desespero.

– Então o Matt vai ficar bem? Pode conseguir suas asas de volta?

– Não há nada que faça Lúcifer mais feliz do que coletar a alma de anjos caídos. Ele pensa neles como desertores: mais valiosos do que almas terrenas. – Há tristeza nos olhos do Gabe enquanto ele responde sem esperança.

- Quando eu caí - papai começa –, eu tinha uma escolha, assim como todos nós: nos juntarmos ao Grigori e ficar na terra entre os mortais, quase impotentes, ou cair no inferno. Ele nos seduz oferecendo a habilidade de manter o nosso poder para viajar entre os planos.

Minha mente está girando, e eu não consigo ter uma boa noção dos meus pensamentos. Balanço a cabeça e contraio o rosto, tentando me concentrar.

– Grigori?

Papai solta um suspiro e olha nos meus olhos.

– Nem todos os anjos caídos escolhem o mal. Grigori são ligas de anjos caídos que vivem num corpo mortal para proteger a humanidade. É a nossa incumbência. Nossa penitência e nossa redenção. – Ele olha para Gabe. – E a nossa única esperança de um dia termos nossas asas de volta.

Algo frio e tenebroso serpenteia em mim, me fazendo estremecer.

– O que você acha que o Matt vai fazer?

Papai balança a cabeça.

– Eu não sei, Frannie. Acho que depende de quanta raiva ele está sentindo. Ser privado de nossas asas... parece uma traição. A maioria que perde suas asas não está pensando claramente, obviamente, ou não estaríamos nessa situação.

- Então ele... desapareceu. Fizeram isso para chegar até mim. – Digo, reafirmando a minha responsabilidade por isso na minha mente.

A expressão do Gabe mostra que ele está magoado enquanto acena positivamente com a cabeça.

Não há como escapar disso. Estou amaldiçoada. Todo mundo ao meu redor – todos com quem me importo – se machucam.

E isso nunca vai terminar.

Sinto como se estivesse sufocando. Eu me levanto da cama, e Gabe também. Ele começa a me puxar para os seus braços, mas eu o afasto.

– Realmente, preciso de um tempo sozinha.

Ele dá um passo para trás e me olha nos olhos. Posso dizer que ele está tentando tirar pensamentos da minha cabeça, e estou muito cansada para me importar.

Finalmente, ele acena.

– Vou estar do lado de fora da porta se você precisar de mim.

Abraço meu pai, e em seguida ando até a janela, por onde fico olhando para os galhos da árvore de carvalho, balançando no início de um vento de chuva de verão. Ouço a porta fazer um barulho ao se fechar atrás de mim enquanto fico ouvindo o vento soprar e agitar a vidraça. Empurro a janela aberta, puxo a tela para fora e me inclino no parapeito, sentindo a chuva fria picando as minhas bochechas. Quando consigo respirar novamente, limpo com a mão a chuva do meu rosto, me afasto da janela e me viro, com a expectativa de estar sozinha. Mas vovô está encostado na parede ao lado da porta, me olhando de um jeito preocupado.

Atravesso correndo o quarto. Ele me envolve num abraço.

– Sua mãe me chamou. Ela me contou o que aconteceu. – Ele balança a cabeça. – Depois de tudo, ele acabou por ser mesmo o diabo.

Sua voz vibra através de mim enquanto eu me derreto em seu peito, respirando o doce perfume da fumaça do cachimbo que se agarra nele.

– Eu devia ter feito alguma coisa – ele diz, acariciando gentilmente com a mão meu cabelo bagunçado. – Eu pensei ter visto a mim mesmo nele, mas eu devia saber.

As lágrimas começam a surgir... para mim, para o Matt e para a Taylor. Eu não quero que nenhuma delas seja para o Luc, mas elas são. As lágrimas descem pelo meu rosto enquanto a visão de Luc com Lili volta com força. Meu peito dói enquanto a lembrança se envolve ao redor do meu coração e o aperta. Eu respiro contra isso.

– Eu o amo, vovô. – Falo num quase sussurro, como se eu não pudesse admitir isso em voz alta.

– Eu sei – diz, de arranco. Ele me puxa para mais perto e me abraça enquanto choro. Quando termino, me afasto de seu ombro e ele seca as minhas lágrimas com o polegar, exatamente como costumava fazer quando eu era pequena. – Durma um pouco e vamos resolver tudo isso amanhã.

A menção de dormir me fez perceber que estou exausta.

– Tá.

Ele me olha por um longo momento. Posso ver a dor em seus olhos.

– Superar um coração partido leva tempo, mas tudo vai ficar bem, Frannie. Eu prometo.

Aceno com a cabeça quando outra lágrima desliza pelos cílios.

Quando ele pisa no corredor e fecha a porta, eu me troco e me preparo para ir para a cama. Entro sob os lençóis. Estou apenas cochilando quando a primeira imagem do pesadelo me assusta a ponto de me acordar.

Taylor.

Em questão de poucos minutos, perdi Luc e Matt. Eu *não* vou perder a Taylor.

Pego meu telefone e digito uma mensagem para o Trevor: A TAYLOR TÁ EM CASA?

NAUM, ele responde simplesmente.

Meu pesado coração dói. Aperto o telefone contra o peito e viro para o lado.

Fico olhando para a janela.

E rezo.

Porque isso é tudo o que consigo fazer.

CAPÍTULO 21

FOGO DO INFERNO

Frannie

Acordo ofegante de um pesadelo e sinto braços fortes me apertando, um corpo rígido me puxando com força pelas minhas costas.

– Luc – sussurro. Mas antes que eu termine, sei que não é o Luc, por causa do pesadelo... E não é o perfume de canela que sinto. O cheiro que me rodeia, como uma nuvem à deriva, é o perfume de neve de verão de Gabe.

O mesmo que de outras noites das últimas três semanas.

– Está tudo bem, Frannie. Sou eu. Estou aqui.

Como sempre, sinto o terror e o pânico evaporarem, como uma névoa num vento forte, enquanto me afundo em Gabe, mas não há nada que ele possa fazer em relação à dor no meu peito vazio.

– Obrigada.

Ele afasta o cabelo do meu rosto com o dedo e beija minha orelha.

Rolo sobre as costas e olho em seus olhos azuis, brilhando na escuridão do quarto.

– Será que isso vai parar?

– Aos poucos.

Eu me deixo acreditar na mentira, porque isso não pode piorar, e Gabe não sabe que ele está mentindo.

– Sinto como se toda a minha vida estivesse se tornando uma porcaria. Taylor com aquele demônio. Ela não quer nem falar comigo. Matt foi embora. E Luc... – Contraio o rosto e um gemido estoura dentro de mim. Deus, ainda dói porque a única coisa que eu vejo quando penso nele é Lili em sua cama.

Na luz pálida da lua prateada, vejo Gabe franzir o cenho.

– Eu vou encontrá-la, Frannie. Não vou deixar que ela machuque você de novo.

Eu sei que quando diz "ela", ele está falando da Lilith e eu odeio a culpa que ouço em sua voz. O que aconteceu não foi culpa sua. Mas não quero pensar nela agora. Fico olhando para o teto.

– O que devemos fazer quanto à marca do inferno que está na Taylor?

– Bem, vamos pensar em alguma coisa.

Eu me aninho nele e deixo a sua paz me lavar, tentando desligar a mente. É sempre melhor nos braços do Gabe, e quanto mais perto me aproximo dele, mais eu sinto sua paz e amor. É como se ele fosse feito disso. Meu coração acelera novamente enquanto imagino beijá-lo, lembrando-me o que senti: a única verdadeira paz que eu jamais conheci.

Ele enrije em meus braços e percebo, mais uma vez, que os meus pensamentos me levaram para longe.

– Não se preocupe, você está seguro. – Dou um sorrisinho tímido.

– Frannie, você sabe que eu faria qualquer coisa por você, mas agora esse "qualquer coisa" significa que eu preciso das minhas asas. Sou inútil a você sem elas. – Ele dá um sorriso triste. – Mas resistir ao seu poder de influenciar é muito difícil... mais ainda porque eu realmente não quero.

– Então você quer que eu pare de desejar você – eu termino a frase para ele.

Ele joga a cabeça sobre o travesseiro.

– Isso ajudaria.

Eu o empurro para longe.

– Talvez então você não devesse passar tanto tempo em minha cama.

Ele dá uma risadinha e a luz da lua desliza em seu rosto, fazendo com que ele aparente brilhar. Ou talvez ele esteja mesmo brilhando. Quem sabe?

– Mas eu gosto daqui.

Não consigo respirar quando a repentina ideia de ele ir embora me atinge, me esmagando.

– Está bem. Fica.

- Sempre. – Ele coloca um dedo em cada uma das minhas pálpebras e as fecha. – Durma - ele diz.

– Mas, mesmo segura em seus braços, demora muito para eu conseguir.

O telefone na minha cabeceira toca, me fazendo acordar. O rosto sorridente de Riley aparece na tela.

- Estou pegando você em uma hora - ela diz quando levo o telefone até o ouvido.

- Para quê?

- Você vai até a cidade comigo. Vou fazer uma visita guiada à faculdade estadual. A Taylor deveria ir, mas...

- Ela furou a ida à visita guiada? – meu coração pesa. Ela estava tão animada. Se ela não está nem se importando mais com isso...

Ela hesita, e escuto quando suspira.

– Ela furou tudo. Então, você vai?

- Ah, Ry, não estou nada bem para isso.

- Você precisa sair dessa casa e eu não quero ir sozinha.

- E o Trevor?

- Eles vão fazer uma coisa de família - ela diz depois de uma pausa.

- Coisa de família? – Eu me levanto da cama e torço um dedo nos lençóis. – Com a Taylor?

Ela hesita de novo.

– Para a Taylor, na verdade. Tipo uma intervenção. Eles vão encontrar aquele conselheiro que eles viram depois que o pai dela... você sabe.

Aquela família tem passado por tanta coisa: o pai tentou se suicidar, e agora isso. Mas meu humor melhorou só em pensar na Taylor conseguindo ajuda. Talvez, isso faça com que ela fique longe de Marc e, assim, eu possa ajudá-la.

- Você a tem visto?

- Só algumas vezes. Ela quase nunca está em casa.

- Como ela está?

Dessa vez ouço um fungar enquanto ela hesita antes de dizer:

- Mal, muito mal. – Ela funga novamente e pigarreia. – Eu vou pegar você em uma hora, então.

Luc

O secretário careca se recosta na cadeira do escritório com os pés sobre a mesa atrás do balcão, o rosto enfiado numa revista em quadrinhos. Na outra mão, ele segura um Big Mac, com molho especial, que está pingando na parte da frente de sua camisa de botão. Permaneço ao lado do balcão por alguns minutos sem obter respostas antes de pigarrear. Ele suspende o rosto da revista.

– *Check out?*

Bato com um maço de notas sobre o balcão. Quarto 6. Outra semana.

Ele se levanta e, de soslaio, o vejo colocar o dinheiro no bolso, enquanto sigo caminhando.

Quando chego à rua, ando sem rumo, como uma espécie de anônimo misturado ao sentimento de turista. É a primeira vez em três semanas que eu estou aqui, me aventurando a ir mais longe do que a loja de conveniência do outro lado da rua. A maior parte do tempo fico deitado na cama dura do hotel velho, me balançando de um lado para o outro e encarando o teto, sentindo-me como um viciado que está lutando contra o desejo de voltar ao Haden. Voltar para a Frannie – meu ajuste.

Mas nunca poderei voltar. Foi tudo uma mentira, uma bela ilusão. Mesmo que eu deseje muito, não sou o que ela precisa.

Pelo menos o meu escudo de proteção parece estar intacto. A última vez que vi Rhenorian, ele estava sentando em seu Lincoln, do lado de fora da biblioteca. Isso foi pouco antes de eu entregar meu pedido de demissão a Mavis e ter saído pela porta, há três semanas. O dia seguinte...

Sinto um peso na barriga com a lembrança.

Mas Gabriel está de volta. Fui embora assim que tive certeza. Frannie está segura e quanto mais tempo ela ficar com ele e longe de mim, mais ela permanecerá assim. Se há uma coisa da qual tenho certeza é que ele vai prestar muito mais atenção que Matt.

Eu ando numa névoa, serpenteando a multidão de pedestres que lotam as ruas no verão úmido de Boston. Não tenho certeza para onde estou indo e não me importo. Minha mente está concentrada em fazer funcionar o resto do meu plano. Não posso ir a nenhum lugar perto de Frannie, mas ainda posso ajudá-la. Com Gabriel tomando conta dela, fico livre para encontrar Lilith e achar um jeito de detê-la. Só preciso descobrir como.

Finalmente, paro para comer uma salsicha polonesa em um lugar perto do estacionamento Fenway, mesmo sem ter fome. Fico mastigando sem pensar em nada enquanto caminho.

Várias manchetes em uma banca me chamam a atenção. Mais violência e mortes no Oriente Médio; teste nuclear na Coreia do Norte. Está mais rápido do que havíamos imaginado.

Diante dessa revelação, eu me incluo no coletivo infernal "nós" e tento fingir que não sinto um calafrio me atravessar com a perspectiva da morte iminente e destruição.

Desvio os olhos do jornal e viro a esquina de volta ao hotel.

E tropeço.

Frannie e Riley estão subindo as escadas para fora da estação Kenmore.

Eu me encosto contra um prédio de tijolos, sentindo-me zonzo, e levo um segundo para me orientar. Quando volto a mim, olho novamente para a estação do metrô.

Elas se foram.

Um momento de pânico não me deixa avançar, mas forço meus pés a seguirem. Eu caminho até o final do quarteirão tão rápido quanto minhas pernas instáveis conseguem me carregar. Um suspiro de alívio arfa em meu peito quando eu as vejo seguindo lentamente pela rua. Riley está com o braço ao redor de Frannie, quase como se ela precisasse de apoio.

Isso é idiota e perigoso. Há uma razão para eu não me permitir voltar ao Haden.

Mas meu corpo se recusa a se submeter à reação. A distância, eu as sigo. Tem tanta gente na rua que às vezes eu as perco de vista em meio à multidão e, quando acontece, o pânico me faz seguir mais rápido, para me aproximar.

Quanto mais perto chego, mais sinto a eletricidade quente debaixo da minha pele.

Finalmente, elas diminuem o ritmo ao passarem pelo Starbucks. Param na porta e eu me escondo atrás de uma coluna de tijolos a poucos metros de distância, espreitando-as cautelosamente da esquina.

– Encontro você aqui depois da visita guiada – Riley diz. Frannie se vira em minha direção e Riley segura seus ombros, falando cara a cara, com se ela estivesse com medo de que Frannie não a ouvisse. – Você vai ficar bem?

Frannie acena positivamente.

Riley aperta a mão de Frannie e desce a rua, afastando-se de mim. Frannie fica lá parada por um tempão, e eu luto para que as minhas pernas não me levem até ela. Um grupo de pessoas de negócios passa por ela enquanto entra no Starbucks, e Frannie os segue pela porta aberta.

Espero durante alguns minutos, lutando contra meu último vestígio de bom-senso. Eu devia me virar e ir embora. Sei que isso seria a coisa mais segura a fazer. A mais inteligente.

Mas, Satã, me ajude, eu preciso ver o rosto dela. Para ter a certeza de que ela está bem.

Quando outro grupo passa, eu o sigo.

Frannie está sentada sozinha numa mesa dos fundos, com as mãos em volta de um copo de café quente, e é óbvio que ela não está bem. Respiro contra a pressão que esmaga meu peito, enquanto meu coração tenta entrar em colapso.

Seus olhos fundos estão em branco, olhando para o nada – nenhum ânimo naquele belo e trágico rosto.

Faz três semanas que ela está sendo perseguida pelo o que fiz a ela. Minha traição.

Estou transtornado com a culpa, apenas tentando ficar de pé, quando percebo, tarde demais, que a Frannie abandonou o café sobre a mesa e o perfume pungente de alcatrão, vindo do seu desespero, precede a sua figura caminhando em minha direção.

Será que ela me viu?

Em pânico, sigo para o corredor atrás dela. Ela hesita por um segundo, então caminha rápido para a porta.

E então sou atingido.

Sou transportado.

O peso do meu próprio desespero derruba meu fôlego enquanto percebo o que isso significa – *tudo* o que isso significa. Me apoio na parede para evitar cair e pressiono minha testa nela, enquanto luto para encontrar o ar que não preciso.

Definitivamente, Frannie não me quer mais. Se ela quisesse, eu ainda seria humano. E evidentemente não sou mais. Todos os sinais que tenho negado, tentando ignorar ou explicar. Eles são reais. Sou um demônio novamente.

Três semanas. Levou apenas três semanas.

Sabendo disso, só há uma coisa que eu posso fazer. Observo Frannie se distanciar. Afasto-me da parede, mas pouco antes de me transportar para o meu quarto no hotel, meu sexto sentido zumbe e sinto o peso de uma mão sobre o ombro. Então o zumbido para, e Gabriel desaparece.

Penduro a placa "não perturbe" na porta do meu quarto escuro e abarrotado antes de trancá-la. O cheiro de mofo agita o meu estado de espírito para um desespero profundo. Ligo o rádio na cabeceira da cama e o deixo emitindo algum barulho enquanto me jogo na cama dura.

Fico encarando o teto de queijo cottage durante... horas? dias? Não faço ideia. Ninguém bate na minha porta pedindo dinheiro, então provavelmente não deve ter se passado uma semana.

Quero morrer. Por que os demônios não morrem?

Estou pensando se seria possível me transportar para o esquecimento – o equivalente ao suicídio para os demônios – quando um cheiro agudo de enxofre assalta as minhas narinas, me fazendo ficar de pé.

– Há quanto tempo você está deitado aqui, Lúcifer? Estou esperando do lado de fora da sua porta há dias. – Os olhos de Rhenorian brilham uma luz vermelha enquanto ele se apoia na parede, num canto do quarto escuro, com as mãos nos bolsos da jaqueta, com um tornozelo sobre o outro.

Eu me jogo de novo na cama, encarando o teto outra vez.

– Bem, acho que a resposta seria dias. Pensei que tivesse despistado você. Como me encontrou?

– Por causa desse escudo celestial ridículo em que você se esconde, otário. Quando você usava o seu poder, estava lá para qualquer um de nós ver. Acontece que eu estava mais perto. – Ele sorri. – Comecei a entender seus padrões. Imaginei que você ficaria perto do seu lado humano.

Perfeito. Eu quase não tenho poder, e no instante em que o uso, estou fora. Mas a triste verdade é que eu sabia que ele estaria lá fora. Os fios dos seus pensamentos estavam na minha cabeça, como nos velhos tempos. Achei que fosse minha imaginação, mas não. Minha conexão nefasta está de volta.

Ele se afasta da parede e fica de pé ao lado da cama.

– Não que isso importe mais, mas como ela fez isso?

Eu me dou conta quando ele diz "ela". Ele sabe.

– O quê?

– Transformar você em humano. Agora você não é mais. Como ela fez isso?

– Não é ela.

Ele me arranca da cama pela camisa e me joga contra a parede.

– Não minta para mim.

– Não estou mentindo – eu minto. Esfrego a parte de trás da minha cabeça. – Ela não tem nada a ver com isso. Foi o anjo.

Seus olhos vermelhos ardem.

– Ele me disse que não foi ele.

Sinto um frio repentino, apesar do meu coração demoníaco. O Matt está no inferno? Ele está trabalhando com eles, ou melhor, com a gente, agora? Se for verdade, a Frannie está correndo ainda mais perigo. Faço um esforço para manter a mesma voz.

– E você acreditou nele?

– Anjos não podem mentir.

Então me dou conta de que é verdade. Matt foi conivente com o Rhen...

– Antes de ele cair – digo mais para mim mesmo do que para ele.

Ele me aperta com força contra a parede e um lento sorriso aparece em seus lábios.

– Digamos que ele não é muito seu fã.

Saber o quão disposto Matt estava para se livrar de mim me deixa mais triste do que com raiva. Deslizo pela parede, e ele me olha por um longo tempo, então me solta.

– Bem, isso não importa. Agora nada mais impede você de se transportar de volta comigo. – Ele balança a cabeça.

– A coisa está feia, Lúcifer. Você não só ferrou com tudo: isso foi traição.

– Eu sei. – Dou um passo à frente, com as mãos para o alto como se estivesse me rendendo.

– Você não vai lutar? – Um desapontamento surge em seu rosto, o que não me surpreende. Ele é uma criatura da ira. Lutar é o que ele faz. – Que diabos aconteceu com você?

O rosto de Frannie flutua na frente dos meus olhos. *Tudo...*

– Nada.

– Então, você vai comigo, assim desse jeito?

Enquanto olho para a parede, o rosto dela evapora. Ela não me quer. Mesmo pensando que era isso o que eu queria, esse pensamento é como uma faca no meu coração de enxofre.

Talvez eu não esteja apto a cometer suicídio, mas eu sei a melhor coisa a fazer em seguida.

– Vamos.

O inferno não havia mudado, mas eu sim. Eu costumava rir quando dizia que você podia tirar um demônio do inferno, mas não podia tirar o inferno do demônio. Eu estava errado. E isso não é nada engraçado.

Tudo o que vejo quando olho ao redor do lugar que foi a minha casa por sete mil anos me causa repulsa, me faz odiar o que sou e ansiar por quem eu era com Frannie. Mas esse não sou eu. Não foi real. E eu não posso nem mesmo voltar.

Rhenorian trouxe-me diretamente para o Poço de Fogo. Estou na minha forma humana, de volta a um poste de madeira carbonizada, com os braços acorrentados acima da cabeça. Até onde posso ver, os olhos famintos da legião do inferno – meus irmãos infernais – me analisam. Olho em volta, para o mar de rostos cheios de olhares vermelhos brilhantes e maliciosos, todos ansiosos para o show iminente.

– Belo espetáculo – murmuro baixinho.

Rhenorian mantém uma distância segura.

– É um *Diktat*[2].

Sinto um peso no estômago. Um *Diktat*. Todo o inferno foi ordenado para estar aqui. Devo servir de exposição pública. Serei usado como exemplo. O que significa que isso não será uma condenação ou execução rápida.

Mas por quê? Quem no inferno escolheu o meu destino – mesmo se eles pudessem? Olho do outro lado do redemoinho laranja e dourado da superfície do Lago de Fogo para a Ilha em chamas, e lá está a pesada massa negra do castelo

[2] Vontade imposta à força (N.T.).

do Pandemonium. Então, como se fosse convocado pelo meu olhar, o rei Lúcifer surge diante de mim, sempre em sua habitual forma humana: um homem alto e poderoso de olhos verdes brilhantes num rosto angular acentuado, envolto numa longa veste vermelha. Muito parecido com Zeus.

Rhenorian recua e se mistura na multidão, enquanto Lúcifer se aproxima de mim, olhando nos meus olhos. Contraio os dentes de um modo tão intenso que ouço um deles partir e tento não deixar a dor aparecer no meu rosto enquanto o seu poder me devasta, procurando os últimos vestígios da minha humanidade. Quando ele me liberta, respiro de modo instável.

Um sorriso hediondo divide seu rosto.

– Muito louvável, Lúcifer. Isso não poderia ter sido agradável.

Aperto meus dentes de novo e olho para frente sem responder.

Ele sinaliza para a multidão, e três demônios torturadores, dois com armas pontiagudas e um com um chicote de nove pontas – todos parte da equipe de segurança do Rhenorian, sem dúvida – saem do meio da multidão. Atrás deles, envolvido numa sombra aveludada, existe algo a mais – mais um tipo de espectro que uma forma real. Seja lá o que for, parece existir somente no limite da percepção. Brilha, saindo de foco, enquanto tento me concentrar, até me dar conta de que não passa de um truque de luz, uma ilusão. Mas então, parte dos demônios e esse algo se movem entre eles. Eu capto de relance alguma coisa impossivelmente negra, como se estivesse devorando toda a luz ao redor.

Enquanto o Mago dá um passo para o lado de Lúcifer, ele se solidifica: negro como um vazio, com exceção dos olhos vermelhos. E em longo prazo, com membros que parecem não servirem para nada, torce-se como um corpo. O Mago existe num plano entre o consciente e o inconsciente e só pode se manifestar fisicamente na presença de seu criador: Lúcifer.

A questão é que se ele está aqui só pode significar uma coisa. Eu afasto da minha mente qualquer coisa que tenha a ver com a Frannie. Concentro-me em lembranças de antes mesmo de saber que ela existia e rezo para que isso seja o bastante para mantê-la segura.

Um sorriso triste surge rápido no rosto de Lúcifer.

– Não precisava ser desse jeito. – Sua expressão torna-se pensativa e ele leva um dedo até os lábios, tocando-os. – Ainda não precisa. – ele se afasta e passa por um círculo largo em torno do poste onde estou acorrentado. Em seguida, volta-se para mim com o rosto a poucos centímetros do meu.

– Se você me dissesse o que eu quero saber – ele diz com uma voz calma –, não precisaria mandar mais ninguém lá para conseguir isso. – Ele aperta um dedo escaldante na minha têmpora.

Observo enquanto o Mago sorri, expondo uma boca cheia de presas vermelhas em seu nítido rosto negro.

Lúcifer dá um passo para trás e olha para mim.

– É agora ou nunca. Faça a sua escolha.

Cerro os dentes e permaneço encarando-o. Finalmente, depois do que parece ser uma eternidade, ele suspira e sacode a cabeça.

– Eu vou conseguir o que quero de um jeito ou de outro. Não entendo por que você quer fazer isso a si mesmo se não é preciso. – Ele acena uma mão na direção do Mago e passa para outro círculo.

O sorriso do Mago alarga-se enquanto ele estende a mão na minha direção e eu gemo com o esforço de mantê-lo afastado. No entanto, não adianta. Eu o sinto na minha cabeça, vasculhando as minhas memórias e eu sei quem ele está procurando. Luto para pensar em qualquer coisa, menos nela. Volta às minhas primeiras lembranças como os dias trabalhando no Portão com o Barghest, o cão do inferno. Concentro-me muito nisso. Mas a lembrança de Barghest me traz à tona como ele salvou a Frannie do Beherit.

Tento bloquear a lembrança dela, porém quanto mais eu tento, mais ela está lá.

Isso é tudo o que ele precisa. Vejo a satisfação em seu rosto enquanto ele a conecta. Eu lamento, porque sei o que isso significa. Ele a puxa para fora da minha cabeça, e agora está entrando na cabeça dela. Magos são a personificação demoníaca de um pesadelo. Ele vai caçá-la em sonhos e através deles, mostrará coisas a ela. Seus sonhos são como uma janela para ele entrar no mundo dela. Ele verá o que ela faz – *saberá* o que ela sabe. E o pior, enquanto ele estiver lá, Lúcifer pode segui-la na cabeça dela.

Não!

Luto com força para afastá-lo, mas ele ainda está na minha cabeça quando suspende a mão com garras e a desliza lentamente pelo ar. Mordo minha língua e faço uma careta enquanto quatro talhos de queimadura aparecem no meu peito, rasgando minha camiseta em pedaços. Eu sei que não é real – está tudo na minha mente – digo a mim mesmo, mas pode muito bem ser real para a dor que sinto. Seu sorriso maníaco amplia-se enquanto luto para empurrá-lo para fora.

Lúcifer conclui seu círculo e me prende com Seu olhar inquisidor.

– Você é um caso único. Não posso evitar a curiosidade. Você entende, tenho certeza.

Então é isso. Estou sendo um rato de laboratório. Ele vai me rasgar, pouco a pouco, mental e fisicamente, buscando por respostas, mas também mostrando ao inferno o que acontece com os traidores. Matando dois coelhos com uma só cajadada.

De repente, ele está em mim outra vez, e eu me seguro contra a inevitável dor. Mas, ao invés disso, ele me pressiona, e tudo o que sinto é o seu hálito abrasador na minha orelha.

– Eu sei o que ela é, e vou tê-la, Lúcifer. Ela era minha no princípio e será de novo. Não há nada que você possa fazer para me deter.

O que ele quis dizer com... ela já foi Dele no princípio? Um pavor gélido me arrepia e meu coração de enxofre desmancha-se em milhões de grãos de areia.

Ideias sombrias enchem Seus olhos.

– Mude, Lúcifer.

Nunca antes fui capaz de desobedecer a Sua ordem direta, mas me encontro resistindo. Uma parte profunda de mim não quer mudar, não quer me deixar assumir a forma de demônio. Procuro por essa parte e minhas pernas se predem quando eu encontro a raiz disso. Porque é a Frannie que eu vejo: um pedaço dela que carrego no meu coração de enxofre. A parte dela que também sou eu; e essa parte está disposta a abrir mão dela.

Isso é o que eu quero ser. O que eu era quando estava com ela. Se eu me livrar dessa casca – a que eu usava com ela – a única que a tocou – o que vai acontecer? E se a memória de tudo o que aconteceu estiver presa nessa casca? Se eu me liberto dela, posso perder para sempre essa memória. Ela terá desaparecido, e ficarei aterrorizado pelo fato de nunca mais consegui-la de volta. Essa lembrança é tudo o que torna a minha existência tolerável.

– Não.

Um suspiro coletivo exala dos seus seguidores e seus olhos se arregalam em descrença. No instante seguinte, milhares de raios cruzam através de mim. Grito e caio contra o poste quando finalmente param. Uma baixa ondulação chia no meio da multidão reunida.

O rei Lúcifer rasga a sua forma humana e fica parado diante de mim em toda a sua glória diabólica. Ele me olha com o ardor dos seus olhos verdes, que estão acomodados para além da sua pele negra. Meu coração de enxofre acelera enquanto ele desdobra as suas asas de morcego e as espalha, cercando-nos num casulo preto de couro, bloqueando todo som e toda luz. Enquanto suas asas me envolvem, sua maldade se desenrola, me afogando em pensamentos e ideias sombrias e depravadas.

Sua voz é um assobio cortante.

– O que você disse?

Cavo profundamente e encontro a Frannie de novo – a minha força.

– Não. Eu disse não.

Dessa vez, a força do Seu poder é insuportável, o fogo do inferno atravessando o meu corpo e destruindo tudo em seu caminho. A última coisa que ouço antes de tudo se apagar numa escuridão agonizante é o meu próprio grito.

CAPÍTULO 22

INFERNO MALDITO

Frannie

Os lençóis estão em desordem em torno de mim, e o meu coração martela no peito enquanto o meu próprio grito me acorda do sono inquieto. Há luzes piscando em minha cabeça, mas é diferente dessa vez.

A sensação é boa.

Meu grito não é de agonia. É de êxtase.

Luc.

Eu senti sua sombria energia quando estive em Boston na semana passada com a Riley. Eu cheguei até a pensar em tê--lo visto por alguns segundos, no Starbucks, e sentido o seu perfume de canela. Ele tem estado comigo todos os dias desde então, uma sensação que não consigo afastar, cutucando profundamente o meu coração de um jeito que não consigo deixá-lo ir.

E ele também estava no meu sonho. Senti as luzes piscando na minha cabeça enquanto eu estava fazendo uma coisa terrível com o Luc. Torturavam-no. Cobras. Garras. Fogo. E ele estava gritando, e cada grito enviava um raio excruciante de prazer no meu cérebro.

Oh, Deus – eu gostei.

O que diabos há de errado comigo?

Enquanto minha cabeça gira, me fazendo sentir doente, me dou conta de que na verdade não era eu. A pessoa que estava torturando Luc no meu sonho era outra. Alguém sombrio – sem forma ou rosto. Eu assisti através dos seus olhos enquanto Luc gritava – sentindo a sua sede de sangue – e eu me alegrava com isso.

Um arrepio corre através de mim e eu me viro para a lixeira ao lado da cama, com medo de vomitar. Mas não acontece. Eu dou um gemido e caio novamente no travesseiro enquanto a porta se abre. Papai enfia a cabeça por ela.

– Frannie, querida? Você está bem? – Quando ele me vê, com os cabelos sobre o rosto, tremendo, ele se aproxima e se ajoelha ao lado da cama.

Tento controlar a minha respiração, mas não funciona.

Olho para trás, na expectativa de encontrar Gabe na cama, mas ele não está aqui. *Eu preciso dele.* Olho para o papai.

– Sim, desculpa. Foi só um sonho. – Minha voz engasga e ele não acredita.

Seu sorriso é como um coração partido enquanto ele aperta o meu ombro.

– Eu sei que tem sido uma semana dura…

- Estou bem, pai, de verdade. – Me inclino sobre o cotovelo. – Ou pelo menos tento.

- Você quer que eu fique?

- Não. Estou bem. Obrigada. – Deito novamente no travesseiro e tento sorrir. Tenho certeza de que não o convenci, mas ele suspira e se vira para a porta.

- Chame se precisar.

- Claro, papai.

A porta estala ao se fechar atrás dele, e eu deixo as lágrimas que estou segurando fluírem. Eu me viro e enterro o rosto no travesseiro para sufocar os soluços. Então uma mão alisa as minhas costas enquanto sou inundada pelo sol de inverno. Sento-me na cama e olho para Gabe, que está sentado na beirada.

- Onde você estava?

- Precisei cuidar de um assunto.

- Luc… eu sonhei…

- Eu sei.

A dor no meu coração me obriga a perguntar. Odeio ter que saber.

– O que foi aquilo? O que eu vi?

As sombras da meia-noite não escondem a preocupação em seu rosto, mas ele não responde.

Meu coração se despedaça contra o peso da pressão do meu peito, e mal posso respirar.

– Gabe...?

– Estou trabalhando nisso, Frannie – ele diz.

Ele nunca falou comigo dessa maneira. Alguma coisa muito errada está acontecendo. Sinto o terror rasgar cada célula do meu corpo.

– Trabalhando em quê? Cadê o Luc?

Ele hesita.

– No inferno.

O quarto começa a girar. Não consigo respirar. As luzes na minha cabeça – era real. Eu o olhei nos olhos. – Ele está... morto?

– Tecnicamente não.

– Oh, Deus! Me diz o que está acontecendo!

Ele solta um pesado suspiro.

– Ele é um demônio, Frannie.

É como um soco no estômago, tirando todo o ar de mim.

– Um demônio... no inferno. – Olho para ele. – Ele voltou?

O olhar de Gabe é triste enquanto ele acena.

– Por que ele voltou?

Ele passa a mão sobre o meu rosto.

– Eu acho que ele pensou não ter muitas razões para ficar mais aqui.

Eu me aperto contra ele e o deixo trabalhar em meu coração para que volte a bater normalmente.

– Então ele foi embora… de verdade.

– Estou trabalhando em algo para trazê-lo de volta.

Eu me afundo nele e respiro contra o buraco no meu peito, tentando preenchê-lo. Sinto que ele é preenchido – com raiva. Borbulha dentro de mim até que eu me sinto trêmula. Eu havia chegado ao ponto em que pensar no Luc não esmagava mais o coração. Foi muito difícil, mas eu sabia que precisava superá-lo.

Mas ele voltou. Sem pensar duas vezes.

Eu me afasto de Gabe.

– Não o traga de volta para cá por minha causa.

Aqueles olhos azuis perfuram a minha alma enquanto ele leva o polegar até a minha bochecha. Seus olhos estão tempestuosos, agitando-se sombriamente, mas em algum lugar ainda brilham. Então seus lábios estão sobre os meus, tão gentis, mas desesperados ao mesmo tempo...

Eu provo o seu sol de inverno e explodem, através de mim, luzes na escuridão do meu coração. Estou coberta de neve de verão, fazendo arder a minha ira. Pressiono-me contra ele, aprofundando o beijo, necessitando de mais.

Ele enrijece, o que me traz de volta aos sentidos.

– Eu não quero você – sussurro em seus lábios, tentando acreditar nisso.

Ele comprime a sua testa na minha.

– Eu sei. – Sinto-o estremecer enquanto me afasto. – Isso é tão difícil.

– Desculpa. Estou tentando não... – O quê? Estou tentando não desejá-lo, eu acho. Mas ele torna impossível não amá-lo.

Ele me puxa para o seu ombro, e percebo que está tremendo.

– Vou trazê-lo de volta por nós dois – ele diz. – Eu amo você...

As borboletas que fazem cócegas na minha barriga explodem num turbilhão. Eu as inspiro de volta, e em seguida me afasto dos seus braços e miro em seus lindos olhos.

– Eu amo você também.

Seu sorriso é triste.

– ... mas eu não posso ter você. Você pertence ao Luc. – Ele se levanta e caminha até a porta. – Estarei aqui – ele diz, abrindo a porta. – Me chame se precisar. – Ele desaparece enquanto segue para o corredor.

– Preciso de você – suspiro depois que ele se vai.

Eu me jogo sobre os travesseiros, determinada a não cair no sono de novo e permanecer aqui deitada vendo as sombras da luz da lua dançando no meu teto. Deslizo um dedo sobre meus lábios ardentes, tentando não desejar Gabe... ou me preocupar com o Luc.

Luc

Lúcifer continua a andar em largos círculos ao redor do poste em que ainda estou pendurado, examinando-me de todos os ângulos.

Perdi a noção do tempo. É impossível dizer há quanto tempo estou acorrentado aqui. O que eu sei é que o Lúcifer geralmente gosta de prolongar as coisas e, neste caso, não há dúvidas de que Ele me deixará pendurado por meses. Talvez anos.

Ele avança na minha direção, Seu rosto de couro perto do meu, e eu me preparo para outra rodada.

– Mude! – ele rosna.

Arrio a cabeça, exausto, e olho para o corte vermelho e profundo no meu peito. Feridas que deviam sangrar se eu ainda fosse humano, porém, queimam como ácido. Elas estão por toda a parte – nas minhas pernas, nas minhas costas. O cão circula o poste a uma distância segura de Lúcifer, rosnando. Ele decidiu trazer cães do inferno para tornar meu exemplo mais visual para as massas.

Mas o Mago continua de pé, rindo. Esperando.

Estremeço contra o temor da dor inevitável que a minha resposta vai gerar.

– Não.

Lúcifer suspira e estala os dedos. Os dentes dos cães do inferno estão no meu ombro, rasgando a minha carne, o veneno enviando uma dor lancinante pela minha espinha. Desejo que cada golpe me mate, mas eu sei que não haverá misericórdia.

Sinto minha determinação mudar enquanto a dor atinge cada célula do meu corpo.

– Tá bem – digo entre os dentes cerrados. Tento levantar a cabeça, mas pesa toneladas.

Lúcifer assobia, e os cães afastam-se. Novamente afundo contra o poste, torcendo as algemas e pressionando a testa na madeira carbonizada. Ele me encara, acenando sua mão impacientemente na minha direção com uma sobrancelha levantada.

Espremo os olhos fechados, como se não me ver mudando fosse fazer diferença, e me concentro em me agarrar naquele pedaço de Frannie que existe no meu coração. Mas justamente quando estou prestes a me livrar da minha forma humana, o redemoinho do cheiro acre no ar e uma luz branca reluzente passam através das sombras índigos em rotação.

A última coisa que ouvi enquanto estava sendo puxado pelo tempo e espaço em uma corrida vertiginosa é o rugido de Lúcifer.

Estou numa cama macia coberto com lençóis brancos. Em uma sala branca. Com móveis brancos.

Gabriel. Só pode ser.

Puxo o lençol para o lado e me examino. As feridas no peito e nos braços são profundas, porém estão cicatrizando – uma vantagem de ser um demônio. Mas a lembrança da queimadura ainda está lá – um formigamento profundo e desconfortável.

Dou uma volta pelo local e me sento na beirada da cama quando sinto a vertigem.

E então sou atingido. Estou em Gabriel. Alguém com poder suficiente para me arrastar do inferno. Bem debaixo do rei Lúcifer.

Me sinto inseguro novamente.

– Frannie – sussurro.

Sei que não devo ter esperança, mas não consigo evitar. Salto da cama, cambaleante, e em seguida me equilibro e alcanço as roupas na cadeira branca ao lado da cama. Visto a calça jeans e a camiseta que Gabriel deixou para mim e saio apressado pela porta, desço as escadas com as pernas bambas.

Gabriel está espalhado no sofá da sala, com uma perna sobre o braço do sofá, espremendo os olhos enquanto observa um exemplar do livro *The stand*, do Stephen King.

– Você devia usar óculos de leitura. – Dou uma olhada em volta, ansioso para ver Frannie, mas estamos só nós dois. Gabriel coloca o livro aberto sobre o joelho e observa-me em silêncio enquanto tropeço em meus próprios pés a caminho da cadeira embaixo da janela, onde me sento largado.

– E então, o que aconteceu?

Ele dá um meio sorriso.

– É uma história muito longa.

Eu me inclino, com os cotovelos nos joelhos.

– Já que sou imortal de novo, tenho todo o tempo do mundo.

– Encontramos uma brecha.

Olho para ele.

– Da maneira como as histórias são longas, essa parece estar faltando alguma coisa.

Ele se mexe desconfortavelmente no sofá.

– A pequena parte da sua essência que ainda é humana pertence a nós, então fizemos valer o nosso direito sobre ela. É claro, há muita política envolvida. Levei um tempo para convencê-Lo a intervir: Michael não ajudou nisso porque tivemos que nos responsabilizar para tirar você de lá.

Meu coração pesa e eu encosto na cadeira, largando o meu olhar sobre o carpete, porque eu pensei...

– Não foi a Frannie. – Digo em voz alta para parecer real, para confirmar para mim mesmo. Eu estava enganado em ter esperança de ela ter mudado de ideia e usado o seu poder para me salvar.

Ele confirma o que já sei quando hesita antes de responder.

– Não, não foi.

Então é isso. Frannie terminou comigo para sempre.

O gosto amargo da bile sobe pela garganta e a engulo de volta, mas ouço isso na minha voz, no entanto.

– Então, você salvou a minha pele mais uma vez.

– Não fique contando, cara.

Eu suspiro.

– Por que você se importa?

– Eu precisava da sua ajuda. – Ele coloca o livro de lado e dá um sorrisinho. – Imagine a minha surpresa quando venho procurar você e te encontro no *inferno*?

– Você devia ter me deixado lá.

Ele se acomoda de volta no sofá e solta um longo suspiro.

– A Frannie precisa de você.

– Ela precisa sim. Precisa que eu suma e o Poço de Fogo é justamente como eu consigo isso.

Ele se levanta do sofá e anda até a janela.

– Parecia que Lúcifer tinha em mente coisas maiores e melhores para você – ele diz com o olhar perdido no nada.

– Não importa. Não é nada que eu não mereça.

– Você é tão difícil quanto Frannie, querendo assumir a culpa por tudo o que acontece.

– A questão é que a maior parte do que acontece é minha culpa. – Aperto os olhos por causa da imagem do rosto assustado de Frannie e lanço-me para fora da cadeira. –Você devia ter me deixado lá, – digo, seguindo para a porta.

– Não podia. Estou mesmo precisando da sua ajuda. Frannie está com problemas, Luc. – A sombra da culpa cobre seu semblante enquanto seus olhos baixam para as mãos agitadas. – Ela está mal e tenho medo de tornar isso ainda pior.

Eu me viro e olho para ele, para dentro dos seus olhos em tortura. Ele está prestes a desabar. Mesmo sabendo que ele jamais admitiria isso para mim, ele está apaixonado por ela. E não deixou de amá-la quando foi embora e ela ficou comigo, o que significa que não há nada o que fazer com o seu poder de influência. Mas agora que Frannie quer que ele...

Dou uma risada mal-humorada. Isso é ótimo.

– Você me tirou do inferno para intervir?

– Ela pertence a você – ele diz, com a voz dolorida. – Você é o único que entende o que está em jogo. Ela precisa do seu apoio.

– Ela tem você – sorrio –, um autêntico anjo de Deus. O que ela poderia querer comigo?

– Eu não posso... – ele engasga. – Eu não pensei que isso pudesse acontecer. Que eu pudesse... – ele me encara duramente. – Eu sou um Domínio. Você sabe o que acontece se eu perco as minhas asas.

Não posso ter essa conversa.

– Você devia ter pensado nisso antes de se apaixonar por ela. – Tento me transportar para o meu apartamento, mas eu devia saber que isso não vai acontecer de dentro da sala de estar de Gabriel, com o seu campo celestial contra as forças infernais. Eu me arranco pela porta da frente que está aberta e saio afobado para a varanda, precisando dar o fora desse lugar.

Mas é esperar demais que Gabriel me deixe em paz. Ele me segue até a varanda e fica me encarando.

– Foi uma boa atuação. Juro que pensei que você se importava com ela.

Eu me seguro para não mandar uma explosão do inferno sobre ele. Mas não vou permitir que suas palavras me firam.

– Só estou fazendo o que é natural. Sou um demônio, afinal de contas.

– E um imbecil de primeira linha.

Começo a me transportar para o meu apartamento, mas olho e percebo que um vizinho do Gabriel está parado no gramado vestido num roupão, olhando para nós dois.

– O que você esperava? – pergunto, saindo da varanda e voltando para dentro.

Ele me segue.

– Por que você não quer ajudá-la?

– Eu já disse. O melhor jeito de eu ajudar a Frannie é deixando-a em paz.

Ele balança a cabeça e murmura baixinho.

Fico olhando para ele.

– Vá procurar a Lilith. Ela não vai parar.

Ele me encara de volta e começa a soltar alguma resposta, mas seu rosto se torna uma máscara assustada, e em seguida, de horror. Seus olhos se arregalam.

– No seu apartamento. Agora! – ele grita. Então desaparece.

CAPÍTULO 23

PARA RESGUARDAR A MINHA ALMA

Frannie

Luc está no inferno. Isso é tudo o que eu sei. Será que ele está seguro? Morto?

Não posso acreditar que ele tenha se transformado, que não seja mais humano. Que ele não seja meu. Não sei o que esperar, mas eu não devia ficar surpresa, porque fiz isso. Eu não o queria. Eu o odiei.

Mas sempre o amei.

E ainda o amo.

Mas isso não muda o que ele fez. Não há nada que ele possa dizer que me faça confiar nele novamente.

E Gabe não devia acreditar em mim. Na noite anterior, depois que ele foi embora, passei o resto do tempo tentando me convencer de que eu não o queria. Mas isso é besteira. Eu o desejo.

Ele me disse para ficar em casa, atrás do escudo do meu pai. Então, não sei por que estou dirigindo até o apartamento do Luc. Acho que preciso me certificar de que ele realmente foi embora para que eu possa seguir em frente. Como dizem, é ver para crer.

Quase continuo a dirigir quando entro no estacionamento e vejo a Shelby. Mas não faço isso. Estaciono perto do prédio dele e permaneço sentada por uma eternidade, lutando contra o pânico que tenta me dominar. Eu me pego esfregando o pé de coelho e dedilhando a afiada e brilhante chave prata pendurada na ignição. Finalmente, puxo as chaves, saio do carro e ando até o prédio. Eu me sinto fraca e doente, e tenho dificuldades para manter minhas pernas se movendo. Lampejos de memória: conhecendo Lili no primeiro dia aqui na porta, carregando a cômoda por essas escadas, Matt caindo. Eu quase dou meia volta quando o peso no meu coração esmaga a minha coragem. Empurrando-me a mim mesma, entro no saguão do prédio.

Cuidadosamente, enfio a chave na fechadura, tentando não pensar no que encontrei do lado de dentro na última vez em que fiz isso, e dou um pulo quando escuto uma voz suave vindo do corredor.

- Frannie?

Fico trêmula e zonza enquanto me viro em direção a Lili, que está parada em sua porta.

Ela dá um passo cauteloso na minha direção.

– Eu preciso muito falar com você, Fee. – Sua voz é suave, amedrontada.

Pisco os olhos, tentando clarear a mente, tentando enxergá-la do jeito que sei que ela é: uma Succubus e uma companheira do rei Lúcifer. Mas é apenas a tímida e assustada Lili.

A Lili que estava na cama com o Luc na última vez em que a vi.

Minha pulsação acelera enquanto engulo a amarga bile que se ergue na minha garganta.

– O que você quer?

– Ele não está aí - ela diz, olhando para os próprios pés.

Puxo a chave da fechadura e empurro a porta. Ela tem razão. O apartamento está vazio. Viro novamente para ela.

– O que você quer? – repito, lutando para não alterar a voz.

Ela se move com cuidado na minha direção.

– Eu só... – ela engasga enquanto se aproxima de mim. – Podemos conversar?

Empurro mais a porta, e ela entra, cabisbaixa. Eu a sigo e fecho a porta ao passarmos. Meus olhos perscrutam o apartamento novamente, e quando eles miram a cama, não posso evitar a dor no coração ou as lágrimas nos olhos. A lembrança de mim e Luc – a nossa primeira vez e tudo o que pensei ter significado alguma coisa – é ofuscado pela imagem dele, na mesma cama, com Lili. Eu me viro para ela.

– Então basta dizer o que você tem a me dizer e me deixar em paz.

Ela olha para mim e tenta se aproximar.

– Eu não o queria - ela diz.

Eu vi os dois juntos de um jeito claro, exatamente como está acontecendo agora, bem na minha frente.

– Você podia ter me feito de boba - falo rispidamente.

Seus olhos estão presos aos meus e me surpreendo com a força súbita que vejo neles. E mais alguma coisa. Algo quente e interminável – e antigo.

– Eu quero você.

De repente, estou paralisada pelo desejo estropiado. Ela desliza pelo chão, seguindo para mim, que estou encostada na porta, e pressiona o seu corpo contra o meu. Fecho os olhos enquanto uma rajada de êxtase atravessa cada célula do meu corpo. Sinto seu hálito quente no meu rosto e dou um gemido enquanto a empurro na porta. Mas então sua mão está no meu rosto, acariciando-me. Seu dedo traçando uma linha na minha bochecha, descendo para o nariz e então para os lábios. Abro os olhos e imediatamente fico fascinada. Meus batimentos aceleram, mas somente parte disso é por causa do medo.

Respiro irregularmente enquanto a sala começa a girar, então tudo se transforma num borrão enquanto seus lábios se prendem aos meus. Um formigamento elétrico me atravessa, e quando ela tenta se afastar, sou eu que não deixo. Sinto seu sorriso entre os meus lábios quando os meus braços, que antes a estavam empurrando para longe, agora começam a puxá-la para mais perto.

– É isso aí. Deixa rolar – ela sussurra.

E, diante de suas palavras, Luc vem à minha cabeça – o quão perdido ele esteve nela. Sinto algo – escuro, feio, velho – desenrolar dentro de mim, tentando me dominar.

Eu a afasto e balanço minha cabeça enquanto um alarme toca na minha mente. Instintivamente, agarro-a pelo braço e a torço pelo pescoço. Mas, tão rápido quanto, ela gira para fora do meu agarro e se afasta de mim.

– Não precisa ser assim, Fee. Você não sabe quem eu sou e o que posso fazer por você.

– Não se atreva a me chamar assim – eu rosno. Sinto uma nova força surgir em mim enquanto olho para baixo, para o verdadeiro objeto da minha ira. – E, na verdade, eu sei sim, *Lilith*.

Ela parece atingida. Seu semblante esmorece e seus olhos brilham com as lágrimas.

– Foi o Gabriel? O que ele falou para você?

– Não foi o Gabe – digo, pensando no rosto de meu pai quando ele me contou sobre a Lilith. Em como ele perdeu suas asas por causa dela.

Ela baixa as pestanas.

– Daniel - ela sussurra, como se lesse minha mente. Ela olha de volta para os meus olhos. Os dela estão cheios de uma dor profunda. – Ele era especial para mim. Meu primeiro anjo.

Olho para longe antes que seus olhos me fascinem de novo, e sinto uma ira crescendo dentro de mim. Mas então lembro da tristeza em seu rosto quando ela conheceu meu pai naquele dia na garagem e eu quase acredito nela. Sou inundada por várias emoções – tristeza, compaixão, vergonha, luxúria – até que os meus pensamentos estão totalmente confusos.

- Especial? – digo rispidamente. – E o Matt? O Luc? Eles eram especiais também?

Alguma coisa sombria rasteja pelo seu rosto.

– A luxúria deles me mantém viva. Sem eles, eu morro. Então, acho que são especiais cada um à sua maneira.

Viro em direção a porta e seguro a maçaneta quando ela acrescenta:

- Mas não tão especiais quanto você.

Aperto a maçaneta da porta e luto contra a onda de desejo que ameaça me dominar.

Quando me viro para a sala, ela está lá, apenas a alguns centímetros de mim. O desejo de pegá-la e puxá-la para mim é quase irresistível. Meu corpo dói, minha necessidade de tê-la é totalmente visceral em cada extremidade nervosa.

Não posso respirar enquanto diminuo a pequena distância entre nós e pressiono meus lábios contra os dela. Um gemido que é quase um rosnado sai de suas profundezas enquanto ela me aperta mais, me empurrando de volta contra a porta.

Depois de um minuto, meu coração dispara quando tento respirar e não consigo. Lili está literalmente me sufocando com o beijo. Há algo de emocionante ao pensar em morrer nos braços dela. Estremeço e esmago o meu corpo contra o dela, meus pulmões gritando por ar. É quase como se ela estivesse sugando a vida que há em mim - e eu a quero também.

O beijo da morte.

O terror alfineta os meus sentidos, misturando-se com o meu intenso desejo por Lili. Eu nunca havia experimentado nada parecido - emoções totalmente viscerais e fora do controle. Puxo suas roupas, pois preciso ficar mais perto, e sinto seus dedos pressionando a minha garganta, cortando o pouco de ar que tenho. Estrelas piscam nos meus olhos enquanto pequenos pedaços de felicidade me atravessam.

Seus lábios deslizam nos meus e traçam um caminho ardente pela minha bochecha e a minha orelha. – Você é minha – ela sussurra enquanto aperta minha garganta.

Por cima do seu ombro, com a visão reduzida e nebulosa, vejo a cama de Luc. A cama em que me entreguei a ele. A cama em que ele me traiu.

Com Lili.

Ao pensar no que Luc e eu tínhamos - no que perdemos - sou preenchida de tristeza. A lágrima quente correndo pelo meu rosto me desperta do transe. Alguma coisa em meu coração aperta enquanto um aviso de alerta em minha cabeça fica mais alto. Então ouço a voz do Gabe.

Ela é um demônio, mas não é.

Mantenho os olhos focados sobre a cama - sobre a minha tristeza - enquanto me afasto de Lili, sabendo que eu conseguiria encontrar forças se estivesse olhando nos olhos dela. Com muito esforço, consigo criar algum espaço entre nós duas. Dói mais do que eu podia ter imaginado me afastar dela, e uma necessidade dolorosa atinge meus ossos. Sua mão na minha garganta não afrouxa, e é quase um consolo ainda estar conectada a ela.

Porém ela aperta com mais força, tentando me manter junto de si. Meus pulmões parecem que vão explodir. Estrelas brilhantes cintilam nos meus olhos, e o pânico envia através de mim uma onda de adrenalina. Puxo sua mão da minha garganta e torço seu braço, girando-a e jogando-a de cara para a porta. O sangue corre tão rápido na minha cabeça que me deixa zonza. Sinto-me quente e fria ao mesmo tempo enquanto o meu corpo começa a voltar à vida.

– O que você quer de mim? – É quase como um soluço que escapa da minha garganta.

Ela vira a cabeça para o lado e olha para mim por cima do seu ombro torcido.

– Tudo. Você pertence a nós... a mim.

Mesmo sem olhar em seus olhos, sinto uma intensa atração em suas palavras. De repente, sei que ela está certa. Sei com toda a certeza que ela e eu devemos estar juntas. Eu a desejo mais do que qualquer coisa na vida.

Mas, enquanto a mantenho presa aqui, lembro de Luc me segurando no mesmo lugar, não faz muito tempo. Quase posso senti-lo me pressionando, seu hálito em meu ouvido enquanto sussurra: *eu te amo com tudo o que sou.*

Lágrimas escorrem pelo meu rosto enquanto me lembro, sabendo agora que ele não teve culpa. Mas a lembrança me ajuda a manter a cabeça arejada, e me afasto de Lili, voltando--me para o meio da sala.

- Estou indo embora.

- Desculpa, Fee. Não posso fazer nada. – Ela parece quase triste enquanto diz isso, mas algo no fundo dos seus olhos verdes me diz que ela está falando a verdade.

- Sai da frente - digo com toda a bravura que consigo reunir.

Ela continua parada com as costas apoiadas na porta e balança a cabeça.

Eu a empurro para longe do meu caminho, mas ela segura o meu braço, e me aplica um golpe de mata-leão.

- Não me obrigue a fazer isso, Fee.

Antes que ela possa cortar o meu ar de novo, eu movo a minha perna para fora e atinjo seu joelho, obrigando-a a me soltar. Eu me livro dos seus braços e dou alguns passos em direção à cama.

– Me deixa ir.

- Eu tenho ordens. O meu rei quer você. Não posso deixar você ir.

- Sou marcada para o céu. Você não pode me ter.

Ela parece pensativa por um momento.

– Um detalhe técnico. Mas com Luc e Matthew... sumiu... – Um sorrisinho surge em seus lábios - ... as coisas não parecem ser assim tão taxativas.

Passo pela beirada da mesa, a poucos centímetros da porta. Ela se vira e segue meus movimentos, mas não contra-ataca. Deslizo por ela e alcanço a maçaneta da porta, mas justamente quando os meus dedos esfregam o metal frio - a minha liberdade - ela bate na minha mão.

Seu rosto escurece.

– Isso é real, Fee. Eu consigo o que quero, no caso de você não ter reparado, e agora eu quero você.

Respiro contra o formigamento elétrico que se agita sobre a minha pele e alcanço a maçaneta da porta de novo. Ela me ataca, mas eu a impeço, agarrando o seu braço e dando um chute no seu joelho, entortando-o. Ela cai sobre o outro joelho, e enquanto dou um soco na sua cara, ela me atinge nas pernas. Caio de costas, batendo com força a minha cabeça na porta, e sinto o filete de sangue através do meu cabelo

– Apenas venha comigo, Fee. Por favor. Isso pode ser legal. Fácil. Eu posso fazer você sentir coisas que não pode nem mesmo imaginar.

– Eu nunca irei com você.

Uma sombra passa por sobre seu rosto, e de repente ela parece assustada.

– Você não tem ideia do que Ele vai fazer comigo...

– Eu tenho uma boa ideia – digo, e não posso conter o tom sarcástico na minha voz. – O Poço de Fogo?

Ela balança a cabeça enquanto seu rosto empalidece.

– Isso é para os seus criados. Para mim... – ela estremece e engasga, os olhos vagos num rosto assustado, enquanto coloca as mãos ao redor da cintura.

Quase senti pena dela, mas agora sei que esse é o seu truque. Eu caí na dela antes e a deixei despedaçar o meu mundo. Não vou mais entrar nessa.

Uso sua distração para fazer um movimento até a porta de novo, mas ela coloca o pé para fora, tocando meu quadril e me fazendo recuar alguns passos. Nós nos movemos pelo apartamento, trocando golpes, e Lilith sempre consegue ficar entre mim e a porta. Ela parece estar sangrando tanto quanto eu, mas tento me manter firme.

O pânico surge em mim com a vaga ideia de que nunca estive numa luta de verdade em toda a minha vida. Ninguém nas aulas de judô pode me bater. Mas eles não são a Lilith. E eles nunca quiseram realmente me matar. Então, lembro de mim mesma. Se eu vou ter uma chance, não posso entrar em pânico.

Respiração. Equilíbrio.

Poder de influência...

Luc me disse para usar o meu poder.

Ela me dá um chute. Eu a seguro e a giro para fora, tentando decidir como convencê-la.

Estou marcada para o céu. Você não pode me levar.

Ela nem mesmo hesita antes de me dar outro chute no peito, que me joga na parede. Afasto-me da parede enquanto ela me ataca.

Você não me quer.

Dessa vez ela hesita, por uma fração de segundos, mas é tempo suficiente para a minha mão se chocar contra seu olho direito. Ela gira em volta da mesa e quase a derruba.

– Você é boa – ela diz, com admiração na voz. Ela limpa uma gota de sangue no canto da sobrancelha e se inclina na mesa como se estivesse desistindo.

Baixo os braços e dou um passo em direção à porta. Quando ela não se mexe para me deter, eu suspiro aliviada e dou uma olhada naquela direção.

Isso é tudo o que preciso.

Seu pé atinge o meu estômago, rápido como um raio, derrubando-me de costas na cama enquanto todo o ar se esvai dos meus pulmões numa dolorosa explosão. Em um piscar de olhos, ela está em cima de mim. Com as minhas pernas, eu a abraço e tento torcê-la num golpe, mas ela não se move, nem mesmo o travesseiro que ela segura sobre o meu rosto se move.

Meu ar se esvai e não consigo recuperá-lo. O travesseiro me impede de respirar completamente. Eu suspiro por ar e arrebento o crucifixo pendurado no meu pescoço. Puxando a corrente do meu pescoço, eu a corto com ele.

- Gosto tanto de joias quanto gosto de garotas, mas eu não sou um demônio, Fee - ela diz, puxando a corrente da minha mão. – Então, a menos que você queira me dá-lo, não entendo a razão disso.

Minha força começa a esmorecer quando estrelas piscam nos meus olhos. Meus pulmões queimam. Eu chuto e agarro as estrelas brilhantes, até que as minhas pernas tornam-se tão pesadas que já não consigo movê-las. E, justamente antes do mundo enegrecer, sinto um puxão nas minhas entranhas, como se alguém puxasse minhas vísceras pelo meu umbigo.

Quando abro os olhos, o mundo parece diferente. Sinto-me insegura. Tudo está vago e distorcido, como se fosse uma casa de espelhos. Parte disso está nebuloso, porque meu olho direito está inchado. Mas isso não é tudo. Desvio o olhar do teto para perscrutar a sala - a cadeira caída, a faixa de sangue na porta. Uma onda de pânico me atravessa enquanto me lembro de Lilith. Pulo da cama e olho em volta. Quase desmaio. Meu corpo não se move como eu esperava e meus pés embaralham. Sinto-me ausente. Completamente estrangeira em meu próprio corpo. Viro e olho ao meu redor, procurando por Lilith. Mas o que me chama a atenção sou eu.

Meu corpo está deitado na cama, pálido e imóvel.

Sou eu? Estou morta?

Como isso aconteceu comigo? Cutuco o meu corpo. Nada. Procuro sentir a pulsação no meu pescoço. Está lá, mas é fraca. O pânico assombra a minha consciência, e uma vaga sensação de terror comicha na minha mente, mas não se desenvolve inteiramente.

Com um frio objetivo, olho para a mão sangrenta no meu pescoço sem vida. Uma mão humana com unhas pintadas de azul.

Viro para o espelho que fica atrás da porta do banheiro, e a Lili está lá parada, sangrando, mas intacta, olhando para mim pela superfície vítrea. Levanto meu braço - e ela também.

- Bem-vinda à minha humilde morada. – O som de sua voz vibra na minha cabeça como se ela estivesse falando.

Não!

Lilith sorri para mim pelo espelho.

Olho para mim mesma na cama, e estou vagamente consciente de que eu devia ter visto isso chegando. Tenho uma visão. A última vez em que quase morri, eu me vi morta antes de acontecer. Eu devia ter tido algum tipo de advertência. Isso significa que não estou realmente morta?

- Tecnicamente, você não está - vem o eco da voz de Lilith na minha cabeça. Ela sente a minha confusão e, com uma voz triunfante, continua. – Eu levei você até a beira da morte, perto o suficiente para libertar a sua alma. Se eu quisesse realmente matar você, os seres celestiais teriam tomado a sua alma, e isso teria sido totalmente inaceitável. Você pertence a mim.

Outra vez olho para o meu corpo.

– Eu não estou morta? – digo em voz alta. Mas não é a minha voz que eu escuto. É a voz de Lilith.

- Não por enquanto - ela responde na minha cabeça. – Sem uma alma, o seu corpo não vai durar muito tempo.

Dançando na periferia da minha consciência, diversas verdades me provocam. A primeira é que eu podia fazer a minha alma voltar para o meu corpo. Eu podia usar o meu poder de influência para convencer Lilith a me deixar partir.

A segunda verdade é que eu deveria sentir medo, muito medo... ou qualquer coisa. Mas eu não sinto nada disso, porque os meus pensamentos estão se voltando para as coisas sombrias. Coisas como vingança, e o quanto eu odeio todos. Como seria bom matar alguém. A noção de que esse "alguém" devia ser Lilith é substituído por um pensamento avassalador.

Luc.

Tudo o que aconteceu comigo, com Taylor e Matt... foi culpa dele. De repente, eu o quero morto pelo o que ele fez, por sua traição.

Deixo a raiva me possuir. É tão bom deixá-la me controlar, não tentar evitá-la. Uma descarga de adrenalina me faz estremecer enquanto sigo para a estante, puxo um dos antigos volumes de Dante do meio deles, e rasgo um monte de páginas do meio. Eu as jogo no ar como se fossem confetes. Não estou totalmente certa de que o riso seco que mais sinto do que ouço seja meu, mas isso me deixa estimulada. Meu braço varre os livros do meio das duas prateleiras e os jogam numa pilha sobre o chão antes de eu ir até a estante de CDs, de onde puxo um monte deles e os jogo pela janela fechada, em direção ao estacionamento. A melodia do vidro estilhaçado alimenta minha ira e mistura-se ao meu riso. Pego um caco e o passo pela palma da minha mão, desenhando uma fina linha de sangue. Quando eu a lambo, o gosto de sal metálico se enrola na minha língua. Meu gemido soa como desejo... saudade. Então ouço a minha voz - mas não é a minha voz.

- Eu quero...

A voz de Lilith é um sussurro na minha cabeça, sedutora em suas promessas de prazeres proibidos.

– O que, Fee? O que você quer? Se você pudesse ter qualquer coisa, se pudesse fazer qualquer coisa, o que seria?

Penso em Luc, no seu corpo se movendo embaixo do meu, vulnerável. Estremeço quando imagino arrastar lentamente o caco de vidro pelo seu peito, seu pescoço, seu rosto. O sangue da minha mão se misturaria com o seu sangue – um pacto de sangue.

É isso o que eu quero: observar Luc morrer na agonia da luxúria. Arrastar sua alma para o inferno e vê-la queimar. A imagem do inferno é nítida na minha cabeça. Tão nítida como se eu a tivesse visto milhares de vezes.

- Muito bem. – A voz da Lilith é sedutora, encorajadora. – Vamos formar um belo time, Fee. Posso ensinar tantas coisas a você. E, quando você estiver pronta, meu rei vai encontrar um corpo adequado.

Um fio de medo torce em mim diante da menção do rei Lúcifer, mas pouco antes de sentir isso, é substituído pela luxúria. Luxúria por Ele e pelo Seu poder. Uma onda avassaladora de desejo me atinge. Preciso Dele. Preciso estar na Sua presença.

- Isso pode ser arranjado - Lilith diz, e eu sinto o seu estremecimento de ansiedade misturar-se ao meu.

De repente, o ar é carregado por uma eletricidade estática. Sinto todo o pelo do nosso corpo se arrepiar enquanto a eletricidade passa por mim, despertando cada célula. Um formigamento necessário. Respiro fundo ao me sentir zonza e o meu coração fica acelerado enquanto espera por Ele.

Em seguida, um som molhado rasga-se e enche o ar e num lampejo de fogo vermelho. Ele está aqui.

Ele é imenso e poderoso. Suspiro diante de Sua beleza e estremeço de novo enquanto Ele começa a deslizar na minha direção, silencioso e ardente. Sua pele de couro negra parece absorver toda a luz ao Seu redor e irradiá-la de volta ao Seu rosto acentuado, angular, através de Seus olhos verdes de gato. Seus chifres torcidos de cor vermelho-sangue estão cercados por uma coroa cravejada de ouro; um lembrete do Seu poder infinito. E, tanto quanto eu O desejo - e preciso Dele - estou presa ao chão. Só posso observar com admiração enquanto Ele caminha lentamente na minha direção, Seus lábios repuxando-se num sorriso lascivo.

- Frannie - ele sibila. – Finalmente, você é minha de novo. Demorou tanto.

Enquanto Ele me alcança e afunda Suas garras no meu ombro, a dor e um indescritível prazer me atravessam.

- Lembre-se - Ele diz com uma voz rouca e baixa no meu ouvido.

Ele me envolve em Suas asas e eu tenho a súbita impressão de familiaridade e conforto - a imagem fugaz de um lindo anjo com profundos olhos verdes. Sinto Seus lábios queimando minha testa, e Seu poder cruza meu corpo, como se estivesse conectado ao universo... fogo... queimando viva... uma agonia de felicidade. Nessa eternidade, não mais do que num piscar de olhos, uma parte de mim morre, um pouco de cada vez, até que o mundo se torna um poço escuro, cheio de pensamentos depravados, ideias degeneradas e sentimentos destrutivos.

O mundo é o inferno.

Estou perdida na escuridão.

Então... não há mais nada.

Luc

Quando me transporto para o meu apartamento, o que vejo quase me mata. Sinto meu coração de enxofre ser quase totalmente esmagado pelo impacto do que está acontecendo. Num instante, cruzo o apartamento e chego à cama, puxando o corpo sem vida de Frannie para mim.

Olho para Gabriel, que está flutuando perto da porta em toda a sua glória angelical, com um enorme par de asas abertas. Ele torna-se iluminado e vem na nossa direção enquanto eu me volto para Frannie. Mas justamente quando me inclino sobre ela para sentir sua respiração, sinto um calor escaldante como uma explosão infernal que se incendeia na sala, seguida imediatamente por um raio de luz branca. O cheiro de ozônio domina o cheiro de enxofre e quase me sufoca. Frannie mal tem pulsação.

Espero que Gabriel ajude Frannie, mas quando ele passa por nós, meus olhos atingem a soturna imagem envolvida na luz branca: Lilith de pé ao lado da estante de livros, envolta nas asas de morcego do rei Lúcifer. Uma aparição. Só pode ser, uma vez que faz uma eternidade desde que o rei do inferno se aventurou na terra.

Lúcifer olha maliciosamente para Gabriel. Ele puxa Lilith para perto da Sua forma ardente, como se ela fosse o Seu bem mais precioso.

– Você sabe que ela me pertence, Gabriel – ele diz roucamente.

– Deixe-a ir – Gabriel responde, aproximando-se.

Puxo Frannie para mim, confuso. É quando percebo que, mesmo achando que ela está viva, eu não sinto a sua essência. Nada da fragrância de cravo e groselha. Sua alma está fora de seu corpo.

Cheguei tarde demais.

O desespero me sufoca enquanto recolho Frannie em meus braços, desejando que ela viva. Outra explosão infernal atinge a metade da cozinha, mas eu mal reparo, exceto porque tenho que proteger o corpo de Frannie dos fragmentos que voam.

Gabriel manda um raio branco sobre Lúcifer, que é jogado em direção à janela com Lilith escondida atrás Dele. O raio de Gabriel O atinge; Lúcifer ergue-se e ruge, fazendo as janelas tremerem. Ele pega Lilith, enfia-a sob seu enorme braço como se ela fosse uma boneca de pano e, com um abanar de suas asas, Ele está no peitoril da janela, estilhaçando os restos de vidro quebrado e despedaçando a madeira com as garras dos seus pés. Abre suas asas, pronto para pular, e num *flash* de luz branca, Gabriel atravessa a sala. Gabriel se esquiva da explosão infernal de Lúcifer e agarra-o pela asa, trazendo-o de volta para a sala.

Posso escutar quando Lúcifer bate na parede ao lado da cama, rachando o gesso e ruindo parte do mural.

A voz de Lilith começa baixinha e sufocada, como se ela estivesse lutando para fazer as palavras saírem.

– Você não me quer. Volte para o inferno.

Quando vejo Lúcifer parar a meio passo do seu caminhar para a porta, eu entendo.

Frannie.

Repentinamente fico gelado diante do que me dou conta. A essência de Frannie está presa ao corpo de Lilith. Não sei como isso é possível, mas o terror no meu coração, enquanto vejo Lúcifer seguir para a porta com Lilith enfiada sob Seu braço, me garante que é verdade.

Gentilmente, baixo o corpo de Frannie sobre a cama e fico de pé enquanto Gabriel dá um bote, chutando Lilith para fora dos braços de Lúcifer. Gabriel a arrasta para trás dele, ela cai no chão. Eu me concentro em todo o poder infernal que posso juntar e mandar numa explosão sobre Lúcifer. No mesmo instante, Gabriel solta um raio de luz. Os dois atingem em cheio o peito de Lúcifer, numa explosão vermelha e branca, jogando-O na parede, atravessando-O para o apartamento de Lilith num estrondoso trovão.

Lúcifer se levanta do chão e com um grito de agonia e o cheiro enjoativo de enxofre desaparece numa nuvem de vapor.

– Covarde – Gabriel murmura baixinho, desligando seu brilho; porém, há um tremor em sua voz. Ele se vira em direção a Lilith e volta a sua forma humana enquanto ela se levanta do chão. Quando ela fala, fica claro que é Lilith quem está falando novamente.

– Esse vodu celestial só funciona em demônio, Gabriel. Eu não sou um demônio. Experimente isso em todo mundo... e eu digo todo mundo mesmo... – ela diz lançando um olhar significativo para o corpo de Frannie, "morto".

Gabriel recua um passo.

– Deixe-a a ir.

Ela se vira para mim, mas em seguida para; seu rosto se contorce.

– Deixe-o em paz – é o que escapa de sua boca, soando fraco e assustado.

Dou um passo cauteloso na sua direção; o pânico empurra meu coração para a minha garganta.

– Não, Frannie. Não use o seu poder de influência por minha causa. Faça com que ela deixe você.

– Você pode fazer isso, Frannie – Gabriel diz, se aproximando de Lilith, com esperança no rosto que ainda brilha.

Mas a confusão no rosto de Lilith é evidente. Ela se vira para mim.

– Ela é minha agora.

Antes mesmo que eu perceba que me movi, estou em cima de Lilith.

– Deixa-a ir! – rosno, enquanto minhas mãos estão ao redor do seu pescoço. Eu a jogo contra a parede, enfiando o meu punho brilhante em seu rosto.

– Não posso – ela diz. – Você sabe o que o inferno fará comigo se eu não levá-la de volta.

E eu sei. Lilith é a rainha Dele, mas isso não significa que Ele vai poupá-la da Sua ira. Já ouvi rumores uma vez, e os gritos. Dou uma olhada no buraco na parede e de repente entendo por que Ele desistiu tão fácil. Ele sabe que não, Lilith não ousará desistir do seu prêmio, e Ele a deixou para conseguir isso.

Gabriel me puxa de cima dela.

– Para, Luc. Você não pode matá-la.

Percebo que aperto a garganta dela. Largo a minha mão e recuo, sem saber o que fazer. Ele está certo. Não posso matá-la sem matar o seu hospedeiro e Frannie também.

Enquanto penso nisso, a garota na minha frente pisca numa luz difusa, mostrando Frannie. Ela dá um passo à frente, estendendo a mão para mim.

A onda delirante de desejo atravessa meu corpo – uma forte onda que me joga para trás.

– Deixá-lo em paz, uma ova! Se eu o quero, ele é meu – ela diz e tudo pisca fora de foco enquanto ela toca meu rosto.

Escuto a voz de Gabriel em algum lugar distante, mas ignoro, porque tudo o que importa é Frannie. Eu a pressiono, sinto seu corpo contra o meu e explodo num calor escaldante.

– Isso mesmo – ela diz, tocando o meu rosto e me puxando para um beijo.

Sua tração é voraz. Estou desesperado para ficar mais perto. Reúno a minha essência e infiltro-me através dos seus lábios. Porém, conforme a minha essência entra nela, fico atordoado com o meu desejo induzido pela voz chorosa de Frannie:

– Não!

– Está ficando um pouquinho cheio aqui, não acha? – A voz de Lilith interrompe. – Quente e abafado. E você sabe, Luc, quanto eu gosto de quente e abafado.

Estremeço, sabendo que Frannie está ouvindo em seu interior a nossa conversa, mas Lilith tem razão. Nunca me senti tão claustrofóbico no corpo de outra pessoa.

A essência de Lilith desenrola, enorme, mas obscura e impossível de conter. Posso sentir a alma do corpo hospedeiro, escura e densa, encolhida no canto. Uma alma evidentemente já marcada para o inferno, e esse é o motivo pelo qual Lilith foi capaz de habitar o corpo dela em primeiro lugar.

Então sinto Frannie, sua branca oplacência rodando em volta do meu fraco brilho negro. E, além do óbvio, há algo terrivelmente errado. Não há uma centelha sequer da sua alma, como se ela estivesse exausta demais para continuar – extenuada. O pânico sufoca meus pensamentos. Só sei que preciso tirá-la daqui.

– Eu podia sair e levar algumas dessas almas comigo.

– Isso não vai acontecer. O meu rei quer você de volta. É claro, julgando pela última vez em que estivemos juntos, acho que você não vai querer ficar longe por muito tempo.

Outra onda de desejo quase me leva abaixo, mas eu a canalizo e a jogo sobre ela. Enquanto meus pensamentos clareiam, me ocorre que Lilith e eu não somos tão diferentes assim. Ela é uma marionete no jogo Dele, exatamente como eu era. Se eu pudesse fazê-la ver uma saída...

– Você não tem que fazer isso, Lilith.

Sua essência gira num turbilhão espesso ao redor de Frannie e de mim, uma fumaça com listras vermelhas.

– Você sabe que eu tenho.

– Ele só está usando você, a todos nós, em Seu jogo. Se Ele pegar Frannie, nada vai detê-lo.

– Já não há nada que possa detê-lo. E, além disso, talvez eu não queira impedi-lo. Quando Ele for o Todo-poderoso, as coisas serão diferentes.

– Algumas coisas não vão mudar. A tortura... o que Ele fez com você...

– Eu preciso do que ele faz para mim. Não há nada como Sua luxúria no mundo mortal. Eu estava esperando que Matt fosse suficiente, mas... – ela engasga. Embora as suas palavras sejam afiadas, elas são conduzidas por uma corrente de medo que ela não consegue esconder. E, diante disso, percebo a diferença entre Lilith e eu. Eu nasci do pecado, já Lilith escolheu isso. Ela literalmente fez um pacto com o diabo por todos esses anos. Enquanto troquei a minha imortalidade por amor, ela trocou a sua mortalidade por luxúria.

– Não posso viver sem a luxúria dele – ela acrescenta, parecendo abatida. – Frannie sentiu. Ela sabe.

Tudo começa a girar. É isso o que acontece a ele, o motivo pelo qual não há mais nada? O que ele fez para ela? A culpa me rasga, me deixando frio e vazio.

Eu deixo isso acontecer.

Penso nos olhos brilhantes de safira de Frannie, em como eles eram vivos, e eu quero morrer, sabendo que isso é minha culpa. Não fui forte o suficiente para merecê-la, para protegê-la.

Eu a chamo com a minha mente e me movo lentamente, envolvendo a essência cintilante de Frannie com a minha própria. Tento esconder minhas dúvidas e inseguranças em vez de jogar com a Lilith.

– Com Frannie ao lado dele, você realmente acha que ele ainda vai te querer?

– Ele sempre me quis e sempre vai me querer. – Sinto sua fúria e medo sobre nós, os rastros vermelhos de sua essência tornando-se espessa, mais sólida.

E então eu faço. Misturo a minha essência com a de Frannie.

Por favor, Frannie. Por favor, volte para mim.

– Não é adorável? – Lilith diz, com toda a amargura e ódio. – Mas é tarde demais. Ela teria se entregado ao nosso rei por vontade própria se você não tivesse interrompido tão rudemente.

A essência de Frannie arde e se agita, tornando-se mais forte a cada segundo. Eu me aqueço nela, sentindo a minha própria essência inchar enquanto as outras se tornam mais vigorosas. Sua raiva intensifica, sinto cheiro de pimenta preta em meu nariz, e então ouço a sua voz, distante no início, mas tornando-se mais forte enquanto sua motivação cresce. Parece um canto e, à medida que aumenta, sou capaz de decifrar as palavras no ritmo. Vai se tornando forte o suficiente até que os lábios de Lilith se movem e ela começa a dizer isso em voz alta.

– Deixe-me ir. Você não me quer. Deixe-me. Você não me quer.

Sou tomado por uma onda de esperança. Mantenho a minha essência misturada à dela e envio-lhe toda a minha força. Lilith rosna e eu uso um pouco do controle que tenho para obrigar o corpo hospedeiro a ficar mesmo quando ela tenta fugir. Lilith luta para segurar Frannie, e eu sinto Frannie vacilar enquanto Lilith nos envolve com ideias tenebrosas – sangue, luxúria e morte.

– Não, Frannie, não dê ouvidos – digo, e começo a repetir com ela. – Me deixe em paz. Você não me quer. Deixe-me ir.

Sinto um tipo diferente de energia em Frannie e sua essência flui mais forte. Inspiro-me na sua força e mando de volta, agitando o meu interior como um ciclone.

– Luc? – vem de algum lugar do seu interior, acompanhado de uma explosão quente de chocolate.

– Concentre-se – eu digo, me esforçando para fazer o mesmo. – Deixe-me em paz. Você não me quer.

Ela pega de volta, mais fortalecida.

Sinto Lilith vacilar. Sua essência esfumaçada vaza por apenas um instante, mas é o suficiente. Sou lavado por um alívio enquanto sinto a alma de Frannie rodopiar, experimentando seu perfume de groselha e cravo. E, então, ela desaparece.

Reúno a minha essência e começo escoar para fora desse corpo, por entre os lábios de Lilith, mas um grito de Banshee rasga-se através dela. Sinto um puxão e me dou conta de que estou preso aqui por alguma força.

– Não! Não posso voltar sem ao menos um de vocês – Lilith choraminga.

Lilith se vira para Frannie, mas Gabriel está debruçado sobre seu corpo estendido na cama. Ele tem uma mão sobre seu peito e outra na cabeça. Ele dá uma olhada para cima, o pânico em seus olhos esmaga meu coração.

– Você está por sua própria conta, cara – ele diz, e pressiona os lábios contra os de Frannie, respirando por ela. – Vamos lá, Frannie – ele diz.

Estou quase indefeso no corpo de Lilith enquanto ela ataca Frannie, determinada a tê-la de volta. Mas, pouco antes de alcançá-la, Gabriel levanta a mão e dispara um raio branco da sua palma, que nos atravessa.

Lilith grita e cai no chão, e tudo o que posso fazer é abafar o meu próprio grito. Isso foi tão doloroso que sei que ou Gabriel a sustenta ou o corpo hospedeiro de Lilith estaria morto. E ela não está, mas a explosão foi o bastante para desconcentrá-la.

Penso em Frannie, na pessoa que ela me fez, em tudo de bom que ela trouxe à tona em mim, e sinto minhas forças expandirem. Empurro com tudo o que tenho. Lilith rosna enquanto luta contra a dor para me segurar. Mas ela não consegue, e minha essência atinge seu corpo como uma pedra num estilingue.

A força com que entro em minha forma humana quase me deixa sem consciência. Luto para manter a cabeça firme e me levanto do chão.

Lilith fica de pé. Lança um olhar para Gabriel e cambaleia para a porta. Ela a abre e corre para Taylor, que está de pé no corredor. Taylor arregala os olhos ao ver Lilith surgindo ensanguentada do meu apartamento.

– Ei, garota – Lilith diz.

E em seguida tudo acontece num borrão.

Ela se joga sobre Taylor. No momento seguinte, o corpo de Lilith começa a vacilar e bate com força no chão, e Taylor corre a toda velocidade pelo corredor.

Um barulho de esganamento vem de trás de mim, eu me viro e vejo Frannie nos braços de Gabriel, arranhando a garganta, sem ar.

Gabriel olha para mim.

– Taylor! – ele grita, apontando a porta com a cabeça.

Paro por um segundo a mais, lutando contra a minha necessidade de correr até Frannie, de tocá-la e garantir que ela fique bem, antes de pisar sobre a morena inconsciente que costumava ser Lilith em meu caminho até as escadas. Enquanto passo pela porta para ir ao estacionamento, um motor ronca e escuto um carro saindo da calçada. Corro até a rua e vejo somente as luzes da lanterna de um antigo carro fúnebre virando a esquina.

Marchosias. Droga!

Espero na calçada por algum tempo, e então volto a subir as escadas até Frannie.

CAPÍTULO 24

O DIABO EM MIM

Frannie

Minha visão ainda está borrada quando Luc volta para o apartamento. Minha garganta está muito quente; engulo a bile que está subindo diante da visão dele carregando o corpo inconsciente de Lilith.

Gabe embala-me em seus braços. Seu aroma de neve no verão entorpece a dor no meu corpo e meus pulmões ardem, fazendo-me esquecer de tudo. Eu me aninho profundamente nele, esperando que ele me envolva completamente, e coloco a minha cabeça na curva do seu pescoço enquanto ele me aperta mais para si.

Eu me encolho mais para perto de Gabe enquanto Luc deita Lilith ao meu lado na cama. Seus olhos desviam-se para mim rapidamente enquanto ele a cobre com um lençol, fazendo com que ela fique confortável. Então ele olha de um jeito preocupado para Gabe.

– Ela vai ficar bem?

Gabe passa as mãos em meu cabelo.

– Eu não sei.

Luc olha para Lilith com uma expressão ilegível. Ele a toca e afasta o cabelo de sobre o seu rosto.

E vê-lo tocar nela daquele jeito me corta como uma faca. Viro o rosto para longe e tento bloquear a imagem da última vez que os vi juntos.

- Preciso ir. – Minha voz sai fraca enquanto tento deixar o ar passar pelas minhas cordas vocais latejantes.

- Claro, Frannie.

Eu me encolho e choro quando Gabe caminha comigo em seus braços.

- Gabriel...? – Fico surpresa pelo leve pânico na voz de Luc.

Tiro o rosto do ombro de Gabe e olho para Luc, mas quando os nossos olhos se conectam, ele os desvia.

Estou tão confusa. Eu me lembro de como a Lilith me fez sentir, quanto a desejei, então eu meio que entendi o que aconteceu naquela noite. Talvez não tenha sido tudo culpa do Luc.

Minha cabeça está me dizendo isso. Mas meu coração quebrado não consegue esquecer o que ele fez.

- Quer saber? Me coloca no chão. Estou bem - eu digo me afastando do Gabe. A verdade é que estou toda dolorida, mas eles não precisam saber disso. – Nada está quebrado.

Gabe me olha preocupado. Ele não discute comigo, mesmo sabendo que estou mentindo. Mas ele também não me coloca no chão. Seu olhar desvia para o Luc.

– Taylor?

- O que aconteceu com a Taylor? – Eu me mexo nos braços de Gabe e uma dor aguda, que atravessa a minha costela, me deixa sem fôlego. Olho para o Luc esperando a resposta, mas ele simplesmente balança a cabeça.

- Nada com que você tenha que se preocupar - Gabe diz, e eu o sinto derramar sobre mim a porcaria do seu perfume de neve outra vez.

Luto contra a paz e a tranquilidade que se abatem sobre mim.

– Isso não é uma resposta.

- Eu vou achá-la. Não se preocupe.

Ouço a frustração em sua voz e o pânico me atravessa. Luto para me libertar dos seus braços, mas isso sempre causa uma dor aguda em um lugar ou outro.

– Você vai achá-la? O que isso quer dizer? *Onde ela está?* – Chuto as pernas, porque elas parecem doer menos. – Me coloca no chão!

Ele me coloca gentilmente de pé no chão e me dá apoio. Inclina a cabeça na direção de Luc, acenando para que ele fale, mas com uma advertência nos olhos.

Eu agarro a camiseta do Gabe e grito:

- Não! Você é quem vai me responder. – O Gabe não pode mentir, e mentir é tudo o que o Luc sabe fazer. Eu quero a verdade.

- Mais tarde, Frannie - ele diz.

- Me diga agora! – As palavras parecem como fogo cortando a minha garganta.

- Ela precisa saber, Gabriel - Luc diz. Ele caminha ao redor da cama e lá está a dor em seus olhos. – Lilith a pegou. – Mas então ele faz uma careta e baixa os olhos.

O pânico embaralha-se com confusão enquanto olho para aquela garota na cama.

– Lilith está bem ali.

- Não é Lilith. É o seu hospedeiro - Gabe responde.

Balanço a cabeça enquanto a frustração vem à tona, fazendo eu querer dar um tapa em Gabe para que ele pare de falar em enigmas.

– *Que diabos está acontecendo*?

Ele prende seus olhos aos meus, com a preocupação estampada no rosto.

– Lilith mudou de corpo. Ela pegou a Taylor.

– Ela se mudou... para dentro da Taylor? – A compreensão começa a aparecer no canto da minha mente e vou me tornando rígida. Taylor está marcada para o inferno.

– Nós vamos trazê-la de volta. – Luc não quer me olhar nos olhos, porém mesmo com o tremor na sua voz, ele parece determinado. Ele se agacha, tocando as páginas perdidas do seu original de *O Purgatório* espalhadas pelo chão.

Estremecendo, viro-me para Gabe.

– O que vamos fazer?

– Você precisa ir para casa, Frannie... descansar um pouco. Luc e eu estamos mais bem preparados para monitorar a Taylor e negociar com a Lilith.

– Eu quero...

Gabe me interrompe com um dedo sobre os meus lábios.

– Você podia usar o seu poder de influência em mim para que eu a deixasse fazer isso, mas você sabe muito bem que isso só vai nos atrasar. É isso o que você quer? A gente te protegendo? Ou você quer a Taylor volta sã e salva?

Olho intensamente para ele, tentando me convencer de que ele está errado.

– Mas talvez o meu poder possa ajudar.

– Como?

– Talvez eu possa... eu não sei... talvez ela deixe a Taylor em paz.

– Eu não acho que isso será assim tão simples. É você quem ela quer, Frannie. Será mais seguro para você não chegar perto dela.

Eu me lembro do que a Lilith me fez, como ela fez eu me sentir e, no final, acho que ele está certo.

– Está bem.

A voz de Luc vem de perto da janela quebrada.

– Vou levar você em casa. – Eu me viro, e seus olhos negros estão fixados em mim. Sinto uma pontada no coração enquanto me dou conta de que aqueles olhos não são mais humanos.

- Eu posso dirigir - digo, com uma fúria estremecendo a minha voz.

- Não, você não pode - Gabe diz. – E preciso lidar com isso. – Ele aponta para a garota deitada na cama.

Olho para o Luc, que não me encara, e gira em direção à porta.

– Vamos.

Gabe segura o braço de Luc e olha duramente em seus olhos.

– Fique com ela até eu chegar lá. – Sua voz é baixa, e eu acho que ele não quer que eu escute, mas eu me viro e olho para ele, então ele percebe que ouvi.

Nos primeiros passos eu acho que as minhas pernas estão funcionando, mas meu joelho esquerdo está inchado e um pouco dormente. Vacilo no primeiro degrau e Luc agarra meu cotovelo para me firmar enquanto eu me apoio no corrimão. Estou completamente despreparada para a reação do meu corpo ao seu toque. Murmuro enquanto seu calor demoníaco me atravessa, deixando minhas pernas ainda mais bambas. Luc me segura antes que eu caia no chão, envolvendo-me em seus braços.

Não consigo olhar em seus olhos.

– Me coloque no chão.

Ele me ignora e me carrega pelas escadas.

- Me coloque no chão - repito, quando chegamos embaixo das escadas, e ele assim o faz.

Vou mancando para o carro, e Luc estende a mão, pedindo a chave. Entrego a ele o pé de coelho com a velha e desgastada chave do Mustang, e a chave novinha em folha de seu apartamento.

Sem palavras, ele a apanha da minha mão e entramos no carro. Ele se senta no banco do motorista.

- Eu posso dirigir. – Começo a cruzar os braços e me jogo no banco antes de as minhas costelas me lembrarem que isso não vai funcionar.

Em resposta, ele gira a chave na ignição e sai do local onde o carro estava estacionado. Por um segundo, ele olha para mim e o que vejo em seus olhos é culpa.

A ira começa a sair do meu Lago Negro emocional.

– Você sabia. – É mais uma acusação do que uma pergunta.

Ele lança outro olhar na minha direção, mas não responde.

- Quanto você sabe? Você sabia o que ela era? A Lili?

Ele contrai as mandíbulas e respira fundo, mas fica olhando pelo para-brisa.

– Você sabia que ela e Matt estavam, tipo assim... juntos?

– Eu disse a você – ele fala com uma voz totalmente plana.

Ele me disse isso. E eu, como uma estúpida, não achei que ele estivesse certo. Sinto um nó no estômago.

– Você sabia que a Taylor foi marcada para o inferno? – Isso não é uma pergunta.

Ele olha rápido para mim de novo e lá está a culpa.

– Como você pôde não ter me contado?

Ele balança a cabeça, mas não diz nada.

Minha cabeça gira com outras questões e coisas que eu quero que ele diga – a maioria delas nesta sequência: como você se tornou um mentiroso tão grande, um traidor bastardo? Mas eu sei o que ele responderia: Ele é um demônio, o que eu podia esperar. Então eu fervilho internamente e me esforço para não olhar para ele. E tento ignorar a dor profunda dentro de mim. Fecho os olhos, me afundo no banco e viro a cabeça na direção da janela, então ele não pode ver as lágrimas caindo pelo meu rosto.

Lembro-me das razões pelas quais vim até o Luc em primeiro lugar – o que eu vi no meu sonho. Eu precisava ver com os meus olhos que ele tinha ido embora. Mas ele estava lá. Tão perto que eu podia tocá-lo. E eu o desejo. Eu quero sentir os seus braços ao meu redor, seus lábios nos meus.

Deus, eu o perdi.

O que há de errado comigo? Como posso amá-lo e odiá-lo ao mesmo tempo?

Seco a lágrima do rosto e dou uma olhada nele de soslaio. Sua cabeça está apoiada para trás, no encosto do banco. A poucos centímetros de mim, um pulso pende sobre o volante e a outra mão sobre o câmbio. Seus olhos emanam uma luz, e ocasionalmente as luzes das ruas cintilam no seu *piercing* de sobrancelha.

Deus, eu não sei o que pensar. Ele parece bem, então pelo visto a sua ida até o inferno foi voluntária. Por que sou tão idiota por me preocupar?

Eu me viro na direção dele e quase o alcanço. Porém, me detenho. Ele permanece olhando intensamente pelo para-brisa. Não faz nenhum movimento para dizer nada. Sua expressão é dura, seu rosto está cansado. Se ele ainda se importasse comigo, ele não me diria?

As lágrimas novamente ameaçam e eu as espanto. Penso em Lilith - como ela me fez sentir quando me beijou - e eu sei o que preciso dizer.

- Eu sei que não foi sua culpa... com a Lilith.

Visivelmente, ele enrijece e eu posso assegurar que ele não está respirando enquanto continua olhando pelo para-brisa. Quando estou certa de que isso será toda a resposta que terei, eu me viro para a janela.

- Sinto muito - ele diz com a voz baixa, e espero que ele não tenha escutado o estremecimento na minha respiração enquanto soluço na janela.

Eu luto para me recompor enquanto ele encosta o carro no meio-fio e sai, jogando a chave para mim. Ele fica lá parado, me olhando duramente, com aqueles olhos negros que refletem qualquer tentativa de enxergar mais profundamente. Mais do que tudo, quero a habilidade de Gabe em ler mentes agora mesmo.

Percebo que ele está esperando que eu entre em casa, então me arrasto para fora do carro e começo a caminhar em direção à casa, tentando não mancar. Na metade da caminhada, eu me viro de novo, tentando lê-lo outra vez. Nesse instante, antes que ele perceba que eu me virei, capto alguma coisa na sua expressão. Dor.

Quase saio correndo de volta para ele. Mas no instante seguinte, enquanto seus olhos estão fixos nos meus, sua expressão torna-se novamente dura e fria. Enquanto caminho em sua direção, percebo que não vou a nenhum lugar por um tempo. Mas eu preciso saber.

– Foi tudo apenas uma encenação? Afinal, você realmente se importou comigo?

Sua expressão muda para dez outras expressões de um jeito tão rápido que eu não consigo dar conta de entender nenhuma delas antes de, finalmente, seu rosto tornar-se inexpressivo. Ele fica me olhando por um bom tempo, por um estranho tempo, então lentamente ele sacode a cabeça.

Se havia alguma dúvida, ao menos agora eu tenho certeza. É assim que ele quer as coisas. É o que eu precisava saber para deixar o passado... e seguir em frente. Meu peito está prestes a explodir enquanto sigo em direção à casa e passo pela porta. Quando estou do lado de dentro e fora da visão de Luc, coloco a testa contra a porta e deixo a dor no meu peito se dissolver em lágrimas. Mas a voz da minha mãe, vinda da cozinha, me desperta, então eu seco as lágrimas para que ninguém perceba. A roupa rasgada, os hematomas e o sangue seriam um pouco mais complicados de serem explicados aos meus pais. *Bem, lembram daquela garota que foi para cama com o Luc? Então, nós saímos na briga.*

Após ouvir a voz de minha mãe pela segunda vez, percebo que o que ouço é parte da sua conversa no telefone que está na cozinha. O jogo dos Red Sox explode na TV da sala. Existe cinquenta por cento de chance de meu pai estar dormindo na sua poltrona na frente da TV. Minhas irmãs odeiam beisebol, então tenho certeza de que ele está sozinho.

Ouço através do barulho da TV que papai está roncando, alto o suficiente para retumbar a voz dos comentadores. Enxugo as lágrimas e passo as mãos úmidas nos cabelos antes de me esgueirar pela sala e subir rapidamente as escadas o mais quieta possível. Minha intenção é ir direto para o banheiro, mas antes que eu alcance o topo das escadas, ouço o chuveiro ligado. Alguém chegou antes de mim.

Corro para o meu quarto e fecho a porta. Na janela, dou uma olhada para as nuvens tempestuosas, me perguntando como o tempo se parece tanto com o meu estado de espírito. Baixo os olhos e vejo o Mustang. Fico pensando que eu devia ter estacionado de outra maneira.

E o meu coração pula.

Luc ainda está parado ao lado do carro, com as mãos apoiadas na porta do motorista, a cabeça pendurada entre os ombros. Enquanto o observo, ele se afasta do carro e caminha pela calçada, então olha para a minha janela. Eu me abaixo no chão e grito quando as minhas costelas batem na mesa.

Por que ele ainda está aqui?

Então me lembro de Gabe dizendo a ele para ficar.

Deslizo pelo chão sobre as mãos e os joelhos e cruzo o quarto até o espelho, onde uso a cômoda para me colocar de pé. Olhando para o meu rosto, vejo que não está tão ruim quanto imaginei. Então, levo a mão até o galo na parte de trás da minha cabeça e estremeço. Meu telefone toca e eu dou um pulo, pressionando o galo com força e estremecendo outra vez.

Olho para o identificador de chamadas, torcendo para que seja a Taylor. É a Riley.

- Teve notícias da Taylor?

O que será que ela sabe?

- Hum... não. Você sabe que ela não está falando comigo. E aí, o que aconteceu?

- O Trev disse que ela passou rapidamente em casa, pegou algumas coisas e se mandou sem falar nada. Ele está preocupado.

- Eu não sei, Ry. Aquele cara com quem ela está saindo, o Marc, é muito assustador. Trev devia mesmo ficar preocupado.

– Sei que eu estou. Uma bola dura pesa na minha barriga de tanta preocupação.

Ela fica quieta por um minuto.

– A gente não devia sair para procurar por ela?

- Talvez - digo, esperando que Gabe já tenha feito isso. Ouço a porta do banheiro se abrir. – Escuta, preciso ir. Me liga se souber de alguma coisa, tá?

- Tá.

Ligo para o Gabe.

– Taylor esteve em casa quase agora - digo quando ele atende o telefone.

- Vou conferir. Você está em casa?

- Estou.

- Durma. Estarei aí assim que puder. – Sua voz é suave e tranquilizadora.

Sinto a tensão no meu peito relaxar um pouco só em pensar que ele estará aqui.

– Está bem, vou tentar.

Desligo o telefone correndo e espero até que o corredor esteja silencioso, então corro para o banheiro com a minha toalha e o meu roupão.

É boa a sensação da água quente na minha pele. Fico com as mãos apoiadas na parede e deixo a água limpar pelo menos o meu lado exterior. Mas eu não posso afastar o turbilhão que se agita no meu interior: uma combinação da lembrança de estar dentro de Lilith e o mal-estar do estranho conforto que senti nos braços do rei Lúcifer. Estremeço com a lembrança do rosto angelical.

Por que eu vi aquele rosto quando ele me segurou? De quem era aquele rosto?

Finalmente, murmuro diante da frustração e desvio os pensamentos para Taylor. Preciso ajudá-la.

Apresso-me para concluir o banho e, quando acabo, torço o cabelo na toalha e inspeciono o meu rosto no espelho outra vez enquanto escovo os dentes. Um corte bem acima do meu olho direito, que é preciso suspender o cabelo para ver, uma mancha avermelhada e inchada na bochecha direita e o lábio inferior inchado. Tudo muito fácil de ser explicado. O pior está debaixo das roupas. Coloco meu roupão com cuidado sobre o meu corpo machucado e volto para o quarto. Maggie sai do quarto que ela divide com a Grace enquanto eu passo.

– Por que o Luc está na frente da nossa garagem? Achei que vocês tivessem terminado.

Apesar da minha melhor tentativa em não deixá-lo me afetar, meu coração se agita.

– Hum... terminamos. Não sei por que ele está aqui.

Ela sorri para mim, com um brilho de esperança nos seus olhos azuis-safira. Ela sempre teve uma quedinha pelo Luc.

– Talvez ele queira você de volta.

- Provavelmente não - eu digo, mas o meu coração agitado começa a pular.

Ela encolhe os ombros, desapontada, e segue para o banheiro, e eu entro no meu quarto. Aperto o botão do meu iPod justamente quando o telefone começa a tocar. Corro até a mesa, pego-o e olho o identificador de chamadas. É a Taylor! É o número da casa dela.

Levo o telefone até o ouvido.

– Taylor, você está bem?

- Frannie? - Pela voz parece ser a mãe da Taylor. O meu coração pesa. – Achei que a Taylor pudesse estar aí.

- Não, senhora Stevens.

Há uma pausa.

– Está ficando tarde. Ela está cumprindo bem o seu toque de recolher. Ela disse a você aonde ia?

Não posso fazer isso. Eu luto contra as lágrimas e tento manter a voz firme.

– Não.

- Bem, se você falar com ela, diga que é para vir logo para casa, tá?

- Claro.

Fico olhando para o telefone na minha mão. Taylor. Ela está lá fora e eu não posso fazer nada.

Ou posso?

– Deixe a Taylor em paz. Você não a quer – digo em voz alta. Então repito outra vez, e mais outra, rápido, cada vez mais rápido. Ainda repetindo o mantra, puxo a toalha do meu cabelo, jogo-a sobre a minha mesa e apago a luz.

Então, minhas entranhas se apertam enquanto penso em Luc.

No escuro, mantenho uma distância prudente da janela e olho lá para baixo. Quando não o vejo, aperto o meu roupão com tanta força ao redor da cintura que faz as minhas costelas doerem, então eu me aproximo. Quando já estou na janela, com o rosto apoiado na tela de proteção, percebo os olhos vermelhos brilhantes me encarando dos ramos do carvalho que fica ao lado da janela.

Começo a gritar e tropeço para trás, na janela, quando Luc me empurra pela tela, deixando-a em frangalhos. E antes que eu possa verificar a tela da janela, ele faz isso por mim. Seus lábios estão quentes nos meus e o meu grito transforma-se num gemido enquanto as suas mãos me puxam para o seu corpo ardente. Ele confunde o meu gemido com dor e suaviza o seu aperto.

Ele se afasta e olha para mim, com uma expressão cheia de dor, os olhos cheios de dúvida.

– Frannie...

Eu não quero ouvir o restante daquele pensamento, porque

eu não quero pensar em nada. Ele está aqui e eu o amo. Isso é tudo o que importa. Puxo o meu roupão, abrindo-o; levanto a minha mão e coloco o dedo suavemente em seus lábios. Tento me concentrar apenas neste momento - no aqui - em Luc, e bloqueio todo o resto. Eu o puxo para mim, silenciando-o com outro beijo e me balanço ao ritmo da música, me aprofundando em Luc a cada batida.

Ele me beija de volta. Com força. Profundamente. Desesperadamente. Seus lábios deixam um rastro ardendo no meu ombro e pescoço, seguindo para a orelha, onde ele sussurra:

- Eu sinto muito.

O desespero em suas palavras esmaga o meu coração. Eu comprimo o rosto contra a sua camiseta.

– Não foi sua culpa. Eu sei disso agora.

Olho para ele, e ele beija uma lágrima dos meus cílios. Trago sua boca de volta para a minha e o empurro na direção da minha cama, deslizando a mão por baixo de sua blusa enquanto seguimos. Mas enquanto passo as mãos sobre a sua pele perfeita, eu suspiro e me afasto. Sua pele não é mais perfeita. Está longe disso. Eu levanto a sua camiseta e fico pasma com as feridas profundas e vermelhas que cobrem seu peito, as costas e os ombros. Estremeço enquanto me lembro do sonho - da tortura.

- O que houve? – pergunto com medo da resposta.

Um sorrisinho triste surge no canto da sua boca.

– Não é nada. Vão desaparecer em alguns dias. – Ele aponta para o seu peito, e eu percebo pela primeira vez que as cicatrizes vermelhas que Beherit deixou como lembrança desapareceram. – Nada como essas. – Sua mão hesita, então desliza pelas minhas costelas, onde o meu roupão permanece caído e aberto. Começo a puxá-lo para perto, mas sua mão na minha pele parece elétrica, mas ainda tão gentil, acariciando as minhas feridas. Sinto a dor se esvair apenas com o seu toque.

Meu corpo responde a ele: um brilho quente começa na parte de baixo do meu ventre e espalha-se por mim até incendiar. Eu me pressiono contra ele novamente, deixando o meu roupão deslizar pelos ombros e cair no chão, e puxo a sua camisa sobre a sua cabeça. Então o empurro sobre a cama, para baixo dos lençóis, onde ele pode fazer a minha dor ir embora.

Mas enquanto ele desliza os braços ao meu redor, não posso deixar de pensar que esses braços me abraçavam nesta cama todas as noites no último mês. Lágrimas jorram e o meu coração dói ao pensar em Gabe, o meu anjo.

Luc me beija profundamente e eu afasto Gabe dos meus pensamentos, perdendo-me em Luc. Preciso que ele chegue mais perto, perto do meu coração. Quero sentir a sua essência enroscando-se em mim outra vez. Alcanço com a minha mente – não com palavras, mas com a sensação do que eu preciso. E quando sinto sua essência através de meus lábios, como seda, sou inundada por ele. Afogo-me nele. Arrepios arranham a minha pele, solto um gemido e o puxo para mais perto.

Sua essência rodopia dentro de mim, uma explosão de felicidade, acariciando cada pedaço de mim e me fazendo estremecer. Nada parecido com algo que se sinta no mundo físico.

É como se eu voltasse para casa.

Luc

Isso é errado e muito egoísta.

Seria bem mais fácil esquecer tudo agora mesmo, fingir que aquelas últimas semanas nunca aconteceram e me afundar em Frannie, no momento. E eu quero isso mais que tudo. Nunca fui tão despedaçado em minha existência. Eu preciso dela. Ela é a minha vida.

Mas não posso esquecer.

Não importa quantos milênios eu viva, nunca vou esquecer da dor nos olhos de Frannie quando ela puxou os lençóis e encontrou Lilith comigo. Nunca vou esquecer o tamanho desespero que quase me destruiu quando compreendi o que tinha acontecido. E nunca vou esquecer que tudo foi minha culpa. Ser um humano não é desculpa. Lilith me disse o que ela era naquele dia na biblioteca. Eu devia ter percebido.

E esse é apenas um exemplo de todas as maneiras que eu poderia destruir Frannie se ficássemos juntos.

O toque de Frannie é cauteloso, tremido, enquanto ela me puxa para mais perto. O fogo dança sobre a minha pele a cada toque seu, como pequenos fogos de artifícios. Meu coração de enxofre acelera no meu peito. E a sensação da minha essência enroscando-se com a dela é incomparável – a pura felicidade de ser parte dela, de me misturar com o brilho opalescente de sua alma. Eu nunca vi nada tão bonito, e a de sensação me tira o fôlego.

Estar com ela me faz perceber, nos meus poucos meses como humano, que eu comecei a ter essas sensações como aceitação da sua enorme compaixão e capacidade de amar. E da escala de emoções que ela traz para mim.

Minha necessidade não apenas de misturar as nossas almas, mas também nossos corpos, quase me leva para longe. Estou perdido no aroma de groselha e cravo de sua alma, sufocado no chocolate quente do seu amor. Por um momento, acredito que podemos ficar juntos – de todas as maneiras.

Chocolate. Ela me ama.

A percepção me faz querê-la mais, e é quase impossível parar. Mas o que eu fiz é imperdoável. Ela merece algo muito melhor do que isso.

E dormir comigo agora podia reverter a sua marca.

Recolho a minha essência e me afasto dos seus lábios, das suas mãos trêmulas, enquanto eu ainda posso.

– Frannie, não podemos. Sou um demônio agora. A sua marca...

A marca dela.

Isso me atinge como um raio. Como eu pude fazer isso? Não podemos possuir pessoas marcadas para o céu. Eu uso o meu sexto sentido para conferir isso. Ela ainda se sente como se estivesse marcada para o céu. Então, como...?

Seu corpo fica tenso enquanto ela pressiona a testa no meu ombro, mas ela não responde.

Não consigo esconder a preocupação na minha voz.

– Eu só vou ficar para... observar. Para ter certeza de que você estará segura. Eu nunca quis que nós terminássemos...

Ela me solta e rola sobre si mesma, afastando-se de mim.

– Então, você não quer...

Eu a interrompo, porque eu quero isso. Mas ela não devia.

– O que eu quero é irrelevante. Não sei qual será o próximo passo de Lilith. Eu só preciso ficar aqui para assegurar que ela não vai conseguir chegar até você.

Ao dizer o nome de Lilith, ela enrijece novamente e puxa os lençóis de um jeito apertado ao redor de si.

Ela não me olha, e sua voz é amuada.

– Eu preciso saber. Quando você estava com ela...

– Para, Frannie – eu interrompo, pois o pensamento do que eu fiz e do que ela viu é insuportável. – Por favor.

Cada célula do meu ser protesta enquanto rola para fora da cama. É uma dor física ter que me afastar dela. Pego seu roupão no chão com a mão trêmula, deixo-o sobre o travesseiro ao lado dela e em seguida visto a minha camiseta, então sigo até a janela.

– Eu preciso ir.

Mas eu não sei se posso.

Fico parado, olhando por algum tempo, e então dou um passo na direção da cama.

– Pare!

Dou um gemido e desvio os olhos para longe da forma do corpo dela debaixo do fino lençol. Pigarreio contra o inchaço quente que se forma na minha garganta.

– Estarei lá fora. Eu acho que aqui ela não consegue te alcançar; ela teria que passar pela porta ou pela janela – digo, passando os dedos pela tela esfarrapada da janela.

Ela não desvia os olhos da parede.

– Vá procurar a Taylor.

– Sinto muito. – Minha voz se parte. Pulo pela janela e volto a subir na árvore.

Demorou mais do que eu esperava para me recompor, sentado no galho do lado de fora. Mas eu não luto contra o desejo de me transportar de volta para o quarto dela porque eu sei que o escudo protetor do senhor Cavanaugh ainda está intacto. Fecho os olhos e me concentro na cama de Frannie. Quando eu me transporto, sinto bater na barreira, então volto para o galho da árvore. *Tá Bom*.

Eu me ajeito numa bifurcação entre os galhos e espero por Gabriel. E pelo fato de eu não estar machucando ninguém além de mim mesmo ao fazer isso – e eu mereço ser machucado – deixo a minha mente vagar outra vez até a cama de Frannie.

CAPÍTULO 25

VIVENDO UM INFERNO

Frannie

Não me mexo do lugar onde Luc me deixou e estou bem acordada quando o telefone toca novamente à meia-noite.

É a mãe de Taylor.

O pavor remói em meu interior e eu penso em deixá-lo tocar, com medo do que poderia dizer se o atendesse. Quando o pego, sua voz é desesperada, no limite da histeria.

– Quando foi a última vez que você falou com a Taylor, Frannie?

– A Taylor não tem falado comigo há semanas. – Respiro fundo e tento me manter firme.

– O quê? – Seu tom é de descrença absoluta. Aparentemente, Taylor não a tem deixado muito informada.

– Eu não gosto do Marc – quase gaguejo no nome. – Ela ficou chateada.

Eu a ouvi sufocar um gemido.

– A polícia não fez nada. Eles dizem que ela provavelmente saiu com algum rapaz ou coisa do tipo. Se você puder pensar em algum lugar para procurar…

Minha mente está acelerada... e chegando a algum lugar.

– Eu não sei. Ela estava cedo na Lili… talvez… eu não sei.

Há uma longa pausa.

– Bem, se você pensar em alguma coisa… ou se você falar com ela, me liga.

– Tá bem – digo, mas ela já havia desligado. Provavelmente estava ligando para a Riley.

Eu me sento, puxo a camisa de baixo do travesseiro e abraço os lençóis contra o meu peito. Aonde será que Lilith foi? Se ela voltar para o apartamento, o Gabe vai encontrá-la. Mas se não… ela está fugindo ou ainda está atrás de mim? Se ela desistiu, pode estar em qualquer lugar, mas quais são as chances de isso acontecer? Então, talvez, se eu for lá fora, como uma isca, ela virá até mim.

Começo a pensar num plano: afastar os guarda-costas e conseguir algum lugar para ela me achar. Mas onde? Fico a imaginar os lugares na minha cabeça... todos os que poderia ir. Somente de alguns deles a Taylor e eu podemos sair com vida.

O relâmpago na minha cabeça penetra no meu já latejante cérebro, abalando-me para fora do meu sono agitado. Tento empurrar tudo da minha mente, de repente fico aterrorizada com o que isso significa - quem eu verei se deixar a imagem se formar. Mas não há como deter. Eu já sei quem é.

Taylor.

Sinto uma pontada no estômago enquanto tento bloquear a visão de Taylor, coberta de sangue, deitada no mato. Rolo para a beirada da cama e perco a lixeira quando vou vomitar, mas não há muita coisa no meu estômago, já que não tenho tido muito apetite ultimamente.

É quando percebo que estou sozinha. Nada de Gabe. Ele estava aqui durante a noite. Senti seu perfume e seu hálito frio em meus cabelos. Foi a única razão para eu ter conseguido dormir. Mas agora ele se foi.

Pego meu telefone e aperto o botão correspondente ao número da Taylor. Se Lilith atender... mas quando vai para a caixa postal, solto um suspiro que eu não havia percebido que estava segurando, desligo e aperto o número três.

Riley atende no primeiro toque.

– Ela ligou para você?

– Não. Eu estava esperando que talvez você tivesse alguma notícia.

– Nada mesmo. Trev está aqui. Disse que os pais dele estão apavorados. A polícia diz que ela tem dezoito anos e acham que ela apenas fugiu, então não estão fazendo nada. – Sua voz é baixa e eu posso afirmar que ela está tapando o fone. – Você acha que ela seria capaz disso? Ela podia fugir com aquele cara, o Marc?

Diante dessa terrível possibilidade, fecho meus olhos e desejo que seja assim tão simples. Por trás das minhas pálpebras flutua a visão da Taylor, sangrando na floresta.

Pulo da cama ofegante quando reconheço o som a sua volta.

– Tenho que ir, Ry. Me liga mais tarde. – Desligo o telefone sem esperar que ela responda.

Os Gallagher.

Eu estava com tanta pressa para bloquear aquela imagem que não reparei no detalhe na primeira vez, mas as telhas cinzas dos Gallagher estão lá, na periferia da imagem. O terreno ao lado do pavilhão está coberto de latinhas de cerveja, bitucas de cigarro e camisinhas usadas. Quando eu visualizo novamente a imagem na minha cabeça, buscando mais detalhes, percebo que há som nessa visão. Posso ouvir a banda Fray cantando *How to save a life*. Sinto uma pontada no estômago outra vez quando sinto o cheiro salgado e metálico do seu sangue no ar pesado do anoitecer.

Crepúsculo.

A Taylor vai morrer atrás do galpão dos Gallagher à hora do crepúsculo.

Coloco as minhas roupas, ofegante e, quando levanto os braços para deixar a camisa deslizar, sinto uma dor aguda nas costelas. Menti para o Gabe. Pelo menos uma está quebrada com certeza. Mas esse é o meu menor problema agora.

Mamãe me detém com panquecas e salsichas quando chego na parte de baixo da casa.

– Você é a única que vai tomar o café da manhã quentinho. Todo mundo ainda está na cama.

Ao ver a comida, meu estômago revira.

– Não estou com fome, mãe. Estou indo na Riley – minto.

Em princípio ela amarra a cara, mas então sua expressão suaviza.

– Você tem que comer, Frannie. Eu sei que esse rompimento tem sido difícil para você, mas você não pode perder mais peso. Não é saudável.

Estou perdendo tempo. Preciso dar o fora daqui e falar com o Gabe – descobrir o que fazer. Para a sua frustração eu digo:

– Não é o rompimento, mãe. Eu só não estou com fome. – Eu me viro e saio apressada pela porta antes que ela tenha a chance de falar qualquer coisa.

Corro pela rua, mas no meio do caminho, seguindo para Gabe, me dou conta de que isso pode não ser uma boa estratégia. E se Gabe botou Lilith para correr?

Eu poderia ter somente uma opção. Essa pode ser a única chance de trazer Taylor de volta.

Pense.

Minha mente volta ao plano original, antes de eu saber onde Taylor estava. Posso usar a mim mesma como isca para atraí-la. Sem Gabe ou Luc para espantar Lilith, isso pode dar certo.

Ela precisa de alguém para marcar para o inferno. E se eu usar o meu poder de influência para convencê-la de que estou marcada para o inferno? Ela vai tentar me trocar pela Taylor – sou eu quem ela quer, afinal de contas. Mas estou marcada para o inferno, então ela não pode entrar no meu corpo. Os corpos para onde ela se muda precisam ser tocados – foi isso o que o papai disse. Então empurraria a Taylor durante a troca e deixaria a Lilith sem um corpo. Ela poderia sobreviver dessa maneira? Gabe disse que a alma dela é humana, então tenho certeza de que a resposta seria não. Meu coração dispara enquanto o plano e o perigo envolvido vêm à tona na minha mente.

Tudo o que eu preciso fazer é tirar Lilith de dentro de Taylor e então afastar Taylor de Lilith.

Sem Gabe ou Luc para estragar tudo.

Meu escudo é inútil contra Luc, e Gabe pode ler a minha mente, a menos que eu seja muito cuidadosa... assim, preciso evitar dois.

Abro o *flip* do meu telefone e ligo para Riley. Odeio usá-la desse jeito, mas é pela Taylor. Se eu pudesse explicar isso para ela, tenho certeza de que iria junto. Isso poderia funcionar em duas frentes. Preciso manter Riley segura, mas também preciso de um álibi.

- Riley, você e Trev podem vir juntos?

- Você ligou para a Taylor?

- Não, mas tenho uma ideia - digo, virando em direção à minha casa.

Vou comer algumas panquecas... isso deixará mamãe feliz. E se o meu poder de influência valer de alguma coisa, ninguém vai perceber que saí quando a hora chegar.

Luc

O que fiz na noite passada foi imperdoável. E, se eu ficar, vou fazer de novo. Fico pensando todo o tempo em cada carícia, em cada beijo. A única maneira de ela realmente ficar segura é com Gabriel. Ele deveria ter me deixado para Lúcifer.

Isso é o que eu preciso fazer: voltar para o inferno e encarar a situação. De outra forma, não sei como conseguirei ficar longe dela.

Mas então me lembro do Mago. Se eu voltar, tenho certeza de que vão me usar para encontrar Frannie.

– Preciso ir.

– Onde? – Gabriel está esparramado no sofá, puxando distraidamente um pedaço de fibra de algodão da almofada.

– Para qualquer lugar, menos ficar aqui.

– Então, depois de tudo, você ainda está fugindo – ele sorri. – Covarde.

Meus olhos captam rapidamente e eu pulo da cadeira, com os punhos quentes e vermelhos. Mas enquanto tomo uma posição contra ele, vejo os relâmpagos brancos dançando sobre a sua pele, e o cheiro de ozônio, de repente, pesa no ar. Ele me incita. Volto a me sentar.

– Não estou com humor para os seus jogos.

Ele se torna sério, e a estática no ar faz os cabelos da minha nuca arrepiarem.

– Isso não é um jogo.

– Não há nada que eu possa fazer. Ela ficará melhor se eu for embora.

Ele solta um suspiro e seu rosto se contrai.

– Gostaria que isso fosse verdade, mas, apesar da dor de dizer isso, ela ainda está apaixonada por você.

– Estava. Ela *estava* apaixonada por mim, então eu dormi com a Lilith e deu nisso. Ela quer você – digo, desejando que isso fosse verdade. Estremeço ao pensar em seu aroma de chocolate. Ela não deveria me amar. Ela ficará melhor com você, com ou sem asas.

– Não. Ela ainda precisa de você, Luc. – Ele quase se engasga com as palavras, e sua cabeça cai para trás, no sofá.

Meu rosto se contrai numa expressão de dor. Enquanto aperto os olhos, vejo seu roupão deslizando sobre os ombros, sinto minhas mãos na pele dela, e isso faz um buraco no meu coração. Apoio a cabeça pesada sobre a minha mão.

– Ela é forte. Vai superar isso. – Mas eu não.

– Não estou convencido. – Gabriel franze o cenho e esfrega a testa parecendo ter uma dor de cabeça.

Encaro-o duramente nos olhos.

– E se ela ainda estiver marcada para o céu?

Ele se mexe no seu assento, endireitando-se.

– Você devia saber sem precisar perguntar.

– Mas ela parece estar, as...

– Mas, o quê?

– Como pude possuí-la se ela ainda está marcada para o céu?

Ele suspende as sobrancelhas e se inclina para a frente, com os cotovelos apoiados nos joelhos.

– O que você fez?

Desvio os olhos para o carpete.

– Eu parei antes que nós... pudéssemos fazer qualquer coisa que não tivesse volta, mas a minha essência estava dentro dela. Senti um puxão e me afastei.

Um sorrisinho triste aparece em seus lábios.

– Aparentemente até mesmo as leis do universo estão sujeitas ao poder de influência dela.

– Você acha que foi o poder dela que fez isso?

– Se ela queria isso... – Ele encolhe os ombros. – É por isso que eu preciso que você fique. – Ele fixa seu olhar no meu por um momento, então baixa os olhos. – Não posso confiar em mim mesmo ao lado dela.

– Então, qual é a novidade? – digo, tentando e falhando em esconder a pontada de ciúme.

– Quando você foi embora, a influência dela em mim... – Seus olhos estão torturados. – Eu vou perder as minhas asas e então serei inútil para ela.

Minha voz é ácida.

– Ah, você precisa que eu fique aqui e te ajude nessa autopiedade.

Ele joga a cabeça para trás apoiando no sofá novamente e fica encarando o teto.

– Isso praticamente resume tudo.

– E se eu acabar... – engasgo e estremeço ao pensar na última noite. – Parece que você esqueceu que a influência dela sobre mim não é diferente.

– Mais forte. Aposto que ela vai tornar você mortal outra vez – ele diz, sem suspender a cabeça. A dor na sua voz é profunda e ferida.

Levanto da cadeira.

– Preciso ir... por várias razões. É óbvio que se eu ficar vou acabar fazendo o que não devo, e, além disso, esse é o primeiro lugar que o inferno vai procurar por mim. Lúcifer não vai ficar feliz se o inferno testemunhar que o seu pequeno exemplo deu errado.

Ele pondera por um longo tempo.

– Por ora, tudo bem – finalmente diz. – Vamos descobrir um jeito de esconder você. O seu escudo de proteção vai ajudar.

– A não ser que eu use a minha mágica. É meio que uma armadilha. Tenho certeza de que não posso evitá-los sem isso, mas no instante em que usar, eles vão me encontrar.

– Talvez eu possa ajudar você a dar a partida.

– Isso seria ótimo. Mas antes precisamos encontrar Lilith. – Sinto cada músculo do meu corpo se contrair enquanto o rosto da garota que era a Lilith plaina diante dos meus olhos. – Quem é ela?

– Quem?

– A garota que eu... – Minha autorrejeição faz com que o meu estômago revire, e eu engulo de volta a amarga bile ao pensar no que ela fez. – A garota que abrigava Lilith. A vítima de Lilith. Eu a deixei no hospital na noite passada. Mais tarde vou ver como ela está. – Então ele levanta os olhos e me vê. – Ter ido para cama com ela não foi sua culpa, Luc. Você sabe o que é a Lilith.

Fico de pé e me viro para a porta, sentindo a necessidade de correr, e quando a abro, Riley e Trevor estão lá de pé. Riley obviamente esteve chorando e Trevor está pálido – em choque.

A surpresa faz os olhos de Riley se arregalarem.

– Luc.

Respiro fundo e tento clarear a minha mente.

– Riley. Alguma notícia da Taylor?

– Não. Nós estivemos na Frannie. Ela tem uma lista telefônica da nossa turma. Estamos mandando mensagens para todo mundo para saber se alguém viu a Taylor.

Gabriel dá um passo para o meu lado.

– Certo. Certifique-se para que Frannie não saia de casa.

– Por quê?

– Só quero saber onde posso achá-la.

Riley acena positivamente com a cabeça.

– Ela queria que eu te entregasse isso – ela diz, estendendo um papel amarelo dobrado. – Disse que seria mais fácil anotar do que ligar – acrescenta, enquanto Gabriel arranca o papel de seus dedos e o desdobra. – Ela acha que talvez você possa conferir isso.

No papel há uma espécie de cronograma. Há anotações do tempo na margem – apontamentos de Taylor começando desde ontem a tarde. Existem três asteriscos escuros ao lado do horário "8:30" e uma anotação: *O apartamento do Luc.*

Depois disso, há somente mais duas anotações adicionais, cada uma com um grande ponto de interrogação marcando-as. Uma diz: "? 10:15 – Cassidy pensa que eles estavam estacionados na pedreira". Em seguida, sublinhado ao lado disso tem outra anotação: "Acho que não". Obviamente uma observação pessoal de Frannie. Na próxima linha, lê-se: "?11:00 – Aaron acha que ele a viu no Kwik-Mart". A anotação da Frannie diz aqui "Talvez". E na última linha no papel está o endereço de Marchosias, sublinhado diversas vezes. Ao lado disse, Frannie simplesmente diz: "Aqui".

– Obrigado, Riley – Gabriel diz, e ela e Trevor seguem para o carro.

Eu os observo sair e em seguida viro para Gabriel.

– Estou saindo para ver se consigo pegar a Lilith. O escudo parece que não funciona das duas maneiras. Eles estão na minha cabeça de novo. Você devia verificar o apartamento do Marchosias.

– Liga se descobrir alguma coisa.

– Pode deixar.

Não posso evitar dirigir pela vizinhança da Frannie enquanto sigo o meu caminho. Ela está de pé na porta, deixando Riley e Trevor entrar quando passo. Seus olhos se conectam com os meus e eu quase paro, saboreando o crepitar elétrico que toca a minha pele quando estou perto dela. Seu escudo supostamente deveria escondê-la dos infernais, mas nunca funciona comigo. É por isso que eu a encontrei na primeira vez, quando os outros do abismo não conseguiam. Se ela estiver dentro de um quarteirão da cidade, eu sei.

E agora que eu tenho o meu sexto sentido de demônio outra vez, sua influência sobre mim é mais forte do que nunca. Respiro fundo, afastando as imagens da lembrança, mas nunca poderão sair da minha cabeça. Então, piso no acelerador. Meu trabalho agora é mantê-la segura. Todo o tempo. E agora que Lilith foi embora, ela ficará bem mais segura.

Meia hora mais tarde, estou dando um tempo na pedreira, a frustração lutando com o temor em meu coração sombrio. Ligo o motor e giro o volante. O carro arranca e sigo cantando pneus em direção a uma estrada de terra. Estou ziguezagueando enquanto saio da pedreira, seguindo para o KwikMart, quando o telefone toca.

– Estamos com a Taylor – Gabriel diz. – Ela está no The Cove com o Marchosias.

Frannie

Deixei Riley e Trevor no meu quarto há meia hora. Eles acham que estou no banheiro. Se o meu poder de influência vale de alguma coisa, eles continuarão achando isso. Onde realmente estou é estacionada ao lado da estrada atrás da casa dos Gallagher, esperando. É quase a hora crespuscular, então ligo para o Gabe e levanto o telefone até o ouvido com a mão trêmula.

– Frannie? Está tudo bem?

– Acabei de falar com Valerie Blake. Ela disse que a Taylor está no The Cove. Acho que o Marc está com ela. – Esse lugar fica muito longe da casa dos Gallagher. – Eu vou mandar o Trevor ir lá conferir – digo, torcendo para que ele ache que o tremor na minha voz é por causa da preocupação com a Taylor. Estremeço e aguardo a resposta de que preciso.

– Não. Diga ao Trevor para ficar com você. Vou atrás dela. Se ela estiver lá e Trevor se aproximar... ela é uma *succubus*, Frannie. Mesmo ela sendo irmã do Trevor, seria perigoso para ele.

Isso é apenas metade da resposta que eu preciso.

– Você seria capaz de lidar com a Lilith e o Marc sozinho?

– Vou encontrar o Luc lá também.

Essa é a outra parte. Um suspiro vacilante escapa do meu peito.

– Tá bem, mas se apresse.

– Já estou a caminho – ele diz e desliga.

Sento, segurando o volante com força. Funcionou. Estou por minha própria conta.

Não posso fazer isso. No que eu estava pensando.

Balanço a cabeça e afasto as dúvidas para longe.

Não. Isso está certo: é o único jeito de chegar perto de Lilith. Gabe e Luc a assustariam, ou, se eles não fizessem isso, nunca me deixariam chegar perto dela o suficiente para ajudar a Taylor. Isso vai funcionar.

Tem que funcionar.

Respiro fundo, repetindo o mantra na minha cabeça. Trabalhei isso de uma maneira que acho que não haverá brechas. Saio do carro e entro na mata o mais rápido que posso, mas de onde estou não há nenhum caminho de verdade, então sigo lentamente. Começo a entrar em pânico, com a certeza de que será tarde demais. Porém, quanto mais tento ir rápido, mais pareço estar passeando. O desespero acelera o meu coração e eu tento correr, mas meus chinelos ficam presos num emaranhado de cipós e eu caio com tudo.

Justamente quando tenho certeza de que tomei o caminho errado, visualizo o galpão através das árvores, formado de uma madeira cinzenta emoldurada por folhas verdes. Abro caminho por entre os espinheiros até uma pequena clareira, sem fôlego e sangrando por milhões de pequenos arranhões e cortes. Sigo para mais perto.

Droga, não estou sozinha.

O galpão fica a uns quinze ou vinte metros, nos fundos da casa dos Gallagher, já entrando na mata. Não consigo ver o quintal ou a casa daqui. É justamente por isso que casais que estão na festa, quando querem alguma privacidade, vêm para cá. Taylor já passou muito tempo aqui, e eu peguei Riley e Trevor seguindo para a mata durante a festa de formatura.

Agora, Angelique e Brendan estão aqui. Ele a tem presa contra a lateral do galpão, com as calças arriadas até os joelhos.

Eu me enfio atrás de uma árvore à sombra da beirada da clareira e tento diminuir a minha respiração ofegante.

E agora?

Fico completamente parada, engulo de volta o pânico que cresce em mim e tento pensar. Mas então o barulho vindo do casal para e tudo fica quieto. Espero um segundo e então dou uma espiada cautelosa em torno das árvores. Vejo Brendan jogar o preservativo no chão e fechar o zíper de seu jeans. Ele caminha em direção ao quintal dos Gallagher sem ao menos olhar para Angelique, que está puxando a saia de volta para o lugar.

Ela corre atrás dele.

– Espera!

Mas ele não espera.

E, então, estou sozinha. Saio devagar para a clareira e solto um suspiro trêmulo.

A floresta está enganosamente calma. O burburinho da vibração da multidão reunida no quintal dos Gallagher chega até onde estou, abafado pelo silêncio macio sob a copa espessa das folhas de verão. Enquanto olho à minha volta, sinto a minha pele começar a formigar. É a mesma imagem da minha cabeça – exceto pela ausência do corpo ensanguentado de Taylor.

Olho em volta freneticamente em busca de algum sinal dela e quase tenho um ataque cardíaco quando um esquilo surge detrás do galpão. Abraço os joelhos com as mãos e respiro fundo para acalmar meus nervos – quase tenho outro ataque quando a música começa. Mas não é o som do carro do Jackson. É o Roadkill. Eles devem estar dando uma festa.

De repente, estou confusa. A música na minha imagem não era ao vivo.

Oh, Deus, será que entendi errado?

A frustração rasga o meu peito num rosnado.

Entre o meu grito e a música eu não escuto mais nada, então grito de surpresa quando me viro para o galpão e vejo a Taylor lá, parada.

Luc

Estou na metade do caminho para o The Cove quando sinto isso. Pego o telefone e ligo para ela. Sem resposta. Ligo para Riley.

– Ei, Luc – ela diz em resposta.

– Riley! Onde está a Frannie?

– No banheiro.

– A verdade, Riley. É muito importante.

– Estou dizendo a verdade. Ela está no banheiro. Eu juro.

– Há quanto tempo ela está lá?

Uma pausa.

– Só alguns minutos... eu acho.

– Vá dar uma olhada nela.

Eu ouço o clique da porta se abrindo e uma batida.

– Frannie – a voz abafada de Riley. Outra batida.

– Hum, eu acho que ela está lá...

– Abra a porta, Riley.

– Está trancada.

Estou em pânico.

– Você tem certeza de que ela não saiu?

Ela parece qualquer coisa, menos segura.

– Acho que não...

Desligo e tento me concentrar. Ela não está muito perto, isso é tudo o que sei. Meu sexto sentido infernal ainda não é forte o suficiente para ter uma ideia sólida de onde ela está. Mas a questão é que eu posso senti-la de todas as maneiras, e ela está do outro lado da cidade. Onde quer que seja, espero que esteja com o seu carro, para que eu possa tirá-la do inferno se precisar.

Jogo o carro para o acostamento da estrada e me transporto para os fundos do The Cove. Olho pela janela do Ricco, mas já sei que ela não está lá. Perdi a vibração.

Tento a pedreira de novo. A vibração é mais forte, mas só um pouco mais.

Mas quando chego à rua em frente aos Gallagher, sei que ela está aqui, então capto o fio de pensamento de Lilith. O carro de Frannie está em meio a uma multidão de carros estacionados à margem da floresta.

Maldição.

Faço uma varredura no quintal dos Gallagher, mas ela não está lá. Viro para seguir para a floresta quando Chase e Kate me veem.

– Ei! – Chase diz, enquanto se aproximam. – Está voando sozinho essa noite?

– Estava procurando a Frannie. Vocês a viram por aí?

Kate balança a cabeça.

– Aqui, não. Ela estava em casa quando eu saí. Já faz algum tempo.

– Obrigado – digo, já correndo para a estrada.

Sigo para a mata, uma vez que estou longe das vistas dos foliões, e tento aprimorar meus sentidos sobre Frannie. As árvores são densas, e eu não posso ver muito longe por entre elas, mas ela está lá. Posso sentir. Eu poderia me transportar cegamente pelo bosque em busca dela, mas com a multidão reunida corro o risco de alguém me ver. E posso não encontrá-la. É melhor tentar me concentrar nos pensamentos de Lilith e na energia de Frannie.

As sombras douradas do crepúsculo fazem uma trilha por entre as árvores e os arbustos baixos, tornando o processo longo. Tropeço várias vezes enquanto corro em volta das árvores, porque estou concentrado em Lilith – focalizando nela. Meu pé prende na raiz de uma árvore e eu escorrego no chão da floresta.

E não levanto.

Porque, na pulsação seguinte, Rhenorian está em cima de mim.

– Olá, garanhão – sua voz soa áspera no meu ouvido.

Eu tento afastá-lo.

– Rhen, essa não é uma boa hora.

Ele recua e rola para as minhas costas, com o joelho queimando o meu peito.

– Ele quer você morto. Ele não se importa que a sua alma esteja marcada para o céu.

– Então pare de enrolar e me mate logo. Ou isso ou dá o fora.

– Como você conseguiu isso?

Meu coração de enxofre pula no meu peito.

– O quê?

– Desobedecer ao rei Lúcifer. Escapar bem debaixo do nariz dele?

– Eu realmente não tenho tempo para isso. – Dou um chute e envolvo a minha perna ao redor do pescoço dele, torcendo-o num golpe e jogando-o no chão. – Podemos falar sobre isso depois?

Ele levanta o seu punho brilhante e aponta para o meu peito.

– Agora.

Enfio o meu próprio punho brilhante no seu rosto.

– Por que você está tão interessado?

– Você deixou alguns de nós pensativos – diz, após hesitar.

– Pensativos? Você não tem medo de distender alguma coisa, Rhen?

Ele parece nervoso, mas não desiste.

– Queremos saber como você fez isso.

Reviro os olhos.

– Então, você vai me matar ou o quê?

– Provavelmente não.

– Isso é um ato de traição.

– Eu sei.

Eu o solto e me levanto.

Ouço o grito de Frannie.

Saio correndo pela floresta sem me importar com Rhenorian.

CAPÍTULO 26

ESTRADA PARA O INFERNO

Frannie

Olho Taylor nos olhos, incapaz de respirar.

Ela se inclina para Marc que está apoiado contra o galpão. Seus lábios abrem-se num sorriso torto.

– Ei, Fee. Fantástico encontrar você aqui.

Eu não sei do que chamá-la. Taylor? Lilith?

- Ei – mal consigo pronunciar as palavras.

- Feliz por você ter feito isso.

Quase esqueço por que estou aqui quando miro nos olhos dela. São de Taylor, mas não é a Taylor. Enquanto fico parada entre eles, tentáculos de alguma força das trevas começam a crepitar através de mim, me fazendo desejar que a visão da minha cabeça se torne verdade.

Ela sorri.

– Você me sentiu, não foi?

Atrás dela, Marc a sentiu também. Seus olhos são famintos, predadores, enquanto ele a puxa para um beijo, mas ela o afasta. Ele rosna, algo entre dor e prazer, quando ela o deixa lá, parado, e segue pela clareira até mim.

- Sinto você também. Você está pronta, Fee?

Marc recosta-se no galpão e fica lá, parado, com os braços cruzados sobre o peito, com olhos de premeditação.

Corra!

Mas não consigo me obrigar a isso. Em algum canto da minha mente, eu me lembro que tinha um plano.

O que era?

Eu estou aqui, enraizada no chão, incapaz de me mover, enquanto Taylor chega mais perto, devagar e suave como uma cascavel. Ela para a poucos centímetros de mim, e eu posso sentir o calor que irradia dela juntamente com outras coisas. Coisas sombrias. Seu sorriso desaparece enquanto ela desliza seus dedos pelo meu rosto. Eu me aperto contra ela, incapaz de deter a mim mesma.

- Você me quer tanto quanto eu a quero. Sinto isso - ela murmura.

E ela está certa. Estou maravilhada com a ideia de estar com ela.

Ela continua a me hipnotizar com seus profundos olhos verdes enquanto desliza um dedo suavemente no contorno dos meus lábios. Não me afasto, então ela desce o dedo para o meu pescoço e peito. Ao seu toque, um formigamento dolorido na barriga me faz explodir em várias partes, me fazendo ofegar.

É quando ela puxa uma faca do bolso traseiro da sua calça jeans.

Essa visão me tira do transe. Esse era o plano. Eu preciso tocá-la enquanto convenço Lilith a deixar Taylor e entrar em mim. Respiro fundo e começo um mantra lentamente na minha cabeça, então digo em voz alta.

– Minha alma está marcada para o inferno. Você não quer a Taylor. Você quer a mim.

Seu corpo torna-se rígido e ela começa a se afastar, mas eu agarro sua mão e a puxo de volta para mim.

- Você não está... - ela começa.

- Eu estou. Estou marcada para o inferno. – Eu a envolvo num abraço, sentindo a fria lâmina de aço entre os nossos corpos.

Ela se pressiona contra mim outra vez e tenho que lutar para manter meus sentidos.

– Você está marcada para o inferno - ela repete.

- Estou marcada para o inferno - confirmo.

Então tudo acontece de uma vez só.

Taylor me puxa para um beijo e Angelique sai de trás do galpão. Ela olha para cima e nos vê, presas num abraço. Fica boquiaberta e seus olhos se arregalam, antes de um sorriso incrédulo se formar em seu rosto.

– Você deve estar brincando comigo. – Ela segue na minha direção. – Você duas são bi! Inacreditável.

Marc pigarreia e Angelique vira a cabeça para o lado. Ele está apoiado contra o galpão e suspende uma sobrancelha com um sorrisinho sugestivo.

– Quer se juntar a nós?

Angelique fica embasbacada e volta a olhar para nós. – Ó, meu Deus! Vocês estão...? Isso é tipo um programa a três? Puta merda!

Mantenho o meu domínio sobre Taylor. Não posso arriscar deixá-la escapar. Minha pulsação está acelerada em meus ouvidos, tão alta que mal posso ouvir a minha própria voz.

– Vá embora, Angelique.

– Não vá deixar sua calcinha pelo mato, Cavanaugh. Eu perdi o meu colar. – Ela se abaixa e pega uma fina correntinha de ouro perto das samambaias ao lado do galpão, mal desviando os olhos arregalados de nós duas. – O Brendan vai adorar isso! – ela diz, espiando a Taylor. E então Taylor mira seu olhar em Angelique.

– Vá embora! – digo novamente.

Mas é tarde demais.

Antes que eu possa detê-la, Angelique está diminuindo a distância entre nós. Ela para no meio do caminho quando vê a faca na mão de Taylor, então seu rosto muda e o sorrisinho desaparece. Em seu rosto vejo a sua necessidade – o intenso desejo – e ela não consegue chegar até a Taylor rápido o suficiente. Tropeça enquanto tenta nos alcançar. Levanto o braço para deter Angelique justamente quando Taylor me empurra. Ela agarra Angelique e, ao mesmo tempo, enfia a faca em seu próprio estômago.

Fico atordoada por alguns segundos, e o corpo de Taylor cai no chão, aos meus pés.

Ouço a mim mesma gritar, e em seguida estou no chão, em cima de Taylor, pressionando com as mãos o ferimento ensanguentado em seu estômago.

Minha mente luta para preservar a sanidade, fica tentando se desligar. Luto para permanecer concentrada em Taylor. Ela olha para mim, confusa, e um gemido sai da sua garganta enquanto seus olhos tremelicam. Olho em volta, em pânico, almejando por ajuda, mas em vez disso vejo Angelique parada ao lado do galpão, envolvida nos braços de Marc, com a faca ensanguentada na mão.

- Vá buscar ajuda! – grito para ela.

Ela balança a cabeça.

– Essa era a única maneira, Fee. Você me deixou sem escolha.

Estou hiperventilando, mas pressiono o ferimento de Taylor. Porém ela precisa mais do que pressão. Olho para baixo, para o sangue que começa a formar uma poça ao lado dela.

– Ah, meu Deus. – As lágrimas quentes rolam do meu rosto e caem sobre a face pálida de Taylor. Ela tosse e o sangue sai pela sua boca.

Puxo o telefone para fora do meu bolso com a mão ensanguentada. Ele escorrega da minha mão e cai no chão duas vezes antes que eu consiga ligar para 911 com os dedos trêmulos.

- Minha amiga foi esfaqueada - soluço no telefone quando eles atendem.

Eles querem mais informações, mas eu nunca terei a chance de dar isso a eles, porque o telefone é arrancado da minha mão.

Quando olho para cima, Marc está de pé ao meu lado. Ele sorri e dá de ombros para mim, então desliga o meu telefone e o joga no meio da floresta.

- Ah, meu Deus - digo novamente. – Taylor, você não vai morrer - sussurro através da minha garganta apertada. – Socorro! – grito com a máxima força que consigo. Mas parece com aquele pesadelo em que, não importa quanto você tente, você não consegue encontrar a sua voz. Meu grito soa abafado e seco.

- Eles não vão ouvir você com aquela música toda - diz Angelique.

E é quando a música chama a minha atenção. The Fray, *How to Save a Life* está tocando no aparelho de som.

Não posso deter o gemido que escapa da minha garganta. Saiu tão patético e fraco... como um tipo de animal inútil, fraco e ferido.

Eu sou tão fraca. E tão idiota de achar que o meu poder de influenciar era alguma coisa. Não é nada.

- Oh, Deus - eu choramingo, vendo minhas lágrimas se misturarem ao sangue na blusa de Taylor.

É quando eu me dou conta de que a sua respiração suada e ofegante havia parado.

- Não! Você não vai morrer – repito outra vez enquanto pressiono o seu peito, e então respiro por ela, experimentando seu sangue quente e metálico. Cada vez que levanto a minha cabeça, grito por ajuda.

- Sim, ela vai. – Angelique aparenta estar quase triste enquanto olha para Taylor, parecendo mais humana do que antes de Lilith ter se apoderado de seu corpo. Ela dá um passo para a frente. – Eu sinto a sua raiva. Você quer que eu morra, não é?

De repente quero mesmo. As lágrimas de raiva me rasgam e um grito primitivo rompe de minha garganta enquanto eu me lanço sobre ela e a derrubo no chão.

Ela se contorce embaixo de mim, mas seu corpo macio não é páreo para oito anos de judô. Eu nem tenho que fazer muito esforço para aplicar uma chave de pescoço.

A faca.

Uma mão segurando uma faca paira sobre o peito de Angelique.

A minha?

É a minha mão? Não posso dizer. As imagens são fugazes na minha mente e eu não consigo processá-las.

Então ouço a voz sussurrante de Angelique.

– Faça, Fee. Apenas faça.

Eu balanço a cabeça para tentar clareá-la, então olho para Angelique. Ela não está mais se contorcendo. Ela está sorrindo para mim, a sua mão sobre a minha, no cabo da faca. Destorço as minhas pernas do seu pescoço e mudo o meu peso para elas, observando enquanto a lâmina corta a sua pele. A gota de sangue cresce na ponta da faca, então rola pelo seu peito como um riacho escarlate. Sua mão agarra com força a minha sobre a faca e eu sinto uma emoção correr por mim enquanto me imagino empurrando-a para dentro dela.

Com a sua outra mão ela agarra um punhado do meu cabelo. Eu começo a me afastar, mas então percebo que ela não está lutando comigo. Ela me puxa para perto e eu acho que ela está tentando dizer alguma coisa, mas quando o meu rosto chega perto do dela, ela ergue a cabeça e me beija. Uma tensão elétrica me preenche. Meu desejo por ela é repentino e avassalador. Mudo o meu peso para sobre a faca, sentindo a ponta deslizar pelo osso e seguir suavemente até o tecido macio das suas costelas. Suas mãos me puxam pelo pescoço, aprofundando o nosso beijo. A faca vai penetrando a ferida.

Quando me afasto, meu desejo por seu sangue é arrasador. Fico com as pernas abertas entre seus quadris e pego a faca com as duas mãos, levando-a até o seu coração.

Ela geme, mas não em agonia ou medo. Pisca os olhos enquanto as mãos me alcançam.

– Faça - ela implora.

Um choque de indescritível prazer estala por meu corpo. Fecho os meus olhos e levo a faca para baixo num longo arco. Mas antes que ela encontre a sua marca, caio de lado no chão. A faca voa longe e escorrega para uma samambaia que está num lugar baixo perto do galpão.

- Não! – eu grito. E ouço o choro de Angelique ecoar sobre o meu próprio choro, acima do ritmo da música.

A voz suave de Luc, em meu ouvido, rompe a névoa. Lentamente começo a tomar consciência do que há em minha volta. A terra fria que está embaixo de mim me provoca calafrios, enquanto o calor de Luc, que vem de cima, me queima através das roupas, seu peso sobre mim, prendendo-me ao chão, pressionando meu rosto contra a terra.

- Saia! – eu grito. Meus pés descalços cavam a umidade enquanto luto para sair de baixo dele. Mas, mesmo com o mofo e a podridão da floresta a um centímetro do meu nariz, o gosto do cobre salgado do sangue de Taylor me atravessa, fazendo o meu estômago embrulhar enquanto engulo a bile de volta.

Um gemido animal se movimenta à sua maneira no meu coração. – Me larga! – eu grito, resistindo contra ele.

- Frannie, para! É isso o que a Lilith quer. – Sua mão tira o meu cabelo desgrenhado do meu rosto, e o seu rosto está perto do meu. - Ela quer que você mate a Angelique. Ela está tentando reverter a sua marca.

- Não! – Empurro com mais força, lutando para sair de baixo dele. Uma vez que ele não sai, eu me viro e prendo minhas pernas em torno dele, girando e fazendo-o bater no chão.

Ele olha para mim, empoleirada sobre ele, de um jeito suave.

– Escute o que digo, Frannie. Preciso que você me escute.

O mundo parece girar para trás, entrando em foco. Minha respiração é ofegante e não consigo encontrar o ar.

Ele continua a me encarar, como se nada mais importasse.

– Se você fizer isso, ela ganha. Se você matar a Angelique, sua alma será marcada para o inferno, e Lilith estará livre para entrar no seu corpo. Você será dela.

É o perfume de canela de Luc que finalmente me puxa para fora da névoa. Pisco e olho em volta. Dois demônios parados, um de cada lado do galpão, com os punhos vermelhos, brilhantes, apontando um para o outro. São Marc e Rhen. Eu não consigo entender a cena, mas não importa. Taylor está caída no chão com a blusa encharcada de sangue, embalada pelo forte cheiro do anoitecer.

Solto Luc e rolo para o lado, para me sentar ao lado dele. Meu estômago embrulha de novo e eu vomito sobre a samambaia entre os meus pés.

– Eu não pude salvá-la… – minha voz é um sussurro trêmulo, mal se pode escutar.

– Não havia nada que você pudesse fazer, Frannie.

– Meu poder de influência. Eu devia ter conseguido trazê-la de volta.

– Não do inferno. Pelo menos não por enquanto. Talvez eventualmente o seu poder de influência possa ser forte o suficiente…

Cambaleio entre os meus pés enquanto penso na última coisa que eu disse para Taylor e me jogo sobre Luc, que me segura pela cintura. *Vá para o inferno*, eu disse. Eu disse a ela para ir para o inferno.

Eu me curvo e vomito outra vez.

Então, ouço um sussurro nas folhas e me viro para ver Angelique sentada, com as costas apoiadas no galpão, a camisa ensopada de sangue, olhando para mim com um sorriso torturante.

– Ele não entende, Fee. Ele não percebe que precisamos ficar juntas. – Ela rasteja alguns passos para perto do arbusto e sai de lá com a faca. – Devemos permanecer juntas. Você é uma de nós, Fee. – Ela dá um passo lentamente e segura a faca pela lâmina, empunhando-a para mim.

Os braços de Luc me apertam.

– Não, Frannie.

Mas o olhar de Angelique me atrai de maneira voraz. Dou um passo em direção a ela.

- Frannie. – Luc me toma em seus braços e olha em meus olhos. – Apenas olhe para mim. – Começo a me virar sobre o meu ombro para ver a Angelique, mas o dedo do Luc no meu queixo me puxa de volta. – Aqui, Frannie - ele diz, seus dedos, indicador e médio, estão apontando para os seus próprios olhos.

Eu me perco em seus olhos negros, profundos, enquanto ele começa a me guiar na direção da música do quintal dos Gallagher, para longe de Taylor. Na minha visão periférica, vejo Rhen, com os punhos brilhantes no ar, cobrindo o nosso isolamento. Fico confusa.

– Por que ele está nos ajudando?

Angelique fala por trás da gente.

– Frannie, não deixe que ele tire você de mim. Nós devemos ficar juntas.

Lamento e me encolho, minhas pernas se recusam a me carregar. Luc me coloca em seus braços e sai da floresta, seguindo para o quintal. Apoio a cabeça em seu ombro e tento me escorar em sua força.

Alguém grita. Kate? Mas eu permaneço apenas respirando o perfume de canela do Luc, bloqueando tudo o mais.

Ouço Luc dizer a alguém para chamar a polícia. As pessoas estão ao nosso redor. Alguém puxa o meu braço, tento me afastar de Luc. Eu me agarro nele um pouco usando a força que ainda tenho.

- Oh, meu Deus! *O que você fez com ela?* Entregue ela para mim!

Essa voz... é o Reefer. Reefer está gritando com Luc. Eu tento levantar a cabeça para dizer a ele para parar, mas está muito pesada – muito pesada para movê-la.

Deixe-o em paz, eu penso. *Por favor*.

Então, estou enrolada nos braços de Luc, sentada nas escadas da varanda. Luc está tão quente, e eu tento aproveitar isso, mas estou tão fria que não consigo deixar de tremer. Finalmente estou apta a forçar os meus olhos a se abrirem. E é quando percebo o sangue – o sangue da Taylor – sobre mim. Nas minhas mãos. Nas minhas roupas.

Oh, Deus... Taylor.

Um grito irrompe do meu peito. Acho que Luc me embala – talvez – mas eu não consigo parar de gritar. As pessoas estão gritando... não... espere, ainda sou eu. Então tudo se apaga no esquecimento.

Acordo na minha cama; a brisa morna da manhã sopra as cortinas para trás e o aroma de sol de inverno está ao meu redor. Enquanto os meus olhos focalizam, encontro Gabe sentado na minha cadeira, aos pés da cama. Ele sorri e aperta o meu pé através das cobertas.

– Ei.

Como se tudo jorrasse novamente, o peso esmagador de tudo o que fiz ameaça me deixar para baixo outra vez.

Fecho os meus olhos.

– Taylor? – Minha voz sai como um resmungo. Enquanto eu digo isso, um pavor frio cobre o meu coração.

- Sinto muito, Frannie. Eu devia ter estado lá. – A dor na sua voz...

O que ele não diz é que ele não estava lá por minha causa. Eu não consigo evitar o gemido estrangulador subindo pela minha garganta pouco antes de as lágrimas começarem a jorrar. Então Gabe, segurando-me em seus braços, me acalma. Não há nada mais para dizer, então enfio o rosto no pescoço dele e choro.

Quando minha mãe entra, as lágrimas estão brandas, mas a raiva ainda queima como ácido no meu coração, direcionada basicamente para mim mesma. Gabe enxuga as lágrimas no meu rosto com o dedão e se move para a cadeira. Papai fica na porta, enquanto mamãe se senta na beirada da cama e segura a minha mão.

– Como você está, querida?

– Um lixo. – Que pergunta idiota.

Ela quer reprimir a minha língua, posso perceber, mas eu disse isso justamente para irritá-la. Porque eu me sinto como um lixo e quero que todo mundo também se sinta.

Ela respira fundo.

– Você precisa de alguma coisa?

Eu me aninho nos travesseiros, tentando desaparecer entre eles.

– Taylor.

– Ah, querida...

Rolo para o lado e fico de cara para a parede.

– Frannie – ela diz, e em seguida, hesita. – Eu sinto muito.

Se mais alguém disser isso, eu vou começar a gritar de novo.

A cama treme enquanto ela se levanta e eu ouço o clique da porta se fechando.

Eu quase não percebo o Gabe mover-se para cima da cama, mas eu sei que ele está lá, pois começo a sentir a minha raiva esvanecer.

– Sei que isso é difícil, mas descontar na sua mãe não vai ajudar em nada.

Fico olhando para a parede, incapaz de bloquear as imagens da floresta que ficam rodando na minha cabeça como um filme de terror.

– Oh, Deus. – Soa mais como um soluço do que qualquer outra coisa. – Eu a matei.

Ele sabe que eu estou certa. Eu posso sentir isso na maneira como ele se mexe atrás de mim.

– Frannie, nada disso foi sua culpa.

Minha voz é tão amarga quanto o meu coração.

– Achei que você não pudesse mentir.

– Então, você devia acreditar em mim.

Ele está mesmo deixando as coisas em paz. Eu me enterro na neve de verão. Minha respiração fica mais lenta, e eu pareço amolecer de dentro para fora. Mas eu não consigo afastar a visão da minha cabeça. Taylor. Angelique. Luc...

Ergo minha cabeça do travesseiro e olho para ele.

– Onde está o Luc?

– Ele achou que seria melhor se... fosse embora.

Meu coração desaba.

– E Angelique? – pergunto, com medo da resposta.

– Lilith está com ela. Ela desapareceu.

Um gemido lento sai de dentro do meu coração. Mais uma vida que eu arruinei. Meus sentimentos sobre ela estão misturados. Ódio. Culpa. Desejo.

– Eu a quero... preciso dela. Mas eu não... eu não fico... com garotas.

– Lilith é uma *succubus*. Gênero é irrelevante. Ela pode manipular seus pensamentos e desejos obscuros: a base das emoções. Fazer você ver coisas, querer coisas. Ela precisa se estabelecer, e ela fará qualquer coisa para conseguir isso.

– Se estabelecer?

– Ela sobrevive do desejo. Sem isso, ela morre.

Fecho os olhos, pressionando as pálpebras contra as imagens que tentam se formar na minha mente. Eu devia ter feito qualquer coisa pelo seu capricho, incluindo matar Angelique. Minha mente voa rapidamente à lembrança de Lili na cama, sua expressão de atordoamento.

– Luc não sabia o que estava fazendo... – digo para mim mesma, realmente compreendendo isso pela primeira vez.

- Não. Tenho certeza de que ele não sabia.

Minha cabeça novamente afunda no travesseiro, pesada demais para segurá-la por muito tempo. Minha mente se desliga e eu dou às boas-vindas ao vazio, que surge como um vácuo. Quando me dou conta, Gabe está fazendo isso comigo, e, por um segundo, quero ficar com raiva, mas então eu só me deixo levar, ficando adormecida. E não penso em nada.

CAPÍTULO 27

LÁGRIMAS DO CÉU

Frannie

Passei os cinco dias seguintes entorpecida. Pessoas vinham e iam, eu acho. Há imagens borradas de Riley e Trevor. Nelas, Trevor parece tão entorpecido quanto eu. Uma parte de mim quer chegar até ele. Essa parte lembra quando perdi o Matt.

Mas não faço isso.

Mamãe traz comida, mas eu não posso comer. Quanto mais ela insiste, mais eu quero me afastar da comida. Ouço murmúrios no corredor – Mamãe? Gabe? Papai? – não tenho certeza, e acho que mamãe pode estar gritando, mas eu não me importo o bastante para tentar escutar. Pode haver policiais... quem sabe.

Os dias passam num borrão de imagens fora de foco, e no final delas, estou vestida de preto, sentada no banco da igreja. Há pessoas, algumas choram, e Luc está lá. Eu o sinto mais do que o vejo. Gabe está comigo, sempre ao meu lado. O que, eu acho, é a única razão de eu estar trôpega. Caso contrário, estou bem certa de que o grito que está entalado na minha garganta já teria escapado.

Vovô segura a minha mão. Sinto a sua pele áspera e quente e o cheiro do seu cachimbo enquanto me inclino sobre o seu ombro. A única pessoa de quem preciso. A única pessoa a quem tolero.

Outras pessoas continuam vindo até nós, e o vovô de algum jeito as mantém afastadas. O que é bom, porque, se eu abrir a minha boca para falar, esse grito…

Então as pessoas estão nos deixando em paz e tudo está calmo. O padre O'Donnell começa a falar. Vagamente percebo os pais da Taylor e o Trevor caminhando por um corredor à frente de uma caixa de madeira.

Uma caixa.

Taylor.

Começa como um gemido baixinho no meu peito. Então não há nada que o Gabe possa fazer a cerca do grito.

Luc

Ela não diz nada durante todo o trajeto para casa. Ela apenas se joga no assento e fica olhando cegamente para o painel.

Eu me afundo no banco traseiro enquanto Gabriel dirige, desejando que fosse eu naquele caixão. *Como pude deixar isso acontecer?*

De vez em quando, um gemido suave e agonizante quer sair do peito de Frannie, esmagando meu coração. Se eu pudesse tirar a sua dor... eu faria qualquer coisa.

Gabriel se dirige com o seu Charger para a entrada da garagem, logo atrás da van da família dela. Frannie apenas fica sentada por um longo tempo, então ela sai do carro e fica vagando pelo quintal. Seus pais a observam da varanda, e seu pai começa a segui-la, mas Gabriel coloca a mão em seu ombro e acena para mim. Eu a sigo por todo o gramado até a calçada, então ela começa a seguir pela rua na direção da casa de Taylor.

Mantenho o ritmo ao lado dela.

– Frannie?

Ela anda arrastando os pés até a calçada, alheia a tudo. Começo a chegar até ela, mas paro. Não tenho certeza se posso tocá-la sem...

Fico à sua frente e dou um passo atrás, me agachando ao nível dos seus olhos.

– Frannie... pode me ouvir?

Nada.

– Eu sei que isso... – Um nódulo quente e úmido na minha garganta sufoca as minhas palavras. O que vou dizer? Que é difícil? Isso é mais do que difícil. Isso é impossível.

Percebo que parei de embaralhar as coisas quando sinto os dedos de Frannie acariciar o meu rosto. Olho para cima e ela está me encarando. As pontas dos seus dedos estão molhadas.

– Você está chorando – ela diz.

Isso é impossível.

– Eu não posso chorar. Sou um demônio agora... a maior parte de mim.

Ela esfrega o polegar sobre as pontas dos dedos.

– Você é. – Ela leva a ponta dos dedos úmidos até os lábios enquanto lágrimas começam a correr pelo seu rosto. Ela se vira e se senta no meio-fio, com a cabeça apoiada nas mãos. Seus dedos se entrelaçam aos cabelos, disfarçando o seu rosto.

Sento ao seu lado, a uma distância segura entre nós.

– Sinto muito, Frannie. – Isso soa tão inadequado.

– Eu não pude salvá-la. Ela está no... inferno, Luc. – Sua voz é pega num soluço. – E eu não posso trazê-la de volta.

– Não é sua culpa.

Ela puxa num rompante a cabeça de entre as mãos e olha para mim, com fios de cabelo presos em seu rosto molhado.

– Claro que é. – Sua voz é baixa, mas selvagem, quase um rosnado.

Mas então seus olhos se arregalam.

– Você é um demônio?

Eu aceno positivamente.

Suas feições torcem numa careta enquanto ela diz:

– Você pode ir buscá-la? No inferno, quero dizer.

Nesse minuto, olhando para a dor gravada no rosto da Frannie, eu estaria disposto a tentar, mesmo que não houvesse possibilidade de sucesso... ou de sobrevivência.

– Se é isso o que você quer, Frannie, eu vou tentar.

Seus olhos se fecham num lento piscar, e quando ela os abre, há um rápido brilho de esperança. Então eles desaparecem de novo.

– Você não vai conseguir salvá-la também, não é?

Baixo os olhos. Vê-la desse jeito me mata.

– Não.

– E eles vão matar você também.

– De certa forma sim.

Eu me levanto do meio-fio, porque estando perto desse jeito é muito difícil, e dou um passo para a rua. Enlaço a cabeça com as mãos e dou um suspiro profundo, tentando pensar. Quando volto para o meio-fio, Frannie está de pé, com lágrimas pesadas sobre o rosto outra vez. Dou um passo para trás sem realmente olhar para ela e, quando chego à calçada, ela lança seus braços em torno de mim.

– Luc, eu sinto tanto. Eu sei que não foi sua culpa... com a Lili.

Estou tenso e olho para a frente, com as mãos fechadas, uma de cada lado, para não tocá-la. Porque eu não posso fazer isso. Mesmo que eu queira, não posso voltar.

Em toda a minha existência, nunca conheci uma dor como aquela: a dor de ter tudo e depois perder. Mas isso não é menos do que eu mereço, porque ela está enganada. Foi sim minha culpa. Tudo o que aconteceu a Frannie desde que eu coloquei os pés no Haden tem sido minha culpa.

Eu vou destruí-la se ficar.

Afasto-me dos seus braços.

– Frannie...

Ela parece confusa e, em seguida, dilacerada. Seu rosto se contorce numa expressão de agonia e ela se afunda no meio-fio.

– É tarde demais, não é? Eu arruinei isso. – Ela larga o rosto sobre os joelhos, enlaçando as mãos protegidamente atrás da cabeça.

– Eu não sei... – Antes de começar a falar, minhas palavras estão sufocadas pelo meu coração, pulsando no fundo da minha garganta. Dou um passo para a calçada até que eu possa falar. – Frannie, eu não posso fazer isso.

Ela não levanta a cabeça, mas o som que ela faz – um gemido abafado – faz com que o pouco de sangue que me resta fique gelado.

– Isso... – aponto vagamente ao redor, mesmo que ela não esteja olhando –, ... é um desastre... pra todos nós.

Ela choraminga, novamente, esmagando meu coração de enxofre.

– Frannie, por favor. Você tem que entender que é a melhor maneira. Não posso ficar aqui.

Finalmente, ela ergue o rosto que estava entre os joelhos. Mas não me olha.

– Eu não sei se posso ajudar amando você. Mesmo quando odiei, eu amava você. A diferença é que eu não *queria* você. Ela olha para mim e, em seguida, seus olhos escurecem, morrem.

– Acho que posso tentar não te querer... se é isso o que você quer.

– É, sim. – Precisei de toda a minha força para dizer isso, e cada célula dentro de mim grita em protesto. Lanço um olhar na direção da casa dela para evitar olhá-la e vejo Gabriel nos observando no final da entrada da garagem. Eu me abaixo e beijo a sua cabeça. Então aceno com a cabeça para Gabriel antes de atravessar a rua e entrar na Shelby.

Frannie

Ele se foi. Posso sentir isso sem ter que olhar. Meu coração enrijece numa bola dura e a maior parte de mim – da minha alma? – se encolhe e morre, me deixando fria e vazia.

É claro que ele não me ama mais. Como ele poderia, depois de tudo o que o fiz passar? Ele prefere ser um demônio a ficar comigo, e eu não o culpo.

Enrosco os braços ao redor dos joelhos, apertando-os contra o meu peito, esforçando-me para me segurar junto.

– Venha para dentro de casa, Frannie. Por favor. – A voz do Gabe é suave e baixa enquanto ele se agacha perto de mim.

Olho para ele, perdida. Ele estende a mão e eu a seguro. Ele me levanta do meio-fio e voltamos para casa. Em seguida, ele me guia pelas escadas e me coloca na cama.

– Descanse um pouco. Volto mais tarde.

O pânico corta o ar dos meus pulmões e eu me sento.

– Por favor, não vá embora!

Ele olha em direção à porta aberta, então puxa a cadeira e se senta ao lado da cama.

– Tudo bem – ele diz, apertando a minha mão.

Fico me debatendo por horas, com medo de fechar os olhos, porque, toda vez que os fecho, imagens da Taylor, da Angelique e do Luc ficam aparecendo na minha cabeça. Vez ou outra, papai ou mamãe passam pela porta que está aberta. Finalmente, papai apaga a luz no corredor e o quarto mergulha na escuridão. Quando Gabe fica de pé, um gemido estridente escapa da minha garganta.

– Estou bem aqui, Frannie. Não vou a lugar nenhum. – Ele puxa uma camisola de baixo do meu travesseiro. – Eu só acho que você dormiria melhor se estivesse mais confortável. Vou esperar lá fora.

Ele sai para o corredor, e a minha agitação se intensifica a ponto de eu mal conseguir me vestir. Finalmente, tiro a roupa, visto a camisola e deslizo para debaixo das cobertas.

– Ok – eu digo com uma voz que é pouco mais que um murmuro.

Gabe entra no quarto e fecha a porta ao passar. Ele se aninha atrás de mim na cama.

– Você vai ficar bem, Frannie. Não vou deixar nada acontecer com você.

Estremeço enquanto penso sobre tudo o que já tinha acontecido comigo – e a todos que eu amo – e eu sei que ele está mentindo, mesmo que ele não possa.

Não consigo parar de tremer. Nem mesmo a presença de Gabe consegue isso. Pressiono as minhas costas para perto dele. Mas, apesar da sua proximidade e da calma que ele me traz, meu coração ainda está martelando no meu peito, porque eu sei que se eu fechar os olhos de novo... terei pesadelos com Taylor e Angelique.

– Por favor, tente dormir, Frannie – ele sussurra no meu ouvido.

– Não consigo. – Tremo violentamente, e ele me abraça mais apertado.

Rolo em seus braços e me refugio nele. Seu hálito fresco no meu cabelo afasta o terror que está tomando conta de mim. Acaricio meu rosto na curva do seu pescoço e respiro seu aroma de neve no verão, tentando esquecer tudo, menos isso. Ainda assim, o pânico está lá, à beira de explodir. Ele beija minha cabeça e um arrepio me atravessa. Tiro o rosto do seu pescoço e encaro-o em seus profundos olhos azuis, brilhando à pálida luz da lua, e tento me perder.

Quanto mais me aproximo dele, mais sinto paz – eu sei disso por experiência. Ele é a única coisa que pode bloquear a dor.

– Frannie... – ele diz enquanto deslizo os dedos pelos seus lábios. Sinto-o estremecer.

Quando eu puxo o seu rosto até mim e os meus lábios tocam os dele, sua paz me lava, afogando-me em leve torpor e, imediatamente, alivia a dor no meu peito. De repente, o meu coração vazio sente-se cheio – porque ele me ama. Posso sentir isso também, profundo e incondicional.

Aqui é onde eu quero estar. Onde eu quero me perder em seu amor e paz. Quero estar tão perdida que ninguém será capaz de me encontrar.

Só quero me esquecer de mim mesma.

Seu beijo torna-se menos hesitante, sua boca explorando a minha. Seus lábios devoram-me, ajudando-me a desaparecer. Quanto mais longe eu chego nele, há menos de mim. Tateio os botões da sua camisa. Ele puxa a minha camisola acima da minha cabeça e as suas mãos e boca continuam suaves, numa delicada exploração. Cada carícia me leva para mais longe de mim mesma.

Meu coração continua acelerado, mas agora não é mais por causa do pânico. E a minha respiração irregular não é por causa do medo. A cada passo em direção ao inevitável, estou a um passo de me livrar da dor.

Quando ele rola para cima de mim, eu deslizo sua camisa pelos seus ombros e sinto a sua pele na minha – não está mais fria, mas quente. Beijo seu ombro e puxo as suas calças, querendo tudo – querendo-o todo.

Seus lábios estão no meu pescoço enquanto ele sussurra:

– Oh, Deus... Frannie. – E então sua boca encontra a minha de novo e eu sinto o fogo lento queimando a minha pele, meu calor combinando com o dele.

Nós nos movemos juntos na cama e eu estou quase lá, só mais um pouquinho. Envolvo as minhas pernas ao redor dele, dando-lhe permissão de dar o último passo e me libertar da minha miséria, falando para ele o que eu quero com o meu corpo.

E eu o sinto responder, pressionando-se com força sobre mim, deixando perder aquele último vestígio de pudor. Deslizo a minha mão pela parte da frente das suas calças e o sinto estremecer. Ele me beija profundamente e há alguma coisa desesperada nisso, como se ele estivesse sufocando e eu fosse o ar. Ele precisa de mim tanto quanto eu preciso dele. Posso sentir isso. É isso que nós dois precisamos para nos salvarmos. Um do outro.

Estou quase acabando.

Só mais um pouquinho.

Enquanto lido com o botão das suas calças, seus lábios afastam-se dos meus, trilhando um caminho ardente até o meu queixo, pescoço, ombro, voltando para a orelha. Sua respiração é tão irregular quanto o seu sussurro:

– Por favor, Frannie. Por favor, pare.

A onda de culpa cai sobre mim enquanto me dou conta do que estou fazendo a ele.

Ele geme enquanto o empurro, então se deita ao meu lado. Depois de algumas respirações profundas, ele abre os olhos. Ele sai da cama e fica parado, sua silhueta contra as sombras da minha que entra pela minha janela.

Eu me afundo profundamente no travesseiro e tento desaparecer.

- Eu... - Ele não termina. Em vez disso, agarra sua camiseta, gira e caminha para o corredor, fechando a porta ao passar. E, em seguida, nada.

Está quieto, tipo uma eternidade, e eu deitada aqui tentando decidir se vomito ou não. Quando se torna claro que o Gabe não vai voltar, fecho os olhos e rezo sinceramente para que Deus me mate agora.

Eu me sento, com toda a certeza de que vou até o banheiro, quando a porta se abre novamente. Eu me enrolo nos lençóis, repentinamente envergonhada, enquanto Gabe entra.

Ele fica de costas para mim.

– Acho que posso me controlar agora, mas isso seria mais fácil se você colocasse alguma roupa.

Eu me viro e pego a minha camisola caída no chão.

– Você não deve ficar - digo, enquanto visto a camisola, tentando manter a voz neutra. A verdade é que estou desesperada para que ele fique, mas mortificada também. – Se estou tornando isso tão difícil para você...

Ele se vira e vem até a beirada da cama, onde se senta. Então segura o meu rosto entre as suas mãos e olha fixamente em meus olhos.

– Eu te amo, Frannie. Mas não podemos fazer... isso. – Ele aponta para os lençóis torcidos. – Eu desistiria voluntariamente das minhas asas por você, mas não desse jeito.

O desespero comprime o ar dos meus pulmões.

– Eu sei.

Toco o seu rosto novamente – não posso evitar, ele é tão bonito...

– Quando Matt perdeu as asas dele, você disse que ele tinha uma chance de... - Baixo os cílios e engasgo enquanto percebo como o restante desse pensamento é egoísta.

Mas Gabe sempre sabe o que estou pensando.

- Eu não sou como o Matt. Eu não poderia ficar com você.

- Por que não?

- Eu sou um Domínio. Um da Segunda Esfera. Eu não sou um anjo.

Olho de volta para ele e me apoio sobre o meu cotovelo.

– Pensei que todos vocês fossem anjos.

- Não. O termo "anjo" é específico para mortais que alcançaram *status* celestiais. Eu nunca fui humano.

Tento processar essa informação.

– Então... quer dizer...

- Se eu perder as minhas asas, não haveria escolha. Eu não sou da Terra, então eu não posso retornar. Eu pertenceria a Lúcifer.

O meu coração bate na minha garganta.

– A menos que eu queira que você seja humano. – E eu quero. Agora mesmo não há nada que eu queira mais.

Ele me olha por baixo de suas pestanas brancas, e pensamentos passam tão rápido pelos seus olhos que eu não consigo me fixar em nenhum deles. Então ele se inclina e me beija de novo. Eu o puxo para a cama, ao meu lado, e fico encarando aqueles olhos incríveis. A pergunta está quase fora da minha boca quando me dou conta do que disse.

– Você conheceu o Lúcifer antes de ele cair?

Ele enrijece, mas sua voz é sempre calma e relaxante.

– Frannie, não se preocupe com Ele neste momento. Você está segura. Vá dormir.

Eu me mexo em seus braços, repentinamente desconfortável, mas alguma coisa no meu interior não quer deixá-lo ir.

– Não estou preocupada. Só quero saber.

Ele balança a cabeça lentamente.

– Eu fui criado logo depois da Guerra. Nessa ocasião, ele já tinha partido.

- Então... você nunca o conheceu como um anjo?

Gabe espreme os olhos.

– Aonde você quer chegar com isso, Frannie?

Balanço minha cabeça, porque eu realmente não sei. É apenas uma sensação que não consigo explicar.

– Em lugar nenhum, eu acho.

Ele beija a minha testa e se acomoda nos travesseiros.

– Durma, Frannie.

Minhas pálpebras estão pesadas e eu as fecho, mas as imagens do meu pesadelo me perseguem – Taylor, sangue, Lilith. Eu coloco a mão em seu peito, onde deveria estar o seu coração, tentando não querer o que ele não pode me dar, mas preciso me aproximar mais.

– Assim está bom?

Ele solta um suspiro trêmulo e afaga o meu ombro.

– Perfeito - ele diz.

Finalmente, depois de horas, pego no sono.

Quando acordo, filtros de uma luz pálida atravessam a árvore do lado de fora da janela. Estou sozinha na cama, e tudo o que aconteceu nos últimos cinco dias está um pouco confuso, como se eu estivesse apenas saindo de uma espécie de frenesi. Esse é o mesmo sentimento de ressaca quando eu deito na cama por um longo momento tentando juntar as peças do que é real e do que é uma névoa. O assassinato da Taylor foi real – nenhum sonho produziria uma dor tão aguda. Luc indo embora – real. O Gabe na noite passada? Há uma vibração na minha barriga enquanto eu me lembro do seu incrível e suave toque. Nós quase fizemos sexo? Ele disse que me amava? Eu acho que isso foi real também. Ele desistira das suas asas por mim... foi isso o que ele disse.

Mas ele se foi.

Afasto a onda de decepção e olho para o relógio, então pego o meu telefone e ligo para o Ricco novamente. Ele me diz para não me preocupar em voltar.

CAPÍTULO 28

FIM DOS DIAS

Luc

– Você está bem? – A voz e a mão no meu braço me assustam enquanto eu me apoio na fria parede de azulejos do hospital. Fiquei parado aqui por um tempo, tentando criar coragem para bater na porta do quarto 322.

Seu nome é Robin.

Tiro a minha testa da parede e tento sorrir para a enfermeira.

– Estou bem.

Ela me lança um último olhar de preocupação e segue pelo corredor. Respiro profundamente e levanto a mão para bater na porta, mas antes que eu o faça, ela se abre e ela está de pé no corredor numa camisola verde e esvoaçante de hospital. Ela quase esbarra em mim antes que eu possa sair do caminho.

– Oh, desculpa – ela diz. Seus olhos verdes são os mesmos, mas eles parecem mais tediosos sem a Lilith para alimentá-los.

Mas sou eu quem me desculpo. Baixo os olhos e abro a minha boca seca, mas não encontro as palavras, então eu a fecho novamente. Levanto os meus olhos e eles se encontram com os dela. Meu coração está na boca.

Ela olha para mim e franze o cenho.

– Foi mal – eu digo. É a coisa mais próxima de um pedido de desculpas que eu consigo falar. Eu me viro e ando rápido pelo corredor até as escadas, que desço de dois em dois degraus. Quando chego ao meu carro, não consigo respirar. Eu me inclino sobre o para-lama, buscando ar.

Ela não se lembra. Estava claro em seus olhos. Ela não tinha ideia de quem eu era. Isso devia ser um alívio, mas não muda o que aconteceu – o que eu fiz a ela. E eu só consegui dizer "Foi mal".

Devo a ela muito mais.

Eu me inclino sobre o para-lama e debato comigo mesmo – justamente como tenho feito a cada minuto desde que descobri que sou mortal novamente. Eu devia estar a quilômetros de distância daqui. Fora do alcance das tentações. Mas eu não consigo partir.

Porque viver sem a Frannie é como tentar viver sem oxigênio.

Dessa vez foi mais rápido. A mudança só levou algumas poucas semanas. Eu a senti. Eu sabia que ela estava me modificando. Frannie me disse que tentaria não me desejar. Aparentemente ela não teve sucesso nisso, porque é difícil argumentar com a minha humanidade. Saber que ela me quer me causa uma excitação ao mesmo tempo que pensar em estar com ela de novo me aterroriza.

Paro o carro e abro a porta. Então eu a bato emitindo um grunhido. Porque eu quero ir até lá. Se eu ficar nesse carro, é o que eu vou acabar fazendo. Ando pelo estacionamento, tentando limpar a minha cabeça e fazer com que as coisas tenham algum sentido em mim. Finalmente, eu entro no carro e sigo para o meu apartamento.

Enquanto paro o carro num lugar perto do meu prédio, percebo que nem me lembro de como dirigi até ali, porque os meus pensamentos estão totalmente absorvidos com a Frannie. Fico sentado ali por muito tempo, beliscando a minha testa, e a dor de cabeça começa a ficar fora de controle. Justamente quando estou prestes a ligar o carro, o Mustang de Frannie para atrás de mim, bloqueando a minha passagem.

Ela pula para fora do carro e chega enfurecida onde eu estou estacionado. Pela expressão do seu rosto, talvez eu tenha me enganado com o fato de ela me querer.

Ela puxa a minha porta aberta e me arranca para fora pelo braço.

– Aonde você está indo? Fugindo de novo?

Não tento me livrar do seu agarrão, porque sinto o toque da sua mão na minha pele...

– Eu estava...

– Você é tão covarde, você sabia? Não consigo imaginar como você sobreviveu no inferno durante todo esse tempo.

– Frannie...

Ela solta o meu braço e me empurra.

– Eu nem sei por que me importo. Vá logo, seu idiota...

Seguro o seu braço e a empurro contra o carro, querendo dizer a ela para entrar no carro e se afastar para bem longe de mim. Dizer algo assim tão cruel fará com que ela nunca mais volte. Porém, em vez disso, eu me pego pressionando os lábios contra os dela. Minha cabeça grita para parar no mesmo instante em que o meu coração começa a gritar para nunca deixá-la ir. Ela coloca os punhos sobre o meu peito e então se derrete em mim, beijando-me de volta. Finalmente, assumo o controle e me afasto. Ela fica apenas me olhando por um longo tempo. Um nódulo quente se forma na minha garganta enquanto uma lágrima percorre um caminho tortuoso pelo meu rosto. Dou um passo para trás, inseguro do que dizer.

Isso parece quebrar o seu transe. Ela me olha de um jeito tão assustado quanto eu me sinto, em seguida esfrega a lágrima com as costas da mão, respira profundamente e se vira em direção ao seu carro. Mas assim que ela chega ao carro, capto um sopro sutil de enxofre. Eu me lanço contra Frannie e a empurro pela porta. Em seguida, bato a porta do carro. Quando eu me viro, Rhenorian está parado, sorrindo para mim.

– Uau! O que foi aquilo tudo?

Solto uma respiração entrecortada.

– Pelo amor de todas as coisas malditas, Rhenorian. Não fique me espreitando desse jeito.

– Eu admito. Ela é quem mudou você. – O sorriso dele desaparece de seu rosto e ele passa por mim, encarando Frannie, com olhos famintos.

Bato na porta dela com a palma da mão.

– Vá, Frannie!

Ela hesita um pouco demais.

Num piscar de olhos, ele me prensa contra o carro da Frannie.

– Faça-a fazer isso comigo.

– Eu não sei do que você está falando.

Antes que eu possa reagir, seus punhos esmagam o meu rosto e ouço Frannie gritar. Em seguida ele sorri e esfrega o dedo no sangue que escorre do meu lábio cortado.

– *Isso*. Faça-a fazer *isso* – ele diz, estendendo o seu dedo ensanguentado.

– Ela não pode transformar você em mortal, Rhenorian.

Ele se afasta e olha para mim, limpando o seu dedo na parte da frente da minha camisa, então o seu olhar se desvia para Frannie e um sorriso surge novamente em seu rosto.

– Eu gostaria de me desculpar por ter sido tão grosseiro da última vez que nos vimos. O prazer é todo meu em vê-la novamente. – Ele passa por mim, estendendo sua mão para ela.

Eu me afasto do carro e o empurro para trás.

– Não, Frannie. Vá!

Mas ela nunca me escutou antes, e ela não vai começar a escutar agora. Em vez disso, ela sorri e sai do carro.

– Está tudo bem – ela diz, estendendo sua mão.

E, enquanto as mãos deles se tocam, em um movimento hábil, ela torce o braço dele, colocando-o de cara para o chão, prendendo seus braços e pressionando as suas costas com os joelhos.

– Eu não posso torná-lo humano – ela diz por trás da cabeça dele.

– Você transformou Lúcifer em humano – ele rosna contra o chão.

– Não foi de propósito.

Ele torce a cabeça para o lado.

– Tá bem. Chame o seu Pitt Bull de volta, Lúcifer.

Mesmo achando que isso não foi engraçado, eu não consigo evitar uma risadinha.

– Ela nunca me atende. Você está por conta própria.

– Filha de Satã! – Ele se debate sob ela. Seus punhos começam a brilhar e ele faz caretas tentando se virar para a direção certa.

Eu rio de novo.

– É, boa sorte com isso aí. – Eu me agacho ao lado dele. – Isso é sobre o quê, exatamente?

Ele dá outro puxão contra o aperto de Frannie e, em seguida, desabada no chão. – Deixe eu me levantar.

– Não até você nos dizer o que está acontecendo.

– Há uma rebelião.

Em princípio eu não processei o que ele disse.

– Uma rebelião – repeti.

– O que você fez... no Diktat. Aquilo fez a gente pensar. Ninguém nunca se levantou contra Ele antes. Nunca foi possível.

Ele está certo. Até eu ter feito aquilo, eu nunca pensei que fosse possível. O comando dele era sempre carregado de peso físico. Meu corpo sempre curvado à Sua vontade, sem questionar. Alguma coisa programada na hora da nossa criação.

– Nós pensamos nisso porque você era humano. Talvez, quando você retornou, algo tenha entrado em curto-circuito.

– Então você acha que se você for humano, mesmo que por pouco tempo...

– Nós não vamos precisar obedecer a Ele – ele conclui.

– A Frannie não pode fazer isso, Rhen. Não há nada que possamos fazer para ajudar você. – Embora, se houvesse, eu consideraria seriamente. Uma rebelião no inferno...

Frannie me lança um olhar e eu aceno positivamente. Ela solta seu braço e tira o joelho das costas dele.

Mas assim que ele se levanta do chão, seus punhos brilhantes estão apontados para o rosto da Frannie. – Faça-o! Me transforme em humano!

Ela olha para mim, mas atrás daquele olhar, ela está planejando como levá-lo ao chão novamente.

– Pelos pecados de satã, Rhenorian, o que você está tentando fazer?

O pânico reflete nos olhos dele enquanto olha para mim.

– As coisas estão fora do controle, Lúcifer. Você foi embora. Não sabe de nada.

– Vocês são demônios. Nada está abaixo de vocês. Como isso pode ser ruim?

Ele desvia os olhos para mim.

– Péssimo. Há um aquartelamento público, o Poço está superlotado. E ele espera que o meu pessoal faça cumprir a Sua insanidade. Ele solicitou o intermédio dos Magos e dos Necromantes para reforçar. – Ele parece cansado.

– *Magos*. Isso é mal.

Faço uma careta quando me lembro do meu recente encontro com o Mago do Lúcifer.

Frannie aproveita a sua distração e o chuta, rápido como um raio, quebrando seu braço direito.

Ele grita e o puxa até o peito.

– Que diabos é você? – ele rosna entre os dentes cerrados, olhando fixamente para a Frannie com os olhos vermelhos.

Ela o encara de volta, parecendo – se é possível – ainda mais ameaçadora do que o Rhenorian. – Alguém com quem você não quer se meter. Ele vira os olhos arregalados para mim.

– Maldição, esqueça essa coisa de me tornar humano. Nós só precisamos dela para chutar para longe a porcaria do rei Lúcifer.

Frannie estremece. É óbvio que a lembrança dela do seu último encontro com o Lúcifer ainda a assombra.

– Você tem o meu apoio, mas eu não acho que eu possa fazer muita coisa. Talvez o Gabriel...

– Você só pode estar brincando. Você está do lado do Gabriel? Qual será o próximo passo: asas vão começar a brotar em você? Você está se tornando um cara de penas?

– Eu achei que você quisesse ajuda. Mas se você ficar exigindo de onde ela vem...

– Ele faria mesmo isso?

– Causar uma agitação no mundo das trevas seria um benefício para todos. – Olho para Frannie. Para ela seria ainda mais.

Ele recua, ainda segurando o seu braço, embora já esteja endireitado.

– Veja o que você pode fazer. – Ele desaparece, deixando Frannie e eu parados sozinhos no estacionamento.

A estranheza entre nós volta imediatamente. Olho para ela e não consigo esconder a preocupação na minha voz.

– Você está bem?

Ela acena.

– Vamos falar com o Gabe.

Frannie

Dirigimos em silêncio até o Gabe. Realmente não tenho ideia do que dizer. Minha cabeça estava cheia de coisas quando eu estava dirigindo até o Luc. A maioria delas era arrancar toda a informação dele. Mas eu também estava pronta para dizer a ele que eu precisava que ele voltasse. E que eu o amava.

Quando Gabe me disse que Luc estava de volta, a onda de emoção quase me afogou. Foi tudo de uma vez. Havia muita raiva. Ele me traiu, depois me deixou – duas vezes. Mas também houve alegria e amor. O maior e mais difícil de aceitar era a esperança.

Então, quando eu o vi indo embora novamente... eu me apavorei. E todas aquelas coisas que eu queria dizer saíram voando pela janela.

Meu coração palpita dolorosamente no peito, e a dor se espalha por todo o meu corpo. Arrisco um olhar de soslaio para Luc enquanto ele dirige. Não é tarde demais. Eu ainda posso dizer a ele.

Respiro fundo e abro a boca, mas então a fecho outra vez. Por que não encontro as palavras?

Eu amo você. Não é tão difícil. Por que não consigo dizer?

Ele me beijou. Ele me ama também... certo?

Realmente não sei. Viro para olhá-lo, tentando perceber o que ele está pensando. Ele olha para frente, sua expressão é fria e séria.

Quando chegamos ao Gabe, estou confusa. Saio do carro e sigo até a calçada sem esperar por ele. Gabe abre a porta da frente e eu subo as escadas para ficar ao seu lado. Ele joga um braço sobre o meu ombro sem nem pensar. É tão natural com ele. Se estou perto dele, ele está me tocando. É exatamente como está sendo agora.

Luc para na varanda quando nos vê e fecha os olhos por um segundo. Mas em seguida limpa a expressão do rosto e continua subindo as escadas.

– Gabriel – ele diz com um aceno da cabeça. Ele passa esbarrando de leve em nós, entra na sala e senta-se numa poltrona embaixo da janela. Gabe e eu o seguimos e nos sentamos no sofá.

Gabe se inclina para mim, entrelaçando seus dedos nos meus.

– E aí, o que manda?

Os olhos de Luc saltam para mim, sua mandíbula se contrai, e ele respira fundo.

– Alguma coisa grande está acontecendo lá embaixo, no inferno. Rhenorian está pedindo ajuda.

– E você acha que eu devo atendê-lo.

Luc encolhe os ombros.

– Não ia doer.

– Não tenha tanta certeza. Você foi um deles. Sabe que eles não podem ser confiáveis.

– Eu acreditei na sinceridade dele.

– No momento, estou certo de que ele foi. – Gabe analisa Luc. – Mas basta ele ter o que quer...

– Eu ainda acho que devíamos encontrar um jeito de apoiar a ele e o seu grupo. – Os olhos de Luc estão em mim. – Uma rebelião contra Lúcifer podia contribuir a nosso favor.

Gabe balança a cabeça.

– Vou pensar nisso. Mas agora temos outras coisas para resolver. Frannie está partindo amanhã.

Eu me afasto dele.

– Estou o quê? Do que diabos você está falando?

– Nós precisamos ir para algum lugar seguro. Eu estava errado ao pensar que Lúcifer ia parar de vir atrás de você depois que você fosse marcada. Mas ele não parou.

– Para onde eu vou?

– Para todos os casos, a sua família vai achar que você estará em L.A. Você partiria na próxima semana, de qualquer jeito.

Eu só fico olhando para ele, sem saber o que dizer.

Ele se vira para Luc.

– Você vai também.

Luc abre a boca para protestar, mas eu o interrompo, repentinamente furiosa ao perceber que não tenho nenhum controle sobre a minha vida.

– E se eu não quiser que ele vá?

Luc baixa os olhos para o chão e eu sinto o braço do Gabe me puxar para perto.

– Frannie, você não está enganando ninguém. – A compaixão na voz de Gabe alimenta a minha fúria pouco resguardada.

Dou um pulo do sofá e reprimo o desejo de atacá-los e levá-los ao chão enquanto sigo para a porta. Quando piso na varanda, começo a correr. Corro muito quando ouço o peso das passadas na calçada, me perseguindo. Chego até um parque no final da Amistad correndo a toda velocidade e corto pelas árvores ao lado da estrutura do parquinho com brinquedos, onde tropeço na raiz de uma árvore e derrapo de cara na lama. Meus pulmões queimam e eu não consigo encontrar o ar. Antes que eu possa me levantar, Luc está ao meu lado com a mão estendida.

Bato na sua mão.

– Não preciso de você – digo rispidamente, saindo da lama e esfregando as minhas calças.

- Eu sei.

Não olhe para ele, digo para mim mesma. Mas não consigo evitar. E quando eu o olho, seus olhos negros parecem perpétuos, direto para o seu coração, carregando sua alma. Sinto uma lágrima deslizar pelos meus cílios antes que eu possa me recompor. – Eu te odeio.

- Como queira.

Viro e caminho para dentro do parque. Ele vem ao meu lado, passo a passo comigo, com as mãos enfiadas nos bolsos e com os olhos no chão. Nenhum dos dois diz coisa alguma.

O crepúsculo se aprofunda na sombra das árvores, então não a percebemos até estarmos perto dela. Luc agarra o meu braço e me puxa para trás.

Dou um puxão para livrar o meu braço e recuo um passo atrás dele a tempo de vê-la deslizar para fora das árvores a poucos metros de distância.

- Angelique - sussurro.

- Fee - ela diz; sua voz é hipnótica e, com aquela palavra, eu sinto um desejo avassalador por ela.

Luc volta alguns passos, mantendo-me atrás dele.

– Frannie, apenas ouça a minha voz. Não olhe para ela. Apenas me escute.

Ele diz isso várias vezes enquanto seguimos lentamente em direção ao parquinho com brinquedos, mas não posso fazer isso. Não consigo desviar meus olhos dela enquanto ela nos acompanha no mesmo ritmo.

Mas quando ela puxa a faca, ainda coberta pelo sangue de Taylor, eu desperto. Largo meu braço da mão de Luc e avanço sobre ela. Luc se lança depois de mim, mas ele não é rápido o suficiente. Angelique estende a faca para mim.

Nesse momento, eu a quero mais do que qualquer coisa que já tenha desejado, mas também a quero morta. A imagem fugaz da faca mergulhando em seu peito me causa um arrepio por todo o corpo. Me jogo para pegar a faca. Preciso tocá-la enquanto vejo a vida lhe escapar sobre o chão. Mas, assim que eu a alcanço, me atraco com ela.

Gabe me detém na lama.

– Frannie, para!

Em seguida, Luc está lá, com um olhar mortificado. Gabe me coloca em seus braços e começa a correr. A última coisa que vejo quando viramos a rua é Luc tirando a faca de Angelique com uma mão e a envolvendo num abraço.

Quando meus pensamentos começam a clarear, meu coração grita. Eu os perco de vista enquanto Gabe corre pela rua.

– Não! – grito, então pressiono o rosto em Gabe. – Não, Luc. Por favor... - eu sussurro.

Gabe me coloca de pé quando chegamos em casa e me guia pela porta.

– Agora! – ele diz, olhando-me duramente. – Você vai embora agora!

Minhas mãos estão nos meus joelhos trêmulos enquanto luto para que o ar atravesse a minha garganta em colapso.

– Agora? E o Luc? – suspiro.

- Ele está por conta própria, Frannie. A minha prioridade é você.

Caio no chão, incapaz de me manter firme.

– Oh, Deus - sussurro entre as mãos. Por que eu tive que sair correndo? Por que eu simplesmente não disse a ele que o amava? – Se ele a matar...?

- Ela o possuirá - Gabe diz terminantemente, de pé na minha frente.

- Não! – Começa no meu peito uma dor de necessidade e se espalha até que cada célula vibre. *Volte para mim*, meu coração grita várias vezes.

Eu me levanto do chão e quase saio pela porta antes que Gabe bloqueie a minha passagem. Ele fica parado entre mim e a porta e coloca a mão sobre o meu ombro. Eu me afasto bruscamente dele quando sinto seu aroma de neve no verão começando a entorpecer o meu pânico.

- Para! Tenho que ajudá-lo.

Seus olhos estão cheios de compaixão e dor enquanto ele simplesmente diz:

- Não.

Atrás dele há uma batida – ou melhor, um murro – na porta. Eu pulo na maçaneta e o Gabe me puxa de volta, estendendo a mão para a porta. Um momento depois, ele a abre. Meu coração está quase explodindo de alívio quando vejo Luc parado na varanda. Avanço até a porta novamente, mas Gabe me impede com um braço enquanto Luc me investiga. Finalmente, ele o deixa entrar. Luc está segurando sobre o peito o seu braço esquerdo com a mão direita e há sangue na parte da frente de sua camisa. Não estou totalmente segura de que é dele.

Fico olhando para ele, sem conseguir respirar, enquanto ele entra pela porta e senta-se na poltrona embaixo da janela sem dizer uma palavra, mas seus olhos não desgrudam de mim.

Vou até ele e me aproximo, tentando descobrir de onde vem todo aquele sangue. Ele baixa o braço e eu suspiro diante do corte profundo e sangrento na parte interna do seu antebraço esquerdo.

Pressionando o braço contra o seu peito, olho para Gabe, que desaparece ao entrar no banheiro e sai de lá com um pano úmido e curativos.

Luc fica olhando para mim de um jeito vazio enquanto limpo e coloco um curativo no seu ferimento. Gabe desaparece de novo e, quando volta, joga uma camiseta limpa para Luc. Eles trocam um olhar e por um segundo, tenho certeza de ver alguma desconfiança no rosto do Gabe antes de Luc tirar sua camiseta ensanguentada pela cabeça e jogá-la na direção de Gabe.

Olho para Gabe, mas estou com medo de perguntar a um dos dois o que está acontecendo.

Gabe joga a camisa de Luc na lixeira e fica parado na porta da cozinha.

– Precisamos tirar você daqui. Não é seguro. Lúcifer não vai parar.

Eu afundo no sofá e a sensação de amargor revira dentro de mim. Tem uma coisa que ficou clara nas últimas semanas.

– Ele não me quer mais desde que descobriu que eu não tenho nenhum poder de influência.

O sorriso de Gabe é triste.

– Se isso fosse o bastante para convencê-lo. Algum dia o seu poder será forte o suficiente.

A raiva agita-se em mim e eu ataco.

– Eu não tenho poder de influência! Não posso mudar nada!

Ele desliza no sofá para perto de mim e se inclina para trás, contemplativo. Seus olhos desviam-se para Luc.

– Acho que a maior prova do seu poder está sentada bem ali. Você o transformou em mortal duas vezes.

Olho para o Luc, que ainda está petrificado, com as mãos nos joelhos e o rosto inexpressivo, encarando-me.

Balanço a cabeça.

– Não sei como ele está fazendo isso, mas não sou eu.

- Frannie...

- Não posso mudar porcaria nenhuma! – grito frustrada. – Isso não é óbvio? A Taylor está *morta*!

Gabe examina suas mãos, e sua voz é baixa, direcionada somente para mim ao dizer:

- Eu sei que você tem o poder de influenciar, Frannie. Eu já o senti.

Então, acima de tudo, um sentimento de culpa desenrola na minha confusão emocional quando penso em todas as vezes que usei o Gabe. Dou um pulo do sofá e vou para a janela, onde fico pressionando a testa contra o vidro gelado. Sinto o Gabe se movimentar atrás de mim.

- Quando o seu poder funcionou, no Luc e em mim, que diferença isso fez? – Sua voz é macia e suave no meu ouvido.

Esmoreço na janela.

– Não sou eu. Por que você não acredita em mim?

Ele me vira cuidadosamente para olhá-lo e seus olhos são profundos, cheios de compaixão.

– Que diferença isso fez? – ele repete.

Balanço a cabeça, mas ele segura o meu queixo e o levanta. Eu olho em seus olhos enquanto sinto seu amor e paz começando a me envolver. Levanto a mão e a deito em seu peito como se pudesse sentir a batida de seu coração. E, porque eu quero, eu faço – mesmo que ele não tenha um coração.

A realização me atinge de uma vez por todas.

– Funcionou quando eu quis alguma coisa com o meu coração.

Ele esfrega seus dedos pela minha testa, varrendo o meu cabelo para o lado.

– Então, quando você tirar isso do seu caminho - ele se inclina e beija a minha testa enquanto seus dedos caem sobre o meu peito - e deixar isso aqui fazer o trabalho, seu poder de influência será mais intenso.

Inclino o rosto sobre ele, escutando o coração que ele não tem bater no seu peito.

– É amor - finalmente digo. – Meu poder de influência é amor. – A coisa em que nunca acreditei até Luc e Gabe aparecerem.

– Acho que é mais que isso... que *você* é mais do que isso. – Sua voz é macia, mas vibra através do seu peito.

Eu me afasto.

– O que você quer dizer?

- Ainda não tenho certeza, mas... eu não sei. É só uma impressão.

- Por favor, não diga isso. Tenho certeza de que não saberia lidar com mais nada. – Desvio os olhos para Luc, sentando com a testa apoiada sobre a mão boa. Ando até ele e me ajoelho à sua frente novamente, segurando sua outra mão. Ele levanta os olhos para mim e fica me encarando de um jeito assustado. Respiro fundo, tiro toda a armadura do meu coração e, sem dizer uma palavra, eu o deixo dizer o que estou morrendo de vontade de falar.

Luc e eu estamos nos olhando fixamente. E eu sei que ele me ouve, porque os seus olhos me demonstram isso, e ele os afasta dos meus, junto com a sua mão.

- Luc...? O que aconteceu?

Ele fica olhando para o curativo no seu braço, cutucando-o, e não responde.

Gabe coloca a mão no meu ombro.

– Frannie, precisamos sair daqui.

Meu coração pesado dificulta que eu movimente os pés. Tento espairecer meus pensamentos, tentando me fixar naquilo que realmente importa. Não estamos salvos aqui.

Gabe me guia até a porta com a mão nas minhas costas.

- Mas se eles descobrirem que estamos indo a L.A.? – eu digo.

- Você não vai para L.A. – Ele segura a minha mão e com entusiasmo rapidamente me puxa pela porta até o seu carro.

Olha para o Luc, que nos segue com seus olhos negros fuzilantes.

- Então, para onde vamos? – Eu estremeço quando percebo que, quando eu digo *nós*, digo todos nós, incluindo o Luc. E se ele não quiser vir? Ele senta no banco de trás, ainda com um olhar assustado, enquanto eu luto contra as lágrimas.

- Eu ainda não posso dizer. Ninguém pode saber. Sua família, todo mundo deve acreditar de verdade que você está em L.A.

Theory of a Deadman está tocando, enchendo o quarto e afogando os meus pensamentos enquanto enfio as roupas na minha mochila de lona. Puxo os fones do meu iPod e coloco tudo dentro da mochila antes de fechá-la.

Gabe está apoiado no batente da porta, aparentando muita calma.

– Você está pronta?

- Acho que sim. – Dou uma última olhada no meu quarto, então lanço um olhar para Luc, que está de vigília na minha janela. Ele não diz nada desde o encontro com a Angelique. Eu tenho que saber o que aconteceu, mas não posso perguntar isso agora. Em vez disso, hesito um longo segundo antes de perguntar: - Você vem?

Meu coração está disparado e prendo a respiração enquanto ele se afasta da janela e me olha seriamente.

E me faz esperar uma eternidade por sua resposta.

CAPÍTULO 29

NENHUMA BOA AÇÃO FICA IMPUNE

Matt

Isso aqui é o inferno. E a Frannie e o seu demoniozinho de merda me colocaram aqui.

Nenhuma boa ação fica impune.

O vestígio de um riso desconsolado escapa da minha garganta.

Meu único consolo é que eles vão queimar no inferno por toda a eternidade também. Vou me esforçar para isso acontecer. Porque se ela não tivesse sido uma idiota completa, nunca teria se apaixonado por um demônio à primeira vista.

Um demônio. O que ela estava pensando?

Ela acha que pode se esconder atrás do escudo ridículo do Gabriel, mas somos gêmeos – um vínculo inquebrável. Tenho certeza de que vou encontrá-la. E isso vai ajudar a minha causa, pois ela acha que tudo é culpa dela. Ela vai sentir culpa em relação ao que aconteceu comigo... e ela deve mesmo sentir.

Posso usar essa lembrança, entre outras, para fazê-la pagar. Porque, com a ajuda do rei Lúcifer, eu encontrei o meu único talento. Meu dom. O único que Gabriel nunca mencionou que eu devia estar procurando. O que me faz imaginar que eu estava do lado errado o tempo todo. De qualquer maneira, não há volta. Jurei lealdade ao rei Lúcifer. Que escolha eu tinha, hein?

Em princípio eu não tinha certeza se era a escolha certa.

Agora eu tenho.

Os seres celestiais estavam sempre me segurando. Mas o meu novo rei tem me mostrado coisas – maneiras de usar o meu poder – que eu jamais havia imaginado.

Eu estava deitado no chão com os dedos entrelaçados atrás da cabeça olhando para o teto da caverna, para a luz que é sugada para dentro da superfície negra de pedra como brilhos contrários, tentando descobrir como isso funciona. Sinto o meu recém-descoberto poder pulsar dentro de mim, como uma besta selvagem e faminta que espera para ser libertada para a caça. Em seguida, sinto alguma coisa mais: a mão de Lili. Acariciando-me. Afagando-me. Deixando-me faminto de um jeito diferente. Viro a cabeça e a expressão no seu rosto diz tudo. Ela é insaciável.

Ela teve de deixar Angelique para trás porque corpos mortais não sobrevivem à mudança entre planos. Mas o rei Lúcifer tem o que ele chama de "recipiente" aqui para ela – um corpo. Ele pode enviá-la para ele sempre que ele quiser. Ele construiu isso de acordo com o seu gosto, então as garras e os chifres demoraram um pouco mais para acostumar, mas continua sendo humana na maior parte. E muito quente, embora um pouco maltratada. Aparentemente o nosso rei não ficou feliz por ela ter voltado com as mãos vazias.

Ela não vai me dizer o que aconteceu, mas diz que merece isso. Ainda assim, quando eu vejo os hematomas, a raiva me rasga. Ainda não consigo evitar a vontade de protegê-la. Até mesmo dele. A única coisa boa nisso tudo é que Ele parece ter encerrado com ela, por enquanto. Ele prometeu Lilith a mim pelo tempo que eu desejá-la, o que acho que deverá ser para sempre.

Toco o hematoma roxo na parte interna de sua coxa com um dedo e levanto uma sobrancelha.

– De novo?

Ela encolhe os ombros.

– É o que eu faço.

– Mas eu preciso praticar.

Ela revira seus olhos verdes para mim.

– Desculpe, mas você é o único tipo de humanista aqui embaixo. – Ela se senta e me empurra para trás. – Tudo bem. Mas você conhece o nosso trato. Se eu deixar você me machucar, você precisará me fazer sentir bem depois. – Um sorrisinho inocente surge no canto dos seus lábios, completamente em desacordo com o brilho ganancioso de seus olhos verdes.

Aquele olhar desperta um desejo primitivo dentro de mim.

– Você não vai precisar torcer o meu braço. – Fico todo arrepiado só em pensar.

– Mas isso parece divertido. E se eu quiser? – Seus lábios formam um beicinho e eu não posso me conter. Pressiono os meus lábios contra os dela, despertando ainda mais o seu gosto de sangue na minha língua.

Lambendo o sangue do corte em seu lábio superior, eu me afasto. Levo sua mão pelo meu quadril. – Se eu não a conhecesse, diria que você está tentando me desmembrar parte por parte.

Ela sorri.

– Talvez mais tarde. – Ela coloca as pernas embaixo de si, as mãos apoiadas no chão acentuando algumas curvas e me fazendo querê-la neste exato momento. – Então vá em frente. Pratique.

Penso em seguir as sugestões de Lili e começar a praticar. Mas, se eu vou estar pronto para lidar com a Frannie em breve, eu tenho que me manter focado.

Fecho os olhos e limpo a minha mente; então, lentamente vasculho a mente de Lili. Não posso lê-la, mas eu posso pincelar algumas memórias e saboreá-las. Escolho uma particularmente escura, densa, e foco o meu poder como um feixe de *laser*. Em seguida, vejo o rosto de Lili se contorcer com a dor da lembrança. Lágrimas transbordam e se evaporam de seu rosto no intenso calor do inferno. Empurro com mais força e sua cabeça despenca entre as suas mãos. Ela soluça em princípio, mas seus gemidos de dor gradualmente se transformam em gritos de agonia.

Uma descarga elétrica me atravessa e eu me arrasto até onde ela está sentada, ainda gritando. Afasto a sua mão do rosto e sinto a minha excitação crescer enquanto encaro seus olhos aterrorizados.

Porque, vamos ser sinceros, Lili merece um castigo também.

Um zumbido está por toda a parte enquanto meus lábios estão presos nos dela, sufocando seu grito. O grito torna-se um gemido selvagem e ela me agarra e me joga no chão.

E então eu solto a sua mente enquanto ela domina o meu corpo.